W0359285

grafit

Chemnitzer Str. 31, D-44139 Dortmund
Internet: http://www.grafit.de
E-Mail: Grafit-Verlag@t-online.de

Umschlagillustration: Peter Bucker
Druck und Bindearbeiten: Elsnerdruck GmbH, Berlin
ISBN 3-89425-233-2
2. 3. 4. 5./02 01 00

Wilfried Eggers

Die Tote, der Bauer, sein Anwalt und andere

Kriminalroman

grafit

Der Autor

Wilfried Eggers, geboren 1951, Studium der Rechtswissenschaften und skandinavischer Sprachen in Kiel. Verheiratet, drei Kinder. Seit zwanzig Jahren selbstständiger Rechtsanwalt und Notar auf dem Dorfe im feuchten Weser-Elbe-Dreieck. Überzeugter Moorbewohner. Bauernsohn, nach einigen hundert Jahren Tradition jetzt degeneriert zum Hobbygärtner. Er hält keine Kühe mehr, sondern Katzen.

Nun ist es aber freundlicher, das menschliche Leben anzulachen als es anzugrinsen; und man kann sagen, dass sich derjenige um das Menschengeschlecht verdienter macht, der es belacht, als der es bejammert.

Christoph Martin Wieland, *Abderiten* (1774)

Prolog

Es war an einem Spätsommerabend gegen halb zehn, als ein Mann in grober Manchesterhose, unsicher seine Mütze drehend, auf dem Kopfsteinpflaster vor dem Hause Hafenstraße 15 in Hemmstedt stand, nicht weit vom alten Holzkran, und, den Kopf im Nacken, das alte Schild studierte, das an der Fassade hing: *Dr. Spindelhirn & Partner, Sprechstunde nach Vereinbarung*. Aus den Fenstern leuchtete es hell, und nachdem der Mann mit unregelmäßigen Schritten die wenigen Steinstufen emporgegangen war, trat er ein. Im Treppenhaus merkte er nicht, dass die Dielen knarrten und das wacklige Geländer der Treppe, die in den ersten Stock führte, aus handgedrechseltem Kirschholz war. Linoleumfarbe aus den 20er-Jahren, Geruch von Staub und Bohnerwachs, vor längerer Zeit verputzte Frässtreifen. Abgeschabter Fußboden. Das Domizil der Rechtsanwälte Spindelhirn & Partner hatte die Kulturrevolution der 60er- und 70er-Jahre heil überstanden, es offenbarte die Schrunden und Runzeln des Alters, was nicht der Armut, sondern dem Geiz des alten Spindelhirn zu verdanken war, für den er mindestens so berühmt war wie für seine Verschlagenheit und seine späten Termine.

Die vier Türen im Obergeschoss gingen wechselweise auf und Damen kamen heraus und gingen hinein. Einige trugen Papiere. Andere gingen die Treppe hoch ins nächste Stockwerk. Neue Damen kamen von oben herunter, einige ebenfalls mit Papier befrachtet, manche nur mit einer Kaffeetasse in der Hand, eine mit einem Tablett.

»Dort bitte«, sagte eine mit dunklen Haaren und dunklem Blick zu dem Mann. In dem großen Zimmer, das er nun betrat, saßen vier Damen und schrieben auf Schreibmaschinen. Er stand vor einem großen Tresen, der etwas niedriger als der einer Kneipe war, und die

Barhocker fehlten. Nach einer Weile stand eine Dame auf und kam zu ihm. »Sie wünschen?«

»Ich – ich möchte mit Dr. Spindelhirn sprechen, ich ...«

»In welcher Sache?«

»Sa..., Sache? Ja, also ich komm wegen meiner Frau ...«

»Ehesache also, Sie heißen?«

»Vo..., von Borstel, August von Borstel, ich ...«, er schluckte trocken.

»Warten Sie, Herr Dr. Spindelhirn hat noch zwei Termine.«

Sie schickten ihn weg in ein anderes Zimmer. Dort gab es keine Damen. Nur das Fenster, den Mantelständer, lauter Stühle und Leute auf den Stühlen.

»'n Abend«, murmelte er. Keiner erwiderte den Gruß. Er hängte seine Jacke zu den anderen. Saß, Ellbogen auf den Knien, den Brief in der Hand, den zerknitterten Brief. Wegen dem der Alte ihn hergeschickt hatte.

Drüben saß Rathjens, Himmel, Arsch und Zwirn! August von Borstel spürte, wie er rot wurde, wie ihm der Schweiß in Nacken und Stirn schoss. Rathjens, ausgerechnet Rathjens, jetzt wussten es alle, dass er hier war, und natürlich auch, weshalb. Klar. Rathjens grinste herausfordernd mit seinem fetten Gesicht.

August von Borstel zog sich mit der Linken den Pullover vom Hals, um mit der Rechten den Brief in die Brusttasche seines Hemdes zu stecken – es gelang ihm erst beim dritten Versuch. Dann rührte er sich nicht mehr, Ellbogen auf den Schenkeln, den Blick zwischen die Stiefel geheftet.

Das Wartezimmer, denn das war es ja wohl, leerte und füllte sich. Nachdem Rathjens weg war, holte von Borstel tief Luft. Dann kam er selbst dran; es war mittlerweile halb elf.

Dr. Spindelhirn saß hinter einem abgewetzten Schreibtisch und wühlte in einer dicken Akte. Er sah nicht auf. »... es wird mit Nichtwissen bestritten, dass dem Kläger eine Nutzungsausfallentschädigung zusteht, der Kläger war nach dem Unfall an beiden Händen verletzt und hätte einen PKW ohne Verletzung der Straßenverkehrsordnung nicht führen können ... Ähh, sagen Sie, was hab ich oben gesagt, am Ende von Ziffer 1?«

Die Frau, die auf einem Hocker links an der Ecke des Schreibtisches saß, blätterte in einem Schreibblock auf ihren Knien: »... der Beklagte hat geblinkt und insbesondere auch seiner zweiten Rückschaupflicht genügt, indem er nämlich unmittelbar vor dem Abbiegen ...«

»Ich weiß schon, ich weiß schon. Setzen Sie dort noch hinzu: Zeugnis der Ehefrau des Beklagten, zu laden über den Beklagten. Und dann muss das sofort fertig gemacht werden, die Frist läuft heute ab, ähh, also in einer Stunde und zwanzig Minuten, also fix!«

Als die Dame den Raum verlassen hatte, blickte Dr. Spindelhirn auf.

»Scheißlinksabbiegerüberholunfälle«, sagte er. Wenn er sprach, konnte man sehen, dass er nur noch einen Zahn hatte, der ragte aus seinem Unterkiefer heraus wie ein Stein aus der Brandung, einziger Überlebender einer Flut von Zuckerkaffee. Der Anwalt strich sich den speckigen Schlips vor dem Bauch glatt und klemmte ihn dann unter einen schmalen Gürtel, der eine mausgraue Hose hielt. Die unteren Knöpfe seines Hemdes waren offen, so dass man eine wollene Unterhose sah, die bis über den Nabel hochgezogen war wie bei kleinen Kindern, die sich nicht erkälten sollen. Dann zog er seinen Rotz geräuschvoll in die oberen Regionen hoch und sagte: »Den Prozess gewinn ich!« Aus seinem Gesicht sprach geriebene Schläue. Es hatte die Farbe eines Mehlwurmes. Schließlich sagte er: »Na – und Sie?«

August hatte den Brief vorgeholt und drehte ihn knisternd zwischen den Händen. »Meine Frau ...«, begann er.

»Zeich her«, sagte der Advokat und mit einer Behändigkeit, die ihm keiner zugetraut hätte, machte er sich über dem Schreibtisch lang und zupfte von Borstel das Schriftstück aus den Händen. Fingerte das Schreiben heraus. Las.

»Hä«, machte er. »Die schon wieder. Na, na!« Legte das Papier vor sich hin, strich es glatt.

»Meine Frau ist ...«

Eine Seitentür ging auf. Eine Dame erschien mit einem Stapel Blätter in den Händen. Dr. Spindelhirn versiegelte seinem Besucher mit einer Handbewegung den Mund. Dann las er die Papiere, die ihm die Dame gegeben hatte.

»Nehmen Sie noch 'ne Durchführungsvollmacht für Frollein Klawuttke mit rein. Man weiß nie. Sonst ist das in Ordnung. Sind die Leute schon da?«

Sie nickte. Und ging.

»Also, mein Lieber. Unterhalt müssen Sie zahlen. Für den Jungen sowieso. Nach der Düsseldorfer Tabelle. Vom restlichen Nettoeinkommen kriegt die Frau vierzig Prozent, egal, was ist. Klar? Und wie hoch ist Ihr Einkommen?«

Von Borstel schluckte. Einkommen. Immer Einkommen. »Mein Einkommen ist nicht sonderlich ...«

»Gehört Ihnen der Hof?«

»Ja, aber ...«

»Nix ja aber, mein Lieber. Bei Selbstständigen gilt der durchschnittliche Gewinn der letzten drei Jahre. Na, heben Se man nicht gleich die Arme, ich weiß, Einkommen gibt's bei euch nicht, auch wenn ihr die dicken Trecker fahrt, hä hä. Ich mach 'n Beispiel. Bei Entnahme von 2.000 DM monatlich sind das für den Jungen 280 Mark und für die Frau, ähm ..., 688 Mark, macht zusammen 968 Mark, notwendiger Selbstbehalt sind zwölfhundert. Also: 800 DM im Monat – für beide. Egal, was sonst ist. Auch bei Verlust.«

»Aber ich möchte Ihnen ...«

Der Advokat erhob sich. Er hatte zwei ungleich lange Beine und sein Körper schwankte wie eine Boje bei Sturm. Mit ausgestreckter rechter Hand kam er auf den Bauern zu. »Überlegen Sie sich das man erst. Und denn kommen Sie wieder, rufen Sie an vorher, nächste Woche von mir aus.« Drückte von Borstel die Hand und hinkte zur Seitentür. »Aber nicht vor abends um zehn!«, fügte er hinzu.

»A..., aber der der Junge, was ist mi..., mit dem Jungen ...?!«

Die Klinke in der Hand, wandte sich der Advokat noch einmal um. Sein ungetümer Bauch stand in der Füllung der Tür. »Der? Da machen Sie sich man nich so viel Gedanken um. Zahlen und alle vierzehn Tage zu Besuch, sons nix.« Dann öffnete er die Tür. »Tschüss auch«, sagte er.

Von drüben drang lautes Stimmengewirr. Von Borstel konnte Rathjens kiebige Stimme erkennen. Er machte seinen Mund zu.

Als er unten wieder auf dem Kopfsteinpflaster stand, war es zehn nach elf, und er drehte seine Mütze, bevor er sie wieder aufsetzte. Drüben auf der anderen Seite des alten Hafens saßen Leute an Tischen auf dem Bürgersteig und unterhielten sich bei einem Glas Bier. Lachen scholl herüber.

Langsam machte er sich auf den Weg.

I.

Der Morgen war still und weich wie ein satter Säugling und die Zeit hatte noch nicht angefangen zu verstreichen. Ein dichter Nebel legte Leichentücher in der Farbe von verdünnter Milch über das Moor, die Welt war geschrumpft auf zwanzig Meter im Kreis, in dessen Mitte August von Borstel stand mit starrem Blick, unter dem matten Licht der Hoflampe, fröstelnd und die Hände in den Taschen seiner Manchesterhose.

Früher war das seine beste Stunde gewesen, damals, als er noch eine leichte Mütze aufhatte, wenn der Tag noch frisch und voll und die Luft noch kalt war und in die Nase biss und die anderen Menschen noch schliefen und nur von weit her die Nebelhörner der Schiffe von einer fernen Welt bliesen, mit der er nichts zu tun hatte und nichts zu tun haben wollte. Denn seine Welt war der Hof, sie war groß genug für alles, was er brauchte.

Die Tiere störten die Stille noch nicht. Nur manchmal das Rasseln einer Kette drüben im Stall, das Scheppern des Fressgitters, das knarrende Stöhnen und Pusten einer voll gefressenen Kuh.

Als er drinnen im neuen Stall das Licht anmachte, standen sie nach und nach auf, Urin prasselte und Kot pladderte auf die Betonrippen, und während er mit seiner Arbeit begann und die Siloreste der Nacht zum Fressgitter schob, stellte er sich vor, der Junge wäre da. Er läge im Bett und schliefe und er könnte zu ihm gehen, sein sanftes Gesicht besehen, wie er ruhig atmete. Dann würde er sich auf das Frühstück freuen. Der Junge würde sich schlaftrunken auf seinen Schoß kuscheln, bis er richtig wach wäre, seine kleine Hand in seiner großen rissigen, er würde ihn wärmen bis in die Fußspitzen und er würde die Wärme noch später spüren, wenn er längst wieder bei der Arbeit war.

August arbeitete mit der ausgefransten Aluschaufel

auf der einen Seite hin und auf der anderen wieder zurück; da merkte er, dass der Morgen seine Unschuld verloren hatte, die Zeit stand nicht mehr still, und aus der trägen Endlosigkeit des nächtlichen Morgens wälzten sich frühe Stunden, standen drohend und plump vor ihm und stießen ihre Befehle aus. Er musste ihnen gehorchen. Denn spätestens um halb acht kam der Tankwagen von der Molkerei, da musste er fertig sein – oder die Milch würde alt werden, das würde Abzüge geben. Ist eigentlich egal jetzt, dachte er, wozu mache ich das noch? Aber die Kühe. Sie mussten gemolken werden. Er verließ den Futtergang und ging wieder nach draußen, durch die Seitentür in die Milchkammer, und machte das Neonlicht an, er kniff die Augen zusammen, legte den neuen Filter ein und drückte die Maschine an. Ihr Vibrieren füllte den Raum und ließ fremde Gedanken und Gefühle nicht mehr zu.

Unten im Melkstand legte er sich den Karton mit den Spritzen zurecht, ein Handtuch, Melkfett, Zinksalbe, einen Eimer für die Biestmilch von der Frischgekalbten, einen für die Milch von den entzündeten Eutern; sie kriegten zum Verrecken nicht die Euterentzündungen aus dem Stall. Alles fertig. Es konnte losgehen.

Er legte den Hebel für die Schiebetür um, die ersten vier Kühe drängten herein, mit schweren Eutern, die auf das Melken warteten, und stellten sich, schräg versetzt hintereinander, auf die eine Seite. Er zog das Gitter hinüber und die nächsten vier trotteten auf die andere Seite des Fischgrätenmelkstandes. Jetzt hatte der Bauer acht Euter in Griffhöhe vor sich und begann ruhig und gezielt, eines nach dem anderen anzurüsten, mit warmem Wasser aus dem Schlauch und einem Lappen. Er kannte jedes Euter, er hätte blind sein können. Quietschend saugten sich die Melkbecher die Zitzen hinein und im Takt des Pulsators stieg die erste Milch blasig durch die Plexiglasleitungen, sammelte sich in dem Rohr unter der Decke und floss durch ein Loch in der Wand in die Milchkammer, durch den Filter, in den Tank.

So begann jeder Tag. So war es immer gewesen, seit er fünfzehn war, von Montag bis Montag, von Monat zu Monat und durch das Jahr. Nur dass er im Winter die Kühe nicht vorher von der Weide holte. Im Melkstand war jeder Tag gleich, im Sommer und im Winter, hier verbrachte er fünf Stunden, zweieinhalb morgens und zweieinhalb am späten Nachmittag, im Herbst noch eine Stunde länger, wenn die Frischgekalbten lernen mussten, sich melken zu lassen, und das Geschirr wegtraten und die Milch reichlicher floss, unter dem kalten Neonlicht mit nassen Händen an den haarigen Eutern. Melken.

Dann ein kurzes Gespräch mit dem Milchfahrer von der Molkerei, der immer freundlich war und immer nach Korn roch, der machte die Tour schon seit zehn Jahren und mehr. Den Melkstand abspritzen, die Geschirre säubern, den Filter raus, die Leitung spülen. Raus auf den Trecker. Es war hell jetzt, bleiern hell, die Sonne stand am Beginn eines flachen Bogens, aber der Nebel hatte sich noch nicht gehoben.

Siloblöcke schneiden, sie rückwärts auf den Futtergang stellen. August freute sich jedes Mal, wie viel leichter die Arbeit im neuen Laufstall war, und gedachte der alten Zeiten, als er mit dem langen Handmesser auf dem Silohaufen herumgesäbelt und Karre für Karre das lange Gras mit der Forke herausgezerrt hatte. An den Kühen, die damals noch alle angebunden standen, kam man auf dem schmalen Futtergang damit kaum vorbei, wenn sie gierig waren; sie rupften mit langen Hälsen an der Karre entlang und brachten sie aus dem Gleichgewicht. Das war nun vorbei. Aber weniger war die Arbeit nicht geworden. Eher mehr. Sie hatten ja dreimal so viele Kühe jetzt, fast achtzig – eigentlich waren es gerade fünfundsiebzig, aber August sagte immer fast achtzig, das hörte sich besser an. Und sie hatten keine Leute mehr, auch nicht den alten Andreas, der war in Rente gegangen, und Ersatz hatten sie nicht haben wollen, denn die Löhne waren gestiegen und die Milchpreise nicht. Und dann war da noch die alte Diele und der Jungviehstall, da war es noch so umständlich wie früher, die Mistgänge waren zu schmal für den Trecker. August hatte gedacht, er würde das auch noch schaffen, er hatte schon so viel geschafft. Den Jungviehstall machte Hinni immer morgens, er war jetzt fertig mit Füttern dort und half im Laufstall, den Kühen von den bereitgestellten Blöcken das Silo vorzuschmeißen, schweigend. Morgens sprachen sie nie.

Das Ausmisten machte Hinni immer später, nachmittags, er hatte sich daran gewöhnt, und an was er sich gewöhnt hatte, das machte er auch weiter so, bis in die Ewigkeit, wenn es sein musste. Daran konnte keiner etwas ändern, nicht einmal Vater, niemand konnte etwas ändern, wenn Hinni sich etwas in den Kopf gesetzt hatte. Hinni war eben ein Gewohnheitsmensch. Silolupps groß wie halbe Karren riss er mit kurzem Rucken der Forke aus den kantigen Blöcken, er blähte die Backen auf, wenn er sich anstrengte, und er hatte immer Schweißperlen auf der Stirn und verteilte sie vor dem Fressgitter, an dem die Tiere sich schnaufend drängelten.

Sie machten immer alles zusammen, Hinni und er, ihre Bewegungen waren aufeinander abgestimmt wie die Räder in einer Uhr, immer schon, und sie brauchten nicht miteinander zu reden. Während Hinni noch weitermachte, holte August schon einen Eimer mit Mineralstoff, kleine weiße Wölkchen pufften auf, wenn er Hände voll zwischen das Silo warf. Die Streu in den Liegeboxen zurechtschieben, dann gingen sie zusammen durch den Gang in die Diele, die kleinen Kälber zu tränken und Heu in die Raufen zu stopfen.

Ein Blick aus dem Dielentor. Im Osten, über den olivbraunen Weiden hob sich die Sonne müde aus ihren blutigen Laken und die Birken standen einsam und starr und wachten darüber, wie die Gräben mit ihren Binsenbarten langsam den Nebel schluckten.

Frühstück.

Als sie eintraten und sich die Hände an den Hosen abwischten, spürten sie die Trostlosigkeit des Tisches mit seinen schrägen Metallbeinen und dem grau gerauteten Wachstuch, auf dem vier Resopalbrettchen lagen, je zwei einander gegenüber, und einsam die Butter auf blankem Cromargan, Marmelade im Glas und vier konische weiße Tassen. Mutter stand und schnitt Feinbrot – morgens aßen sie immer Feinbrot –, den halben Laib vor der Brust haltend, so schnitt sie es immer: wie auf der Flucht, als wenn sie keine Zeit hätte, das Brot auf dem Tisch zu schneiden, vor ihrer Schürze. Ihre faltigen Backen mahlten, sie wortlos mit wachsamen Augen musternd. Milchsuppe gab es nicht mehr, wenigstens das nicht. Aber sonst war alles so, wie es schon immer gewesen war. Bis aufdie Tatsache, dass der Junge fehlte. Und Erika.

Sie setzten sich, die klattigen Strumpfsocken unterm Tisch, und griffen nach den Scheiben, schweigend. Es gab nicht mehr viel zu reden, seit der Junge nicht mehr da war. Wir reden kaum noch, dachte August von Borstel.

Noch war es ein Tag wie jeder andere Tag im Herbst auch, ein Oktobertag, nur ein bisschen hoffnungsloser. Noch.

Vater kam aus der Stube, groß, hager, vornübergeneigt und matt, um seinen fast kahlen mehlweißen Schädel standen blonde Stoppeln, stark im Kontrast zu dem brandroten Wettergesicht, die Scheidelinie auf der Stirn, bis dahin reichte seine grüne Mütze, die er immer trug, wenn er draußen war, sommers wie winters, die ihm eine Delle in die Stirn gedrückt hatte, die mit den Jahren blieb.

»Moinouk«, grummelte er, ohne jemanden anzusehen, und strich sich knisternd über die breiten Backenknochen, als wolle er sich waschen.

Sie antworteten nicht und er setzte sich hüstelnd an das Kopfende des Tisches und begann laut den lauwarmen Milchkaffee zu schlürfen, den Mutter ihm morgens hinstellte. August ekelte es bei dem lauten Schlürfen der schlaffen Lippen. Schlürf nicht so, hatte es immer geheißen. Vater wusste von nichts in der Küche und im Hause. Wenn Mutter ihm nichts hingestellt hätte, hätte er sich nichts geholt, sie nur wortlos angesehen. Oder später am Wasserhahn getrunken. Reden war seine Sache nicht. »Schnack nich, do wat«, war seine Devise.

Sie aßen.

»Wat gifft von doog?«, fragte der Alte.

»Nix Besünners«, antwortete August.

»Hett 'n Koh kaalvt?«

»Jo. Karla hett kaalvt. Klock een.«

Hinni schwieg. Er redete nur, wenn er musste. Mutter schmierte Butter auf ihr Feinbrot, ohne hochzusehen.

»Ist 'n Koh- oder 'n Bullnkaalv?«, fragte der Alte.

»'n Bullnkaalv«, antwortete August knapp. Er hatte das Bullenkalb mit Hinni zusammen herausgezogen, trocken gerieben und versorgt, mitten in der Nacht.

»Unn? Ist't dörch?«, fragte der Alte.

August spürte die lauernde Unruhe. Mutter schmierte ihr Brot. Natürlich war das Kalb durchgekommen, sonst hätte er längst von sich aus erzählt.

»Jo«, sagte er und zwang sich, die Tasse zu heben und einen Schluck Kaffee zu trinken.

Sie schwiegen und aßen.

»Is de Koh all wedder hoch?«, fragte der Alte wieder.

»Jau«, sagte August und biss von seinem Brot ab. Man musste dafür sorgen, dass die Kuh aufstand nach der Geburt, dann konnte man sehen, ob sie vielleicht zu schwach war und der Tierarzt kommen musste.

»Unn – is de Nogeburt aal rünner?«, fragte der Alte.

»Jau. De köm fix achteran«, sagte August.

Hinni war bei der dritten Scheibe. Mutter schmierte und schmierte.

»Unn? Hess du ehr aal biesiet schafft? Datt de Katten dor nich bigeiht?«, fragte der Alte.

»Jo, gewiss doch«, sagte August. »Hinni hett't inne Misten wechbuddelt.« Keiner von ihnen konnte es leiden, wenn eine Katze an dem blutigen Gekröse einer zähen Nachgeburt würgte.

Hinni nickte mit vollen Backen und Marmelade an den Mundwinkeln. Aber er sah nicht auf.

»Unn? Hett dat Kaalv aal Melk hatt, suppt dat aal?«, fragte der Alte.

»Noch nich, Hinni geiht noch mol henn no'n Freustück.«

Hinni nickte wieder und biss in die vierte Scheibe. Hinni hatte am meisten Geduld mit den neugeborenen Kälbern, wenn sie das Saufen aus dem Eimer lernen sollten.

Mutter schmierte ihr Brot; wann würde sie endlich aufhören, ihr Brot zu schmieren?

»Hess du de Beestmelk aal mit rinbröcht? För to'n Käis moken, meen ick. Wat meens du, Mudder?«

»Jau«, sagte sie und fuhr fort, ihr Brot zu schmieren. Aus der Biestmilch der Frischgekalbten machten sie Kochkäse.

Sie aßen und schwiegen.

»Unn? Gifft dat sünns wat Nies upp'n Hoff?«, fragte der Alte.

»Nee«, erwiderte August. Als er einen Schluck Kaffee trank, begegnete er dem klaren harten Blick des Vaters, und er wusste, es gab kein Entrinnen. Was Neues auf dem Hof? Niemals würde der Alte direkt fragen, er würde immer weiter andere Sachen fragen, so lange bis August keine andere Antwort mehr wüsste als diese eine: Erika kommt. Heute Nachmittag kommt Erika. Sie kommt mit dem Jungen.

»Se kommt hüt Nomiddag. Mit 'n Jung kummt se.«

Mutter hörte auf zu schmieren.

»Wat heit Nomiddag?«

»So bi Koffitiet. Hett se schreben.«

Hinni war bei der fünften Scheibe. Er starrte auf sein Resopalbrett. Er hatte Schweiß auf der Stirn.

»Ssü-sso«, sagte der Alte. Dann schob er das Resopalbrett beiseite und legte seine alten Fäuste auf den Tisch.

Sie hörten auf zu kauen und sie sahen sich an. Sie warteten, dass der Alte etwas sagte.

Er ließ den alten Kadett auf dem Klinkerpflaster vor der Schmiede stehen. Es schlug zehn, als er gebückt durch die Holztür trat und die letzten Schläge der Kirchturmuhr hinter sich wegschloss. Drinnen herrschte geschäftige Hektik und arbeitsame Konzentration, wie immer in der Zeit der Bestellung, mildes trockenes Herbstwetter, die Bauern pflügten, grubberten und eggten Tag und Nacht, es galt die Bestellung und den Gewinn oder Verlust des nächsten Jahres, und es zerbrach das Geschirr und der Schmied musste es richten. Der Altgeselle war in meditativer Haltung über seine Schweißarbeit gebeugt, einem krummen Stück Eisen vom Schott eines Miststreuers, ein paar davon gab es ja noch, knackend und brummend schossen die Blitze unter der Haube vor seinem Gesicht hervor; August wandte sich ab, aber es war schon zu spät, und er musste sich die Augen reiben. Weiter hinten vor der rauchgeschwärzten Esse mit dem hängenden Kamin, auf der ein Kegel Kohlekrümel glühte wie ein kleiner Vulkan, arbeitete der Junggeselle, er hatte blondes schütteres Haar; ein Landarbeiter von einem der großen Marschhöfe aus dem Dorf ging ihm zur Hand, ein drahtiger südländischer Typ. Sie hatten das Ende des Flacheisens auf der Esse zur Rotglut gebrannt. Der Arbeiter hielt das Stück am kalten Ende, die Beine breit gestellt, und betrachtete gespannt aus braunen Augen, wie der Junggeselle es mit der Kraft seines Willens und einer Zange langsam über der Ambossspitze bog, während seine Zunge den Mundwinkel wechselte. Plötzlich warf er die Zange auf den Boden, dass es schepperte, griff, halb gebückt, mit genauer Bewegung einen der schweren langstieligen Hämmer, die an der Esse hinter der Stange hingen, und begann, wie in einem Anfall jähen Zornes, auf die erkaltende Biegung des Eisens zu schlagen. Dabei spannte und entspannte der Arbeiter die Muskeln seiner Arme im Rhythmus der klingenden Schläge, damit sie ihm nicht in die Glieder fuhren, und seine Tolle dunkler Haare wippte mit jedem Schlag, wenn das Eisen sprang.

Links am Fenster stand der alte Schmied, mittelgroß, mit breiter Hüfte, wie immer gekleidet in blauer Drillichhose und -jacke, leicht gebeugt und in Funken gehüllt, an der Schleifmaschine. Er gab einem Schälschar, die nur noch selten in Gebrauch waren, den letzten Schliff. Die Funken prallten an Brust und Ärmel ab und fielen verglühend zu Boden. Seine groben ölschwarzen Hände führten das Schar am Schleifstein wie einen Violinbogen, als musiziere er ein zärtliches Stück, und die beschwingten Bewegungen seiner Arme standen in merkwürdigem Gegensatz zur schiefen Starre seines Rückens. Der Tritt eines falschen Wallachs hatte ihm beim Beschlagen der Hufe den Schenkelknochen schief geschlagen, vor fünfzig Jahren, damals in seiner ersten Zeit als Schmied. Die graue Hornbrille saß vorn auf der fleischigen Nase, mit schmierigen halb blinden Gläsern. Während er das Schar virtuos am Schleifrad strich, sanft und präzise, schoss er August einen schnellen Blick hin, über eine Funkengarbe weg, kniff schelmisch ein Auge zu und spuckte ein »Dachouk!« aus.

Das Gesicht des Alten war leichenblass und käsig wie der Tilsiter, den die Molkerei wöchentlich lieferte, und übersät von schwarzen Pigmenten – Öl und Fett, das nach fünf Jahrzehnten Arbeit in der Schmiede zum Bestandteil seines Körpers geworden war. Auf seinem splitternackten Schädel saß eine dunkelblaue Mütze mit Plastikschirm. August hatte ihn nie ohne diese Mütze gesehen, sie war wie festgenagelt.

Der Alte machte eine Vierteldrehung seitwärts, ohne sich aufzurichten, und ließ die Maschine leer laufen. Jetzt betrachtete er August mit einem langen, forschen Blick über die Brille weg, mit hochgezogenen Augen unter wulstiger Stirn – einem Blick, unter dem August sich innerlich beugte, dem nichts verborgen blieb –, und fragte dann: »Watt gifft Nies bi jau?«

Seine Stimme klang ungefähr wie die Schleifmaschine gerade eben, als er das Schar geschliffen hatte, sie war rau und schartig, als hätte er ständig die Kehle voller Spucke. Der Alte wusste sicher, was geschehen war, er war die Nachrichtenagentur des Dorfes, im bäuerlichen Leben zumindest, und August wusste nichts zu antworten, er sah auf seine Stiefel und sagte nur: »Och, nix.«

»Wä?!«, schrie der schwerhörige Alte.

»Nix!«

»Tjä, wat wuss du denn hier«, raspelte der Alte, kicherte unvermittelt im höchsten Falsett und wandte sich wieder seiner Schleifmaschine zu.

In der Tat, wenn es nichts Neues gab, hatte August kaum einen Grund hier zu sein. So wie die Hausfrauen zum Frisör gingen, um die neuesten Nachrichten auszutauschen, so kamen die Bauern hier in die Schmiede, um herauszubekommen, ob es stimmte, dass Rathjens schon wieder beim Milchpanschen erwischt worden war, oder ob die Frau von Wilken tatsächlich Krebs hatte, oder um zu erzählen, wie teuer der neue Fendt von Bösch war, den er nicht gebrauchen konnte, weil er zu dick war und nicht in die Kabine hineinkam.

August sah abwesend durchs Fenster auf die Fassade des Nachbarhauses. Dort hatte die Frau des Maklers vor Monaten ein Café eröffnet, eine unerhörte Tat, und er fragte sich, wer von den Leuten im Dorf dort wohl einkehren würde. Der Schmied bemerkte seinen Blick, hielt inne, schob sich mit dem Handrücken die Brille hoch; das Schleifrad surrte leer vor sich hin. »Dor büss du ouk woll noch nich ween, wä?«, fragte er.

»Nä«, sagte August und blieb wieder stumm.

»Tjä«, schüttelte der Alte seinen Kopf, dass die Sehnen an seinem Hals wechselseitig hervorsprangen, »kiek an, nun hebbt wi ouk 'n Koffihus inn't Dörp, wat dor woll vunn wart.«

August zuckte mit den Schultern.

»'n Kroug, da mach jo woll noch angohn, Beer hett'n jo woll nich inn'n Huus, unn tohus supen geiht jo för gewiss nich an, obers Koffi inn'n Koffihus drinken, nee, wat dor in lingen schall, dat begriep ick nich. – Unn Kauken eten ihrs, ss-ss, duert nich mihr lang, denn könt de Fruunslüd gonnix mehr söbbs.«

»Sech mann«, stimmte August nickend zu, und er dachte daran, dass Erika während der ganzen Zeit nur zwei- oder dreimal einen Kuchen gebacken hatte. Und der war nichts geworden. Sie wäre mit ihm bestimmt gern in das Café nebenan gegangen. Er verabscheute solche Gänge, er fühlte sich stets unwohl unter dem forschenden Blick fremder Leute; nur unter seinesgleichen mochte er sein.

»Ick för min Deel drink mien Koffi inn'n Huus«, bekräftigte der Alte und setzte dann unvermittelt hinzu: »Wo geiht Vaddern?«

August hörte hinter der Frage, dass er wohl gern gewusst hätte, wie es mit Erika stand und dem Jungen, der doch sonst immer mit gekommen war und stumm und mit neugierigen Augen neben ihm gestanden hatte, aber er sagte nur: »Geiht sau, is all leiger wehn, he hett sick'n lütt beten wat berappelt.«

»Jä«, sagte der Schmied, »he wart nu mol öller, dor geiht dat nich mehr alln's o ass inne olen Tieden.«

Und dann begann er zu erzählen, von damals, vor gut dreißig Jahren, als Augusts Vater das Hochmoor urbar gemacht hatte, schlechtes, saures, nasses Land; aber er hatte es für fast nichts kaufen können, und dann hatte er schließlich Kartoffeln angebaut, alle hatten ihn für verrückt erklärt, das konnte nie und nimmer was werden, und als es dann auf den Herbst zuging und es nass wurde, da standen die Kartoffeln zwar gut, aber es war nicht mehr hinzukommen und erst recht nicht wieder zurück und schon gar nicht beladen mit Kartoffeln, auf den Knüppelwegen sank man weg ins abgründige Moor, die Pferde saßen bis zu den Bäuchen im Torf, man konnte ihnen mit der Peitsche den Rücken blutig schlagen, sie hatten Schaum vor dem Mund und zuckten nicht einmal mehr, sie wären eher gestorben, als sich noch einmal zu bewegen, und in den stumpfen Augen hatten sie schon den Tod und der Kutscher rang, schlapp vom Schlagen, nach Luft. Man musste sie ausgraben, später wenn man zur Besinnung gekommen war und eingesehen hatte, dass es nicht anders ging, und die Last in Körben und Karren zur Straße schaffen. Nein, da waren sich die Leute sicher: Werden konnte das nichts.

Der Schmied hatte sich erzählend seiner Arbeit zugewandt, denn er konnte am besten erzählen, während ihm etwas von der Hand ging, dann konnte er reden ohne Absatz und Punkt. Arbeiten und Erzählen, das war seine Leidenschaft, erbarmungslos raspelte das Schleifrad Myriaden von Funken vom Pflugschar, die einen Moment lebten, leuchteten und dann starben, schon tot niedersanken und bedeutungslos herabfielen auf den harten Boden, unter die schmutzigen Stiefel der Bauern. Wenn das nun alles Lebewesen wären, Menschen wären ..., dachte August, so bedeutungslos und ohne Grab, und verlor sich in dem winzigen Feuerwerk, während der Alte Worte spuckte wie Erbsen.

August kannte die Geschichte seines Vaters, wer hatte sie ihm nicht schon erzählt, und der alte Schmied hatte oft davon geschwärmt, wie der alte von Borstel mit der Kartoffelernte aus dem Moor die Grundlage für den Hof geschaffen hatte; von der Torheit seines Vaters, die später als Heldentat anerkannt wurde, nachdem die hämische Hoffnung, an der die meisten Menschen auflebten in dieser nassen Gegend, er werde scheitern, sich als vergebens erwiesen hatte. Wie so oft, wer weiß zuvor zu unterscheiden zwischen Torheit und Weisheit? Das Unsinnigste konnte sich als klug erweisen, hatte man nur den Mut zur rechten Zeit und die Kraft, an sich selbst zu glauben und nicht auf die zu hören, die sowieso schon immer alles besser wussten. Dann zeigte sich, dass Durchhalten nicht Starrsinn ist und der Glaube an sich keine Ignoranz. Aber wie sollte man das nur vorher wissen? Augusts Vater jedenfalls hatte es gewusst, er hatte sich von einer der stillgelegten Ziegeleien Loren und Schienen geholt, für wenig Geld; er hatte die kleinen Geleise, mit den zersägten Balken einer zusammengebrochenen Scheune als Schwellen, auf den Moorweg gelegt. Mit einem ruhigen Pferd – einer alten falben Stute, sie hieß Krone und ging auf Strohschuhen, die damals noch die Korbmacher flechten konnten – hatte er die kostbare Fracht nach vorn an die Straße geholt, Lore für Lore, wo sie umgeladen werden konnte. Das Pferd ging weich und leichtfüßig zwischen den Geleisen, es zog die Loren ohne jede Anstrengung und versank daher niemals im tiefen Torf. Tag für Tag, Woche für Woche gruben sie die Früchte aus dem duftenden braunen Mullboden, sie waren sauber und gesund und groß. Sie füllten ihre ovalen Drahtkörbe, als grüben sie Gold, schütteten sie in Säcke und legten sie in die Loren, bis die letzten Kartoffeln Ende Oktober geerntet waren. Damals waren die Preise gut, und es gab eben noch Helden und große Taten, dachte August, man wusste noch, was man tat und dass es richtig und gut war. Warum war alles so schwierig geworden?

»Wä?!«, schrie der Alte plötzlich und schreckte ihn aus seinen Gedanken auf.

August grinste unbeholfen und sagte linkisch: »Jo, sech mann!«

»Wä, Wä?!«, gurgelte der Alte, nach mehr Beifall heischend, und kicherte wieder falsetten. Unversehens schaltete er die Maschine ab, schmiss das geschliffene Schar mit schrägem Schwung auf die schartige Arbeitsplatte, trat, ihn über die Ränder seiner Brille her von unten ansehend, auf ihn zu und fragte väterlich: »Nu, August, wat wuss?«

»Hess du mien Schüffel ferdich?«

»Äch so, tja tja«, murmelte der Alte, »lot mo säin, lot mo säin«, und ging voran zur Eingangstür, gebeugt im

Passgang und schräg gedreht, mit jedem Schritt die jeweils entgegengesetzte Seite seines Oberkörpers mitziehend, marionettenhaft und ruckend. An der weiß getünchten Wand neben der Eingangstür hingen die reparierten Geräte: Äxte, Spaten, Forken, Schaufeln und Hacken, mit neuem Stiel aus Esche oder Weidenholz und geschärften und geölten Schneiden. Der Schmied beugte die Knie und drückte sie langsam durch, eine Faust in die Hüfte gestemmt, machte sich gerade und blickte mühsam auf, das Gesicht von der Anstrengung leicht verzerrt, musterte die Geräte und nahm dann die neue Schaufel vom Haken ab: » Ssü, dor isse!«

Die Tür ging auf, August sah sofort den großen Mann mit den aschblonden Kräuselhaaren und dem solariumfarbenen Gesicht, der ein Sportrad durch die Tür klabasterte, beobachtete ihn aus den Augenwinkeln und starrte dabei an die Wand, als wolle er dort eine altägyptische Hieroglyphenschrift entziffern. Wie immer, wenn ein neuer Kunde eintrat, wandte sich der Schmied diesem in altgewohnter, beinahe unterwürfiger Diensteifrigkeit zu, als gäbe es August nicht, den er doch eigentlich gerade bediente.

Er sagte: »Guten Tag, womit kann ich Ihnen dienen?«

»Hier«, sagte der Mann und wies auf sein Rad, »im Hinterrad ist ein Platten und es ist auch 'ne leichte Acht drin, da wäre ich Ihnen dankbar, wenn Sie mir das machen könnten ...«

Wie die reden, dachte August und einen Moment lang verachtete er den alten Schmied, dass er mit dem Mann Hoch geredet hatte, er fühlte sich verraten von seinesgleichen. Der kann kein Platt, der nicht, können die Hamburger alle nicht, und am schlimmsten sind die, die's versuchen. Der kann höchstens klug daherreden und den Leuten, die denken, sie könnten es ohne Arbeit genauso bequem haben wie der da, den Kopf verdrehen.

»Ich hole meinen Sohn, einen Augenblick bitte«, sagte der Alte, machte eine steife Wendung auf den Hacken und brüllte durchdringend: »Kordel!!!«, wandte sich verbindlich lächelnd wieder dem neuen Kunden zu und säuselte: »Er kommt sofort.«

August musste sich umdrehen, er konnte schließlich nicht die ganze Zeit gegen die Wand starren. Ihre Blicke trafen sich kurz, der Blonde deutete, etwas irritiert, einen Gruß an, August blieb stumm und sah durch ihn durch. Er hatte eine Kette um, tatsächlich. Ein goldenes Kettchen. Das Hemd war offen vor seiner blond behaarten braunen Brust. Und das im Oktober. Und einen Ring am Finger, mit dem er sich gerade die Nase wischte. Sich so am helllichten Tag an einem Alltag hier herumtreiben, wie der das wohl machte? Arbeit kannte der wohl nicht. Viel Zeit musste der haben! Ein schönes Vorbild. Kein Wunder, dass Erika in der letzten Zeit so viel von der vielen Arbeit geredet hatte und dass sie Urlaub machen wollte. Aber jetzt war es zu spät. Und der da war mit schuld. Wenn es nicht schlimmer war.

Der Schmied fragte: »Bis wann hätten Sie's denn gerne fertig?«

Der blonde Mann rieb seine glatte Hand am Rennlenker, während er August unsicher mit dem Blick streifte, und sagte: »Ich wäre Ihnen sehr dankbar, wenn Sie's gleich machen könnten, ich möchte gern noch heute Nachmittag eine kleine Tour machen, das Wetter ...« Er sprach leise, zögernd, als wenn keiner hören sollte, was er sagte, und August spürte, dass er vermied, ihn anzusehen.

Hinten aus dem Dunkel der Werkstatt, aus der Tür zur Wohnung, kam ein massiger Mann mit Bauchansatz und durchquerte die Schmiede mit rollendem Gang, er hatte das gleiche grobe, fleischige Gesicht wie der Alte. In der herabhängenden Rechten qualmte unbeachtet eine Zigarette.

»Moin«, sagte er und nickte August mit schwerem Blick zu.

»Der Herr möchte das Fahrrad gleich repariert haben, Karl, hinten Platten und Rad richten, mok man fix, Kordel, he tövt.«

Karl nahm dem Blonden wortlos das Fahrrad ab und schob damit zum Reparaturständer, um es einzuklemmen. Einen Augenblick standen sie zu dritt, wider Willen, bis der Blonde sagte, er gehe draußen ein bisschen spazieren, und verschwand.

»Kinns du emm?«, fragte der Schmied.

»Hamborger«, antwortete August.

»Wo kummt de denn her?«

»He hett dat ole Dachlöhnerhus vunn Tiedemann köfft. Als Wochenendhus oder wo man dat secht.«

»Wochenendhus?«, schüttelte der Schmied den Kopf. »Wenn man to'n Weekenend noch vunn tohus wechlopen mutt, denn mutt en dat richtich läich hemm'n, düch mi.« Er kicherte. »Watt för'n Arbeit hett he denn?«

»Wet ick nich, veel kann't jo nich wehn, wenn he hier mern inne week rümlopen deit.«

»He is doch din Nober! Unn du kinns emm nich?«

August antwortete nicht, schüttelte nur den Kopf.

Der Schmied schwieg eine Weile, dann sagte er: »Tövst du noch opp wat, August, kann ich dir noch zu Diensten sein?« Dabei machte er eine ausladende Halbkreisbewegung mit seiner Rechten, knickste leicht und grinste verschmitzt in den fleischigen Furchen seines alten Gesichts.

August lächelte fern. Dann sagte er: »Ja doch. Ein Messer. Du hast doch Messer jetzt.«

Sie gingen nach vorn in den Laden und August suchte sich ein Fahrtenmesser mit zwölf Zentimeter langer Schneide und schwarzem Plastikgriff der Marke *Augur* zu DM 25,70 aus.

Er steckte es in seinen Stiefelschaft und ging hinaus in den grauen Vormittag.

Als die Tür knallte, hob Karl seinen Kopf von der Arbeit und sagte leise vor sich hin: »Dass der noch nicht mal tschüss sagt.«

Aber dann kehrte der Blonde zurück und er dachte nicht mehr darüber nach.

II.

Der Mann saß am Küchentisch, im trüben Halblicht des Herbstes, das wie schmutziges Aluminium durch die grauen Gardinen auf das graue Wachstuch floss; er aß Kuchen und krümelte, und wenn sie Zeit hatte, fuhr seine Zunge aufgeregt um seine aufgeworfenen Lippen her, während sein eingekerbtes Gesicht zuckte wie Wetterleuchten, mal hier und mal dort. Er kaute wie immer zu hastig, der Kuchen war trocken, seine Kehle verstopfte fast, und um ihn hinunterzubringen, schlürfte er hektisch den heißen Kaffee und verbrannte sich die Zungenspitze. Die hagere grauhaarige Frau stand neben dem Küchentisch, sorgenvoll auf ihn herabblickend, leicht gebeugt, die geflochtenen Hände vor dem Bauch.

»Sie sind doch schon selbst krank, Herr Doktor, Sie schonen sich nicht genug«, sagte sie.

Resigniert sah Doktor Dewald auf und schlug sogleich die Augen nieder. Seine linke Backe zuckte wie verrückt und kniff ihm das Auge zu, er konnte es nicht verhindern und schämte sich. Weiß Gott, er war krank. Die Leute sahen schon, dass er krank war. Krank vor Arbeit, sein Kopf dröhnte dumpf vor Schlafmangel, krank vor Verantwortung, krank vom ewigen Kampf gegen die Zinsen, seit sie die viel zu große Backsteinvilla mitten im Ort gleich neben der Tankstelle gekauft hatten. Er hätte seiner Frau nicht nachgeben dürfen. Sie wollte es unbedingt haben. »Bitte, Hugo, sei so lieb! Das Haus ist so schön präsentabel!« Also hatten sie es gekauft. Und dann waren die Zinsen gestiegen. Das Finanzamt und die Zinsen, die man zahlen musste, verdarben einem die Lebenslust und die Freude an der Arbeit. Man knechtete für die Reichen, die ihr Geld für Zinsen anlegten, die die Bank den Schuldnern wieder abknöpfte. Es gab mehr reiche Leute, als man dachte. Viele davon waren seine Patienten, sie riefen ihn zu sich und ließen ihn schuften für die Zinsen, die sie an ihm verdienten. Er arbeitete fast Tag und Nacht. In der letzten Zeit schmerzte sein linker Arm und seine linke Brust, er hatte das Gefühl, er bekäme keine Luft mehr. Er wusste, was das bedeutete.

»Ach, lassen Sie nur, Frau Kohrs«, antwortete er müde, »mir geht's schon gut.«

»Sie müssen sich Ruhe gönnen, Herr Doktor, bleiben Sie sitzen und trinken Sie noch einen Kaffee«, und sie goss ihm nach, während sein Gesichtszucken ihm die Stirn in schräge Falten schlug und er beide Augen weit aufreißen musste.

Natürlich durfte er keinen Kaffee trinken, eigentlich. Und er durfte hier auch nicht so lange sitzen, eigentlich. Wenn sie doch nur einen Augenblick gehen würde, zu ihrem kranken Mann nach nebenan ins dämmrige Zimmer, der dort döste unter einer doppelten Dosis Morphium, er säße hier für sich und könnte den Kaffee schlürfen, hinter den grauen Gardinen am Wachstuchtisch, einen Augenblick allein, ganz allein, den man dehnen konnte zu einer Oase der Ruhe im wüsten Tag. Nie Ruhe. Aber der Sand wirbelte wild unter dem Sturm seiner Gedanken. Das Triumvirat seiner Quälgeister: die Patienten, die Hausbank, das Finanzamt. Und Termine, Termine. Dewald kam sich vor wie ein Strick, an dem jeder ziehen durfte. Ruhe gab es nicht.

Die Frau war ihm dankbar, und wem man Gutes tut, der hat bekanntlich Anspruch auf tätliche Dankbarkeit, das musste er über sich ergehen lassen. Dankbarkeit ist manchmal schwer zu ertragen, dachte Dewald. Er hatte ihrem kranken Mann die Schmerzen genommen, wieder einmal, Hoffnung gab es da nicht mehr, jetzt im Herbst, unmittelbar vor November, dem trübsten aller Monate. Krebs hatte der Mann und er durfte es nicht wissen. Als er krank wurde, da hatte er gesagt, wenn ich Krebs habe, dann hänge ich mich auf. Und im Krankenhaus, nach dem Darmverschluss wegen des Mastdarmkrebses, hatte er versucht, aus dem Fenster zu springen, mehrmals, bis die Ärzte in seine Papiere schrieben, dass er von seinem Krebs, der ihn zerfraß, nichts wissen durfte. Die Schmerzen waren nicht immer da. Jeden Tag kam Dewald und spritzte ihm Morphium, wenn es nötig war, und die Frau gab ihm Tabletten. Was hatte er geschrien, wegen des Blasenverschlusses. Er will mit dem Tod nichts zu tun haben, der Mann nebenan. Er ist voll Hoffnung auf der Oberfläche, dann macht er Pläne: »Im Frühling verreisen wir; wenn der Frühling kommt, werde ich wieder gesund und grabe den Garten um«, sagt er zu seiner Frau, und sie tut fröhlich und lässt nicht merken, dass sie heulen könnte, und dreht sich weg, wegen der Tränen, die hochsteigen. Und die Kinder sind auch nicht immer da, sie wissen alles. Es ist schön, wenn jemand im Haus ist, mit dem man reden kann, einen Augenblick Ruhe, wenn der Mann sein Morphium hat und schläft.

Die Frau legte ihm noch ein Stück Kuchen auf den Teller, und Dewald dankte nickend. Dieser trockene Kuchen, den sie hier in der Gegend immer aßen. Er wurde Stopper genannt. Den gab es immer zuerst. Damit die Gäste satt waren, wenn es an die feineren Sachen ging, die man lieber selbst aß. Die Frau setzte sich nicht, wer weiß, wann sie zuletzt wirklich gesessen hatte, in diesem Haus mit dem kranken Mann, der jetzt still war, endlich still, sie räumte in der Küche hin und her. Es gab immer etwas zu räumen. Und dann jetzt noch dieser Apotheker, der es auf Dewald abgesehen hatte, nur weil er der einzige Apotheker im Dorf sein wollte. Dabei gab es nur zwei. Dass man nicht nur Arzt sein konnte, hatte er ja schon früher gemerkt. Man musste auch Kaufmann sein. Aber nun auch noch Politiker, das ging zu weit. Dewald rang laut nach Luft. Er musste dringend in die Praxis. Eigentlich durfte er schon längst nicht mehr hier sein. Die Sprechstunde hatte begonnen. Zwanzig Leute im Wartezimmer, hüstelnde graue Menschen, kalter Zigarettendunst, Stallgeruch, Kranke, Halbkranke, eingebildete Kranke und

Möchtegernkranke. Niesen und Murmeln. Wieso die Menschen im Wartezimmer nicht laut sprachen? Mittagessen war gestorben, die Kinder waren sicher schon wieder unterwegs. Dewald wünschte sich weit weg. Australien wäre gut. Eine Apfelsinenfarm vielleicht. Oder biodynamische Heilkräuter. Alles verkaufen. Und weg! Dewald seufzte tief.

Es war genau 16.30 Uhr, als der Pieper in seiner Brusttasche loslegte. Dewald stand ruckhaft auf; der Kaffee schwappte über, als er seine Tasche vom Stuhl riss und sie sich im Wachstuch verhedderte, er murmelte »Danke« und stürzte linkisch durch die Tür zum Auto.

Die Frau blickte ihm wortlos nach und knüllte ein Taschentuch am Kinn.

Der blutige Werner war dran, ein Notfall: »Hugo«, sagte er, »fahr los, Engelsmoor 15, eine Frau in Lebensgefahr. Die Polizei kommt wohl nach. – Nein, ich weiß nicht, was los ist. Ich bin noch in Großenborstel, Transport zum Altenheim, ich schaff's nicht schnell genug, fahr du, ich komme dann auch.«

Engelsmoor 15, das mussten von Borstels sein. Was da wohl passiert war? Dewald warf einen prüfenden Blick zurück. Nein, die Frau hatte nichts mitbekommen.

Doktor Dewald wurde schlagartig ruhig. Er spürte, wie sein Herz das träge Blut in festem Takt durch die Adern trieb und in seinem Kopf kühle Besonnenheit einkehrte. Er warf die Tasche auf den Rücksitz, stieg ein und startete. Mit einem Blick über die Schulter stellte er befriedigt fest, dass sein Notfallbesteck komplett war: Eisensäge, Bolzenschneider, Kuhfuß, kleine Flex, scharfes Messer. Das war für die Selbstmörder. Man wusste nie, wie die sich festgemacht hatten, und es kam alles darauf an, sie möglichst schnell loszumachen. Es gab viele Arten, sich umzubringen, aber man konnte eindeutig feststellen, dass das Aufhängen die längste Tradition hatte, vorzugsweise an Dielenbalken. Ganze Dynastien hatten sich so ausgelöscht. Aber natürlich redete keiner darüber. Nur der alte Andreas Loock, der hatte Dewald mal einen Überblick gegeben.

»De sünd nich koppfass«, erklärte er das Phänomen und zeichnete auf ein Blatt Papier weit verzweigte Stammbäume mit Kreuzen bei jedem, der mit Gewalt gegen sich selbst aus dem Leben gegangen war. Er kannte das Ganze fünfzig Jahre rückwärts, noch aus der Zeit der Inzucht, die mit dem Krieg und den Flüchtlingen zu Ende gegangen war. »Plötzlich und unerwartet von uns gegangen«, war der Code in den Anzeigen. Selbstmörder gab es reichlich hier, besonders im Herbst; am schlimmsten war es aber im November, den hatten sie noch vor sich. In dieser nassen Gegend saß die Depression im Boden und in den modrigen Gräben fest und stieg im Herbst heimtückisch mit dem Nebel empor und kroch lauernd um die niedrigen, krummen Häuser, in denen die Menschen in grauen Zimmern eingeschlossen waren. Dieses Jahr hatte die Saison früh angefangen. Dewald hatte schon drei losgemacht, obwohl es erst Oktober war. Zu spät natürlich. Einer hatte an einer Leiter auf dem Heuboden gehangen, völlig unmöglich, fest mit einer Kette aus dem Kuhstall, und er war rasselnd durch die Heuluke runtergekracht, der erwartungsvollen Verwandtschaft vor die Füße. Die hatten Augen gemacht! Dabei hätten sie gut und gern selbst Hand anlegen können. Aber sie standen nur rum und warteten, dass der Fachmann zu Werke ging. Arzt und Klempner. Hatten sich für unzuständig erklärt. Nur nichts anfassen, wer weiß, was nachher richtig war, und wer nichts tut, tut auch nichts falsch, lass man den Doktor machen.

Dewald drängelte sich hupend durch den engen Ort. Links lag die Bank. Dewald warf ihr einen bösen Blick zu. Sie hatten letztes Jahr die Fassade runderneuern lassen, obwohl das Gebäude noch keine zwanzig Jahre alt war. Überall war jetzt Kupfer drangenagelt und draufgeschraubt. Was das gekostet haben mochte! Nötig war es mit Sicherheit nicht, höchstens von Finanzamts wegen. Und ihn wollten sie zwingen, das mitzubezahlen mit seinen Zinsen.

In der Kurve ging es immer zäh und langsam. Dann die Kirche. Auch runderneuert, vorletztes Jahr. Sie hatten die alten Steine aus der Fassade herausgeschlagen und neue wieder eingemauert. Den Auftrag hatte einer vom Kirchenvorstand bekommen, und nicht etwa umsonst. Es hatte Kirchenaustritte gegeben wegen dieser Affäre.

Am Ende des Ortes das alte stattliche Fachwerkhaus. Nicht runderneuert. Ganz im Gegenteil. Es vermoderte und zerfiel. Irgendwann würde es zusammenbrechen, und wer weiß, was man dann dort hinbauen würde. Hauptsache neu, dachte Dewald. Hauptsache vorwärts, egal wohin.

Dewald hatte den lang gestreckten Ort verlassen, hochtourig zog er durch die Kurve, als er auf die Moorstraße abbog. Der Wagen schaukelte auf dem welligen Asphalt. Der Himmel war eingestürzt und lag niedrig, grau und zersplittert über den kahlen Wipfeln der Birkenbäume, die der Wind von Osten bog und drückte. Immer Ostwind, Südost, Nordost. Wind, und wenn der nicht bläst, der Nebel, das ist das, was die Leute mürbe macht, dachte Dewald. Und die Kälte, die von innen kommt, wenn man keine Liebe hat. So wie neulich die Geburtstagsgesellschaft, die bei Kaffee und Kuchen feierte und ihn gerufen hatte, weil das Tantchen nebenan so merkwürdig im Bette saß. Von wegen merkwürdig! Sie war tot. Sie hatte eine Plastiktüte überm Kopf, die sie mit beiden Händen am Halse hielt. Das war völlig aus dem Rahmen gefallen. Aber die Frau war bettlägerig gewesen, wie hätte sie sich aufhängen sollen? Dass man sich so umbringen konnte?! War natürlich auch wieder zu spät. Schon allein, bis er die Hände abhatte. Der Tod lässt nicht wieder los. Dabei hätten die Leute das Tantchen retten können. Anstatt ihn umständlich zu rufen, hätten sie nur rechtzeitig die Tüte hochzuziehen brauchen. Aber sie hatten es nicht getan.

Wahrscheinlich hatten sie Angst vor den aufgerissenen Augen und dem letzten Röcheln gehabt. Der Geburtstag war natürlich verdorben. Aber Dewald hatte noch einen Kaffee mitgetrunken, nach getaner Arbeit, inmitten der schweigenden Gesellschaft. Keiner traute sich zu gehen. Den Stopper hatten sie schon hinter sich, er kriegte Torte. Man gönnt sich ja sonst nichts. Dafür hatte er sich die Anzeige wegen unterlassener Hilfeleistung gespart. Eine bessere Methode, sich die Patienten zu vertreiben, hätte es vermutlich nicht gegeben.

Doktor Dewald näherte sich mit Höchstgeschwindigkeit der Adresse; noch am Gasthaus vorbei, in dem sich die Dorfjugend allsonnabendlich mit Discomusik die Ohren ruinierte und dem Alkoholismus entgegenwankte. Der hatte sich auch erhängt, endlich mal auf die klassische Art; Dewald war dem alten Wirt fast dankbar, nachträglich. Er war mit dem Strick auf den Dachboden gegangen, nachdem er gerade noch seinen Sohn in der Gaststube vertreten hatte, und hatte sich schlicht und althergebracht aufgehängt, ohne Umstände und Schnörkel mit einem soliden Strick um den Hals, auf einem alten Hocker, den er beiseite trat. Es genügte ja so wenig. Sechs Kilo Zuggewicht reichten völlig aus. Dewald hatte schon beim Öffnen der Tür gesehen, dass er sich Zeit lassen konnte. Der kleine Mann war ordentlich tot. Aber was für eine riesenhafte schwarze Zunge – wirklich bemerkenswert, komisch, dass es über dieses Phänomen des überdimensionalen Anschwellens der Zunge Erhängter keine wissenschaftlichen Studien gab. Dewald führte seitdem ein kleines Büchlein in seinem Notfallbesteck mit sich, für seine klinischen Notizen, um diese Lücke zu schließen.

Er bog noch einmal von der welligen Straße ab auf einen schmaleren Weg. Engelsmoor 15 kam in Sicht. 16.44 Uhr. Hundert Meter von der birkenbesäumten Moorchaussee entfernt. Der Schotterweg prasselte unter den Reifen. Auf dem Hof vor dem Wohnhaus stand ein Polizeiwagen.

Dewald sprang aus seinem Wagen, zerrte seine Tasche hinter sich her und lief instinktiv auf die offene Tür im Verbindungsteil zwischen altem Wohnhaus und dem neuen Boxenlaufstall zu.

Die junge Frau lag gleich links um die Ecke. Aufgebäumt im Todeskrampf, auf dem Bauch zusammengekugelt, die Knie hochgezogen, die Stirn auf dem Betonboden. Wie zum letzten Gebet gen Mekka. Nur der Teppich fehlte. Und die Hände waren nicht gefaltet.

Dewald kniete neben der Frau nieder. Eine große Lache roten Blutes hatte sich mit grauem Staub zu einem surrealistischen Kunstwerk gemischt. Sachte wälzte der Arzt die Frau herum. Es raschelte trocken, als sie auf die Seite fiel, und aus ihrer Brust schnarrte der Rest des abgeschnittenen Schreis. Ihre Arme sanken sanft beiseite. Steif war sie noch nicht.

Aus dem neuen Stall drang ein kehliges Grölen: »Es gibt kein Bier auf Hawaii, es gibt kein Bier ...« Kühe schepperten mit dem Gestänge des Fressgitters und die Melkmaschine brummte wie eine Riesenhummel.

Ihre Kehle ...

»Drum fahrn wir nicht nach Hawaii, drum bleim wir hier ...«, grölte es.

»Wunderbar!«, sagte Doktor Dewald.

»Wie bitte?«, krächzte der bleiche Polizist, der hinten aus der Milchkammer herstürmte, bremste und halb abgewandt stehen blieb.

»Der Schnitt«, sagte der Arzt und sah kurz auf. »Sehen Sie sich ihn an, hier – er ist wunderbar. Exakt wie im OP.« Seine Augen leuchteten. »Keine Fransen. Ein Strich. Besser kann man es nicht machen ...«

»Meine Braut, sie heißt Marianne ...«, kam es aus dem Stall. Die Stimme heulte und überschlug sich.

Der Beamte würgte an seinem Speichel. »Ist sie ...?«

»Mausetot. Toter geht's nicht. Wir können froh sein, dass der Kopf noch dran ist. Lässt sich so auch besser tragen ...« Dewald grinste verloren, aber es sah aus wie Weinen.

»Wir sind seit zwölf Jahren verlobt. Sie hätt' mich schon längst zum Manne, wenn die Hochzeitsreise nicht wär ...«

»Wir müssen da hinten wohl mal nach dem Rechten sehen«, meinte Dewald und erhob sich langsam. »Hier können wir nur noch abräumen.«

»Er – er melkt – man kommt nicht rein, wenn er – wenn er melkt«, stotterte der Beamte. Er war groß, breitschultrig, hatte blauschwarze Bartstoppeln und pockennarbige Haut. Er machte ein unentschlossenes Gesicht.

»Denn sie will nach Hawaii, ja, sie will nach Hawaii, und das fällt mir so unsagbar schwer ...«, heulte es von hinten her; die Stimme brach auseinander wie eine Glasscheibe unter einem Fußtritt und verlor sich in einem Schluchzen.

»Und der will nach Sing-Sing«, sagte Dewald unbewegt, »da gibt's auch kein Bier.« Er wandte sich von der Toten ab und griff dem Polizisten unter den Arm. »Kommen Sie, das muss geregelt werden.«

Während sie die zehn Meter bis zur Tür der Milchkammer gingen, wimmerte es, erst leise, dann wieder anschwellend: »... kein kühler Fleck, und nur vom Hula-Hula geht der Durst nicht weg.«

Dewald zog die Tür auf. Der Dunst warmer Milch und warmer Kuhleiber schlug ihnen entgegen, rauschend schoss ein Schwall Milch aus der Rohrleitung in den Filter, das Sirren der Kühlung und das Schnarren der Melkmaschine mischten sich mit dem unerbittlichen Takt des Pulsators. Bumm-tschak, bumm-tschak, bumm-tschak. Saug-schpukk, saug-schpukk, saug-schpukk.

»Es gibt kein Bier auf Hawaii, es gibt kein Bier«, fing es wieder an, drüben, hinter der Tür zum Melkstand.

Dewald tänzelte im Takt des Pulsators hinüber, schnalzte mit den Fingern zu einem Hüftschwung: »I gotta mean mistreating mama, yeah, I gotta mean mistreatin' mama, yeah.«

»Wie bitte, was ist?«, fragte die ängstliche Stimme des Polizisten schräg hinter ihm.

»Leroy Carr«, antwortete Dewald. »Kennen Sie den etwa nicht? Oder Elmore James?« Er riss die Tür zum Melkstand auf.

Eine Kuh starrte ihn perplex an, aus großen, blanken blauen Augen, die perlmutten glänzten, und hielt ihm durch das Sperrgitter eine mahlende feuchte Schnauze entgegen. Sie schnaubte entrüstet und kaute andersherum. Dewald näherte sich der Grube, während der Polizist sein kerniges Gesicht um die Ecke steckte.

Der Bauer stieg mit plumpen Schritten in der Versenkung des Melkstandes hin und her. Dewald sah von oben sein nasses, rotes Gesicht und die verklebten weizenblonden Haare. Der Bauer schluchzte und rieb sich die Augen, wischte einer Kuh auf der anderen Seite mit einem Lappen das Euter sauber und schnäuzte den Rotz aus seiner Nase und schob die Melkbecher auf die Zitzen, die sich quietschend ansaugten.

Dann drehte er sich um. Sein Gesicht wurde steif. Mit der Linken griff er blind über sich und rastete das Trenngitter auf Dewalds Seite los. Hinter dem Bauern glitt die Schiebetür zum Stall beiseite, eine Kuh drängte mit erhobenem Kopf herein und hinter ihr andere, sie wollten gemolken werden; Dewald machte einen Schritt zurück und wurde im gleichen Augenblick von einem breiten Leib platt an die Wand gepresst, dass es ihm die Luft aus dem Brustkorb trieb, seine Füße brachte er gerade noch in Chaplin-Stellung. Schwer und gleichgültig rieb sich die Kuh an ihm entlang und verschwand schaukelnd durch die andere Tür zurück zu den Liegeboxen. Dewald rettete sich in die Türnische und ließ die anderen drei Kühe durch, die den Melkstand verließen. Vier neue hatten ihren Platz eingenommen. Der Bügel rastete wieder ein. Dewald schnappte nach Luft.

»Was willst du?«, schrie der Bauer.

»Ich?«, schrie Dewald zurück. »Nichts! Aber der hier

will mit dir reden!« Dewald langte um die Ecke, bekam den Polizisten an der Schulterklappe zu fassen und zog ihn in die Türfüllung. »Man los«, flüsterte er dem Polizisten zu, »keine falsche Scham«, und schob ihn auf den Bauern in der Grube zu.

Das ist ja wie Kuppelei, dachte Dewald und wandte sich ab. Die würden schon miteinander fertig werden. Er musste sich um die anderen kümmern. Er hörte noch, wie der Bauer schrie: »Lass mich in Ruhe, du siehst doch, dass ich melke, ich muss melken, das ist Tierquälerei ...«

Der Rest verlor sich im Gebrumme der Maschinen. Dewald schloss die Tür der Melkkammer hinter sich und eilte auf die Leiche zu. Die Frau lag einsam und verrenkt auf der Seite, starrte ihm mit toten Augen auf die Beine. Dewald schüttelte stumm den Kopf.

Draußen quietschten Bremsen und der Blutige Werner sprang aus seinem Rettungswagen. Als er Dewalds Gesicht sah, verlangsamte er seinen Schritt und sagte: »Zu spät, wie?«

»Und wie«, nickte Dewald resigniert und zuckte die Schultern. »Hier ...«, er zeigte um die Ecke in das Gebäude. »Sieh's dir an. Geschlachtet. Regelrecht geschlachtet.«

Der Blutige Werner verzog sein Gesicht. »O Mann«, sagte er nur.

»Sorg mal für mehr Polizei, da hinten ist einer, der ist nicht gerade ein Wyatt Earp, auch wenn er so aussieht. Der braucht Hilfe. Hör's dir an ...«

Kuhgebrüll und Geschrei.

»Sind schon unterwegs«, sagte der Blutige Werner, »müssen jeden Augenblick kommen.«

Dewald hörte schon nicht mehr hin, er wandte sich nach links zum Haus.

Der Gang endete an der Küchentür. Die Küche war leer. Grau gemusterte Fliesen. Auf dem Tisch das unvermeidliche Wachstuch. Sechs Teller gedeckt. Auf dem Herd ein Topf, der Dampf trieb den Deckel in die Höhe, Schaumblasen.

Dewald schaltete die Platte aus und schob ihn beiseite. Dann hörte er das Wimmern. Gegenüber, hinter der Tür.

Der Alte lag auf dem Sofa und rührte sich nicht, die Stiefel lagen über Kreuz neben dem Sofa. Die Frau kniete neben ihm und weinte, im linken Arm hielt sie einen Jungen an sich gepresst. Vier oder fünf mochte er sein. Dewald schob beide beiseite, griff den schlaffen Arm des Mannes und fühlte mit angehaltenem Atem, mit der anderen Hand schob er ein Augenlid auf. Ein durchdringender Geruch strömte von dem Alten ab; er hatte kuhdreckverschmierte Manchesterhosen an.

»Frau von Borstel«, sagte der Arzt fest, ging vor ihr auf die Knie, packte sie an den Schultern und zwang sie, ihm ins Gesicht zu sehen. Der Junge stand, ohne sich zu rühren, und barg sein Gesicht an ihrer Halsgrube. Er zitterte. Seine Augen fest zugepresst. Ihr Blick von Tränen verschleiert, aber er verriet einen Rest von Anwesenheit.

»Frau von Borstel!«, wiederholte Dewald und seine Stimme war ruhig und dunkel geworden, »um Ihren Mann kümmere ich mich. Darüber machen Sie sich keine Sorgen. – Können Sie Auto fahren?«

Sie nickte.

»Dann nehmen Sie den Jungen und fahren Sie ihn irgendwohin, wo er die nächste Zeit bleiben kann. Aber schnell. Jede Minute zählt. Können Sie das?«

Sie nickte wieder.

Dewald strich dem stillen Jungen übers weizenblonde Haar: »Und du hilfst deiner Oma fein, ja? Dann wird bald alles wieder gut ...« Er wusste, wie lächerlich diese Worte waren. Nie wieder würde das hier wieder gut werden, in zehn Jahren nicht und in einem Menschenalter nicht.

Langsam stand Dewald wieder auf. Der Alte atmete schwer und stockend, seine Augen flackerten. Er hatte seine Stalljacke noch an.

»Seit wann ...?«, fragte Dewald.

»Ich weiß nicht«, sagte die Frau leise. »Ich hatte grad die Kartoffeln aufgesetzt. August kam mit ihm rein. Er trug ihn fast. Dann hat er den Unfallwagen gerufen.«

Plötzlich machte sich der Junge frei und sah Dewald aus seinen blauen klugen Augen stumm an. Dewald fühlte, wie dieser Blick bis an den Grund seiner Seele ging, ein wissender, klarer Blick, voll endgültiger Traurigkeit und ohne Hoffnung.

»Wird Mama wieder gesund?«, fragte er.

»Mein Junge«, sagte Dewald langsam, aber irgendwie erleichtert, »sie ist sehr krank, mein Junge ...« Und dann holte er tief Luft, damit er weitersprechen konnte: »Nein, mein Junge, du musst jetzt helfen, hilf deiner Oma, hörst du? – Fahren Sie los, Frau von Borstel, jetzt! – Augenblick ... Sagen Sie, wo ist Hinni ...?«

»Um diese Zeit ist er immer im Jungviehstall, ausmisten.«

Dewald nickte und verließ schnell das Zimmer. In der Küche, an der Tür zum Stall, hielt er inne. Er kehrte um, griff sich eine Gabel vom Küchentisch, hob den Topfdeckel und stach hinein. Gar. Sie waren gar. Er ließ die Kartoffel abtropfen, schwenkte sie in der Luft und steckte sie zwischen die Zähne. Er musste Luft einsaugen, damit er sich nicht verbrannte.

Ein zweiter Polizeiwagen stand auf dem Hof. Im Kuhstall war Lärm, die Melkmaschine lief noch, es drang Geschrei und das kurze Bölken von Kühen in Panik herüber. Der Blutige Werner kam aus der Tür, hinter der die tote Frau lag.

Dewald winkte ihn heran. »Hol die Trage, es gibt noch mehr zu tun.«

Als sie die Bahre, auf der der Alte wie tot lag, durch die Tür bugsieren wollten, kam ihnen die alte Frau mit dem Enkel entgegen. Dewald ließ die Trage sinken, öffnete die Autotüren und wartete, bis sie eingestiegen waren, um schnell die Tür hinter ihnen zuzuwerfen.

Dann holten sie den Mann.

Als Werner mit ihm weg war, sah Dewald sich auf

dem Hof um wie ein sicherndes Reh, das den Jäger gerochen hat, und horchte. Fetzen von Nebelwolken umhüllten den Hof wie ein Leichentuch und die bleiche Sonne stand bleiern und flach überm Horizont, bereit fortzusinken. Wer weiß, ob sie je wieder aufgeht, dachte der Arzt. Noch Lärm im Stall, Murmeln hinter der Tür bei der Toten. Dewald umrundete den Misthaufen und eilte zum Jungviehstall.

Als er sich näherte, hörte er das Schlurfen einer Schaufel auf rauem Beton, das Blatt langte aus einer der offenen Türen, beladen mit breiigem Mist, und schlappte ihn auf einen flachen einachsigen Anhänger, der hinter einen alten 28er-Hanomag mit schmalen Reifen gespannt war. Dewald ruinierte sich seine Schuhe. Für die Sprechstunde taugten die nicht mehr. Der nächsten Schaufel konnte er mit knapper Not ausweichen.

Aus dem Dunkel des Stalles sah Hinni ihn kurz an, mit einem verzweifelten Blick aus heißen Augen, und machte weiter. Dewald wippte zurück, um die nächste Schaufel vorbeizulassen. Ich muss abnehmen, dachte er, während er resigniert auf die Jauchespritzer an seinen Hosenbeinen herabsah. Hinnis Gesicht war rot und schweißnass, die graue Hornbrille saß auf halber Nase, seine schütteren Haare waren schmutzig und verklebt.

Hinni mistete aus, gnadenlos, Schaufel um Schaufel langte er aus der Tür auf den Wagen, bei dem der Brei schon durch die Schotten tropfte; er würde ausmisten bis zum Ende aller Tage, wenn es sein müsste. Keine Blicke mehr.

»Hinni ...«, flüsterte Dewald, »hör auf.«

Hinni verschwand im Stall und kam mit einer vollen Schaufel zurück.

Noch eine Schaufel.

Und noch eine. Eine langsame, zögerliche.

Dann stand er da, den Kopf seitwärts gerenkt, abgewandt, die Hände mit weißen Knöcheln überm Schaufelstiel vor seinem Bauch, den er immer flink wie eine werdende Mutter vor sich her schob, so, als gehöre das, was drin war, nur zum Teil zu ihm selbst. Hinni verzog sein rundes Gesicht zu einem hässlichen Grinsen voll Pein und Verlegenheit, dabei entblößte er sein rotes und geschwollenes Zahnfleisch.

»Weißt du, was drüben mit Erika passiert ist?«, fragte Dewald.

Hinni grinste verquer, wandte sein Gesicht zur anderen Seite, bog sich, schwieg.

»Sie ist tot, Hinni«, sagte Dewald langsam. »Erstochen ist sie, Hinni.«

Hinni keuchte seine Luft heraus, in seiner Kehle gnurpste es, aber er sagte nichts.

»Die Polizei ist da. Sie holen deinen Bruder.«

Dewald sah, dass der ungeschlachte Mann zu zittern begann. Er stieß schnatternde Geräusche aus, der Schaufelstiel bog sich knisternd unter seinem Griff.

»Dein Vater ist krank. Er muss ins Krankenhaus. Wahrscheinlich für längere Zeit.« Dewald fasste Hinni an seine schmutzige Schulter. »Komm«, sagte er im Tonfall eines Schlachters, der einen zweijährigen Bullen abführt, »es hat keinen Zweck, dass du hier jetzt ausmistest. Sie werden mit dir reden wollen.«

Hinni wand sich und grinste sein schreckliches Grinsen.

Dewald klopfte ihm auf die Schulter und sagte: »Ich red zuerst mit ihnen und erklär's, hab keine Angst.«

Dann gingen sie zusammen über den Hof, der schwere Mann neben ihm leicht wie ein Nebel über die Felder, aber Dewald hörte das Knirschen seiner Zähne.

Inzwischen waren noch mehr Autos eingetroffen, in der Tür zur Toten wuselte es von Uniformen. Jetzt kamen sie hinten um die Ecke des Stalles herum. August von Borstel in der Mitte, seine fast weißen Haare in Strähnen nass am breiten Schädel, schweißüberströmt; sein rotes Gesicht eine Grimasse aus ohnmächtiger Wut und Erschöpfung, die Arme auf dem Rücken gefesselt, eskortiert von Wyatt Earp und einem zweiten Beamten mit blondem Bart, beide Uniformen mit olivgrüner

Schmiere überzogen. Sie hielten und schoben den Bauern an den Schultern. August von Borstel schrie und geiferte mit sich überschlagender Stimme, sie wären Tierquäler und sollten ihn gefälligst melken lassen, die Kühe hätten ein Recht, gemolken zu werden, das könnten so ein paar Idioten von Udls ihm doch nicht verbieten.

»Das setzt eine Strafanzeige wegen Beleidigung«, knurrte Wyatt Earp grimmig, warf triumphierende Blicke in die Runde und machte ein markiges Gesicht.

Wenn man einen Bullen abführen will zum Schlachten, muss man ruhig sein und jedes Wort bedenken, dachte Dewald noch, als August von Borstel schon aufbrüllte und dem Polizisten neben sich plötzlich scharf gegen das Schienbein trat, dass er auf der schrägen Mistplatte das Gleichgewicht verlor und stürzte. Als er aufstand, war er nicht mehr Wyatt Earp, er sah aus wie August und Hinni von Borstel in ihren Arbeitsklamotten. Nur im Gesicht nicht. Das war ein Zirkusgesicht. Er wischte sich mit dem Ärmel die Jauche aus den Augen, heulte auf vor Wut und wollte sich auf August stürzen. Der andere Polizist haspelte sich zurück an die Seite des Festgenommenen, der die Polizisten vergessen hatte, als er seinen Bruder sah – er stand da wie festgeschraubt, und der wütende Polizist hielt inne wider Willen.

Die Brüder standen sich gegenüber, der eine mit stierem Blick, leicht vornübergebeugt, der andere verdreht, verbogen. August atmete schwer, seine Brust hob und senkte sich.

»Hinni ...«, sagte August leise und rau und sanft. »Hinni«, sagte er noch einmal. »Ich mutt wech ... Keeneen weet, wann ick wedderkom.«

Hinni liefen die Tränen über sein großes Gesicht, er zuckte am ganzen Leibe und öffnete den Mund. Unverständliche Gurgellaute kamen aus seiner Kehle wie Kröten.

August von Borstel schüttelte heftig den Kopf und unterbrach ihn: »Hinni – ji möt Klaus frogen. He mutt.«

Seine Worte kamen schleppend, er schnaufte laut durch die Nase und er wandte den Blick nicht ab von seinem Bruder.

Hinni nickte stumm und ergeben, und Dewald legte ihm die Hand auf die Schulter, damit August es sah. Langsam, wie zu einem Kind, sagte Dewald: »Der Junge, also, Ihr Sohn – er ist versorgt.«

August schloss die Augen, ließ Kopf und Schultern nach vorne sacken. Dann ließ er sich abführen. Seine Füße schlurften. Und er ließ den Kopf hängen, als wäre sein Genick gebrochen. Er hielt die Augen fest geschlossen, er trat gegen den Bus und sie luden ihn in den Wagen wie einen Blinden.

Dewald ging auf den kleinen bärtigen Mann zu, der neben der Tür stand und das Geschehen ruhig und mit ernstem Blick verfolgt hatte.

»Staschinsky – Kriminalpolizei«, stellte der Mann sich vor und streckte lächelnd die Hand aus.

»Dewald. Hausarzt der Familie.«

»Seit wann sind Sie hier?«

»16.46 Uhr bin ich aus dem Auto gestiegen.«

»Und?«

»Dann habe ich die Frau gefunden. Sie war tot, natürlich.«

»Waren Sie der Erste?«

»Nein, Ihr Kollege, der Große mit der Jauche im Gesicht, war schon hier. Er kam aus der Melkkammer, als ich den Tod der Frau feststellte.«

»Haben Sie sonst jemanden hier gesehen? Ich meine, auf dem Hof?«

»Nein. Der junge Mann, den Sie festgenommen haben, war hinten beim Melken und hat gesungen. Ich bin mit dem Beamten hin und dann bin ich ins Haus gegangen.«

Der Kriminalpolizist hatte freundliche Augen.

Dewald nickte schräg nach hinten und sagte: »Das ist der Bruder des ..., von August von Borstel also, Hinrich. Ich hab ihn vom Jungviehstall mitgebracht, ich war ..., also er hat ausgemistet ...« Dewald zögerte. »Er – wenn Sie ihn vernehmen wollen – er kann, also er kann nicht richtig reden, er ...«

Dewald drehte sich nach hinten um. Hinni stand abseits, plump und knorrig, gewunden wie der Stamm einer Weide, die gegen den Wind gewachsen war, und grinste mit der einen Hälfte seines Mundes herab zum Pflaster, wobei er sein geschwollenes Zahnfleisch und die kariösen Zähne bleckte. Er weinte still und seine großen Fäuste drehten sich an seiner Hüfte. Weidenholz ist weich, dachte Dewald, aber schwer zu spalten, viel schwerer als Eiche, jedenfalls wenn es so verdreht gewachsen ist.

Der Polizeibeamte wartete geduldig.

»Er kann sich nur in der Familie verständlich machen«, sagte Dewald endlich leise, »Fremden gegenüber bringt er nichts raus. Denken Sie sich nichts dabei.«

Staschinsky ging leichthin auf den Mann zu, lächelte wieder und hielt ihm seine Hand entgegen. »Guten Tag, Herr von Borstel!«

Hinnis Augen waren blind vor Tränen, aber er grinste mit der einen Hälfte seines Mundes und hob zögernd seine Rechte von der Hüfte, die der Polizist griff wie ein knorriges Stück Holz und nach dem Schütteln fallen ließ.

»Wir müssen mit Ihnen reden, Herr von Borstel, aber das hat noch etwas Zeit. Es tut mir Leid, was hier geschehen ist.«

»Ich ruf Klaus an, Hinni«, unterbrach Dewald schnell, »und sag ihm Bescheid, dass er sofort kommen soll. Und nachher ruf ich beim Landvolk an, dass sie sich kümmern sollen. Sicher kriegt ihr erst mal einen Betriebshelfer, der euch hilft. Die Welt geht nicht unter, Hinni, du wirst sehen, Hinni, es gibt immer einen Weg, Hinni ...«, er konnte nicht mehr sprechen.

Hinni weinte, die Tränen liefen ihm über die dicken Backen und tropften auf seine Stalljacke und er drehte die Fäuste an seinen Hüften, weil seine Welt zu Ende war. Dewald wusste zum zweiten Mal, wie lächerlich seine Worte waren. Es gibt keine Worte für das hier, dachte er, und dann wandte er sich ab und ging ins Haus, um Klaus anzurufen.

Er sah die junge Frau nicht mehr an, als er seine Tasche holte, aber er spürte ihren trockenen Blick an seinen Beinen und beeilte sich. Die Leute von der Polizei fotografierten. Sie hatten mit Kreide eine Linie um die Leiche gezeichnet. Dewald stieg in seinen Wagen. Er hatte geregelt, was zu regeln war. Klaus wollte sofort kommen. Er konnte jedenfalls erst mal zu Ende melken. Der Junge war in Sicherheit. Der Vater im Krankenhaus. Auf Hinni würden sie Rücksicht nehmen. Es war fürchterlich ...

Dewald startete und seine Patienten und seine Hausbank fielen ihm ein, während seine Stirn in Falten schoss. Er wollte gerade den ersten Gang einlegen, als es am Fenster klopfte.

»Entschuldigen Sie«, rief Staschinsky, »die Blutprobe – wir müssen doch eine Blutprobe machen, können Sie nicht mitkommen, Sie kennen ihn doch ...«

»Kennen Sie die Familie gut?«, fragte Staschinsky dann, als sie beide im Fond des dahinschaukelnden Einsatzwagens saßen.

»Na ja, ich bin eben der Hausarzt.«

»Sagen Sie, was ist denn eigentlich mit dem Hinrich, ist er ...?«

»Nein, ist er nicht. Bekloppt, meine ich. Intelligent in unserem Sinne ist er sicher auch nicht. Aber praktisch bringt er Sachen fertig, von denen Sie und ich nur träumen. Wunderlich ist er schon ein bisschen. Reden kann er eben nicht.«

»Ich glaube nicht, dass wir ihn so furchtbar viel fragen müssen«, meinte Staschinsky trocken.

»Ach übrigens«, sagte Dewald, »die alte Frau von Borstel habe ich fortgeschickt. Als ich im Haus war. Der Junge da ...«

»Ich weiß«, unterbrach ihn der Polizist, »der Sanitäter ...«

»Damit es für ihn nicht noch schlimmer wird. Sie bringt ihn irgendwo unter, wo er bleiben kann, ich habe gedacht ...«

»Was haben Sie gedacht?«

»... dass er weg muss, bevor noch mehr Polizei kommt, die arme kleine Seele hat ja nun keine Eltern mehr, nichts mehr, seine ganze Welt hier ist zerbrochen, vernichtet ...« Dewald konnte wieder nicht weitersprechen, ein Kloß saß ihm im Halse und Tränen stiegen ihm in die Augen. Ein gewaltiges Zucken riss sein Gesicht auseinander und er wandte sich ab.

»Sie haben sicher gut und richtig gehandelt, Dr. Dewald«, sagte Staschinsky begütigend. »Ich habe mich schon orientiert bei dem Sanitäter. Die Einzelheiten besprechen wir später. Sagen Sie – was sind das für Leute, die von Borstels?«

»Weiß nicht«, schniefte Dewald, »so gut kenne ich sie nun auch nicht. Seit ungefähr vier Jahren komme ich hin, seit der Junge da ist. Es sind verschlossene Leute.«

»Wieso?«

»Na ja, sie reden nicht viel. Sonst sitze ich mal bei den Leuten, und die erzählen mir ihre Sorgen. Von Borstels nicht. Wenn man kommt, nicken sie einem zu, und wenn man geht, noch mal, das war's. Vielleicht liegt's aber auch an mir.«

»Wieso?«, fragte Staschinsky wieder.

Sie hielten an einer Stoppstraße und ließen den Querverkehr durch. Der Bus mit August von Borstel fuhr schon weit vorn. Dewald bemerkte, dass die Autos ihre Fahrt verlangsamten und die Insassen sich die Hälse verrenkten, um herauszubekommen, was das mit den Polizeiwagen auf sich hatte. Sicher würde bald das Gerücht umgehen, dass man ihn festgenommen hatte, zum Beispiel wegen Morphiummissbrauch oder so etwas, was man eben einem Arzt zutraute. Es waren sofort die fürchterlichsten Gerüchte im Umlauf. Dewald ertappte sich dabei, wie er sein Gesicht dem Polizeibeamten zuwendete und lächelte, um einen entspannten und unschuldigen Eindruck zumachen. Ja, die Angst sitzt tief in uns, dachte er und fühlte, wie sich seine Oberlippe selbstständig machte. Wir haben alle noch den Untertanen in uns, so schnell ist das nicht vorbei, und wenn wir noch so sündenfrei sind.

»Ach, wissen Sie«, antwortete Dewald, »ich bin ja nicht von hier, ich bin ja ein Zugereister, wie man sagt, und ein Studierter. Und warum sollte man solchen Leuten besonders vertrauen? Da hat's der Tierarzt leichter. Der ist zwar auch studiert und womöglich zugereist, aber wenn er einer Kuh auf die Gebärmutter gelangt hat und die Scheiße an seinem Oberarm herausquillt und über seine Schürze tropft, dann ist er eben auch Bauer, ein bisschen wenigstens. Den fragen sie zuerst. Und wenn das nicht klappt, dann kommen sie zu mir. Natürlich geben sie das nicht zu. Aber worüber rede ich eigentlich?«

»Macht nichts, Herr Dr. Dewald«, sagte der Polizist. »Kennen Sie den Festgenommenen näher?«

»Praktisch nicht. Und so wie heute habe ich ihn natürlich noch nie erlebt. Er war sonst kaum zu sehen. Wortkarg. Scheu, möchte ich fast sagen. Er konnte mir nie ins Gesicht sehen. Ich habe es ein paar Mal erlebt, dass er sich verdrückt hat, wenn ich auf den Hof kam.«

»Und die – junge Frau ...?«

»Das arme Kind«, sagte Dewald und der Blitz in seinem Gesicht zuckte entlang der rechten Wange, er atmete tief ein und musste wieder schluchzen. »Das arme Kind, so armselig, wie sie dort gelegen hat. Soweit ich weiß, ist sie eine Bauerntochter aus Altenmoor. Gewesen, muss man ja nun sagen. Sie war irgendwie anders. Freier. Offener. Ich konnte mit ihr über andere Sachen reden, wie man eben so redet. Aber es war eben nicht ständig diese schwere Wolke der Schweigsamkeit da, wie bei den anderen ...«

»Schwere Wolke der Schweigsamkeit«, wiederholte Staschinsky leise und sah nachdenklich aus dem Fenster, hinter dem die grauweißen Birkenbäume vorbeirauschten. Der Nebel über dem topfebenen Moor hatte sich etwas gehoben. »Schwere Wolke der Schweigsamkeit«, sagte er noch einmal langsam und betont.

»Ja, so ist es hier, man redet nicht, man schweigt. Man drückt sich aus durch Handeln. Und man erwartet auch von den anderen, dass sie sich durch Handeln ausdrücken. Man lebt lieber in lebenslangen Missverständnissen, als einmal drüber zu reden.« Dewald spürte die Wut in seiner Stimme. »Und wenn man das Schweigen nicht mehr erträgt, besäuft man sich eben. Haben Sie schon mal ein Schützenfest hier miterlebt?«

»Mhh«, machte Staschinsky, nickte und verdrehte die Augen. »Brauchen Sie mir nix erzählen.«

»Jedenfalls war die Erika anders. Wie das sein konnte, habe ich nie verstanden. Sie war auch immer am Telefon, wenn ich kommen sollte. Aber dann ...«

»Ja?«

»Sie redete mit mir nur, wenn die anderen nicht dabei waren. Wenn die Mutter vom August da war – und die war fast immer da –, dann wurde Erika still und ließ die machen. Und der Alte erst!« Dewald verstummte und schüttelte den Kopf.

»Was war mit dem?«, fragte Staschinsky.

»Wenn der da war, dann traute sich keiner mehr zu reden. Er hatte das Kommando. Er führte ein strenges Regiment. Dann sagte seine Frau nichts mehr und August erst recht nicht. Einmal hatte der Junge Keuchhusten. Er kriegte kaum noch Luft, wenn er einen dieser Hustenanfälle hatte, und lief blau an, die junge Frau hatte die ganze Nacht neben seinem Bett gesessen. Aber glauben Sie ja nicht, dass ich sie was fragen konnte oder den August. Die standen abseits. In der schweren Wolke der Schweigsamkeit sozusagen. Aber der Alte. Der verhandelte mit mir über die Gesundheit des Kindes! Er erzählte mir, was die Ärzte früher gemacht haben! Ich hätte platzen können. Ich hab's nicht getan, aus Rücksicht auf die junge Frau.«

Gleichmütig schaukelte der Wagen auf der welligen Moorstraße entlang. Sie schwiegen eine Weile und sahen verloren aus dem Fenster. Der Nebel gab jetzt ein paar hundert Meter Sicht frei, hinein in die Herbstwiesen, auf denen die losen Rinderherden unbeweglich und verhangen schienen wie auf einem unscharfen Foto; es begann zu dämmern, aber trotzdem leuchtete noch die blättrige Rinde der Birkenbäume.

»Die junge Frau hat sich meistens verkrümelt, wenn der Alte dazukam«, fuhr Dewald fort, »sie war dann einfach nicht mehr da.«

Sie fuhren an einem Landgasthof vorbei. Vor der Tür standen mehrere Autos und Leute waren damit beschäftigt, eine Eichenlaubgirlande mit einer silbernen 25 über der Tür zu befestigen. Dahinter ein altes Feuerwehrhaus.

»Den Alten hat es gewaltig erwischt. Schlaganfall, schätze ich ...«

Staschinsky musterte den Arzt von der Seite. »Wann denn?«

»Vorhin. Heute. Ich habe ihn mit dem Rettungswagen ins Krankenhaus geschickt. Da waren Sie wohl im Stall.«

»So, so ...«, machte Staschinsky und schwieg.

Sie waren jetzt abgebogen, Richtung Hemmstedt, die Straße war noch welliger als vorher. Unter ihnen lag altes Moor. Zur Linken ließ der Nebel den Blick zu auf das Industriegebiet im früheren Außendeich, einige Kilometer entfernt; eine metallene Masse von Türmen, Kuppeln, Rohren und rauchenden Schornsteinen hob sich grau vor dem grauen Horizont ab. Dewald sah den Damm rechter Hand hinter den jungen Birkenbäumen liegen, ockerfarben und drohend, hinter den die Hemmstedter Industrie ihre Abfälle pumpte. So eine Schweinerei, dachte er und spürte, wie sich sein rechter Mundwinkel zum Ohr hin verriss.

»Wie bitte?«, fragte Staschinsky.

»Ich habe wohl laut gedacht. Es ist eine Schweinerei.«

»Es ist immer eine Schweinerei, wenn jemand umgebracht wird«, bestätigte Staschinsky. »Aber ich hab mich dran gewöhnt.«

»Das meine ich nicht, Herr Staschinsky. Ich meine den Damm da hinten. Da wird ein ganzes Moor zugekippt.« Dewald schüttelte böse den Kopf. Und als Staschinsky nicht reagierte, fragte er: »Oder finden Sie das vielleicht in Ordnung? Haben Sie sich das mal angesehen, ich meine, von oben, vom Damm aus, wie das dahinter aussieht? Eine ganze Landschaft wird erstickt, das ganze Moor. Einfach dichtgeschissen. Da hinten scheißt die Industrie die Landschaft zu. Hier ist der Arsch der Welt.«

»Ich wohne auch im Moor«, sagte Staschinsky leise, fast tonlos, »hinten im Neuenmoor. Am Torfwerk. Wenn Ihnen das was sagt.«

»Allerdings sagt mir das was«, regte Dewald sich auf. »Hier scheißen sie's zu. Und bei Ihnen fahren sie's weg. Ab in die Vorgärten mit dem sauren Zeug. Wo soll das enden?«

»Wo schon?«, fragte Staschinsky nüchtern und rhetorisch und zuckte die Schultern. »Sagen Sie mal, mit wem hatten die Leute Kontakt – wer kennt die Familie?«

Der Wagen zog federnd durch eine lang gezogene Linkskurve. Nach links hin öffnete sich noch einmal der Blick über die rauchenden Schlote der Industrie, über eine weite baumlose Wiese, auf der Wasser stand.

»Kontakt? Hatten die nicht. Wüsste ich jedenfalls nicht. Ein paar Nachbarn. Bauern. Die üblichen Höflichkeitsbesuche wohl, im Winter jeder einmal, mit Kaffee und Kuchen um Mitternacht, die Männer mit Cognac und Zigarren und Qualm im einen, die Frauen mit Likör im andern Zimmer, wie das hier so üblich ist. Freundschaften sind das nicht. Es wird über den hergezogen, der gerade nicht dabei ist.«

»Ganz schön einsam ...«

»Ja, man lebt einsam hier auf den Höfen. – Dann gibt's höchstens noch die offizielle Seite. Der Briefträger.

Molkereigenossenschaft. Einmal im Jahr gibt's die Hauptversammlung, da treffen sie sich dann. Herdbuchgesellschaft. Landhandel. Schmiede. Das war's.«

Sie fuhren jetzt nach Hemmstedt hinein, eine weit geschweifte Straße, lange Kurven, Häuser, die erste Ampel. Vor ihnen der VW-Bus, den sie eingeholt hatten und in dem August von Borstel saß. Es war nichts von ihm zu sehen.

»Sie meinen, es gibt niemanden, der die Familie näher kennt?«, fragte Staschinsky wieder.

»Glaub ich nicht. Vielleicht die Verwandten. Fragen Sie die. Oder die Nachbarn. Wahrscheinlich aber alles nur Klatsch. Die Einzige, von der Sie vielleicht was erfahren könnten, ist eine Nachbarin, die allerdings meschugge ist, angeblich jedenfalls.«

»Wie heißt die?«, fragte Staschinsky interessiert und beugte sich vor.

»Kalde, glaub ich.«

»Und wieso ist die meschugge?!«

»Sie ist merkwürdig. Als Arzt kenne ich sie nicht. Sie wohnt mit einem Haufen Katzen ein paar hundert Meter hinter dem von Borstel'schen Hof, allein, in einer krummen Kate. Man sieht das Haus praktisch nicht. Die Leute sagen, sie hätte einen Spleen, sie wäre verrückt. Es gibt die wildesten Geschichten von ihr.«

»Na?«

»Alles Klatsch natürlich. Sie hat zwei Männer überlebt. Sie reden, sie hätte die umgebracht. Der erste war so eine Art Maler, er war der Lehrer damals in der kleinen Schule im Engelsmoor. Er ist im Krieg gefallen, 1943 in Finnland, habe ich gehört. Den zweiten hat sie kurz nach dem Krieg geheiratet. Auch ein Maler. Er war damals schon ein alter Mann, mit einem vornehmen Spitzbart. Er soll hier zu Fuß durch die Gegend gestrolcht sein, mit einer Staffelei, und hat Landschaftsbilder gemalt.«

»Und inwiefern umgebracht? Der erste ist doch gefallen«, warf Staschinsky ein.

»Ja, klar. Aber sie soll ihn betrogen haben. Und dann habe er sich für irgendein Himmelfahrtskommando gemeldet und sei gefallen. Eine Art Selbstmord aus Liebeskummer also.«

»Und der zweite?«

»Der ist zu Hause im Bett gestorben und er war vorher nicht krank. Herzschlag, wahrscheinlich. Aber die Leute reden eben. Sie soll allerhand Männergeschichten gehabt haben. Dass sie die einsamen Bauern getröstet hätte. Eine Moorhexe sozusagen. Ein unergründliches Wesen. Sie entzieht sich wohl dem normalen Klischee, und das ist besonders anregend, wie man weiß. Wenn ich vorhin was von Schweigsamkeit gesagt habe, dann meinte ich nicht damit, dass die Leute nicht reden würden. Natürlich reden sie. Und wie. Nur eben nicht miteinander und über das, was sie angeht, sondern übereinander und das, was sie nichts angeht.«

Sie waren über die große Brücke quer über den Bahnhof gefahren, ein Monument missratener Stadtplanung im sklavischen Dienst für das Auto. Staschinsky beugte sich vor, um den unten liegenden Bahnhof besser sehen zu können. Die ersten Lichter über den Geleisen brannten.

»Und wer erzählt Ihnen so was? Sie sind doch 'n Zugereister«, fragte er.

»Beim Schludern ist die Herkunft doch egal«, antwortete Dewald. »Wer weiß das so genau. Ich kann mir das ganze Zeugs nicht merken. Ich glaub, die Frau Rathjens hat's mir erzählt. Eine Nachbarin auch, aus Engelsmoor. Wer weiß, woher die das hatte. Mit Rathjens verstehen sich die von Borstels übrigens nicht. Irgendeine Feindschaft. Wieso, weiß ich nicht, es soll schon lange so sein. «

»Und die Frau Kalde kennt die Familie gut?«

»Wie gut, weiß ich nicht. Ich komme nur darauf, weil sie zwei- oder dreimal auf dem Hof war, als ich dort war. Geredet hab ich mit ihr nie. Würd ich aber gerne mal.«

»Warum denn?«

»Sie ist interessant. Sie ist merkwürdig. Sie ist ein Rätsel, glaub ich.«

Dewald fiel auf, dass der Polizist ihm noch keine Frage gestellt hatte, auf die er, der ärztlichen Schweigepflicht wegen, nicht hätte antworten dürfen. Ein rücksichtsvoller Bursche. Noch jung und mit einem runden freundlichen Gesicht. Der Arzt fühlte den Drang, dem Beamten irgendwie die Arbeit zu erleichtern, und er fügte hinzu: »Ob sie allerdings verrückt ist, wie die Leute sagen, das weiß ich nicht. Wer ist schon normal? Sie sieht jedenfalls nicht aus wie jemand, der seit Jahrzehnten im hintersten Moor wohnt, und sie hat so ein gewisses feines Gepräge. Obwohl sie gleichzeitig verludert ist. Und sie hat nicht dieses Scheue, Unterwürfige, wie das hier viele haben.«

Sie hielten an einer Fußgängerampel. Die Leute hasteten, mit einem ängstlichen Blick auf den Polizeiwagen, über die Straße.

»Was meinen Sie ...?«, begann Dewald zögernd.

Sie fuhren wieder los. Staschinsky blickte ihn fragend von der Seite an.

»Was meinen Sie, was wird er kriegen, der August?«

»Ich weiß es nicht«, antwortete der Polizist müde, »kommt drauf an, warum er's getan hat. Das müssen wir erst einmal herauskriegen. Und ich weiß noch gar nicht, ob meine Aufsicht mich diese Sache zu Ende ermitteln lässt.«

»Wieso? Ich denke, Sie sind ...?«

»Ja, eigentlich schon. Ach, das ist was anderes. Dienstinterna. Intrigen. Uninteressant. Also: So acht bis zehn Jahre könnten dabei schon herauskommen ... Aber auch – lebenslänglich.«

Sie waren wieder an einer Ampel abgebogen und fuhren auf den Parkplatz vor einem wuchtigen, lang gestreckten Backsteingebäude: das Polizeirevier Hemmstedt.

»Vorausgesetzt«, fuhr Staschinsky fort, »vorausgesetzt, er war's.«

Der VW-Bus hielt vor dem Eingang zum Polizeigebäude. Staschinsky parkte ein und bat Dewald mit einer kleinen Geste, sich um den Verhafteten zu kümmern. Als Dewald an den Bus trat, schoben Uniformierte gerade die seitliche Tür auf und August von Borstel war zu sehen. Er lag, seitwärts geknickt, mit dem Oberkörper auf der Sitzbank. Er schlief. Zwischen seinen Füßen lag Erbrochenes.

III.

Polizeiobermeister Schäfer schob die schmerzenden Schultern hoch und konzentrierte sich. Er saß in seinem Dienstzimmer in der winzigen Polizeistation von Großenborstel, in der Nagel und er die Stellung hielten – jedenfalls dann, wenn sie Dienst hatten –, und bearbeitete die Dienstschreibmaschine, eine alte mechanische Adler, mit seinen beiden wulstigen Zeigefingern.

Er schrieb:

Am 26.10.1984 um 16 Uhr 10 erhielt die hiesige Dienststelle einen telefonischen Anruf vom Polizeirevier in Hemmstedt – SOV –, von POM Sobold, dass er vom DRK in Hollenfleth benachrichtigt worden sei, dass in Hollenfleth, Engelsmoor 15, eine Frau in Lebensgefahr sei.

Das Telefon klingelte. POM Schäfer stand ächzend auf, kreiste, hob und senkte seine Schulterblätter, in denen die Knorpel knackten, und griff zum Hörer. Schon wieder dieser aufgeregte Zeitgenosse, dachte er, als er den Namen auf der anderen Seite hörte. Nein, er würde zurückrufen, er hatte keine Zeit. Auch nicht, wenn es um eine eminent wichtige Angelegenheit gehen würde. – Nein, auch wenn der Hund schon letzte Woche jemanden gebissen hätte. – Ja, er würde sich darum kümmern. Aber erst, wenn er Zeit dazu hätte.

Nagel war natürlich nicht da – wie immer, wenn es Stress gab, wer weiß, wo der sich wieder herumtrieb. Aber er war ja auch selbst schuld. Er hätte ja den Anrufbeantworter anstellen können. Die beste Verteidigungswaffe eines gestressten Beamten. Damit konnte man sich das lästige Publikum vom Halse halten. Diesem Gerät hatte Schäfer übrigens auch seinen Besuch im Engelsmoor zu verdanken. Die Kollegen in Hollenfleth hatten Geburtstagsfeier. Und dabei mochte man nicht gestört werden. Also hatten sie die Technik zwischengeschaltet. Und der Anruf aus Hemmstedt war bei Schäfer angekommen. Da war Nagel natürlich auch nicht da gewesen. Wann war der eigentlich mal da? Aber es hatte keinen Sinn, ihn zur Rede zu stellen. Nagel pflegte zu grinsen und zu sagen, er sei auf Streife gegangen. Nach dem Erlass sowieso sollte die Präsenz der Polizei im Straßenbild verstärkt werden und daran würde er sich halten, wenn es sein musste auch dann, wenn sein werter Kollege sich zu ärgern beliebte.

Jedenfalls war sie an Schäfer hängen geblieben, diese Mordsache von Borstel. Mordsache. Natürlich Mordsache. Was sonst.

So was kam nicht alle Tage vor. Immerhin hatte es in der Zeitung gestanden und die Leute im Dorf wussten, dass er, Schäfer, den Mörder gefangen hatte. Elvira hatte dafür gesorgt, dass sich diese Nachricht wie ein Lauffeuer verbreitete. Sie hatte ja schon lange darauf gewartet, dass er endlich einmal etwas Außergewöhnliches zustande bringen würde. Einen Mörder fangen zum Beispiel. Nicht immer nur diese Nachbarstreitigkeiten. Da konnte man ohnehin keinen Blumentopf gewinnen. Man landete garantiert zwischen den Fronten und war nachher doch nur der blöde Bulle.

Das gestern war wirklich ein starkes Stück gewesen. Vielleicht würde es in seiner Personalakte landen, und dann würden sie ihn auch endlich befördern. Er war schon fast der älteste POM im Bezirk Hemmstedt. Er musste unbedingt diesen Bericht heute noch fertig kriegen, am besten noch gleich nachher nach Hemmstedt bringen, Staschinsky hatte ihn extra angerufen, der Bericht müsse fertig werden für den Haftrichter. Wo heute Freitag war! Und Schäfer hatte am Wochenende frei. Das musste unbedingt klappen. Überstunden waren heute nicht drin. Sie hatten Besuch heute Abend, die Kochs von gegenüber. Elvira hatte sie zum Essen eingeladen. Wahrscheinlich würde sie dann ausgiebig damit prahlen, dass er den Mörder von Engelsmoor festgenommen hatte, im Kuhstall in die Ecke gehetzt, bis er nicht mehr wegkonnte – wie wenn sie es selbst getan hätte. Er durfte nicht zu spät nach Hause kommen, damit riskierte er das komplette Wochenende, bis Montagmorgen einschließlich würde Elvira ihn schneiden. Er durfte nicht gleich den Feierabend verpatzen. Wo sie sonst keine Termine hatten. Wer weiß, wann das wieder vorkommen würde. Eigentlich war ja immer was los, irgendeine Pflicht gab es immer. Schon allein diese Einladerei, entweder war man eingeladen, oder man musste sich revanchieren. Nett sein, gesprächig. Auch wenn man schlechte Laune hatte. Oder viel lieber mit seiner Frau ins Bett gegangen wäre.

POM Schäfer setzte sich wieder an die Maschine und schrieb:

Ich traf um 16 Uhr 23 am Tatort ein. Es handelt sich um das Gehöft von Borstel in Engelsmoor 15. Die Hofgebäude liegen etwa 200 Meter von der K 31 entfernt, aus Richtung Hollenfleth gesehen links. Links, Richtung Nordwesten, liegt das alte Wohnhaus, rechts daneben der neue Boxenlaufstall. Beide Gebäude sind mit einem Stalltrakt verbunden. Ich klopfte zunächst an die Haustür. Dort meldete sich jedoch niemand.

Nein! Das konnte er so nicht schreiben. Wenn es um einen Notfall geht, klopft man nicht erst an und wartet, bis der Sterbende: »Herein!« gesagt hat. Schäfer drehte das Blatt hoch und strich die beiden Sätze aus. Also doch wieder nur ein Entwurf. Er würde das Ganze noch einmal in Reinschrift schreiben müssen. Jetzt war es egal.

Schäfer hämmerte weiter:

Nachdem ich im Bereich des Wohnhauses nichts Verdächtiges feststellen konnte, näherte ich mich dem Stall. Ich öffnete die im Verbindungstrakt zwischen Wohnhaus und Boxenlaufstall gelegene Tür. Dort fand ich die Leiche der Erika von Borstel, geb. am 25.09.1960, vor.
Sie hockte, vom Eingang her gesehen, links um die Ecke zusammengekrümmt auf den Knien und Ellenbogen.

Konnte eine Leiche hocken? Konnte man das so sagen? Schäfer zweifelte. Nagel konnte er nicht fragen. Schäfer sah auf die Uhr. Der war jetzt sicher zu Hause und aß Mittag mit seiner Familie. Er freute sich jeden Tag auf das Mittagessen. Schäfer nicht. Er war in den letzten Jahren nach und nach, aus dienstlicher Notwendigkeit, wie er zu sagen pflegte, dazu übergegangen, mittags in der Dienststelle zu bleiben. Hier konnte er in Ruhe seine mitgebrachten Stullen essen und eine gemütliche Tasse Kaffee trinken, ohne dass ihn jemand störte. Dieser Jemand waren Elvira und Nicole. Nicole schwätzte unaufhörlich und Elvira sah ihn missbilligend an. Schäfer wusste nie genau, über was Nicole eigentlich schwätzte und weshalb Elvira missbilligend blickte. Aber wahrscheinlich war es seine Schuld. Er war wohl nicht sensibel genug. Sicher hatte er etwas falsch gemacht. Er schaffte es einfach nicht mehr, seiner Frau irgendetwas recht zu machen. Egal. Also: Konnte eine Leiche hocken?

Na, er könnte es ja nachher noch ändern. Erst mal weiter:

Der Kopf stützte auf dem Betonfußboden und war von einer Blutlache umgeben.

Schäfer stand auf und öffnete das Fenster. Ihm war

schlecht. Er atmete tief durch. Diesen Anblick würde er nie vergessen.

Als er sie gesehen hatte, hatte sich augenblicklich sein Magen umgedreht. Er hatte es gerade noch zum Misthaufen geschafft. In den er dann nachher gefallen war. Das konnte er natürlich nicht schreiben. Und wie ihm der Atem stillgestanden hatte, als er das Gebölke aus dem Stall hörte, hinter dem Stampfen der Melkmaschine. Die war ja schon von Anfang an gelaufen. Das hatte er vergessen zu schreiben. Das Blut hatte ihm in den Ohren gesaust, als ihm klar geworden war, dass er die tote Haut würde anfassen müssen:

Die Körpertemperatur war etwas unter lauwarm. Ein Puls war nicht spürbar.

Klar. Sonst hätte er ja auch keine LEICHE gefunden.

Dann stellte ich fest, dass der Frau die Kehle durchschnitten war.

Nein! So ging das nicht. Er drehte das Papier wieder hoch und strich die letzten Zeilen. Ein Polizist kommt sogleich auf das Wesentliche:

Ich stellte durch Herabknien fest, dass das Opfer im Halsbereich geblutet hatte. Die Kehle wies einen Schnitt auf. Die Körpertemperatur war etwas unter lauwarm. Ein Puls war nicht spürbar. Nunmehr hörte ich aus dem nebenan liegenden Boxenlaufstall Geschrei.

Jetzt wurde es heikel. Wie sollte er schreiben, dass er sich nicht getraut hatte, allein in den Melkstand zu gehen, von wo dieses wahnsinnige Gebrüll, wie das eines Besoffenen aus dem Kerker, zu hören war, das einem das Blut in den Adern gefrieren ließ? Nachher hatte von Borstel ja angefangen zu singen, mit dieser grässlichen gebrochenen, heiseren wilden Stimme. Das war eigentlich noch grausiger gewesen, wenn es auch nicht mehr so mordlustig geklungen hatte. Aber das war erst, als der Doktor gekommen war.

Es war die Stimme des Beschuldigten August von Borstel, geb. am 14.03.1954, wohnhaft Engelsmoor 15, Hollenfleth. Er schrie, er werde zum Gericht in Hemmstedt fahren und alle Richter umbringen, und nach Bonn, um den Landwirtschaftsminister zu töten. Er schrie, er werde auch nach Brüssel fahren und sich den Bangemann vorknöpfen, er sei nicht bange, Mann.

Das Letzte strich er wieder, das war nicht nötig. Schäfer stand auf und goss sich einen Kaffee ein, stellte sich wieder ans Fenster und sog den Duft des Getränks mit seiner großen Nase ein.

Furchtbar. Bis zur Melkkammer war er ja gekommen. Dort hatte er gemerkt, dass das Gebrüll direkt von nebenan kam, aus dem Melkstand, das Geschrei eines Hoffnungslosen vor der Hinrichtung, der nichts zu verlieren hat und seine Verzweiflung hinausschreit. Die Maschine schlug den Takt dazu. Fest. Unerbittlich. Wie lange er wohl in der Melkkammer gewesen war? Er wusste es nicht. Er war hin- und hergegangen zwischen Fenster und Tür zum Melkstand und hatte mit seiner Feigheit gerungen. Einmal hatte er sogar die Tür zum Melkstand einen Spalt breit geöffnet. Das scheckige Fell einer dickwanstigen Kuh versperrte ihm die Sicht. Tür zu. Aus dem Fenster hatte er dann das Auto des Arztes gesehen und er war zu ihm gelaufen wie ein kleines Kind, wie damals, als er vor den Zigeunern im Dorf weggelaufen war, weil er glaubte, sie würden ihn rauben und verschleppen. Und dann hockte dieser verrückte Doktor vor der Toten und freute sich über die zerschnittene Kehle und dass keine Fransen dran waren. Einen Augenblick lang hatte Schäfer gedacht, er müsse kreischen, um diesen irren Menschen von der Leiche wegzujagen, damit er ihr Blut nicht trinke.

Egal. Er musste die Zeit irgendwie füllen, die er, mit Eis in den Adern, in der Milchkammer zugebracht hatte.

Ich schlich zur Melkkammer.

Nein. Schleichen war in solchen Fällen nicht statthaft. Er strich den Satz wieder.

Ich eilte zur Melkkammer und stellte fest, dass das Geschrei aus dem dahinter liegenden Melkstand drang. Ich versuchte, die Tür zum Melkstand zu öffnen. Eine große Kuh verhinderte jedoch das Öffnen der Tür mehr als einen Spalt breit. Sie stand direkt vor der Tür und versperrte mir den weiteren Weg.

Das war gut. Das konnte ihm niemand widerlegen. Dem Doktor war es auch so gegangen, eine hatte ihn an der Wand beinahe platt gedrückt.

Nachdem ich erfolglos versucht hatte, sie beiseite zu schieben, beschloss ich, von hinten durch den Stall zum Beschuldigten zu gelangen.

Das konnte ihm auch keiner widerlegen.

Auf dem Weg zur Ausgangstür traf ich den zwischenzeitlich eingetroffenen Dr. Hugo Dewald, Hollenfleth, der den Tod der Toten feststellte.

Ab jetzt war er gerettet. Nun befand er sich auf sicherem Grund. Obwohl er noch immer den heftigen Herzschlag von dem Moment spürte, als dieser halbwahnsinnige Arzt ihn mit den acht Kühen und diesem singenden Monster in den Melkstand eingesperrt hatte.

Gemeinsam mit dem Arzt suchte ich erneut den Melkstand auf. Vielleicht gelang es uns zu zweit, die Tür zu öffnen und, falls nötig, eine Kuh beiseite zu schieben.

Er konnte nur hoffen, dass der Doktor nicht allzu viel erzählte. Vielleicht hatte er bei seinem Blues nicht auf alles geachtet.

Nachdem wir uns gemeinsam Zugang zum Melkstand verschafft hatten, eilte der Arzt zur Toten zurück, um weitere Feststellungen zu machen und zur Einweisung der eintreffenden Polizeikräfte.

Schäfer oben, am Kopfende der Grube, rechts und links neben sich schnaufende Kuhmäuler. Der Bauer unten, mit bleichem Haar um den kantigen Schädel und rotem, schweißigem Gesicht – oder waren es Tränen? Er hatte einen toten Blick. Er stand und rührte sich nicht, einen kurzen Moment. Und dann hatte er wieder angefangen zu schreien.

Ich eröffnete dem Beschuldigten, dass ich ihn wegen Verdachts des Mordes an seiner Ehefrau vorläufig festnehmen müsse.

Wie er das fertig gebracht hatte? »Kommen Sie«, hatte er gesagt, »kommen Sie mit!« Er hatte es mehrmals gesagt, gegen das Schreien des Mannes unten im Melkstand, erst leise, dann lauter. Hatte er gestottert? Diese verfluchte Melkmaschine mit diesem stampfenden Takt, der die Ewigkeit zu füllen schien, sog einem jeden klaren Gedanken aus dem Kopf und hatte Schäfer völlig aus dem Konzept gebracht. Obwohl er ja keines hatte.

Der Beschuldigte fing an zu schreien, ich solle ihn in Ruhe und ihn gefälligst seine Arbeit tun lassen, die Kühe müssten gemolken werden, es sei Tierquälerei, die Milch müsse doch aus dem Euter usw. Der Unterzeichnete würde doch schließlich auch Milch trinken.

Auch diesen Satz strich Schäfer wieder. Das tat nichts zur Sache. Er mochte keine Milch. Das hatte er dem

Bauern auch gesagt. Dann hatten sie sich übers Milchtrinken gestritten. Ob es gesund sei oder nicht. Das konnte Schäfer nicht schreiben. Schließlich hatte er von Borstel festnehmen sollen. Wegen Mordes.

Es war so schwer, konsequent zu sein, vielleicht ist es das Schwerste im ganzen Leben. Auf jeden Fall konnte Schäfer das nicht schreiben. Sie hatten sich gegenseitig angeschrien, erst über das Milchtrinken, dann über das Festnehmen. Die Kühe waren nervös geworden. Kein Wunder. Sie schnaubten und stampften hin und her, traten auf die Schläuche und rissen sich das Geschirr von den Eutern; das Stampfen des Pulsators und das hohe Sirren der Maschine, ein rhythmisches Fiepen und Zirpen und Schnorcheln in sämtlichen Tonlagen, machte Höllenmusik, da hätte sich selbst der Teufel einen Herzinfarkt holen können; die Kühe sahen ihn, Schäfer, der hier eingedrungen war und die Ursache allen Übels, zornig an und rissen ihre Köpfe hoch und bölkten kurz und aufgeregt. Als das Vieh, das ihm am nächsten war, vorn hochging, sah er das höhnische Grinsen im roten Gesicht des Bauern, da hatten sich Angst vor den Tieren und Angst vor dem Bauern und Wut über seine Kleinheit und Wut über den Bauern in seiner bedrängten Brust gemischt und miteinander gekämpft, und bevor er's wusste, hatte er sich blindlings hinunter in die Grube gestürzt, den Bauern am Kragen seiner schmutzigen Jacke gepackt und ihn geschüttelt und angeschrien: »Du Schwein, du hast deine Frau umgebracht, geschlachtet hast du sie, wie ein Schwein abgestochen hast du sie, die Kehle durchgeschnitten hast du ihr, da draußen liegt sie und ist verreckt in ihrem Blut, liegt sie wie ein Tier, ist sie verreckt und du stehst hier und grinst mich frech an!!!«

Der Bauer hatte nicht geantwortet. Nichts gesagt mehr. Sein Gesicht war zersprungen. Die Schultern hingen, sie zuckten und er weinte plötzlich, die Tränen liefen ihm übers Gesicht, aber er wischte sie nicht weg, seine Hände hingen runter wie Klötze und er sah auf die nassen Kacheln am Boden. Dann bewegte er sich wieder, er sammelte die Melkgeschirre ein und hängte sie auf, Schäfer ließ ihn machen. So friedlich hätte es weitergehen können. Aber das sollte es wohl nicht, und das konnte er auch nicht schreiben. Denn der Bauer machte keine Anstalten mitzukommen. Erst hängte er die Melkgeschirre auf. Alle. Langsam. Dann nahm er einen Lappen und wischte herum. Wischte und wischte die Kacheln, Schäfer trat sogar beiseite, als er hinter ihm wischen wollte, der Bauer spülte den Lappen aus. Sorgfältig und ausgiebig. Wrang ihn aus, lange und gründlich. »Ich muss noch mal in den Stall«, hatte er gesagt, ganz leise, zu den Kühen, »ich – sie werden doch nicht gemolken jetzt, ich muss –«

Der Beschuldigte weigerte sich, meiner vorläufigen Festnahmeanordnung Folge zu leisten.

Und dann? Dann war es zu dieser wahnwitzigen Verfolgungsjagd auf den glitschigen Betonrippen des Boxenlaufstalles gekommen, es war zu spät, Schäfer konnte sich ohne endgültigen Gesichtsverlust nicht mehr zurückziehen.

Trotz Anwendung einfacher körperlicher Gewalt meinerseits gelang es dem Beschuldigten, die Flucht durch den rückwärtigen Ausgang des Melkstandes in den Boxenlaufstall zu ergreifen. Dort unternahm er den Versuch, sich meinem Zugriff durch Verstecken hinter den Kühen zu entziehen.

Und wie er sich versteckte! Sie hatten jetzt beide geschrien. Die Tiere gerieten vollends in Panik und spritzten durcheinander, die Schwänze steil aufgerichtet, schlidderten sie im Spagat umher und fingen vor Schreck an zu husten und zu scheißen. Was der Bauer brüllte, konnte Schäfer nur zum Teil verstehen. Dieser blöde Ochse! Was hatte er da geschrien, hinter einer

Kuh hockend, in den Sägespänen einer Liegebox, irgendwo, Schäfer hatte ihn für einen Augenblick verloren, als es, merkwürdig genug, plötzlich ganz still geworden war – oder hatte er sich das eingebildet? –, als wenn der Lärm und die Schreie in ein schwarzes Loch gefallen wären, nur einmal rammelte das Fressgitter ...

Ich stellte den Beschuldigten in der westlichen Ecke des Stalles. Er rief mir zu ...

Schäfer hielt seine Zeigefinger über den Tasten und sah sich in gebückter Haltung in der Scheiße stehen, auf den glitschigen Betonrippen, der Bauer verriet durch sein Schreien seine Position. Den Hof nicht mehr ruinieren. Geldgier, das Wort hatte er ganz deutlich gehört!

... jetzt sei die Frau endlich weg, jetzt könne sie den Hof nicht mehr ruinieren mit ...

Genau das war's! Die Frau war ihm weggelaufen, das hatte Staschinsky noch gesagt. Die Unterhaltsansprüche. Natürlich. Heutzutage ...

... ihrer Geldgier. Jetzt habe er sich ihre Geldgier vom Hals geschafft.

... mussten die Männer bluten, wenn die Frau einen auf emanzipiert machte. Schäfer lehnte sich grimmig zurück, hob den Becher und trank den kalt gewordenen Kaffee, den Elvira ihm gekocht hatte. Er spürte jetzt noch ihren Blick, als sie ihm wortlos die Thermoskanne hingeknallt hatte, heute Morgen.

Solche Tage ...

Wie konnte man solche Tage überstehen, die so angefangen hatten? Welche Freude konnte es noch geben, wenn ein Tag so angefangen hatte? Was würde mir eigentlich bleiben, wenn Elvira ... Aber deswegen die Frau umbringen ... Das ging entschieden zu weit! Und dann auch noch auf so eine bestialische Art. Mit diesem Benehmen hinterher ...

Schäfer stellte den Becher fest neben die Maschine. Er las die letzten Absätze noch einmal. Das war das Motiv! Das war ja nur zu verständlich.

POM Schäfer war sich seiner Verantwortung bewusst. Er dachte an die Hauptverhandlung. Da würde er ja sozusagen der Kronzeuge sein. Da kam es auf klare, einfache Sätze an, ohne jeden Schnörkel. Kurz und bündig. Keine Widersprüche. Wie sie da gehockt hatte, so klein und kümmerlich ... Jedenfalls hatte er deutlich das Wort Geldgier gehört. Das stimmt, dachte POM Schäfer befriedigt.

Nunmehr war PHW Grothe von der Dienststelle Hollenfleth eingetroffen ...

Natürlich hatten sie in aller Gemütsruhe den Geburtstag zu Ende gefeiert, während er an vorderster Front gekämpft hatte!

... und nahm durch Rufen aus der Melkkammer Kontakt mit dem Unterzeichneten auf. Gemeinsam überwanden wir den erheblichen körperlichen Widerstand des Beschuldigten, der uns durch Umsichtreten und Stoßen zu Fall zu bringen suchte, und führten ihn durch das hintere Scheunentor dem Einsatzwagen PW 44 zu. Auf dem Weg dorthin setzte der Beschuldigte seinen Widerstand fort und versetzte mir einen Tritt an das linke Schienbein, so dass ich auf der glatten Mistplatte stürzte und mir eine erhebliche Schürfung an der rechten Braue zuzog. Außerdem titulierte er mich als Idiot, Bulle und Udl. Ich stelle Strafantrag!

Schäfer musste wieder aufstehen, er reckte seine Schultern und atmete erneut tief durch. Er drehte das Papier aus der Maschine, um den Bericht, langsam auf und ab gehend, noch einmal zu lesen. So einigermaßen ging es ja. Damit konnte er sich sehen lassen. Er müsste den Entwurf nur noch ins Reine schreiben. Dabei würde er dann noch mal alles genau durchgehen.

Als er den neuen Bogen einspannen wollte, klingelte das Telefon: der Chef vom Supermarkt an der Hauptstraße. Ladendiebstahl. Es gebe Schwierigkeiten. Frau Buerfeind ...

Schäfer warf den Bericht fluchend in seine Schreibtischschublade, zog den Rollladen hoch, stellte den Anrufbeantworter an und schloss die Station, nicht ohne vorher noch einen Zettel für Nagel hingelegt zu haben.

Also wieder Frau Buerfeind, und das am Freitag. Und auch noch allein. In diesem Augenblick hasste Schäfer Nagel. Wenn es darauf ankam, war er weg.

Mit dem Polizeiwagen verließ der Beamte die kleine Wohnstraße, in der inmitten gepflegter Einfamilienhäuser aus den fünfziger Jahren die Großenborsteler Polizei lag. Schäfer gab zu viel Gas, weil er wütend war, und mehrere neugierige Gesichter sahen ihm nach, bis er an der Querstraße links abbog.

Es nieselte und ein heftiger Westwind hetzte Fetzen von grauen Wolken von nirgendwo nach nirgendwo. Die traurige Jahreszeit hatte begonnen. Eine Jahreszeit ohne Freude. Wann würde er sich wieder freuen?

Die kleine, dicke Frau hatte enorme Brüste und ein blasses aufgedunsenes Gesicht mit hektischen roten Flecken, und als Schäfer die Tür zum Büro des Supermarktes hinter sich zugemacht hatte, stemmte sie ihre Fäuste in die Hüfte und warf den Kopf kampflustig nach hinten, wodurch sich ihre Brüste noch weiter vorreckten. Sie schmiss ihm mit schleppender Stimme entgegen: »Eh, Scheißbulle, was willst du denn hier?« und drehte sich lässig zur Seite, ihn schräge musternd.

Während der junge Filialleiter den Sachverhalt erklärte – eine Flasche Carolus Magnus zu DM 7,90 und Käseecken zu DM 1,25 –, starrte Schäfer der Frau, die höchstens einsfünfzig war, auf die Brüste und mühte sich, deren echte Konturen unter dem Mieder zu rekonstruieren. Er hasste sich dafür, dass er Frauen immer auf die Brüste starren musste, besonders wenn sie groß waren; er fühlte sich erniedrigt durch seine Sucht, denn es war eine Sucht, auch wenn es ihm keiner glauben würde. Er tat etwas Verbotenes, etwas Ungehöriges, und er versuchte es immer dadurch zu vermeiden, dass er den Frauen steif ins Gesicht sah. Aber bei Frau Buerfeind ging das nicht. Sie war zu klein, es war sozusagen nicht genügend Distanz zum Gesicht. »Kunn's 'n Tüffelsack opp lengn'«, hätte Onkel Otto gesagt.

»Na, Frau Buerfeind, was sagen Sie dazu?«, zwang sich Schäfer zu fragen, als der Filialleiter seinen Vortrag beendet hatte.

»Das ist nicht wahr!«, schrie die Frau mit rauer, überschnappender Stimme. »Ich hab's nicht geklaut. Das ist eine Beleidigung!«

Ob man ihre Brüste von hinten sehen würde? Wie sie seitwärts ausstanden? Elvira würde seine Gedanken missbilligen. Sie wusste nichts von seiner heimlichen Sucht, und niemals würde er es ihr gestehen. Sie würde ihn verachten. Er verachtete sich selbst. Ich benehme mich wie ein mieser Fleischbeschauer, dachte Schäfer und starrte ganz über die kleine Frau hinweg, hinter sie in das Aktenregal. Es gab dort eine Reihe sehr schöner Ordner. Der Bericht musste fertig werden. Überstunden sind heute nicht drin.

Schäfer konzentrierte sich und sagte: »Dann zeigen Sie doch Ihre – äh, zeigen Sie doch mal Ihre Einkaufstasche her, Frau Buerfeind.«

»Ich habe nichts gestohlen und ich zeige Ihnen auch nichts.«

»Aber Frau Buerfeind«, knurrte der Filialleiter, ein blasser Bursche mit Pickeln im Gesicht, »Sie können die Geschichte doch schnell klären. Machen Sie bitte Ihre Tasche auf!« Dabei sah er erwartungsvoll auf den Vollstrecker des Gesetzes, der groß und stark neben ihm stand.

Schäfer raffte sich auf: »Na, na, Frau Buerfeind, wenn

Sie nichts gestohlen haben, dann haben Sie doch auch nichts zu verbergen, machen Sie schon Ihre Tasche auf« und trat einen Schritt auf die Frau zu, hinein in den Dunstkreis einer schweren Bierfahne.

Das war falsch. Sie wich behänd zurück, bis an das Wandregal, klemmte ihre Einkaufstasche krampfhaft unter den linken Arm und schrie: »Fass mich nicht an, Bulle!« Ihre Stimme war schrill.

Der Filialleiter stand schräg hinter Schäfer und war nachgerückt. Er drängelte fast. Schäfer spürte den Atem in seinem Nacken. Der Polizist setzte den Fuß vor und hob die Hand zu einer beschwichtigenden Geste. Er wollte etwas sagen, aber es fiel ihm nichts ein, weil er schon zu dicht dran war, als dass er noch denken konnte. Stattdessen machte er noch einen Schritt und den Mund auf.

»Hiiiilfeee!!!«, kreischte die Frau, riss einen Leitzordner aus dem Regal hinter sich und schleuderte ihn auf die Männer. Ihre Brüste bebten und zitterten.

Es regnete Papiere, der Filialleiter flüsterte entsetzt: »Die Kundschaft« und bückte sich, um hektisch die Zettel einzusammeln, während Schäfer mit halbausgebreiteten Armen reglos stand, als wenn er zu Stein geworden wäre. Wie sollten sie diese wild gewordene Furie zähmen? Immerhin hatte der Filialleiter hinter ihm Platz gemacht. Schäfer begradigte die Front, indem er einen Schritt zurück tat. Schlagartig setzte seine Fähigkeit zu geordnetem Sprechen wieder ein.

»Frau Buerfeind«, sagte er, um eine begütigende Tonlage bemüht, »nun machen Sie doch keine ...«

Aber es war schon zu spät. Er hatte seine Augen nicht unter Kontrolle gehabt. Und er hätte nicht zurückgehen dürfen. Jetzt wollte die Frau den Sieg.

Sie riss den nächsten Ordner aus dem Regal und schleuderte ihn Schäfer vor die Brust: »Du willst mir an die Titten, du Bullenschwein, ihr wollt mir an die Wäsche, ihr Drecksäue, ich seh's euch an!« Ihr Gesicht war hochrot angelaufen.

»Aber Frau Buerfeind, so hören Sie doch ...« Schäfer verstummte. Sollte er jetzt allen Ernstes erklären, er hätte keinesfalls vorgehabt, sie anzufassen? Unmöglich. Er brauchte Hilfe! Schäfer seufzte, sah sich um und griff zum Telefon auf dem Schreibtisch, um das Polizeirevier in Hemmstedt anzurufen. Eine Kollegin musste her, sonst würden sie hier morgen noch sitzen. Polizeihauptwachtmeisterin von Bargen würde kommen. Auch das noch! Schäfer schrumpfte förmlich in sich zusammen vor Kleinmut.

»Bleiben Sie, wo Sie sind«, sagte er zu Frau Buerfeind, ließ sich in einen der Drehstühle sinken und sah den Filialleiter ergeben an, der mit einer Ladung Papier im Arm hinter dem Schreibtisch auftauchte.

»Kaffee?«, fragte der.

Schäfer nickte. Der Filialleiter schmiss den Haufen auf den Schreibtisch und richtete auf einer leeren Ecke die Kaffetafel. Dann schenkte er ein.

Mit der von Bargen und Schäfer hatte es seine besondere Bewandtnis. Passiert war es am Rande einer Kundgebung des Bundeskanzlers vor der letzten Bundestagswahl. Ganz Hemmstedt war in Aufruhr, es war das allererste Mal, dass so hoher Besuch kam, ein echter Bundeskanzler, den man »von Dichten sehen« konnte, die Volksmassen brodelten in den Gassen und Straßen und strömten zum Ort der Kundgebung, dem Ochsenmarkt. Dem Hemmstedter Polizeichef war die Lösung der örtlichen Sicherheitsfrage übertragen worden. Ein globalstrategisches Problem, äußerst schwierig, besonders für jemanden, der von Organisation nichts verstand. Leider taugte der Chef auch als Ermittler und Kriminaler nichts, deswegen hatte man ihn mit Organisationsproblemen neutralisiert und durch Beförderung aus der Gefahrenzone bugsiert. Bis dato war das nicht aufgefallen. Auftretende Schwierigkeiten hatte er bisher, als waschechter Choleriker, stets mit Wutanfällen gelöst, und weil er nun einmal der Chef war, hatten seine Untergebenen gespurt.

Jedenfalls hatte er angeordnet, dass sich alle verfügbaren Polizeikräfte unauffällig unters Volk zu mischen hatten – wie ein König, der wissen wollte, wie seine Untertanen über ihn dachten –, um verdächtige Aktionen im Keime zu ersticken und, wenn nötig, terroristische Elemente durch vorläufige Festnahme unschädlich zu machen. Das war nur in Zivil möglich. Eine geniale Idee. Sie hatte nur einen Fehler: Die Beamten erkannten sich gegenseitig nicht mehr. Das wäre an sich nicht so schlimm gewesen, wenn es nicht einen Zwischenfall gegeben hätte, der Schäfer die nächste Nullrunde bei der Beförderung verschafft hatte.

Der Bundeskanzler eilte mit weit ausgreifenden Schritten durch die Fußgängerzone; er eilte erstens, weil er die Kundgebung rechtzeitig beginnen wollte, zweitens, weil er so Attentätern kein ruhiges Ziel bot, und drittens, weil er einen ehrfurchtgebietenden Schritt hatte, ganz von Natur aus sozusagen, wenn auch mit dem beleidigten Gesichtsausdruck eines Jungen, dem sie die Mütze geklaut hatten, sagte Nagel später. Er eilte, umschwärmt vom hektischen Pulk seiner Sicherheitstruppe wie die Bienenkönigin vom Volk, wenn sie im Frühsommer am Ast eines Baumes hing; sie verbargen ihn also völlig, als sich ein junger Mann im Outfit eines Terroristen, Kommunarden und Tunichtgut, nämlich mit langen Haaren, Zottelbart und Stahlbrille – Schäfer hatte sie noch gesehen, bevor sie zertreten wurde –, sich seitwärts aus dem Gerbergang herauskatapultierend, in den Pulk hineinwarf und etwas rief. Schäfer stand auf der anderen Seite der Gasse und war erleichtert, dass ein Hemmstedter Kollege, den er zum Glück erkannte, den Mann ansprang und umklammerte – oder polizeilich ausgedrückt: ihn vorläufig festnahm. Doch schon einen Augenaufschlag später befand sich der Kollege – die Sicht war kurz von Passanten versperrt – inmitten einer Traube von raufenden und schreienden Menschen, die zerrten und zogen, Widerstand übten gegen den Zugriff des Gesetzes, in strafbarer Weise, was Schäfer zwang, hinüberzuspringen und beherzt einzugreifen, um den Versuch der Befreiung des mutmaßlichen Attentäters durch Gesinnungsgenossen und Komplizen nach Kräften zu vereiteln. So hatte er es auch in seinem späteren Bericht niedergelegt. Der Haufen wogte und schwankte hin und her wie ein betrunkener Tausendfüßler, Schäfer lag schräg auf einem der Rücken, drängte seine Fäuste zwischen die Leiber, umfing den Rücken und riss ihn nach hinten. »Lass mich los!«, schrie der Rücken, Schäfer glaubte daran zu erkennen, dass der Gesetzesbrecher, den er ergriffen hatte, eine Frau war, und dann, als der Tausendfüßler nach links schwankte, das Gleichgewicht verlor und umstürzte, wandelte sich, noch im Fallen, der Glaube zur Überzeugung, weil er plötzlich, zwei zappelnden Osterlämmern gleich, die Brüste dieser Person in Händen hielt – wie sie hineingeraten waren, konnte er später nicht rekonstruieren. Vielleicht hatte er im Sturz nach einem Halt gesucht, vielleicht hatte die Frau sie mit einer Drehung ihres Körpers hineingelegt. Aber das war, nüchtern betrachtet – und das war er nach der Ohrfeige, die die Frau ihm versetzt hatte –, eine zweitrangige Frage, viel wichtiger war: Wer hatte etwas mitbekommen?

Natürlich war ausgerechnet Nagel in der Nähe gewesen. Er hatte sich von der allgemeinen Hysterie nicht anstecken lassen, sondern an einem der Tische des Straßencafés einen Cappuccino zu sich genommen und vom letzten Italienurlaub geträumt. Alles geschah direkt vor seinen Augen. Er hatte noch nicht einmal aufstehen müssen. Später, im Ermittlungsverfahren gegen den mutmaßlichen Attentäter, spielte er den weisen Chronisten, weil er als Einziger einen übersichtlichen Bericht verfassen konnte, der mit den zur Legende gewordenen Worten schloss:

POM Schäfer besprang die Kollegin von Bargen von hinten, umklammerte sie und ließ erst von ihr ab, als sie sich mittels einer Ohrfeige als solche zu erkennen gab.

Die Hemmstedter Kollegen hatten gewiehert vor Lachen, der Bericht wurde fotokopiert und in jedem Zimmer aufgehängt, als Renner der Saison. Die Kollegin von Bargen hatte Dienstaufsichtsbeschwerde erhoben und sich über Schäfers sexistisches Fehlverhalten beklagt. Die Geschichte endete mit einer Einstellung, und Schäfer war froh, dass es nicht auch noch ein Verfahren wegen sexueller Nötigung gab. Seine Personalakte war zwar sauber geblieben, aber beim nächsten Beförderungsschub ließen sie ihn achtlos im Staub des Dienstweges liegen.

Schäfers Laune war im Keller, wütend und mit zusammengekniffenen Augen starrte er über seinen Kaffee weg durch die Delinquentin hindurch, was diese endlich vom Ernst der Lage überzeugte. Diesem unnachsichtigen Blick des Gesetzes konnte sie nicht widerstehen. Sie ließ die Schultern hängen, sackte in sich zusammen, als hätte man die Luft aus ihr gelassen, und sank ergeben auf den dritten Drehstuhl, warf die Arme auf den Schreibtisch, hieb den Kopf hinein und begann still zu weinen, mit zuckenden Schultern. Schäfer konnte es nicht leiden, wenn man in seiner Gegenwart weinte. Er hasste solche Gefühlsausbrüche. Er konnte sie nicht kommentarlos hinnehmen.

»Nun hören Sie schon auf, Frau Buerfeind!«, sagte er böse.

Sie antwortete nicht. Ihre Schultern zuckten, und sie begann zu schluchzen und zog den Rotz in ihrer Nase geräuschvoll hoch.

»Sie haben sich das alles selbst zuzuschreiben!«

Wahrhaftig, und er musste es abermals ausbaden. Am schlimmsten war, dass er sich bei Elvira nicht hatte rechtfertigen können. Sie hatte sofort gemerkt, dass etwas passiert war, als er nach Hause gekommen war. Seine rechte Backe hatte noch geglüht. Sie stellte Fragen. Lügen haben kurze Beine, hatte er gedacht. Wer etwas verbrochen hat, soll dazu stehen. Das gilt nicht nur für Übeltäter im Strafverfahren, sondern auch für Ehemänner, die gefehlt haben, auch wenn sie nichts dafür konnten. Er hatte ihr die Geschichte erzählt, wie sie sich zugetragen hatte, und auf mildernde Umstände gehofft. Natürlich hatte sie ihm nicht geglaubt, dass er in treuer Erfüllung seiner Pflicht gehandelt hatte. Seit wann denn solch widerliches Gegrapsche was mit Pflichterfüllung zu tun habe. Sie hatte das Urteil sofort gefällt und dann vollstreckt, noch bevor er einen Gnadenantrag hatte stellen können, von Rechtsmitteln ganz zu schweigen. Auf die linke Backe, immerhin. Und im Bett hatte er nur noch ihre kalte Schulter gesehen, sechs lange Wochen lang. Ehrlichkeit währt am längsten. In dieser Bedeutung hatte Schäfer diese Weisheit bisher nicht kennen gelernt.

Der Filialleiter war nach draußen gegangen, um die Kollegin von Bargen zu empfangen. Schäfer war mit der Delinquentin allein.

Sie schluchzte laut und rollte ihren Kopf hospitalistisch auf den Unterarmen hin und her und murmelte: »Ich bring mich um, ich bring mich um, ich bring mich um ...«

Das Ermittlungsverfahren gegen den Attentäter war natürlich eingestellt worden. Er hatte sich herausreden können. Er habe den Bundeskanzler nur an sein Versprechen erinnern wollen, dass er binnen Jahresfrist nach der Wende '82 jedem Arbeit verschaffen wollte, und er sei schon seit sieben Jahren arbeitslos und seit der Wende seien nun schon fast zwei Jahre vergangen. Er habe ihn nur fragen wollen, ob der Herr Bundeskanzler sein Versprechen nicht bald einlösen wolle, und diese Frage habe ihn seine Brille gekostet. Schäfer hatte diese Frage mehr gekostet. Genauer: zwei Ohrfeigen, sechs Wochen sexuelle Enthaltsamkeit und einen Beförderungsstopp. Während Nagel wochenlang gute Laune hatte, weil er die Geschichte dauernd erzählen konnte. Sie war besser als jeder Witz. Nagel genierte sich nicht einmal, wenn Schäfer dabei war, schlug ihm nur krachend auf die Schulter, ließ sein Lachen dröhnen und schrie, er solle nicht immer alles so verdammt schwer nehmen.

Die betrunkene Vettel konnte sich einfach nicht beruhigen, jetzt schlug sie ihre Stirn auf die Tischplatte, sie war völlig von Sinnen, sie jammerte und schrie, sie werde es tun wie Elisabeth, sie raufte sich die Haare wie auf einer Beerdigung in Teheran.

Man müsste sie zurückhalten, damit sie sich nichts antut, dachte Schäfer. Er stand unschlüssig auf und stellte sich neben sie, sie bemerkte ihn überhaupt nicht.

Die Tür flog geräuschvoll auf und die Kollegin von Bargen schritt energisch herein, warf einen missachtenden Blick auf Schäfer und war schon neben der Diebin. Tröstend legte sie ihr eine Hand auf das Haar wie zur Segnung. Tränenüberströmt hob die Frau den Kopf und sah zur von Bargen auf wie zur Mutter Gottes am Altar. Ihre Augen waren glasig und sie murmelte wieder ihr »Ich bring mich um, ich bring mich um, ich mach's wie Elisabeth«.

»Was haben Sie denn mit ihr gemacht?«, fragte die Kollegin von Bargen scharf, als sie die Beulen auf der Stirn der Diebin sah, die sie sich beim Rollen auf dem Schreibtisch beigebracht hatte.

»Nichts, natürlich nichts, sie hat uns angegriffen, und ...«

»Und da haben Sie sich ein bisschen gewehrt, wie?«

Sie hat's noch nicht vergessen, dachte Schäfer entmutigt, wo soll das enden? Ich sag gar nichts mehr.

Das war auch nicht nötig. Die von Bargen hatte die Situation voll im Griff. Sie holte die geklauten Sachen aus der Tasche der Diebin, als wäre es ihre eigene, und legte sie auf den Haufen Papier, den der Filialleiter vom Fußboden zusammengesammelt und auf den Schreibtisch gelegt hatte. Langsam rutschten die Käseecken wieder herunter.

Damit war der Tatbestand klar. Schäfer begriff nicht, warum plötzlich alles so einfach war, und grinste unbeholfen, bis er merkte, dass die von Bargen ihn durchdringend musterte. Es fiel ihm ein, wo er sie angefasst hatte, und er wurde rot.

Dann riefen sie Dewald an. Nagel nannte ihn Zucki, wegen seiner Gesichtsverrenkungen. »Er macht nie zwei gleiche«, behauptete Nagel. Aber Dewald war der beste Doc, den sie im Dorf hatten, unermüdlich im Einsatz und voller Mitgefühl.

Sie fuhren mit der Frau auf die Polizeistation, Frau Buerfeind kam anstandslos mit und machte keine Schwierigkeiten mehr, als hätte sie nie welche gemacht, sie war apathisch und teilnahmslos. Der Doktor nahm die Blutprobe, auch anstandslos. »Bringen Sie mich nach Hause, Herr Doktor?«, fragte Frau Buerfeind mit tonloser Stimme. »Ich weiß nicht, wie ich's meinem Mann sagen soll.«

Er hakte sie wortlos unter, und sie gingen still hinaus in den nebligen Spätnachmittag. Die Kollegin von Bargen folgte ihnen grußlos.

Schäfer atmete auf und ließ sich auf seinen Schreibtischstuhl sinken. Jetzt musste er nur noch Nagel loswerden.

»Das wievielte Mal war das eigentlich?«, fragte Nagel und lehnte sich gemütlich zurück.

»Ich weiß es nicht«, antwortete Schäfer. »Sie war jedenfalls schon in Vechta, letztes Jahr.«

Nagel rülpste zufrieden. »Grünkohl«, sagte er.

Wenn Nagel besonders zufrieden war, rülpste er. Er hatte chronisch gute Laune, es war zum Verrücktwerden. Schäfer saß wie auf Kohlen. Der Bericht! Er musste den Bericht fertig machen. Aber er konnte den missratenen Entwurf nicht aus der Schublade holen. Nagel, neugierig wie er war, würde ihm sofort über die Schultern sehen. Schäfer musste allein sein.

»Hast du den Bericht schon fertig von gestern?«, fragte Nagel.

»Nee, mach ich noch.«

»Mitteilsam bist du gerade nicht«, beklagte sich Nagel, »du hast's noch gar nicht richtig erzählt.«

Die Lust am Erzählen war Schäfer vergangen, als er zu Hause angekommen war mit seinem jauchebeschmierten Gesicht und der kuhdrecküberzogenen Uniform. Er stank wie nach einer Woche Urlaub in der Klärgrube. Schon beim Versuch, sein eigenes Haus zu betreten, hatte Elvira ihn im Flur abgefangen.

»Wie siehst du denn aus!?«, keifte sie, noch bevor er ein Wort sagen konnte. Dann befahl sie ihm, sich draußen auf dem Tritt auszuziehen. Er konnte nicht vermeiden, dass sich Frau Koch, die gegenüber gerade die Auffahrt fegte, grinsend auf ihren Besenstiel stützte und die Show genoss; er erhielt keinen Aufschub und musste einen Striptease vor ihren Augen ausführen. Immerhin erhielt er die Erlaubnis, die Unterwäsche anzubehalten. Elvira diktierte ihm die Bedingungen für den Wiedereintritt durch den Spalt in der Tür. Dass er in Wirklichkeit der verkannte Held des Mordes von Engelsmoor war, hatte er ihr erst klarmachen können, als er unter der Dusche stand. Und seit wann konnte ein Held sauber bleiben, wenn er dem Verbrecher bis in die Hölle folgte?

Zum ersten Mal seit langer Zeit war Elvira wirklich sanft geworden. Wie das treue Weib eines Kriegers, der müde und blutend heimkam nach geschlagener Schlacht. Sie hatte seinen Rücken eingeseift, ihre kreisende Hand hatte ihn mit seinem Schicksal und der Welt versöhnt, und er hatte ein Stück von ihr aus alter Zeit wieder erkannt.

Aber warum war sie denn heute Morgen wieder so abweisend gewesen? Sie mochte ihn wohl nur als Helden, und dann auch nur kurz. Heute Abend musste er sich eben wieder als Held präsentieren. Schäfer kam in schwülstige Gedanken.

»Noch nicht mal antworten tust du mir«, sagte Nagel.

»Ach, was soll ich dauernd erzählen, so wichtig ist das nun auch wieder nicht«, wehrte Schäfer mürrisch ab.

»Schlimme Geschichte, nicht?«, insistierte Nagel fröhlich. »Warum er sie wohl umgebracht hat?«

»Er wollte keinen Unterhalt zahlen, was denkst du!«

»Ich denk gar nichts. Und wieso denkst du das?«

»Denken – was heißt denken? Er hat's gesagt, als ich ihn festnehmen wollte.«

»Oha«, sagte Nagel, »dann war es ja Mord. Und du bist der Kronzeuge. Is ja herrlich.«

»Find ich nicht«, murmelte Schäfer. »Und jetzt lass mich zufrieden. Du kannst ja nachher meinen Bericht lesen, da steht alles drin. Sonst werd ich nicht fertig!« Eine steile Falte war über seiner Nasenwurzel erschienen, die Nagel noch nie gesehen hatte.

»Ist ja schon gut, werter Kollege, ist ja schon gut.« Nagel erhob sich, kreuzte die Hände vor der Brust, verneigte sich orientalisch und sagte: »Salam alaikum! Ich gehe auf Streife!« Als er schon in der Tür stand, drehte er sich noch mal um und fügte hinzu: »Sieht übrigens scharf aus, die von Bargen, ich beneide dich richtig, dass du ihr neulich ...«

Weiter kam er nicht. Schäfer war dunkelrot angelaufen und wuchtete sich aus seinem Schreibtischstuhl hoch. Meckernd vor Lachen ließ sich Nagel in die Flucht schlagen.

Als er endlich draußen war und Schäfer sich wieder abgeregt hatte, schaltete er den automatischen Beantworter an und sah auf die Uhr. Halb sechs. Draußen senkte sich der herbstliche Abend nieder. Er würde es gerade noch schaffen, wenn er sich beeilte. Und nichts mehr änderte. Dafür war keine Zeit mehr. Er zog sich die Schreibmaschine heran, spannte ein neues Blatt ein, nahm den Entwurf aus der Schublade, legte ihn neben die Maschine und hämmerte los.

IV.

Er hockte hinten in der Ecke seiner Pritsche, mit angezogenen Knien und teigigem Gesicht, er starrte Löcher in die Luft und rührte sich nicht. Die ganze Zeit lang schon. Wenn es Essen gab, schob Wolfgang ihm den Blechnapf seitlich unter die Nase, den Paul, der lange Paul, draußen auf dem Gang voll geklatscht hatte.

»Was, will der nix essen, schmeckt dem mein Fraß nicht, oder was is?«

»Mach voll«, hatte Wolfgang geantwortet, leise und die Tür halb zugeschoben. »Wir werden sehen, und sag mal dem Chef Bescheid, mit dem da hinten stimmt was nicht.«

Paul war schon ganz in Ordnung, aber mit dem Essen durfte man nicht spaßen. Er war Mädchen für alles hier, und seit der Koch raus war, ab zu den Langstrafern nach Celle Zwei, musste er eben den Koch machen, ein anderer fand sich nicht. Und Paul war eifersüchtig darauf bedacht, dass nur ja keiner über sein Essen meckerte. An den ersten Tagen hatte man es in der Tat manchmal nicht essen können. Die Kartoffeln waren verbrannt und stanken nach altem Fett, weil Paul die Pfanne wieder nicht sauber gemacht hatte, und die Soße war wie Tapetenkleister, sie schmierte erbarmungslos die Kehle dicht, und die Leber hatte Paul zu krummen Schuhsohlen gebraten, nein, es war kein Festessen. Nach und nach hatte Paul es immerhin fertig gebracht, seine Kocherei auf essbares Niveau zu steigern. Nur freitags, wenn es Fisch gab, dann hatte er einen Rückfall, mit Fisch kam er einfach nicht zurecht. Aber sonst ging's.

Eigentlich war es nicht schlecht hier, da hatte Wolfgang schon ganz was anderes gesehen. Die Schlüsselwichte waren ganz vernünftig, man konnte mit ihnen reden, sie hatten hier einen Sozialarbeiter, der einem die Sachen regelte, Klamotten besorgte und Fernseher und so, dass man selbst nichts machen musste, und der Chef war auch nicht übel. Reichlich dreißig Leute hier. Übersichtlich. Man blieb Mensch hier. Da kannte er ganz andere Sachen, ganz andere Knäste.

Wolfgang, der Tätowierte, drehte sich eine neue Zigarette. Als er sie in den Mund steckte, fühlte er wieder die Lücke. Die war von der letzten Zipfelparade. Sie hatten ihn ja in Frankfurt gegriffen, und bis man hier oben bis Hemmstedt verschubt worden war, dauerte es schon so seine vierzehn Tage. Da konnte man was erleben. Warten auf dem Flur. Mit zehn anderen.

Da kam so ein Nazischwein vorbei und grölte: »Strammstehen, Bauch rein!!«

Und er hatte nur gesagt: »Eh, Mann, spar dir die Spucke, die Zeiten sind vorbei!«

»Was hast du gesagt?!«

Wolfgang hatte den Atem des Wächters im Gesicht gespürt und den Tilsiter gerochen, der zwischen dessen Zähnen gammelte. Aber gefallen lassen? Gefallen lassen tut man sich nix. Er hatte ihm in die Augen gesehen, in das glatte breite Gesicht. »Die Zeiten sind vorbei, Mann, Strammstehen gibt's beim Bund und im KZ, ich steh hier, wie ich will.« Mit ganz ruhiger Stimme hatte Wolfgang gesprochen.

»Das wollen wir doch mal sehen!!«, hatte der Wächter gebrüllt und Wolfgang hatte sich zurückgebeugt, aber nicht, weil er Angst hatte, sondern weil der Wächter nach Tilsiter stank.

Nachmittags kamen sie. Die anderen Häftlinge waren weg, sie waren auf Transport, nur ihn hatten sie dabehalten, weil der Transport voll war, angeblich. Als er in der Zelle saß, waren sie zu fünft reingekommen.

»Ausziehen – Zipfelparade!!!«

Strammstehen, dass der Zipfel zitterte. Er hatte sich nichts gefallen lassen. Aber sie waren zu fünft gewesen, und da war nichts zu machen. Als er schon lag, zogen sie ihm alles vom Leib. Und dabei war dann auch der Zahn draufgegangen. Grün und blau hatten sie ihn geschlagen, in die Eier hatten sie ihm getreten, dass er die Sterne sah, er konnte sich nicht wehren mit seiner kaputten Hand, die Verletzung war ja erst drei Wochen alt, und er barg sie unter seinem Leib, damit sie sie nicht trafen. Stumm hatten sie auf ihn eingeschlagen, das trockene Krachen der Fäuste, die verzerrten Gesichter, das Ächzen. Immerhin – stramm gestanden hatte er nicht. Erst hatte er sich geweigert. Und nachher konnte er es nicht mehr, das war einzusehen.

Anzeige? So naiv war er nicht. Wer wegen solcher Sachen Anzeige machte, kriegte eine Gegenanzeige wegen Widerstands. Fünf Zeugen gegen dich, wer würde da Land sehen? Selbstmord! Auf die Art konnte man ewig drinbleiben, immer einen Nachschlag nach dem anderen. Justiz mochte ganz gut und schön sein, aber für ihn nicht. Aber er hatte sich nichts gefallen lassen – nie würde Wolfgang sich etwas gefallen lassen und zu Kreuze kriechen, er nicht.

Hier in Hemmstedt konnte so was nicht passieren, hier war er Mensch, hier fühlte er sich fast als Bürger, wenn auch nicht frei. Und das Essen – darüber konnte man hinwegsehen.

Tief sog er den Rauch des Schwarzen Krausen ein und sah auf den zusammengekrümmten blonden Mann in der Ecke der Pritsche, der mit trockenen Augen Löcher in die Luft starrte. Bewundern musste man den ja irgendwie. Dass einer so steif sein konnte. Und nichts zu essen haben wollte. Der Tätowierte nahm noch einmal den Napf, um ihn hinüberzureichen, dabei sah er hinein, verzog das Gesicht und stellte ihn wieder auf den Tisch. Dann drehte er eine, hielt sie dem Schweigsamen vors Gesicht. Keine Reaktion. Noch nicht einmal rauchen wollte der. Was hatte der wohl gemacht? Rauchen muss der Mensch doch, was hat er denn sonst?

Der Blonde stieß einen Grunzer aus, aber er nahm die zusammengebissenen Zähne nicht auseinander und starrte ins Nichts.

Wolfgang wich respektvoll zurück. Dann stand er auf und stieg auf seine Pritsche nach oben. Er zog den Porno unter dem Kopfkissen hervor und versenkte sich. Erst mal war sowieso nichts zu machen. Nachher würde er sich noch einen Kaffee kochen und weitersehen. Wolfgang erinnerte sich an seinen ersten Knast in Neumünster. Da war er auch mehr tot als lebendig gewesen.

Nach einer Stunde rasselte es im Schloss. Wolfgang hatte seinen Kaffee gemacht und saß am Tisch. In der geöffneten Tür stand die schmächtige Figur des Chefs; aus hohlen übernächtigten Augen sah er sich besorgt um. Seine Glatze spiegelte müde das Zellenlicht.

Wolfgang nickte und deutete mit dem Kopf zur Pritsche. Von Borstel hockte immer noch in der Ecke und zeigte keinerlei Reaktion.

»Mensch, von Borstel, was ist denn mit Ihnen?«, sagte der Gefängnisleiter, trat neben die Pritsche und ließ einen Goldzahn sehen.

August von Borstel reagierte nicht.

»Hallo, Sie, ich rede mit Ihnen!«

Nichts.

»Aber so geht das doch nicht weiter, von Borstel, Sie essen nichts, Sie trinken nicht, Mensch, was machen Sie, von Borstel, den Kopf wird man Ihnen nicht abreißen, egal, wie's kommt. He!«

Gefängnisleiter Witold bückte sich und fasste August von Borstel an die Schulter und rüttelte ihn. Der Häftling legte den Kopf schräg und es knarrte in einem seiner Gelenke. Der Gefängnisleiter spürte, wie der Blick des Bauern durch ihn hindurchsägte und im stählernen Türrahmen hinter ihm weiterglühte. Witold senkte die Lider und trat zurück, winkte den tätowierten Wolfgang hinter sich auf den Flur.

Sie standen am Eisengeländer im Gang, metallene Treppen führten auf und ab, Fangnetze zwischen den Stockwerken. Der Selbstmörder wegen.

»Wie lange macht der das schon so?«

»Von Anfang an. Seit er hier ist.«

»Den dritten Tag also. Mhh – hockt da und brennt heiße Löcher in die Wände?«

»Genau.«

»Hat sich nicht gerührt?«, fragte Witold.

»Doch. Hat gestern vorn an der Bettkante gesessen, den Kopf in den Händen. Sonst nicht.«

»Hat er noch nicht mal was getrunken?«

»Nee. Sag ich doch. Was hat 'n der verbrochen?«

»Betriebsgeheimnis, mein Lieber. Kann er höchstens selbst sagen.«

»Brüche?«

»Ich sag's doch!«

»Hat er was mit Frauen gemacht? Oder mit Kindern!?« Der Tätowierte blickte Witold zornig an mit seinen stechenden Augen. Er war ein kleiner drahtiger Typ, knotige Schultern, hochgezogen, dazwischen ein eckiger Kopf, in seinem bleichen Gesicht stand immer Schweiß, seine Nase darin war eine Ruine, zerschlagen und schief, und während er sprach, gestikulierte seine Linke wie ein Raubvogel, der seine Beute packt. »Das kann ich nicht ab, Chef, wenn der was mit Frauen oder mit Kindern gemacht hat, dann garantier ich für nichts – hier drin!« Seine Stimme war in ein grelles Falsett gestiegen und Witold konnte an dem Hals des Tätowierten die Adern sehen, die sich bogenförmig spannten, im Rhythmus seiner Gesten.

»Nee, Wolfgang – nee, nee«, sagte Witold gedämpft und klapste dem Häftling kameradschaftlich auf die Schulter. »So was garantiert nicht. Aber, na gut – Sie können schweigen – er hat seine Frau ... umgebracht ..., ähh ...«

»Na bestimmt, weil sie 'n andern Kerl hatte, okay, denn is in Ordnung, Chef, alles klar, auf mich könn' Se sich verlassen ...«

Witold schwieg ein paar Atemzüge und ließ offen, ob die Theorie stimmte. Er wartete, bis sie sich in die Augen sahen. Er hielt den Blick des tätowierten Häftlings fest, dann sagte er langsam: »Der Mann scheint unberechenbar zu sein, Wolfgang. So kann ich für nichts garantieren ...«

»Für was wollen Sie denn garantieren, Chef?«

»Na, Wolfgang – dass er Sie nicht angeht, wofür denn sonst?«

Der Tätowierte grinste. »Der geht mich schon nicht an. Ich pass schon auf mich auf. Aber ...«

»Ja?« Witold lächelte. Er freute sich, dass er Wolfgang an der richtigen Stelle erwischt hatte. Ein harter Bursche. Durch nichts mehr zu erschüttern, wenn es ihn selbst betraf. Aber wenn man die richtige Art fand, mit ihm zu sprechen, setzte er sich für andere ein wie ein Samariter mit Aussicht auf das Bundesverdienstkreuz. Im Knast gab es noch Solidarität. Draußen gab es das schon lange nicht mehr.

Der Tätowierte grinste zurück und kratzte sich mit den zwei Fingern, die aus dem Verband an der rechten Hand herausstaken, betont langsam am Kopf. »Hab verstanden, Chef. Ich pass schon auf ihn auf. Nur – wenn der Herr Direktor eine Extra-Wache in der Nähe postieren könnte. Nachts darf der schon ab und zu mal zu uns reinsehen. Des gesegneten Schlafs wegen. Wenn das ginge, Herr Direktor.« Damit verschränkte er seine nackten Bildsäulen vor der Brust.

»Sie sind schwer in Ordnung, Wolfgang«, sagte Witold. »Sagen Sie – brauchen Sie noch was für Ihre Hand?«

»Schon in Ordnung, Chef. Auf Ihren Knastdoktor, den Pfeifer, kann ich verzichten!« Wolfgangs Zornesadern schwollen schon wieder an, und Witold beeilte sich hinzuzufügen: »Nächste Woche stellen wir Sie wieder im Krankenhaus vor, okay?«

Wolfgang nickte zufrieden und betrachtete seine ruinierte Hand.

Witold schloss ihn zurück in die Zelle und ging hinunter, die eiserne Treppe ins Erdgeschoss; seine Schritte, die die Treppe in sachte, quietschende Schwingungen versetzten, hallten wider im ganzen Haus. Mit dem Schlüssel, der in einem ledernen Etui an seiner Hüfte baumelte, schloss er sich unten durch eine Stahltür, durch die er in einen katakombenartig gewölbten Gang trat, mit Heizungsrohren an den Wänden. Der Gang führte nach einer Biegung in den zivilen Teil des Gefängnisses, vorbei an den Wartestühlen für Besuch auf der einen und der eichenen Eingangstür auf der anderen Seite; der Gefängnisdirektor schloss sich nochmals durch eine Gittertür mit zwei Schlössern und wendete sich aufatmend nach links, schräg über den Flur, nicht ohne einen Seitenblick auf den Metalldetektor zu werfen, der seit drei Jahren unbenutzt dort stand, groß wie eine Telefonzelle, nur dass man nicht damit telefonieren konnte. Man konnte gar nichts damit machen. Detektoren brauchten sie hier nicht. Hier hatte noch nie einer eine Feile eingeschmuggelt und es war auch noch nie einer ausgebrochen. Und es würde auch keiner ausbrechen, so lange er, Witold, hier etwas zu sagen hatte. Aber es gab eben einen Erlass aus dem Ministerium, da wurde keiner gefragt. Und vor drei Jahren hatte eine Spedition dieses Ungetüm hierher geschafft. Seitdem verdarb es Witold die Laune, wenn er quer über den Flur ins Vorzimmer wollte.

Dort hockte Matuschak mit hängenden Schultern am Schreibtisch. Ein wahrhaft erhebender Anblick, dachte der Chef, wie seine Hände in Krallenhaltung über der Schreibmaschine schwebten und auf einen Befehl des Gehirns warteten, und dann stießen die vorgereckten Zeigefinger unregelmäßig herab wie ein atzender Falke, offenbar tippte er die Daten aus einer grauen Mappe auf einen Aufnahmebogen ab. Er konnte wirklich phänomenal tippen, dieser Matuschak. Witold blieb stehen und beobachtete, wie Matuschaks Zeigefinger zwischendurch steif die Brille zur Stirn hinaufstieß.

Der Chef drehte sich zum Aktenschrank und nahm den Hefter *von Borstel* heraus. Dann schloss er die Tür seines winzigen Dienstzimmers auf und setzte sich hinter seinen Schreibtisch Baujahr 1930. Er legte die Akte drauf, schlug sie auf, damit es nach Arbeit aussah, falls Matuschak reinkam, und lehnte sich seufzend zurück. Automatisch fiel sein Blick auf den lebensgroßen Abzug eines Fotos, das er von seiner letzten Reise mitgebracht hatte: Eine alte Frau, gebeugt unter schwerem Rückengepäck, sah ihn aus ihrem gelben zerknitterten Gesicht unergründlich an, hinter sich ein Panorama schneebedeckter Berge. Nepal.

Witold schloss die Augen. Er spürte den kalten Wind des Himalaja, hörte das Klirren kalter Steine unter seinen Füßen, das Knirschen des harschigen Schnees und das unverständliche Getuschel seiner Sherpas. Nepal.

Die Frau auf dem Bild blickte auf die Wand hinter Witolds Schreibtisch, als wären dort die Berge des Himalaja, aber es waren nicht die Berge des Himalaya. Es war die Wand seines Dienstzimmers, die seit dem Krieg nicht mehr neu tapeziert worden war, er hatte einen Antrag gestellt, aber es hatte keinen Sinn, er war abschlägig beschieden worden, zehn Monate später, es sei kein Geld da. Witold würde selbst tapezieren müssen, eines Tages, und sich dann anschließend die Vorwürfe wegen eigenmächtigen Handelns anhören müssen. Aber das Dienstzimmer des Amtsgerichtspräsidenten, dieses Umstandstölpels, der immer in Bauernschuhen herumlief und einen Gang hatte, als schöbe er eine Mistkarre, das hatten sie runderneuert, die Kiefervertäfelung heruntergerissen und eine Eichenvertäfelung angebracht. Letzten Monat waren sie fertig geworden, denen war es egal, ob der ganze Rest des Amtsgerichts und der Justizvollzugsanstalt verkam, Hauptsache, der Herr Präsident fühlte sich wohl. Und Hauptsache, der Etat ist verbraten am Ende des Jahres.

Hasserfüllt starrte Witold auf die Gardinen, zwei lange Streifen schmutzig uringelber Farbe und undefinierbarer Herkunft, die sein vergittertes Fenster umrahmten, seit dem Krieg die wohl auch. Er war eingesperrt.

Wo war seine Freiheit geblieben, auf die er immer so stolz gewesen war? Tagaus, tagein, jahraus, jahrein saß er hier im Gefängnis, um diese Elenden zu verwalten, wann hatte er zuletzt Freude erlebt, hier in diesem Laden? Wieso war alles so egal geworden? Er erinnerte sich, wie er früher, vor fünfzehn Jahren, jeden Tag mit Lust und Freude hierher ins Gefängnis gegangen war, wie er lange Gespräche mit den Häftlingen geführt und geglaubt hatte, er könnte ihnen helfen, etwas ändern. Aber es hatte ja doch alles keinen Zweck. Sie kamen alle wieder, egal, wie vernünftig er mit ihnen geredet hatte. Und die, die nicht wiederkamen, saßen eben woanders. Und wenn tatsächlich mal einer dazwischen war, der es geschafft hatte, dann garantiert nicht wegen seines Geredes, sondern zum Beispiel weil er die richtige Frau kennen gelernt hatte, die ihn festhielt, wenn er sich in seinen eigenen Weg stellen wollte.

Zum Glück war Witold rechtzeitig zu der Erkenntnis gekommen, dass er es einfach mit Vollidioten zu tun hatte, denen schlicht nicht zu helfen war. So schwierig konnte es doch nicht sein, nicht einzubrechen und keine Bank zu überfallen, meine Güte! Aber sympathisch waren sie ihm doch oft genug. Zum Beispiel dieser Müller. Wie viele Jahre hatte der auf dem Buckel? Über zwanzig. Und weswegen? Kleine blöde Diebereien, unterwegs, wenn er auf Trebe war. In den Dörfern hatte er Fahrräder mitgehen lassen, damit er damit ins nächste fahren konnte, den Bauern hatte er Würste oder eine warme Decke geklaut, alles in allem nicht mehr als für fünftausend Mark gestohlen. Der war noch ein Altfall aus den Sechzigern, wo die Leute gleich Sicherheitsverwahrung kriegten, wenn sie fünfmal nacheinander das Gleiche machten. Irgendwie hatten sie Müller dann übersehen und ein Jahrzehnt lang vergessen, bis jemand auf die Idee kam, darüber nachzudenken, weswegen Müller nun eigentlich saß, schließlich war man jetzt im Zeitalter der Resozialisierung angekommen. Also ließ man ihn raus, auf Probe und unter Führungsaufsicht. Er haute ab. Nach Frankreich, wie man hörte. Aber jetzt war er wieder drin. Einer von den beiden Strafhäftlingen, die sie hier hatten. Der andere war Paul Clever, der Koch. Müller hatte wieder Fahrräder, Jacken und Würste mitgehen lassen. Müllers Dummheit bewies, dass das ganze Gerede nichts einbrachte. Am besten, man hatte ein klares System. Wie der Bußgeldkatalog. Da kriegt auch jeder seine hundert Mark, wenn er bei Rot über die Ampel fährt, egal, ob er eine schlechte Kindheit gehabt hat oder nicht.

Was also sollte er hier ausrichten?, dachte Witold. Er sah auf die Uhr. Bald Feierabend. Er freute sich nicht auf den Feierabend. Jedenfalls heute nicht. Brigitte mit ihrem Altweiberclub! Bis dahin musste er die Sache mit diesem von Borstel geregelt haben. Dieser verrückte Bauer, der sich benahm wie ein Indianer, den die Bleichgesichter gefangen hatten, der sterben wollte, um seine Ehre zu retten. Verfluchte Verantwortung! Wenn es doch einmal einen einzigen Tag ohne Verantwortung geben würde! Er musste eine Extra-Wache abstellen. Von Borstel würde es sonst fertig bringen, sich an den Fenstergittern aufzuhängen. Und dann würde er, Witold, die Verantwortung tragen müssen, ihm würden sie Vorhaltungen machen. Womöglich ein Disziplinarverfahren anhängen.

Seufzend zog sich Witold die Akte *von Borstel* heran. Wie immer ärgerte er sich, dass nichts drinstand. Warum konnten sie ihn, der hier mit den Leuten zurechtkommen musste, nicht besser informieren? Geboren am 14.03.1954. Wohnhaft Engelsmoor 15, Großenborstel. Hier der Haftbefehl, der weinrote Durchschlag. Wieso mussten die Haftbefehle eigentlich weinrot sein?

> *... wird beschuldigt, am 28.10.1984 in Großenborstel, Engelsmoor 15, einen Mord begangen zu haben, indem er seine Frau Erika von Borstel, geb. am 25.09.1961, aus niedrigen Beweggründen mit einem Messer erstach. Diese Handlung ist mit Strafe bedroht nach 211 StGB. Er ist der Tat dringend verdächtig aufgrund der Tatumstände. Es besteht gegen ihn der Haftgrund des 112 Abs. 3 StPO. Gezeichnet Kellermann.*

Ausgerechnet der Direktor hatte den Haftbefehl gemacht. Oder vielmehr unterschrieben. Gemacht hatte ihn die Staatsanwaltschaft. Aufgrund der Tatumstände ... Schien ja alles völlig klar zu sein. Sie hatten sich noch nicht einmal die Mühe gegeben, festzuhalten, wie die »Tatumstände« ausgesehen hatten. Das bedeutete lebenslänglich für den Kerl. Hierzulande im Schnitt mindestens sechzehn Jahre. Dann der Gnadenerlass.

Wenn sie fertig waren, Ruinen, atmende Tote, die der Allgemeinheit auf der Tasche lagen. Jetzt saß der also da oben mit dem Tätowierten in der Zelle und starb schon mal ein bisschen. Stückweises Sterben tut nicht so weh. Der wusste, was er vor sich hatte, ganz genau. Warum hatte er es getan? Niedrige Beweggründe ... Das konnte alles sein. Meistens ging es ja um Geld. Sicher nicht eine andere Frau, danach sah von Borstel nicht aus.

Witold fühlte, wie ein altes Mitgefühl für den trauernden Indianer in ihm aufstieg. Früher hatte er das für alle empfunden, die bei ihm einsaßen. Das war gestorben, so nach und nach. Er hatte es nicht ausgehalten, immer dieses Mitgefühl. Brigitte sagte, er habe keinen Abstand.

Man müsste mehr wissen über diesen Bauern. Wie alt war er? Dreißig Jahre alt. Sieben Jahre älter als die Frau, die er getötet hatte. Wenn er rauskam, würde er ungefähr sechsundvierzig sein, so alt wie Witold selbst jetzt war. War mit sechsundvierzig das Leben zu Ende? Witold sah hoch auf die alte Frau auf dem Bild gegenüber an der Wand. Nein! Mit Sicherheit nicht. Obwohl er es manchmal dachte. Was würde sich schon noch großartig ändern? Er würde hier immer noch sitzen, in zehn oder fünfzehn Jahren. Sein Gehalt würde um soundso viel Stufen höher liegen. In Rente mit fünfundsechzig. Dann würde ein Neuer hier sitzen, und sie hätten ihn alle schnell vergessen.

Und mit Brigitte würde es immer noch das Gleiche sein. Es würde sich nichts ändern. Kinder hatten sie ja nicht. Sie hatten auch keine haben wollen. Wie hätte man auch mit gutem Gewissen in diese Welt Kinder setzen können? Umweltverschmutzung, Waldsterben, Wettrüsten, Kriege überall. Hunger auf der Welt, jeden Tag verhungerten Tausende Kinder, bei jedem Atemzug, den man tat, tat ein Kind irgendwo den letzten, und keiner tröstete es, es musste allein sterben und verstand die Welt noch nicht. Sie hatten lange debattiert, ob man es moralisch verantworten könne, in eine solche Welt noch ein Kind zu gebären, das im Schatten von Raketen groß werden würde, Abend für Abend hatten sie sich die Köpfe heißgeredet. Und dann, wenn es praktisch wurde, genauestens auf die Temperatur und Tage geachtet. Die Pille lehnten sie ab. Das konnte man heutzutage nicht mehr verantworten, nach alledem, was man darüber wusste. Brigitte war damit sehr genau, es hatte immer perfekt geklappt, das mit der Verhütung, bis auf das eine Mal, ganz zu Anfang, als sie sich kaum kannten. Das hätte man auch nicht verantworten können. Dann hatten sie eine Zeit lang vergessen, darüber zu reden. Und irgendwie waren sie dann plötzlich zu alt gewesen für Kinder. Brigitte hatte Depressionen bekommen, als sie auf die Ende dreißig zuging, er hatte ihr klargemacht, dass ihre Entscheidung bewusst getroffen und in aller Vernunft überlegt worden war, besser hätte es doch gar nicht sein können. Nun ja. Sie hatten eben keine. Es hätte im Übrigen die Freiheit beeinträchtigt, ganz sicher. All die andern, die mit diesen quäkenden Bündeln zu Hause herumsaßen und nachts nicht richtig schlafen konnten. Man konnte mit ihnen nichts anfangen. Er und Brigitte, sie hatten immer alles machen können. Theater, Ausstellungen, Reisen, vor allem Reisen. Nepal, zum Beispiel.

Aber sonst war es immer das Gleiche. Drei Abende in der Woche in die Stammkneipe, die gleichen Gesichter, die gleichen Gespräche. Zu Hause sprachen sie immer weniger. Es gab nichts mehr zu besprechen. Es sei denn, es handelte sich um die nächste Trekkingtour nach Nepal oder nach Lappland, dann konnte der Abend wie früher sein, sie hatten sich unendlich viel zu sagen gehabt. Sie hatten ihre Freiheit. Zum Beispiel dieser Matuschak, was hatte der für einen Ärger mit seinem Sohn. Der war jetzt siebzehn, machte einen auf null Bock, kriegte knapp den Hauptschulabschluss und hatte zu nichts Lust. Jeden Tag jammerte Matuschak herum, was er mit seinem Sohn anstellen sollte. Und er verstand es nicht. Wo doch die Tochter überhaupt keine Schwierigkeiten machte. Witold dachte, dass sein Sohn, seine Tochter jetzt erwachsen wäre, wenn sie damals nicht nach Holland gefahren wären. Wer weiß, welche Schwierigkeiten sie jetzt hätten. Ganz abgesehen vom Geld. Gott sei Dank, dass er sich mit so etwas nicht herumschlagen musste. Das Leben war auch so schwierig genug. Gerade in der letzten Zeit machte ihm nichts mehr so richtig Spaß. Witold stellte sich vor, er wäre von Borstel, und morgen käme er aus dem Knast: Plötzlich fallen alle Fesseln, ein neues Leben geht auf wie die Sonne am Morgen. Freiheit, klare Luft. So einen Tag wünschte er sich. Es müsste einfach alles neu sein und anders, dass man frisch von vorn beginnen könnte. Aber würde er etwas anders machen können?

Witold seufzte und schlug den Aktendeckel zu.

Also er würde eine Extra-Wache abstellen. Morgen war Dienstag. Besuchstag, da mussten zwei Leute unten sein, die Gespräche überwachen, und Donnerstag war wieder Besuchstag. Wenn dann noch zwei oder drei Anwälte kamen, um ihre Mandanten zu besuchen, dann war hier unten die Hölle los, da wurden die Schlüssel in den Schlössern heiß und alles stöhnte unter der Last der Verantwortung. Also Überstunden. Es würde mal wieder einen Sturm auf Überstunden geben. Keiner von seinen Leuten würde wollen, und er würde dann den Dienstvorgesetzten raushängen lassen müssen, wie ekelhaft!

Witold warf einen letzten sehnsüchtigen Blick auf das Bild vom Himalaja, klemmte sich die Akte unter den Arm und stand resigniert und entschlossen auf. Er würde Panke abkommandieren, der hatte erstens Humor und zweitens früher in der Landwirtschaft gearbeitet, er hatte Mitgefühl und auf ihn war Verlass, der hatte die besten therapeutischen Fähigkeiten in diesem Fall, wenn so etwas in diesem Laden überhaupt existierte.

Im Vorzimmer war Matuschak in der Mitte des Formulars angekommen. Verbissen machte er seine Arbeit oder was er dafür hielt.

»Verschwendung von Steuergeldern«, murmelte Witold.

Matuschak hob irritiert sein zerzaustes Haupt: »Was ist denn, Chef?«

»Ach, nix«, sagte der Chef, hängte die Akte zurück in den Schrank und verließ das Vorzimmer.

V.

Am nächsten Montag konnte es jeder in der Zeitung nachlesen. Am Samstag, den 20. Januar 1985, abends um halb elf, saßen von Berchtesgaden bis Flensburg, von Aachen bis Nürnberg 8,9 Millionen Menschen still und taten das gleiche Nichts, während draußen, im Süden der Republik, der Föhn ungemütlich pfiff, im Rheintal Nebel lag und im Norden ein eisiger Ostwind vom fernen Moskau her unter sternenklarem Frosthimmel Schwaden von altem Schnee über das flache Land trieb. Die Menschen saßen in ihren Häusern auf Polstersesseln, Sofas, Küchenstühlen und Matratzen, Schichtarbeiter, Ärzte, Hausfrauen, Handwerker, Nichtsnutze, Makler und Studenten. Die meisten dieser Menschen, um die sechs Millionen, der letzten Analyse eines Marktforschungsinstituts zufolge, hatten in Reichweite Knabberzeug, Alkohol, Zigaretten, sie knabberten, tranken, rauchten. Sie sprachen nicht oder nur wenige Worte, sie bewegten sich auch kaum, noch nicht einmal die Augen, auf deren Netzhäuten sich 8,9-millionenmal exakt dasselbe flimmernde Bild widerspiegelte, aus einem im Schnitt drei Meter entfernten Kasten: der Showmaster und die hübschen Kandidaten und Kandidatinnen im Ratequiz.

Zum Heer dieser großen glücklichen Familie gehörten auch Polizeiobermeister Schäfer und seine Frau

Elvira. Sie saßen regungslos in zwei voluminösen Ledersesseln, die pro Stück 1.150 DM gekostet hatten, in der Wohndiele beiderseits des Couchtisches, der mit italienischem Kachelwerk belegt war und 2.490 DM gekostet hatte, und starrten, wie die anderen Millionen auch, auf den Fernseher in der Schrankwand mit echtem Eichenfurnier, die 9.990 DM gekostet hatte, und tranken eine Flasche lieblichen Weißweines, der 2,98 DM gekostet hatte. Die Jalousien waren herabgelassen, die Gardinen vorgezogen, alles hermetisch abgeriegelt, wie sich das für einen Sonnabend gehörte, wenn die Welt nur noch im Fernseher existierte und Familienabend war. Polizeiobermeister Schäfer hob sein eckiges Kreuz vom knarrenden Lederpolster und nahm einen Schluck, während er Elvira aus den Augenwinkeln einen dunklen Blick voller Zweifel und Hoffnung zuwarf. Mit hochgezogenen Brauen, gerupft zu einem Bogen, sah sie geradeaus und nestelte mit ihren Fingern an einem Taschentuch, mit dem sie sich das Salz und das Fett der Erdnüsse abwischte. Knarrend ließ sich Schäfer wieder sinken.

Sie hatte wieder ihren schlechten Tag, da war ein Leben in Frieden nicht möglich. Kurz vor Mittag war er zurückgekehrt, mit schmerzendem Kreuz von der verfluchten Schreibtischarbeit, Berichte schreiben, es widerte ihn an. Morgens hatte es schon angefangen. Er musste noch auf die Station, am Wochenende, auch das noch, jedes Mal, als wenn er es aus Feindschaft seiner Frau gegenüber täte. Verkehrsunfallanzeigen tippen, Unfallskizzen zeichnen, deren Maße er vor Ort aufgenommen hatte, handschriftliche Vernehmungen abtippen. Damit musste er sich den freien Sonnabend verderben. Den ganzen Freitagabend hatte er überlegt, ob er es ihr sagen sollte, aber dann hätte sie ihren Anfall gestern schon gehabt. Er machte eben alles falsch. »Hättest mir das nicht gestern sagen können? Wer bezahlt dir die Überstunden?«, fragte Elvira immer bei solchen Gelegenheiten, obwohl sie wusste, dass er als

Polizeibeamter seinen Dienst und seine Pflicht zu tun hatte ohne zusätzliche Bezahlung und egal, wann er damit fertig war. »Nimm dir mal 'n Beispiel an Kees«, sagte sie immer, »der geht auf Schicht bei der Industrie und macht Überstunden und kriegt sie bezahlt, jede einzelne kriegt er bezahlt!« Früher hatte Schäfer ihr dann immer erklärt, dass es doch auf die Mark nicht ankäme und er hätte doch einen sicheren Job, während Kees – wer weiß, wann der auf der Straße stehen würde, ändern könnte er es doch jetzt auch nicht mehr, wie sinnlos und dumm es wäre, den Dienst zu quittieren, so sagte man das ja wohl, als Beamter auf Lebenszeit, bei der Alterversorgung und überhaupt – er übte doch eine wichtige und gute Pflicht aus, im Interesse der Menschen, er stand auf der richtigen Seite, auf der Seite der Ordnung und des Guten. Sie hatte gekontert mit der Beförderung, um die er sich nicht bemühe, die er sich dauernd verderbe, zum Beispiel indem er anderen Frauen im Dienst die Brüste begrapsche, und mit dem höheren Dienst, für den er nicht tauge, »ja, wenn du wenigstens Kriminalinspektor wärst«, Kriminalinspektor sagte sie immer, wegen der Fernsehserien, die hielt sie ihm vor, dann wäre er wer; und dass er den von Borstel, diesen Mörder, festgenommen hatte, das hielt schon lange nicht mehr vor. In der Zeitung hatte nämlich nichts über Schäfer dringestanden. Das hatte sie ihm auch vorgeworfen. Wie sie bei den Nachbarn dastehen würde, die würden womöglich denken, sie hätte sich das alles ausgedacht. Es nutzte nichts – Erklärungen an die Öffentlichkeit gab nun einmal nur der Pressesprecher der Kripo ab und namentlich wurde nur der Chef der Hemmstedter Kripo erwähnt, und vielleicht noch Staschinsky, der von der Mordkommission. Jedenfalls nicht die, die die Drecksarbeit gemacht hatten.

Gleich heute Mittag, als er zurückgekommen war, hatte sie wieder damit angefangen. Das Mittagessen war noch nicht fertig gewesen. Elvira kreuzte energisch die 8-qm-Küche, ein kurzes Schürzchen vorgebunden, kleine Schweißperlen auf der Oberlippe zwischen den feinen dunklen Härchen, die sie mit der Pinzette nicht zu fassen bekam. Der Schweiß machte die Härchen erst sichtbar, und darüber ärgerte sie sich, weil sie sie nicht leiden konnte. Schäfer übrigens auch nicht.

Nicole war nicht zu Hause. Wo sie denn wäre?

»Sie ist abgehauen, kommt Montag nach der Schule wieder!«

Er hatte sich aufgeregt, sie hätte doch fragen müssen und wer weiß, was bei dieser Freundin war, sie war doch erst fünfzehn.

Oder auch schon fünfzehn, je nachdem, wovor man die meiste Angst hatte als Eltern. Elvira war siebzehn gewesen, aber das war sowieso was anderes, klar.

»Kein Wunder, dass sie dich nicht fragt«, hatte Elvira ihn scharf unterbrochen, »du hast bei ihr sowieso nichts mehr zu melden!« Nach einer spitzen Pause setzte sie hinzu: »Du ewiger Polizeiobermeister!« und klatschte mit der flachen Hand gegen einen der Hängeschränke, echt Eichenfurnier, altdeutsch.

Und was bist du?, hatte er gedacht, Hausfrau bist du, nichts bist du, und mein Geld verbrauchst du und tust nichts dafür, außer mich kujonieren und malträtieren; Ausdrücke, die sein Großvater immer gebraucht hatte, wenn er vom Ersten Weltkrieg erzählte.

Aber Schäfer hatte nichts gesagt, nicht mehr. Das war auch ausdiskutiert, längst. Sie hätte ihn nämlich auf sein Versprechen vor ihrer Hochzeit verwiesen, dass sie, so lange er einen Kopf hatte und zwei Hände und gesund sei, es niemals nötig haben würde, arbeiten zu gehen. Das war zu der Zeit, als sein pockennarbiges Gesicht mit dem blauschwarzen Bartschimmer und der großen gehöckerten Nase ihr noch imponiert hatte und sie an seinen breiten Schultern noch Schutz gesucht hatte. Und dann war ja Nicole gekommen und ein Kind braucht seine Mutter und ein Mann ernährt seine Familie. Und seine Frau hatte er besonders gut ernährt, das war nicht zu übersehen.

Polizeiobermeister Schäfer wagte es nicht, an seinem Glas zu nippen, diese verfluchten knarrenden Ungetüme von Sesseln, wie waren sie nur in sein Haus gekommen, wie war das nur alles passiert hier? Diese Dinger verrieten jede Bewegung und zwangen ihn zur Starrheit, der Schmerz in seinen Schultern schwirrte im dritten Halswirbel. Er durfte Elvira jetzt unter keinen Umständen reizen. Es kam darauf an, ohne weiteren Streit die Show durchzustehen, bis zum Ende; lange konnte es nicht mehr dauern, der Showmaster war bei der vorletzten Quizfrage angelangt. Dann taten sie es immer, im Dunkeln würde er ihre hochgezogenen Brauen und den Schweiß auf ihrer Oberlippe vergessen, vielleicht würde sie den Streit vergessen und wieder seine kleine Elvira sein, wie früher.

Das Orchester machte einen Tusch. Der Sieger stand offenbar kurz vor dem Sieg.

Elvira räusperte sich. Ohne den Blick zu wenden, fragte sie: »Hast du die Sache mit den Türen geregelt?«

»Ja«, sagte er leichthin. Er war alarmiert.

»Was heißt, ja?«

Er hörte den ungehaltenen Unterton. »Na ja, ich hab's halt geregelt, war bei dem Schlüter da in Hemmstedt.«

»Und? Was sagt er? Hast du ihm alles erklärt?«

»Ja, natürlich, Elvi.« Ein Fehler. In solchen Situationen durfte er niemals Elvi zu ihr sagen. Sie fühlte sich dann nicht ernst genommen. Zu schnell fuhr er fort: »Ich hab ihm erklärt, dass er dafür sorgen soll, dass wir anständige Türen bekommen, dass wenn wir 18.000 Mark für neun Türen mit Eichenholzfurnier bezahlen, dass dann das Furnier passen muss und eine Maserung haben muss und dass es nicht so aussehen darf, als seien die Türen aus Brettern zusammengenagelt, dass wir eben für unser Geld gute Ware beanspruchen.« Er hatte zu viel geredet, es klang wie eine Rechtfertigungslitanei.

Die Kandidaten rückten beidseits an den glatt lachenden Showmaster, der seine Arme ausbreitete. Wieder ein Tusch. Noch eine Quizfrage, die letzte. Dann würden die Preise verliehen werden, die Spannung stieg.

Elvira fragte: »Hast du ihm auch erklärt, dass es eilig ist?«

»Ja, das habe ich.« Es gelang ihm nicht, seiner Stimme genug Empörung zu unterlegen.

»Er soll ihn gleich verklagen, ich verlange es!«

Endlich sah sie ihn an. Ihr Gesicht war böse, wütend. Als hätte er selbst die falschen Türen eingebaut. Er war nicht schuld an diesem Desaster. »Desaster«, sagte Elvira.

»Na ja, so eilig ...« Ihm waren die Türen schon recht.

»Doch, es ist eilig. Ich halte es mit diesen Türen nicht mehr lange aus, jeden Tag muss ich diese Türen ansehen, ich sehe nicht ein, dass ich ...«

»Aber Elvira, wir werden doch abwarten können, bis Rechtsanwalt Schlüter mit dem Tischler gesprochen hat, vielleicht einigen sie sich ja noch, und außerdem«, hörte Schäfer sich sagen und er wusste, er würde einen Fehler machen, der nicht wieder gutzumachen war, aber es gab solche Situationen, man wusste, es war falsch, und man tat es trotzdem, »die Türen schließen doch immerhin, und das ist doch die ...«

»Nein, das tun sie nicht«, fuhr sie ihm dazwischen, »oben die Tür zum Badezimmer schurrt, sie ist unmöglich, und die Tür hier, die knarrt, als säßen wir im Keller, und überhaupt der Anblick – du verstehst mich nicht, du willst mich wohl nicht verstehen, ich bin doch den ganzen Tag hier und muss damit fertig werden!« In ihrer Stimme stieß endgültig die Wut nach oben durch, und auf ihrer Stirn hatte sich eine steile Falte gebildet, die Ungutes verhieß.

Schäfer schwieg. Es war jetzt sowieso alles zu spät.

Der glückliche Sieger verbeugte sich strahlend vor dem Publikum: ein dreifacher Tusch.

Elvira stand stampfend auf. »Warum sagst du nichts, Ewald?!«

Wenn sie Ewald sagte, war der Ofen aus. Worte würden nicht helfen und was hätte er sagen sollen? Versteh einer die Frauen!

Ihr gekrümmter Zeigefinger stieß auf die Fernbedienung herab wie ein Bussard auf seine Beute. Plötzlich war es still. Allein und für sich, die große glückliche Familie war fern und weg. Sie richtete den Finger wie eine Pistole auf ihn: »Mir reicht's. Ich geh zu Bett. Rechne dir bloß nichts aus. Ich hab keine Lust. Gute Nacht!«

Jedes Wort wie ein Schuss. Schäfer war getroffen.

»Ich auch nicht! Dazu bist du mir zu fett!«, sagte er gallig gegen ihr großes Hinterteil.

Mit dem Schlag traf sie seine Backe, hart und trocken. Dann schmetterte sie hinter sich die Tür in die Füllung, dass das echte Eichenfurnier krachte.

Polizeiobermeister Schäfer öffnete die Haustür, trat einen Schritt hinaus und blickte steif, mit brennender Backe, in den Sternenhimmel. Das Schneetreiben hatte sich gelegt. Der Frost biss ihm in die Nase und durchs Hemd. Tief atmete er durch.

Die Häuser ringsum totendunkel, düster, drohend. Alle Jalousien unten, hermetisch abgesperrt, nicht einmal die Schornsteine verhießen Menschenleben. Es war still. Nur der müde gewordene Wind surrte leise mit der Antenne auf dem Dach, er hatte die eintönigen Vorgärten zu einer ungekannten welligen Schneelandschaft modelliert, unter der die kümmerlichen Winterreste der Bepflanzung einen neuen kosmischen Sinn bekommen hatten, und die bizarren weißen Zäune lagen über der Siedlung wie das Fangnetz von Außerirdischen. Weitab kläffte ein Köter.

Schäfer zog sich im Hausflur Stiefel, Jacke und Hose an, hob draußen den Blick himmelwärts zum Großen Wagen, den er seit Pfadfinderzeiten kannte, und ging auf Streife.

Langsam, die Hände in den Jackentaschen, entfernte er sich, den knirschenden Schnee unter den Stiefeln, entlang an der geordneten Reihe der Häuser, die toten Kolossen gleich im Schnee lagen. Aber es lebten Menschen darin, wer weiß, wie viele von ihnen Kummer hatten oder ob sie glücklich waren und es miteinander machten, am Sonnabend, wie es sich gehörte für ein anständiges Ehepaar. Hinter den Häusern reckten sich die verstümmelten Arme der Apfelbäume nackt und schwarz in die Winternacht, als wären sie die Toten von Stalingrad. Im Frühling würden sie aber doch wieder Blätter bekommen und ein rosarotes Blütenkleid, sie würden ihre verrenkten Glieder darunter verstecken.

Warum hatten sie sich gestritten? Welcher Teufel hatte sie geritten? Früher war alles anders gewesen, da hatte es das nicht gegeben.

Schäfer dachte daran, wie sie sich auf dem Schützenfest in Großenborstel kennen gelernt hatten, der Saal hatte gebrodelt von Schweiß und Juchzen und Alkohol, er hatte Elvira fest angepackt und sie herumgedreht und ihr in die Augen gesehen. Dann hatte er sie in die schummrige Sektbar geführt. Lärm und Getöse, der Schweiß lief ihm den Nacken herunter und seine Brille beschlug. Es musste dann auch der Alkohol gewesen sein. Die Zeit war herrlich gewesen. Und heute? Sie hatten ein Haus, der große Traum war endlich erfüllt, die Schulden waren tragbar, er hatte ein sicheres Einkommen und er konnte sich die Rente ausrechnen, die er in fünfundzwanzig Jahren bekommen würde. Sie hatten einen netten Bekanntenkreis, alle vierzehn Tage einmal Kegeln, im Winter luden sie sich reihum ein, mit der Nachbarschaft wurden die üblichen Feste gefeiert, Elvira hatte ihren Kaffeeklatsch, Nicole war gesund und kam in der Schule mit. Was fehlte ihnen denn bloß? – Tadellose Türen!

Das konnte es nicht sein, er hätte auf Türen ganz und gar verzichten können, Säcke würden es auch tun. Überhaupt der ganze Mist, für den man sich abstrampelte, was bedeutete er? Das neue Auto, dass der Zaun ordentlich angestrichen sein musste, Rasenmähen, all das, wozu? Bei den Pfadfindern hatten es die Kote, ein Strohsack und ein Feuer getan.

Clever fiel ihm ein. Schäfer hob wieder den Blick zu den Sternen. Der hätte ihm alles zeigen können. Paul Clever war genial gewesen, er hatte immer einen Weg gewusst. Mit dem hätte er reden mögen, jetzt. Seit der Pfadfinderzeit hatten sie sich nicht gesehen, ihre Wege hatten sich nach der Schule getrennt, er hatte schon lange nicht mehr an Clever gedacht, warum eigentlich nicht? Was wohl aus ihm geworden war? Schäfer dachte, dass Clever sein einziger Freund gewesen war. Nein, Freunde hatte er nicht mehr. Früher. Es gab nur noch Bekannte, vielleicht gute Bekannte. Wem hätte er das mit Elvira heute Abend erzählen mögen?

Er näherte sich dem Zentrum des Fleckens, vorbei am Bäckerladen, dessen Schaufenster den Schein des Schnees widerspiegelten. Die Kirche tauchte auf. Der Turm stand schweigend, seit 1831. *Hier ist die Pforte des Himmels* stand unter dem Eingangsportal, und jedes Mal, wenn Schäfer es las, musste er an seine Kindertage denken und wie er seine Mutter gefragt hatte, wie man durch die Kirche denn in den Himmel käme. »Wenn man tot ist, mein Junge, dann kommt man in den Himmel«, hatte sie gesagt, »und wenn man artig und gut war. Böse Menschen kommen in die Hölle.« – »Mami«, hatte er gefragt, nach längerem Sinnen, »Omi war aber doch nicht böse, und trotzdem haben sie sie wieder aus der Kirche rausgetragen!«

Sie hatte ihm alles noch einmal erklärt, aber der Stachel des Zweifels und des Unglaubens saß fest und hatte sich seitdem nicht wieder gelöst.

Er drehte sich um, dem plumpen Denkmal zu. *Den Kriegern Großenborstels in Dankbarkeit* stand auf der einen Seite und auf der anderen war das steinerne Gesicht des Kaisers Wilhelm. Er blickte starr und gebieterisch hinweg über den flach vor ihn hingestreckten Soldaten, der mit gebrochenem Genick auf dem Mahnmal zum Zweiten Weltkrieg lag, wie auf einem kalten Bett und zugedeckt vom milden Schnee, der die in Stein gemeißelten Namen der toten und vermissten Söhne, Väter,

Brüder Großenborstels verbarg, darunter auch den von Schäfers Onkel und den seines Vaters, und der Polizeiobermeister schämte sich seiner Spuren, als entweihe er diesen Ort mit seinen harten Stiefeln.

Später wunderte er sich, warum er den Schein aus dem hohen Sprossenfenster an der Rückfront des Bankgebäudes nicht schon vorher gesehen hatte. Alles dunkel sonst, nur ferne Sterne am Firmament. Wieso Licht in der Bank, am Samstag, in der letzten Stunde vor Mitternacht?

Polizeiobermeister Schäfer vergaß seine Sorgen und spürte, wie sich in ihm alles straffte. Die Fenster lagen zu hoch, hineinsehen konnte er nicht. Geduckt eilte er zum Kaiser Wilhelm zurück und stieg die drei Sockelstufen hinauf. Er war jetzt zwanzig Meter vom Gebäude entfernt, aber hoch genug. Der Raum war nur matt erhellt, offenbar durch das Licht, das aus der Schalterhalle im vorderen Teil des Gebäudes durch eine offene Tür fiel. Schäfer verließ den Sockel und lief mit eingezogenem Kopf quer über den Vorplatz der Kirche bis hinter die Buchsbaumhecke, in deren Schutz er sich dem Gebäude von der Seite her näherte. Alles hell erleuchtet, wie ein Palast im Morgenland. Kaum zu glauben, eine Dreistigkeit sondergleichen, die mussten sich sicher fühlen.

Polizeiobermeister Schäfer schob den Schnee von den Zweigen der Hecke und lugte durch. Zwei Gestalten, er sah nur ihre riesigen Schlagschatten an der Wand, wenn sie die Tür zum Schalterraum kreuzten. Dort, wo der Tresor sein musste. Sie hasteten hin und her, gebückt, sicher trugen sie etwas. Jetzt waren sie im Schalterraum. Schäfer fluchte über die Spiegelungen in den vielen Glaswänden und -scheiben. Hektisch rieb er seine Brille an der Jacke. Genaues konnte er nicht erkennen. Doch – jetzt! Aus den tanzenden Schatten tauchte eine Gestalt auf, ein Gesicht. Ein großer Kerl. Helle Haare. Vielleicht Locken. Dann war das Gesicht weg. Die waren noch nicht mal maskiert!

Die Dienstpistole. Er musste seine Dienstpistole haben, ohne Dienstpistole war er machtlos. Die war im Auto, zu Hause.

Schäfer lief. Dabei sah er sich laufen. Wie er außer Atem kam, anders als Elviras Inspektoren in den Serien. Seitenstiche. »Ruhig bleiben, Junge, ganz ruhig«, keuchte er vor sich hin. War sein Atem lauter als seine Schritte im Schnee? Das Schlagen der Autotür hallte durch die stille Nacht wie ein Schuss. Ich muss hinfahren, dachte Schäfer, wenn ich nicht hinfahre, sind sie weg.

Kurz vor der Kirche löschte er das Licht und rollte mit Standgas im zweiten Gang zum Tatort. Dann ließ er den Motor sterben, horchte atemlos hinaus. Wind. Stille. Ruhig bleiben, dachte er und umklammerte mit kalter Hand die Pistole, ganz ruhig. Die Wagentür ließ er offen.

Als er wieder hinter der Hecke hockte, erlosch das Licht in der Bank. Was soll ich bloß tun jetzt, dachte Schäfer, was soll ich jetzt bloß tun? Ich muss nach vorne, zum Eingang, sofort muss ich dorthin rennen, sofort. Und dann? Wenn sie bewaffnet waren, zwei gegen einen?

Eine Tür schlug zu. Ein Motor röhrte. Ein flacher Wagen schoss hervor, hinter sich eine Fontäne von Schnee, schleuderte um die Biegung der Straße vor der Bank und raste davon, eingehüllt in eine weiße Wolke. Schäfer stürzte zurück zu seinem Passat und nahm die Jagd auf.

POM Schäfer kannte sich aus in seinem Revier. Und POM Schäfer konnte fahren, da machte ihm keiner was vor. Auch nicht auf Schnee und Eis. POM Schäfer konnte aus seinem Dienstpassat eine tanzende Primaballerina machen, er hatte es oft genug geübt. Er dachte nicht mehr darüber nach, was er mit den Bankräubern machen würde, wenn er sie gestellt hatte. Jetzt war er nur noch ein Jäger, ein gnadenloser Jäger auf der Fährte seiner Beute.

Schräg versetzt, schlingerte der flache Wagen auf die

Hauptstraße; Schäfer stellte fest, dass er ein schnelles Wild jagte, ein verdammt schnelles Wild. Hilfe müsste man haben, dachte er und fluchte laut. Vor vier Monaten hatte er die Reparatur des defekten Funkgerätes beantragt und jetzt musste er allein zwei Bankräuber fangen. Der Antrag war noch nicht einmal beantwortet. An der vordersten Front lassen sie einen verrecken.

Plötzlich leuchteten die Bremslichter des flachen Wagens auf und, eine breite Spur ziehend, schleuderte er auf der Kreuzung rechts herum. Die lange gerade Strecke nach Altenmoor, links das breite Fleet. POM Schäfer folgte, rasierte mit dem Heck an der Verkehrsinsel vorbei, fluchte, riss am Steuer, trat das Gas durch, pflügte durch den Seitenstreifen am Fleet entlang und fand die Spur zurück zur Straße. Das war knapp!

Als er sich wieder auf seine Beute konzentrieren konnte, war der Abstand auf hundertfünfzig Meter gewachsen. Das Nummernschild, wenn er doch bloß nah genug rankäme!

Er trat das Gas langsam weiter durch. Achtzig. Hundert. Hundertzehn. Er umklammerte das Steuerrad und starrte in die Schneewolke, in der der Verfolgte zu schweben schien. Der Schnee rasselte unterm Fahrwerk wie ein kaputtes Kugellager. Fünf Kilometer schnurgerade, unterwegs nur eine Kreuzung.

Das hatte er sich gedacht: Der Gejagte spielte Roulette und schoss darüber hinweg. »Mama hilf mir«, murmelte POM Schäfer, biss die Zähne zusammen und schoss hinterher. Schwein gehabt! Die Straße verengte sich, rechts ein Apfelhof, links das elende Fleet. POM Schäfer beschleunigte wieder. Hundertfünfzig Meter Abstand, nicht mehr. Aber auch nicht weniger. Bald würde die Straße ein S machen und danach ging es wieder gerade weiter. In der Mitte vom S eine schmale Brücke, darunter der Vorfluter, der links in das Fleet mündete. Daneben ein Strommast. Fleet oder Mast, dachte Schäfer, Fleet oder Mast. Er holte auf. Der da vorn wurde langsamer. Jetzt das S. Der flache Wagen schlidderte schräg in das S hinein, stellte sich mit einem Ruck gerade und zog wie an einer Schnur gezogen davon. Schäfer schaltete in den dritten runter, drückte den zweiten rein, der Motor heulte auf, er sah das Geländer auf sich zustürzen, aus dem Dunkel wuchs es riesengroß auf ihn zu. Die Zeit stand still.

Als er es knallen hörte, befand er sich schon wieder auf Kurs geradeaus. Das Licht vor ihm. Hundertfünfzig Meter. Immer noch hundertfünfzig Meter! Im Namen der Gerechtigkeit – eine Beule. Na ja. Der Mond versteckte sein krankes gelbes Gesicht hinter einer einsamen Wolke. Die Scheinwerfer der zwei Autos fraßen sich gierig durch die bleiche Ebene.

Altenmoor. Die Räuber bogen links ab. Jetzt war das Fleet rechts, tief und breit, die Straße noch schmaler und bucklig, hölzerne Brücken blitzten auf, Straßenbäume jagten vorbei. POM Schäfer trat durch. Der war gut, der konnte fahren. Der war sehr gut! Kurven, leichte Kurven, gefährliche Kurven. Wo wollte der Kerl bloß hin? Noch sechs Kilometer bis zur Bundesstraße, bei Neuenmoor. Wo sollte das enden? Junge, gib Acht, sagte seine Mutter, werd nicht übermütig, Junge. Sei still, Mutter, das hier, das muss sein. POM Schäfer knirschte mit den Zähnen. Achtzig Sachen, mehr ging hier zum Verrecken nicht. Hundertfünfzig Meter, es war zum Verrücktwerden! Junge, pass auf dich auf, das nimmt kein gutes Ende.

Der Vordermann gondelte, schlingerte, fing sich, und über die Bundesstraße, die leicht erhöht quer kreuzte, schoss er hinüber wie ein Schanzenspringer. Wieder Roulette, dem war's egal. Und er kannte sich aus wie ein Hiesiger, der fuhr hier nicht das erste Mal lang.

Sei still, Mutter, knirschte POM Schäfer und hechtete hinterher. Dann die Linkskurve. Bergab. Es schepperte trocken. Als er wieder auf Kurs 80/150 war, dachte POM Schäfer, aller guten Dinge sind drei. Wenn schon, dann ganz richtig. Entweder ich krieg ihn, oder es erwischt mich.

Es passierte aber erst nach der nächsten Abbiegung Richtung Engelsmoor. Eine Schneewehe riss ihn aus dem Kurs. Es dauerte unendlich lange. Der Wagen drehte sich. Die Straßenbäume stürzten von hinten nach vorn. Er schlidderte rückwärts. Dann blitzte etwas langsam auf und es wurde dunkel.

Bedächtig zog sie ihn aus. Sie machte ein bekümmertes Gesicht. Er zitterte vor Kälte. In den Füßen hatte er kein Gefühl, ungelenk stand er da. Junge, was machst du bloß immer, sagte die Frau und die Sorgenfalten in ihrem Gesicht schienen sich noch zu vertiefen. Er wollte antworten. Aber er bekam kein Wort heraus, klapperte nur mit den Zähnen. Es war so kalt! Als wäre der Kachelofen gar nicht an. Er stemmte die Hände gegen die Kacheln, eiskalt waren sie. Er drehte sich um. Mutter, wollte er sagen, warum hast du den Ofen nicht angemacht? Aber ihr Gesicht verschwamm zu Nebel, die Augen erloschen, der Mund verzerrte sich, es rauschte und blubberte. »Mutter«, schrie er, »Mutter, dein Gesicht, warum hast du kein Gesicht mehr?!«

Ein Strudel ockergelben Wassers war das Erste, was er mit seinem linken Auge sah, quirlig kreiste das Nass um seine Brust. Sein Schrei klang in ihm nach, kalt und hohl.

Dann war er wach. Das Wasser bis zur Brust. Gurgelnd drang es durch alle Ritzen des Passats. Schäfer spürte seinen Unterleib nicht. Über seinem rechten Auge pochte es dumpf. Es war neblig. Nein, er hatte seine Brille verloren. Dann begann er zu denken. Junge, du musst hier raus. Schnell. Ausschnallen! Er wollte den rechten Arm heben. Aber er gehorchte ihm nicht. Der linke funktionierte noch. Schäfer tastete nach dem Gurtschloss, fand es und drückte. Es ging. Dann konzentrierte er sich auf die Kurbel oben am Sonnenlicht.

Die Strudel vor seiner Brust, ockerfarbenes blasiges Wasser, sie wurden langsamer. Er spürte, dass es ihn beruhigte. Es hört auf, dachte er, vielleicht hört es auf, du hängst nur halb im Wasser. Du hast Zeit. In seiner Stirn begann es zu prickeln, er hatte keine Angst mehr. Erleichtert schloss er die Augen und herrliche Bilder erschienen: Mit Paul Clever in der Kote, sie lachten und rieben sich die Augen, weil das Feuer so qualmte; seine Hochzeit; Nicoles Geburt, er sah, wie er sich freute und Elvira umarmte; die Polizeiakademie in Plön – alles in goldenem Licht. Dann brach es ab.

Junge, du hast noch was zu beschicken, du sollst noch was tun, reiß die Augen auf! Mit Mühe hob er sein linkes Lid. Der Strudel kreiste schnell wie zuvor, und plötzlich wusste Schäfer, dass er gleich wieder weg sein würde, und zwar für immer, wenn es ihm jetzt nicht gelang, hier herauszukommen. Stöhnend drehte er die Dachluke auf, mit dem Kopf im Nacken, er drehte sie ganz auf, die Sterne am Himmel schwammen wie auseinander gelaufene Kleckse. Er schrie laut, während er sich mit einer Hand und einem Arm aus dem Auto zog. Seine Beine baumelten wie tot ins Leere, was ist mit meinen Beinen? Dann trudelte er heckwärts vom Auto und platschte in Eisbrei und Wasser. Jetzt ersäufst du doch noch, dachte er, fast gleichgültig. Aber er konnte das Uferschilf greifen und zog sich zur Böschung. Er keuchte, das Gesicht in Schlamm und Eisgrus. Ersaufen kannst du nicht mehr, tönte es höhnisch in ihm, nur noch erfrieren.

Als Schäfer seinen Kopf über die Böschung hob, starrte er in ein konturloses Nichts, der Wind traf ihn eisig an der Stirn, und ihm wurde bewusst, dass er ohne Brille völlig orientierungslos war. Es war um die zehn Grad minus, er war durchnässt, die Beine gehorchten ihm nicht und sein rechter Arm war praktisch nicht zu gebrauchen. Er tastete sich ab und kniff sich in den Schenkel. Der halbe Schmerz kam spät. Lahm bist du wohl nicht, dachte Schäfer. Immerhin kannst du gesund sterben.

Er war am anderen Ufer gelandet, am Rand einer Wiese, drüben auf der gegenüberliegenden Seite des

Wassers war die Straße, so viel konnte er sehen. Dorthin würde er nicht zurückkommen, ein zweites Eisbad wäre sein Tod, das war gewiss. Er zitterte und suchte die Umgebung nach Lichtern ab. Grau, nach zehn Metern floss alles grau zusammen. Ruhe jetzt, murmelte er vor sich hin. Viel Zeit hast du nicht, nutze sie! Nach Engelsmoor waren es noch drei Kilometer, er mochte auf gut halbem Wege verunglückt sein. Bis dahin kein Haus, oder? So weit würde er es nicht schaffen.

Schäfer verfluchte sich. So oft war er hier entlanggefahren, hinten in Engelsmoor hatte er im Oktober den von Borstel festgenommen. Hier mussten doch noch irgendwo ein oder zwei Häuser sein, abgelegen von der Straße, dunkel, aber mit Menschen darin. Der von Borstel'sche Hof konnte eigentlich nicht weit sein.

Willst du wie Vater verrecken, irgendwo einsam in Frost und Eis? Wir beide, wir wissen, wie es ist, nicht Vater?

Dann hatte Schäfer den rettenden Einfall. Hatte er sich nicht vorhin daran erinnert, als er an den Clever dachte? Auch so ein Pfadfindertrick. Schäfer nestelte sich aus der Hose das Taschenmesser, öffnete es mit Hilfe der Zähne und schnitt einen Reethalm kurz über dem Erdboden ab, davon dann ein kurzes Stück, und hielt sich den hohlen Halm mit der klammen Linken vors Auge, keilte sich den Ellbogen in die Hüfte, um das Zittern zu unterdrücken. Strich langsam, wie mit einem Fernrohr, über die ostwärts gelegenen Wiesen, biss sich auf die Unterlippe, das verfluchte Zittern. Deswegen sah er das Licht nicht gleich. Ein mattes, kleines Licht. Fünfhundert Meter vielleicht.

Er wollte sich aufrichten, aber ein stechender Schmerz im linken Bein warf ihn um. Es blubberte hinter ihm, und als er sich umdrehte, sah er das Auto langsam im ockerfarbenen Eisbrei versinken, wie ein Flusspferd, das sich suhlt.

Er kroch los.

VI.

Sie saß auf dem Sofa und las, als es das erste Mal kratzte. Sie zuckte zusammen und schob Danäa und Psyche beiseite, griff sich die Flinte, die am Sessel lehnte, stand auf, durchquerte den kleinen Raum. In der Küche horchte sie einen Augenblick, schob den Riegel weg, stieß die Tür auf. Sah sichernd umher. Ein kristallener Nachthimmel über den dürren Häuptern der Erlen, die sachte schwankten. Der Mond goss kaltsilbernes Licht auf den Schnee.

Nichts. Sie schnalzte und rief gedämpft: »Agathon – Agathon!«

Horchte wieder atemlos, fröstelte, verschloss die Tür, schüttelte den Kopf, kehrte zurück zum Sofa, von dem Danäa sie stumm anstarrte. »Danäa«, flüsterte sie, »mein Liebling, wo ist dein Agathon, hoffentlich haben die bösen Jäger ihm nichts getan.«

Die Katze maunzte, streckte ihre Krallen aus den Vordertatzen und gähnte, als es das zweite Mal kratzte.

In der Küche fiel ihr Blick auf den Herd, in dem das Feuer glimmte, und hinter dem Herd auf das Fenster, dort auf die Kratzer im Eiskristall und die blutverkrustete Krallenhand am Fensterkreuz.

Die Frau stand leicht vornübergebeugt, starr und mit weit offenem Blick, wie festgehalten. »Na warte«, murmelte sie kalt, löste sich und holte die Flinte zum zweiten Mal.

Der Mann kniete. Eine Hand hing schlaff im Schnee. Seine Stirn stieß gegen die kalten Steine der Wand und seine Linke krallte sich fest am Fensterkreuz. Er bewegte sich nicht. Der Frost hielt ihn fest.

Die Flinte in beiden Händen, den Finger am Hahn, näherte sie sich.

»Junge, was machst du bloß immer«, krächzte es weinerlich gegen die Steine.

Als sie ihn mit einer Hand an der Schulter packte, brach seine Hand vom Fensterkreuz, aus stumpfen Augen sah er sie verständnislos an und sank beiseite. Sie schmiss die Flinte in den Schnee.

»Los, Kerl«, befahl sie, »hoch mit dir, wenn du nicht krepieren willst.« Sie zerrte an ihm, schob ihre rechte Schulter unter seine linke Achsel, legte den rechten Arm um seine Hüfte, und sie wankten ums Haus herum, wie ein betrunkenes Paar auf dem Heimweg vom Schützenfest, an der Dielentür vorbei in die Küche.

Dann lag er im Wohnzimmer. Die Katzen sahen den fremden Mann gleichgültig an. Sie schob ein paar Scheite in den Ofen, füllte den Wasserkessel und stellte ihn auf das Feuer. Es begann zu knistern. Ihre Bewegungen waren schnell, konzentriert, wie berechnet, und flüssig, ihre Gestalt wie ein grüner Schemen und ihr Gesicht eine helle Scheibe ohne Augen und Mund. Der Mann zitterte und klapperte mit den Zähnen.

»Was hast du bloß gemacht, Kerl, wie lange warst du so unterwegs?«

Er sah durch sie durch und grunzte. Dann weinte er, er konnte nichts dagegen tun.

»Wein ruhig zu, Jungchen«, tröstete sie, und er schluchzte laut auf und genierte sich nicht. Grünlich floss sie zum Bücherregal, griff hinein, blätterte.

»Scheiße«, schimpfte sie laut, warf das Buch auf einen Sessel, breitete eine Decke neben den Mann, wälzte ihn, bis er darauf lag, und zerrte ihn in die Küche zur Außentür, die sie aufstieß, rollte ihn hinaus in den Schnee. Er grunzte wieder. Sie holte eine Schere, schnitt ihm die Kleider vom Leib und begann, ihn mit Schnee abzureiben, an den Füßen und Händen zuerst, dann an den Armen und Beinen. Als sie sein linkes Bein rieb, schrie er, aber sie rieb weiter, fest, und schimpfte ihn an: »Das muss jetzt sein, reiß dich zusammen«, und er schrie lauter, bäumte sich auf, aber sie hielt ihn nieder und rieb und rieb, und er wimmerte nur, sie rieb, bis er schlaff unter ihren Händen wurde und ohnmächtig war.

Sie ließ das Bein sinken. Dann wälzte sie ihn auf den Bauch und rieb den Rücken, den Hintern, die Schenkel ab, und beim linken Bein schrie er wieder. Dann begann sie von neuem, mit einem harten, kalten Lappen.

»Spürst du was?«, fragte sie zwischendurch.

Er krächzte, dann nickte er.

Sie lächelte und sagte: »Gut!«

Als sie ihn vorn und hinten abgerieben hatte, zerrte sie ihn auf der Decke zurück ins Wohnzimmer. Dort arbeitete sie weiter mit dem Lappen, bis er wieder sprechen konnte.

»Mein Bein«, jammerte er.

»Dein Bein ist gebrochen«, stellte sie fest, »aber das macht nichts, sei froh, dass du noch lebst. Ohne Fridtjof Nansen wärst du übrigens tot!« Sie lachte, nahm das Buch und stellte es zurück in das Regal.

Sie beugte sich über sein Gesicht und hielt inne, legte den Lappen beiseite und strich über seine rechte Augenbraue. Er zuckte zusammen.

»Pass auf, sieh mich an«, befahl sie und zog die geschwollenen Lider auseinander und ein Blitz von Licht schoss ihm in den roten Augapfel. Sie ließ schnell wieder los und fragte: »Hast du was gesehen?«

»Ja«, sagte er erschöpft.

»Das sieht böse aus, aber du hast Glück gehabt.«

Dann probierten sie, ob er stehen konnte, auf einem Bein, das linke ließ er stöhnend hängen, sie hatte ihre Schulter unter seiner linken Achsel. Vor seinen Augen drehte sich schattenhaft ihr Gesicht über ihm und er versank.

Elvira war groß. Sie stand hünenhaft, mit Bergen von Brüsten, gebeugt über ihm und schimpfte. »Ich habe keine Lust mehr, mach deinen Scheiß in Zukunft alleine«, schrie sie, »such dir eine andere Haushälterin, die dir den Kram nachräumt!«

Plötzlich hatte sie einen großen Korb neben sich, aus dem sie Wäsche riss und ihm an den Kopf warf. Er hob die Arme und verschränkte sie vor seinem Gesicht, um sich zu schützen, aber sie warf immer neue Kleidungsstücke auf ihn, sie waren nass und schwer und stanken entsetzlich, er konnte sie nicht so schnell abschütteln, wie sie sie auf ihn warf. Ein Berg von Wäsche lag schon auf seinem Gesicht, große, nasse, massige Wäsche.

»Hör auf, Elvira, hör auf, bitte hör auf.«

Seine Stimme klang schon dumpf, und aus weiter Ferne hörte er sie schreien: »Ich bin nicht deine Haushälterin und deine Hure erst recht nicht, such dir jemand anders!«

Der Gestank biss ihm in die Nase, sein Atem stockte, er fühlte seine Kraft schwinden, Angst packte ihn, Angst vor dem Tod, und er bäumte sich verzweifelt auf, nahm seine ganze Kraft und riss mit beiden Armen den Berg stinkender Wäsche von seinem Gesicht und sog keuchend die beißende Luft in sich hinein.

»Du kannst dich ruhig wieder zudecken, schöner Mann. Auch wenn du in meinem Bett liegst«, spottete eine klare Stimme.

POM Schäfer rang nach Luft und begriff nichts. Dann setzte sich ein Schemenwesen leicht auf die Bettkante und beugte sich über ihn, er zuckte zusammen, das kleine Gesicht wuchs aus dem Dunkel heran und bekam Konturen.

»Pschsch«, flüsterte sie, mit dem Zeigefinger vorm Mund, und strich ihm etwas Kühles auf das linke Auge. »Arnika«, klärte sie ihn auf.

Er spürte immer noch den Gestank der Wäsche, mit der Elvira ihn fast erstickt hatte.

»Es ist, ich hab ... Wer sind Sie?«, stammelte er und glotzte sie aus seinen kurzsichtigen Augen an.

»Agathe Kalde, genannt Madame Kaldé, sitzt an Ihrem Krankenlager, wenn Sie gestatten, junger Mann, und mit wem habe ich die Ehre? Eigentlich sollten Sie sich zuerst vorstellen, denn schließlich liegen Sie in meinem Bett, und nicht ich in Ihrem!«

»Ich, ich heiße Ewald Schäfer, aus Großenborstel, Polizeiobermeister«, antwortete er konfirmandenhaft.

»Und was verschafft mir die Ehre Ihres Besuches? Elvira vielleicht?« Ihre Stimme war streng und spöttisch zugleich, aber POM Schäfer überhörte das. Er errötete.

»Nein, nein«, wehrte er ab, »ich muss unbedingt, ich muss Bescheid ...«

»Nein«, schnitt sie ihn ab und ihr Gesicht verfloss zur konturlosen Scheibe. »Ich habe kein Telefon.«

»Aber es ist wichtig, ich muss, wegen dem Überfall ...«

»Ruhig, junger Mann, der Reihe nach, erzähl mir erst mal, was passiert ist.«

So würde er mit jungen Leuten sprechen, die das Auto der Eltern zu Schrott gefahren haben. Schäfer spürte die ruhige Überlegenheit dieser Frau, in Bewegung und Wort, und ließ sich sinken, als hätte sie ihn in die Kissen gedrückt.

»Wo sind meine Sachen?«, fragte er.

Sie antwortete trocken: »Die habe ich Ihnen heute Nacht mit der Schere von Ihrem Luxusleib geschnitten. Nix übrig.« Dann ging sie hinaus, wie um ihm Zeit zu geben, sich ohne Worte abzufinden.

Er lag in einem breiten Bett, eine riesige Federdecke beulte sich über seiner Brust, die Wände ringsum waren dunkel, mit zerfließenden Kanten, der matte Schein eines Fensters, vor dem ein Rollo heruntergezogen war. Ein pochender Schmerz im linken Unterschenkel. Draußen heulte und pfiff es ungemütlich. Die Frau floss zurück aus dem Schatten und reichte ihm eine Tasse dampfenden Kaffees, ihre kleine Hand hatte grüne Fingernägel.

Gierig sog er den Duft in seine Lungen, in denen immer noch der Gestank von Elviras Wäsche klebte, und schlürfte den Kaffee. Elvira hätte das missbilligt. Das Schemengesicht kam wieder näher, ein türkisfarbenes Kopftuch trug sie.

»So, und jetzt erzählen Sie endlich, der Reihe nach, und dann sehen wir weiter.« ›Wir‹, sagte sie.

Er erzählte. Er fing an mit dem Streit mit Elvira, er konnte nicht anders, und er hörte auf mit der stinkenden Wäsche.

Die Frau lachte, verstummte abrupt und sagte: »Das mit der Wäsche, das stimmt. Jedenfalls zum Teil.«

Sein kurzsichtiges Auge starrte in den pastellenen Nebel. »Wieso?«, fragte er.

»Meine Lieblinge«, zuckte sie mit den Schultern, »sie benehmen sich ..., manchmal benehmen sie sich – nicht gut. Agathon ...«

»Ach so«, sagte Schäfer blöde, und obwohl er nicht verstand, war es ihm peinlich, als wäre er ihr zu nahe getreten. Dann fragte er: »Können Sie mir nicht ...«

»Nein, junger Mann, das kann ich nicht«, unterbrach sie ihn wieder. »Ich habe nichts. Sehen Sie mich an!« Sie reckte sich vor ihm und setzte hinzu: »Ihr Athletenleib würde die Sachen dieses zarten Wesens doch sofort sprengen ... Sie können sich höchstens in eine Decke wickeln.« Sie ging auf und ab. »Außerdem nützt es nichts«, fuhr sie fort, »draußen sind es minus fünfzehn Grad. Es ist immer noch starker Wind. Die Schneewehen sind über zwei Meter hoch.« Sie sprach trocken und nüchtern und wandte ihm wieder die helle Scheibe ihres Gesichts zu. »Es wird kalt«, sagte sie.

Schäfer nickte und trank. Mit jedem Schluck schien sich der Gestank der Wäsche zu verflüchtigen und er nahm darunter einen schwachen Vanilleduft wahr, den die Frau ausströmte.

»Können Sie nicht ...?«

»Nein, junger Mann, auch das geht nicht.« Sie ließ ihn keine Fragen stellen. »Bei unserer gemeinsamen nächtlichen Aktion habe ich mir einen Hexenschuss geholt. Ich käme keine fünfzig Meter weit.«

Da fiel ihm ein, dass sie ihn gerettet hatte, die Ewigkeit, die er auf das erleuchtete Fensterkreuz gestarrt hatte, das nicht näher kommen wollte, wie seine Kräfte nachgelassen hatten, aber er hatte nicht ruhen dürfen, nicht eine Minute ruhen, bis er seine Hand ans Fenster gereckt hatte. »Ich danke Ihnen, Sie haben mich gerettet. Ich wäre erfroren.«

Sie schwieg, vielleicht zuckte sie mit den Schultern.

Er dachte nach. Und wenn er sich eine Krücke aus irgendeinem Stück Holz ...?

»Hören Sie«, sagte sie scharf, »ich habe Sie nicht gerettet, damit Sie jetzt Selbstmord begehen. Auf dem Weg sind es rund 600 Meter zur Straße. Und den Weg gibt's nicht mehr. Er ist eine einzige Schneewehe, unter den Birken hat der Wind den Schnee zusammengefegt. Es wird lange dauern, bis der wieder passierbar ist. Und querfeldein zur Straße ist's noch weiter. Sie müssen jetzt erst mal bei mir bleiben, ob Sie wollen oder nicht.«

Ihr Gesicht war nahe gekommen und wieder roch er Vanille. Jetzt konnte er sehen, dass sie lächelte. Wie spät mochte es sein?

»Es ist fast Mittag. Sie haben gut geschlafen, junger Mann.«

»Aber ich muss etwas unternehmen, der Wagen – der Bankraub!«, sagte Schäfer entschlossen und hob seinen Oberkörper. Dann schob er die Decke zurück, ein kalter Hauch traf seinen Leib, und er merkte, dass er nackt war. Die Frau stand auf und stellte sich wie ein düsterer Pfeiler vor das Fenster, abgewandt. Der Schmerz im linken Bein schlug ihn wie eine heiße Peitsche, er stöhnte und sank zurück.

»Sie haben eine Fraktur im linken Unterschenkel«, erklärte die Frau kalt, »wenn Sie sich nicht rühren, schmerzt es nicht so.«

Dann verließ sie das Zimmer und ließ ihn allein.

Der Schmerz ging in ein dumpfes Pochen und Bohren über, sie hatte Recht, er würde nicht einen Schritt laufen können ohne höllische Qualen, er würde warten müssen, bis man ihn hier liegend abtransportierte. Vorsichtig tastete er mit den Händen nach unten und spürte einen harten, dicken Verband. Sie musste ihn irgendwie geschient haben in der Nacht, nachdem er sein Bewusstsein verloren hatte.

Elvira würde ihn längst vermissen. Sie waren im Streit auseinander gegangen. Ob sie vermuten würde, dass ihm etwas passiert war? Schäfer fiel ein, dass sie sich vor einem halben Jahr schon einmal heftig gestritten hatten. Worüber eigentlich? Er wusste es nicht mehr. Es war irgendetwas Grundsätzliches gewesen, soviel war sicher. Wie konnte es sein, dass er nicht mehr wusste, wie es angefangen hatte? Er wusste nur noch, wie es geendet hatte. Er war rausgelaufen, hatte sich ins Auto gesetzt und war weggefahren, halb in der Nacht, ziellos, bis an die Nordsee, und dort, unter sternenklarem Sommerhimmel, war er am Wellenrauschen entlanggegangen, bis der Morgen im Osten wieder aufstand. Seine Wut war verraucht, und jetzt fiel ihm wieder ein, dass er auch da schon nicht mehr gewusst hatte, wie das hatte kommen können. Aber er war er selbst gewesen, Ewald Schäfer, 42 Jahre alt, unrasiert und mit Schatten in den Augen, und die Welt war neu und aufregend, das Wellenrauschen hatte ihm erklärt, wie unwichtig seine kleinen Beschwerden im Angesicht der Ewigkeit waren; nach der klaren, kurzen Sommernacht stand, wie immer schon und ewig wieder, die Sonne am stählernen Morgenhimmel und war bereit, auch an diesem Tag Licht und Wärme zu geben, und noch bevor die erste Lerche hoch oben schwirrte und endlos sang, hatte er seiner Leidenschaft nachgegeben, an einem unbekannten Ort in einem unbekannten Café zu frühstücken und das Gefühl auszukosten, er selbst zu sein. Am Nebentisch zwei junge Leute, ein Pärchen auf Wochenendreise, sie flüsterten leise und verliebt miteinander und genossen das Frühstück nach einer gemeinsamen Nacht. Irgendwie hatte er danach gute Laune gehabt, vielleicht weil er wieder an die ewige Kraft der Liebe geglaubt hatte, und dann war er wieder spazieren gegangen, Feldwege, Wiesen, vom Wind gekrümmte Kiefern und Weiden, röhrende Bullen hinter dreifachem Stacheldraht. Ihm fiel nicht ein, warum er sich mit Elvira gestritten hatte, und es war ihm auch egal gewesen.

Spät am nächsten Nachmittag war er zurückgekehrt, um wieder von vorn anzufangen.

Es war ihm nicht geglückt. Nichts hatte sich geändert. Zu Hause schrumpfte alles zusammen zu bedeutenden Nichtigkeiten, und er vergaß das Rauschen der Wellen und den stählernen Morgenhimmel am Meer. Aber eigentlich vergisst der Mensch nichts. Manchmal will er sich nur nicht erinnern.

Elvira würde sich übrigens nichts denken. Er war eben weg. Und der Wagen? Frost und Schnee würden ihn unsichtbar gemacht haben, falls noch etwas aus dem Fleet ragen sollte. Einfach ein Klumpen Schnee. Zwei Meter hohe Schneewehen. Schäfer hörte das Rütteln und Rumoren des Sturmes. Er spürte einen eisigen Atem vom Fenster her. Er sah sich, in einer Wolldecke gewickelt, auf einer Holzlatte gestützt durch die Wehen wanken bis zum Gasthaus dort unten an der Straße, mit gefrorenen Bartstoppeln und erlöschendem Blick. Nein, nicht noch einmal. Einfach lächerlich. Schließlich hieß er nicht Fridtjof Nansen und er ging nicht auf Schneeschuhen durch Grönland. Nein, kein Mensch würde bemerken, dass er weg war. Erklären konnte er das leicht. Er würde eben einen Bericht schreiben, sobald er konnte. Mit einem gebrochenen Bein hatte er die beste Entschuldigung. Er hatte getan, was er konnte. Er hatte seine Pflicht getan. Mehr konnte man nicht verlangen. Auch wenn er den Räuber nicht gestellt hatte. Schließlich konnte er nichts dafür, dass er keine Unterstützung hatte herbeifunken können. Das Funkgerät war kaputt. Das war nicht seine Schuld. Und einen Antrag auf Reparatur hatte er ja schließlich gestellt. Und aus einem Dienstpassat konnte man eben kein Rennauto machen.

»Ihre Frau wird Sie nicht vermissen«, hörte Schäfer die Frau. »Sie wird denken, dass Sie eine Tour machen.«

Unbemerkt war sie wieder hereingekommen. Sie legte die Hand auf seine Stirn, wie die Mutter ihrem fiebernden Kind, sie roch nach Vanille. Sie beugte sich dabei wieder über ihn, sie hatte braune Augen in ihrem kleinen Gesicht, das vogelhaft streng und zugleich mädchenhaft wirkte. Wie alt mochte sie sein? Ihre Stimme klang nicht wie die eines Mädchens, und ihre Art zu reden auch nicht. Dann stellte sie einen Teller mit geschmierten Brötchen vor ihm aufs Bett. Sie duf- teten wie eine ganze Bäckerei und ihm wurde bewusst, wie hungrig er war.

Sie saß bei ihm und sah ihm zu, POM Schäfer fühlte so etwas wie Frieden in seiner Brust. Es ist gut, wenn man seine Pflicht getan hatte. Aufopfernd geradezu. Wenn er nun in Ausübung seiner Dienstpflichten um- gekommen wäre, ertrunken im Fleet, erstarrt und erfro- ren, auf den Knien auf der Weide, die weiß gewordenen Hände am Stacheldraht wie ein verreckter Frontsoldat, wie sein Vater vielleicht, an den er sich nicht erinnern konnte, ein eisiger Tod in den Weiten der russischen Steppe? Vielleicht hätte dann der Chef in Hemmstedt an seinem Grab gesprochen oder, wer weiß, sogar der In- nenminister aus Hannover, oder wenigstens sein Staats- sekretär? Sein Vater hatte keine Grabrede bekommen, seine Knochen waren irgendwo ferneweg zu Staub ge- worden. Nun ja, immerhin stand sein Name auf der Ehrentafel, über die Kaiser Wilhelm hochnäsig hinweg- sah, was kümmern einen Kaiser ein paar tote Soldaten, was kümmern die da oben sich überhaupt um unserei- nen, man muss eben selbst sehen, wie man durch- kommt und sein Fell rettet.

Er war nicht tot. Er war nur verletzt und hatte ein Bein gebrochen. Und er konnte nicht weg. Niemand wusste, wo er war, keiner konnte ihn erreichen. Es war wie Urlaub auf einer Südseeinsel. Wenn nur das Bein nicht wäre und die Ungewissheit, wie es weiter ging. Der Schmerz biss nicht mehr, er summte nur noch wie der Kopfschmerz nach einer durchzechten Nacht. Wie hatte er es nur geschafft, mit dieser Verletzung bis hier- her zu kommen?

»Was sagten Sie, wie weit ist es bis zur Straße, quer rüber?«, wollte er wissen.

»Über die Weiden? Bis von Borstels sind es vielleicht achthundert Meter, aber das ist weiter, so siebenhundert, schätze ich.«

»Ach, wo der Mord passiert ist«, nickte POM Schäfer und biss in ein Marmeladenbrötchen.

»Was haben Sie denn damit zu tun?«, fragte die Frau überrascht.

»Ich?«, antwortete Schäfer und kaute herzhaft. »Ich hab ihn festgenommen, den Mörder.«

»Woher wissen Sie, dass er ein Mörder ist?«

Schäfer hörte den Ärger in ihrer Stimme nicht, denn er dachte an seinen Einsatz im Boxenlaufstall und sah sich zwischen den wilden Kühen hin- und herlaufen. »Weil ich ihn selbst festgenommen habe, deswegen.«

»Ist jeder ein Mörder, den Sie selbst festgenommen haben?«, fragte die Frau schnippisch und mit scharfer Stimme.

Schäfer sah von seinem Teller auf seinem Schoß auf. Obwohl er die Züge in ihrem Gesicht nicht sehen konnte, wusste er, dass sie ihn erwartungsvoll ansah.

»Natürlich nicht. Aber in diesem Fall weiß ich es. Er hat's mir nämlich gesagt.« Schäfer war ungehalten, dass sie diese Tatsache in Frage stellte.

»So, so«, spottete die Frau. »Sie haben ihn also festgenommen und er hat gesagt: Guten Tag, ich bin ein Mörder, oder wie?«

»Aber er ist einer!«

»Das glaube ich nicht!«, widersprach sie laut.

»Aber er hat es mir gesagt!«, wiederholte Schäfer noch lauter. Dann setzte er hinzu: »Woher wollen Sie das überhaupt wissen?«

»Ich kenne ihn und kann es mir nicht vorstellen!«

Schäfer lachte trocken auf und verzog das Gesicht. »Darauf kommt es nicht an. Und überhaupt – wer soll es denn sonst gewesen sein?«

Sie hörten das Brummen der Windstöße am Fenster. »Das weiß ich nicht«, erwiderte die Frau. Sie fügte schnell hinzu: »Ist ja auch egal. Erzählen Sie mal, wie's war.«

Schäfer wusste, dass er jetzt etwas sagte, was er nicht sagen durfte, aber er konnte der klaren Stimme nicht widerstehen. »Ich wollte ihn festnehmen. Im Melkstand. Er grölte Lieder und grinste mich frech an.«

»Und?«

»Ich sagte ihm, ich müsse ihn festnehmen, weil er im Verdacht stehen würde, seine Frau getötet zu haben. Sie lag doch dort. Im Gang. Es war fürchterlich. Sie war noch warm. Er hat sie regelrecht geschlachtet.« Schäfer schauderte. Der rote Strich über den Hals. Er sah nicht, dass Madame Kaldé ihn kalt betrachtete. Ein kleines Lächeln spielte um ihre Lippen.

»In welchem Gang?«, fragte sie lauernd.

»In dem Gang zwischen Wohnhaus und Stall.«

»Hinter der Tür ...?«

Schäfer nickte und schlürfte den lauwarmen Kaffee.

»Wo man den Misthaufen sieht, wenn man – wenn man rauskommt?«

Schäfer nickte erneut: »Genau da lag sie!« Und biss in sein Marmeladenbrötchen.

»Und – weiter?«

»Er haute ab, in den Stall nach hinten weg. Und ich hinterher. Und dann hat er rumgebrüllt, dass er sie loswerden wollte wegen des Unterhalts«, sagte Schäfer überzeugt. »Und das ist ein niedriger Beweggrund!«

»Und das hat er Ihnen gesagt, sind Sie sich sicher?« Sie hatte sich vorgebeugt, ihr Vanilleduft breitete sich aus und Schäfer spürte den unnachgiebigen Blick ihrer Augen.

Er wich ihr aus und griff nach einer neuen Brötchenhälfte, biss unbarmherzig hinein und sagte kauend: »Ja! Sicher doch. Und eigentlich darf ich Ihnen nichts erzählen. Meine Schweigepflicht, verstehen Sie?«

Dann ging sie wieder in die Küche und Schäfer starrte kurzsichtig gegen die grauen Wände, auf denen er schummrige Rechtecke wahrnahm, als ob lauter Bilder daran hingen. Ein schwacher Vanilleduft hing im Zimmer und POM Schäfer wunderte sich, dass er den Gestank von Elviras Wäsche nicht mehr riechen konnte. Weshalb sich diese Frau wohl so für den von Borstel interessierte? Na ja, sie war eben Nachbarin und so ein Mord in der Nachbarschaft ist schon eine besondere Sache, die einen beschäftigt. Wie alt mochte diese Frau wohl sein? Wie sie wohl aussah? Er hätte viel darum gegeben, wenn er jetzt seine Brille gehabt hätte. Der Wind draußen machte keinen Lärm mehr, offenbar war es ruhiger geworden.

Nach einer Weile kehrte sie aus der Küche zurück.

»Wir können uns entspannen, junger Mann«, lachte sie und setzte sich wieder auf die Bettkante, »der Wind hat sich gelegt, es wird wenigstens nicht noch schlimmer. Wenn jetzt nur noch mein Rücken besser wird, steht einer Rettung nichts mehr im Wege.«

»Wenn ich nur irgendetwas tun könnte«, knurrte Schäfer ungeduldig. Er hatte ihr nicht zugehört. »Aber sobald ich mich rühre, haun mich die Schmerzen im Bein um.«

»Sie können etwas tun, junger Mann. Hier, halten Sie mal.« Sie drückte ihm ein kleines Glas in die Hand. »Salbe für meinen Rücken«, erklärte sie, »selbst gemacht. Reiben Sie mich mal ein.«

Sie rückte etwas dichter an ihn heran, mit dem Rücken zu ihm, reckte die Arme nach oben und zog langsam ihren Pullover aus. Der Vanilleduft wurde stärker.

Schäfer zögerte.

»Machen Sie schon«, sagte sie ungeduldig, »meinen Sie, die Creme nützt was auf meinem Hemd?«

»Nei..., nein«, murmelte Schäfer. Er stellte die kleine Dose neben sich auf die Bettkante. Sie hatte ein grobes Hemd an.

»Haben Sie etwa Angst?«

»Nein, nein«, murmelte Schäfer rau und nahm das Gläschen mit der Salbe in die linke Hand. Dann steckte er den Zeigefinger in die Salbe, stellte sie wieder ab und schob ihr mit der Linken das Hemd hoch. Als er zu reiben begann, ließ sie ihre Arme langsam wieder sinken und seufzte.

Ihr Rücken war schmal und weiß und duftete nach Vanille.

VII.

Der Sternenhimmel spannte sich über ihm von Horizont bis Horizont. Der Scheinwerfer des Deutz Allrad fraß sich vorwärts, im zweiten Gang Vollgas mit acht Kilometer pro Stunde über den Stoppelacker, und zog den Kegel des Heckscheinwerfers hinter sich her, in dem der zweischarige Pflug fettglänzende Schollen warf, der Motor röhrte schwer und dumpf, dumpfer noch und tiefer in der Mitte des Feldes, wo der Boden schwerer war und die Gase aus dem Auspuff eine Spur dunkler wurden gegen den Sternenhimmel. Er hörte sich in das Röhren des Motors hinein und es kam ihm vor wie eine Musik mit einer monotonen Melodie ohne Atemholen. Er musste pinkeln. Noch einmal rum. Drei Schlepperlängen vor dem Ende das Handgas zurücknehmen und das Fußpedal durchtreten. Eine Schlepperlänge vor dem Quergraben, der trocken war, ließ er das Gas los. Der Pflug in der Erde bremste die Maschine und die zehn Zentimeter tiefen Stollen der Vorderräder standen am Rand der Grabenböschung. Während er mit der Rechten den Hydraulikhebel umlegte und der Pflug aus der Erde ruckte, trat er Kupplung und Bremse durch. Rechts einschlagen, drei Meter rückwärts, geradeaus vier Stück breit übers Vorgewende im zweiten Straßengang, mit wippendem Pflug. Scharf einschlagen, mit dem rechten Vorderrad in die Furche, Stück zurück, bis der Pflug an der Grabenböschung hing, Hydraulik runter, Vollgas, Ackergang, der Motor trieb schwarzen Qualm aus dem Rohr, Handgashebel durchdrücken. Jetzt lief die Maschine wieder allein, gelenkt vom rechten Vorderrad in der tiefen Furche.

Er drückte sich aus dem Sitz, öffnete die Fahrertür und nestelte die Hose auf. Summend, breitbeinig und locker in den Knien, matt der Widerschein von Mond und Sternen auf dem Strahl seines Urins. Das soll mir einer nachmachen, dachte er, Vater sagt immer, wenn ich pflüge, steht der Trecker nicht still, höchstens zum Pinkeln. Er hat keine Ahnung, der Alte, bei mir steht die Maschine nie, nicht mal zum Pinkeln, bis Ablösung kommt, morgens nach dem Melken. Noch vier Stunden. Er fühlte sich, als sei er der einzige Mensch auf Erden im Angesicht der Sterne und der Ewigkeit. Er fühlte, wie klein dieser Planet war und wie dünn die Kruste, die er pflügte. Er hörte der Maschine zu und ihm war, als wäre die Kraft des Motors in seiner Brust, als wäre er selbst es, der brüllte voll Lust und Kraft und den Pflug vorwärts riss, den Acker nehmen wir, wir reißen ihn rum, bis er schwarz ist.

Er ließ das von den Kluten unter den Vorderrädern hin- und herschlagende Lenkrad los, holte die Thermosflasche unter dem linken Unterschenkel hervor und goss sich einen Kaffee ein. Warm ist er ja noch, dachte er, und trank ihn in kleinen Schlucken. Nicht dass er müde war, nein, er war hellwach und freute sich der Nacht und des Himmels und des brüllenden Motors und der Zigarette, die er sich gönnte, und er zog den Rauch tief ein und blies ihn aus in die Nacht, ein glimmender winziger Punkt war die Zigarette wie die Sterne dort oben. Rauchend lehnte er sich schräg zurück, hin und wieder im Rückscheinwerfer die Furche und die Schollen, die der Pflug schmiss, kontrollierend. Er wechselte die Hände am Lenkrad, die taub waren von der Vibration, und rieb sie sich auf dem Unterschenkel wieder wach.

Unser Acker auf dem Sietfeld, dachte er. Sein Urgroßvater hatte ihn als Tagelöhner auf dem Brümmer'schen Hofe urbar gemacht. Sein Großvater hatte ihn vor vierzig Jahren gepachtet. Sein Vater hatte ihn vor acht Jahren gekauft. Und jetzt pflüge ich ihn, dachte er, nicht zum ersten Mal, und ich werde es noch viele Male tun, bis er eines Tages abbezahlt ist. Zwanzig Hektar schwerer Marschboden, fruchtbarer Lößboden; ›Minutenboden‹, sagte sein Vater immer: ein Boden, der sozusagen nur für Minuten mit schweren Maschinen befahren werden kann, wer zu früh pflügt, wenn er noch zu nass ist, schmiert alles dicht, und nächstes Jahr sieht man noch die Spuren des Treckers, weil in ihnen die Saat kümmert, und wer zu spät pflügt, der sät in harte Kluten, und der Acker ist wie ein einziges Kugellager, ein Geröllfeld, nicht einmal mit einem Hammer kriegte man sie klein. Wie oft hatte es reingeregnet, mitten in die Arbeit. Jede Minute Ackerwetter will genutzt sein, deshalb steht die Maschine nicht still, nicht mal zum Pinkeln steht sie still, deshalb pflügen und eggen und grubbern sie über Nacht und im Morgengrauen und abends und immer, wenn es drauf ankommt, wenn es die nächste Ernte gilt und das Auskommen im nächsten Jahr. Seine Hände vibrierten auf dem Steuerrad, still funkelten die Sterne.

Leise stieg August von Borstel vom Stuhl und stellte ihn wieder vor den Tisch, leise zog er sich aus und faltete Hose und Hemd zum Kopfkissen und leise legte er sich wieder hin, das Bett knarzte. Der Tätowierte seufzte nur, drehte sich herum und knirschte mit den Zähnen. Nachts knirschte er immer mit den Zähnen.

Mit verschränkten Händen unterm Kopf starrte von Borstel ins Dunkel, aus dem sich langsam die Konturen des Fensters lösten. Die Gitterstäbe waren unsichtbar, denn die Gedanken in der Nacht sind frei. Dumpfe Geräusche, Schritte, das Hallen von Klopfen irgendwo, die Rohre der Heizung summten, vielleicht kam es von oben oder von nebenan, er konnte es nicht unterscheiden. Der Tätowierte kannte das, der wusste immer gleich, was woher kam und was es bedeutete. Stille war niemals. Gestern hatte die Amsel gesungen. Irgendwo musste sie auf einer Mauer oder dem Dach gesessen haben. Verloren sang sie ihr trauriges Lied und August hatte unter dem Fenster gestanden und geweint. Früher, draußen, da hatte er das Lied der Amsel immer als fröhlich empfunden, als singe sie mit gelassener Freude über den vergangenen Tag oder als erzählte sie von einer weiten Reise, die lange zurücklag. Die Amseln waren zurück, es war Frühling geworden, die Bauern ackerten auf den Feldern und schleppten die Weiden ab für den Frühjahrsaustrieb, das Futter in den Ställen war knapp geworden, das Silo schmeckte nicht mehr, an den Kanten kam jetzt das Schimmelige vor und wurde verfüttert, aber die Tiere brüllten und hungerten lieber.

Und er lebte noch, wie konnte es sein, dass er noch lebte? Man lebt einfach weiter, alles spült über einen weg, man ertrinkt nicht und Scham tötet nicht. Man übersteht es wie ein Stein, der in der Brandung liegt.

Zuerst hatte er geglaubt, dass er gestorben wäre. Er fühlte sich tot und empfindungslos, in seinem Innern war nichts als eine endlose Leere wie eine weite Wüste ohne Leben, über der ein metallisch blauer sternenloser Himmel hing, und er war beides, der Himmel und die Wüste zugleich, und eine Kugel rollte durch die Wüste und er war auch die Kugel zugleich, und sie rollte bergauf, bergab, bergauf, bergab, sie versank im Sand, sie erstickte und keuchte und sie quälte sich wieder hervor, und er war die Wüste, der Himmel, der Sand und die Kugel zugleich, die Kugel, die er war, rollte mit gleichem monotonem Rollen ohne Ziel und ohne Ende und doch musste sie rollen, bis ans Ende der unendlichen Wüste. Er hatte keine Gefühle mehr, nicht einmal Hunger und Durst, und keine Wahrnehmung, denn von dem, was um ihn herum vorgegangen sein mochte, hatte er nichts mitbekommen.

Später kam das Empfinden seines Körpers zurück. Nur noch nachts träumte er von der Wüste und dem metallenen Himmel, dem Sand und der Kugel, jede Nacht, bis er in seinem Schweiße liegend erwachte und den Tätowierten hörte, wie er unter ihm mit den Zähnen knirschte. Sein Herz war noch da, es pochte noch, August atmete wie zuvor, er lebte noch und er hatte noch seinen Kopf, in dem noch Gedanken waren. Aber es war keine Klarheit mehr darin von richtig und falsch, gut und schlecht und was zu beginnen sei. Früher hatte er das immer gewusst. Es war ein Labyrinth daraus geworden, aus fensterlosen Räumen, in denen Gedankengespenster ziellos umherirrten und manchmal gellende Schreie ausstießen, dass er zusammenzuckte. Sie hatten keine Gestalt und keine Augen. Es waren schwarze Schemen, deshalb hatte er panische Angst wie vor einem wilden Tier im Dunkeln, und er hockte in der Ecke seiner Pritsche.

Er wusste nicht, wie lange es gedauert hatte, bis seine Erinnerung wieder einsetzte. Mochten es Stunden, Tage, Wochen gewesen sein, er hatte kein Gefühl für Zeit. Irgendwann war die Erinnerung wieder da. Aber sie setzte nicht dort ein, wo er es erwartet hatte: zuletzt. Nein – das fehlte ganz! Und sie setzte auf eine Weise ein, die er nicht kannte. Es war, als wenn sein ganzes Leben auf einmal da war, auf einer riesigen Bühne an ihm vorüberzog, aber nicht etwa im Nacheinander von Früher und Später, sondern gleichzeitig, alles war gleichzeitig da. Es fehlte nichts, das Wichtige nicht und das Unwichtige nicht. Was ihn überraschte: Das Wichtige war nicht immer deutlich und groß auf der Bühne seiner Erinnerung – oder das, was er bisher für das Wichtige gehalten hatte. Und umgekehrt: Manches Nebensächliche, längst Vergessenes, stieg auf mit blendender Klarheit und schmerzlicher Deutlichkeit. Was er da sah, war von solcher Dichte, Süße und Schönheit, Gewalt, Schrecknis, Trauer und Freude, als durchlebte er alles erst jetzt, gleichzeitig, und mit Empfindungen, die ihm, als er es wirklich erlebt hatte, abgegangen waren. Wie hatte er gelebt, wenn die Erinnerung an das Gelebte stärker war als das Leben selbst?

Er gab sich den Erinnerungen hin mit bedingungsloser und rauschhafter Intensität, aber er empfand sich dabei dennoch vollbewusst und klar, klarer als beim wirklichen Erleben, das abgedämpft gewesen war wie unter einer milchgläsernen Glocke. So schrieb August ein Buch für sich, ein Buch der Erinnerung, in dem er würde lesen können und blättern, später, in den Jahren, die kommen würden.

Er wusste nicht, wie lange er vor dem Kaleidoskop seiner Erinnerungen gesessen hatte. Als es vorbei war, taten ihm alle Knochen im Leib weh, er hatte bohrenden Hunger und Durst, er trank lange am Wasserhahn und leerte den Napf mit dem kalten Essen, den sein Zellengenosse ihm mit Hochachtung im Blick reichte. Aber August sah ihn, den Tätowierten, noch nicht an und es würgte ihn beim Essen des kalten Fisches. Später wusste er, dass dies das Zeichen des Freitags war, freitags gab es immer Fisch, und Paul war der Koch, der beleidigt war, wenn jemandem sein Essen nicht schmeckte.

Dann war August von Borstel zurückgefallen auf die Pritsche und hatte geschlafen.

Als er aufwachte, stellte er fest, dass er im Gefängnis war, im U-Haft-Gefängnis vom Hemmstedt. Es begann ein neuer Alltag in einer neuen Welt. Seine neue Welt war fünf mal zwei Meter groß. Inhalt: ein doppelstöckiges Metallbett, Waschbecken, Tisch, zwei Stühle, ein hoher, schmaler Eisenspind mit zwei Fächern. In der einen Stirnseite die Tür, eine schwere Eisentür, in der anderen das Fenster, hoch an der Wand mit Gittern davor, dahinter ein kleines Quadrat fernen Himmels. Hinaussehen konnte man nur, wenn man auf einen Stuhl stieg. Von da oben hatte man den besten Blick in den Bello, das Klosett, seitwärts unterm Fenster. Man konnte es mit einem grauen Vorhang abteilen, wenn einer scheißen musste, und dann lag der Rest des Raumes in Dämmerlicht und Gestank. In der Eisentür eine Eisenklappe und ein Guckloch, durch das man beide Pritschen einsehen konnte. Unbeobachtet war man nur, wenn man scharf an der Wand und gleich hinter der Tür auf dem Stuhl saß, vor dem Tisch. Aber auch dann nur bis zu den Knien. Oder wenn es dunkel war, stockdunkel.

Die Wände: olivgrau, abwaschbar, fleckig, Kleberreste von Postern, kleine Bröckellöcher im Putz. In 3,20 m Höhe hing eine 60-Watt-Birne unter einem metallenen Schirm und warf ihren müden Schein auf den olivgrünen Linoleumboden. Über dem Tisch ein Brettchen, Nescafé, Tauchsieder und Topf, Dosenmilch, Zucker, Tabak, Streichhölzer. Manchmal stand auch irgendein Buch drauf, das der Tätowierte aus der Knastbibliothek geholt hatte.

Fünf mal zwei Meter. Zu zweit. Man konnte noch nicht einmal hin- und hergehen. Von der Tür bis zum Bello waren es nur vier Meter. Man musste zwischen den Pritschen und den Stühlen durch. Dort war es so schmal, dass der Tätowierte, wenn er auf dem Bett saß oder gemütlich auf dem Stuhl, August mit den Füßen den Weg versperrte. Nein, man konnte nicht hin- und hergehen. Außerdem machte es den anderen nervös. »Was ist mit dir, was rennst du rum? Mensch, du machst mich nervös! Willst du an der nächsten Olympiade teilnehmen, oder was ist?« Wie konnte man da noch gehen? Aber was hieß denn gehen? Wenn August morgens im Herbst durchs nasse Gras der Weide geschritten war, auf der Suche nach den Kühen, die schemenhaft aus dem Nebel hervortauchten, knackend aufstanden und prusteten, sich gemächlich auf den Weg zum Stall machten, wenn er hin- und herlief, bis die Herde einer großen Traube gleich auf den schwarz getretenen Pfaden dem Stall entgegenströmte. Und alle anderen noch schliefen. Das war immer seine beste Zeit gewesen. Wenn dann allmählich der Horizont zum gezackten Goldrand wurde in der Dämmerung und die Dinge ihr Geisterdasein ablegten und wirklich wurden.

Und sehen konnte man auch nicht, das noch weniger. Bei der Arbeit hatte August immer einen weiten Blick gehabt, irgendwohin, nur nicht beim Melken, da sah er nur die Kühe und die Kacheln im Neonlicht, und so ähnlich war es hier auch, so empfand er es, nur die schmutzigen Wände mit herausgeplatzter Farbe.

Oben über dem Regal, neben dem Schrank hatte der Tätowierte seine Poster aufgehängt, eine Kollektion pornografischer Bilder, Frauen mit schweren Brüsten räkelten sich mit gespreiztem Schritt und verhangenem Blick gierigen Männern entgegen. Er hatte sie so aufgehängt, dass er von seiner Pritsche eine gute Perspektive hatte, »und die brauche ich«, hatte er gesagt, als er bemerkte, dass August aus den Augenwinkeln, direkten Blick vermeidend, hinsah. Das war zu Anfang gewesen, nachdem er aus einer Erstarrung erwacht war. Schweigend hatte August sein Kopf- zum Fußende gemacht, damit er die Bilder nicht immer im Blickfeld hatte. »Das ging mir auch mal so«, hatte der Tätowierte achselzuckend kommentiert: »Wenn du hier lange genug drin bist, glotzt du auch drauf, garantiert.«

August musste intimer mit dem Tätowierten leben als je mit seiner Frau. Als er aus seinem Erinnerungskonzert erwacht war, hatte er mit Entsetzen bemerkt, dass hinter dem leicht von der Wand abgezogenen Vorhang das Klo war, das er würde benutzen müssen – oder hatte er es schon benutzt, in seiner Abgestumpftheit für das Äußere, aus der er kam? Bei dem Gedanken krampfte sich alles in ihm zusammen. Der Tätowierte machte sich nichts daraus, seufzend war er aufgestanden, hatte den Vorhang nur halb hinter sich zugezogen, dass man die Haare auf seinen Zehen sehen konnte, und geräuschvoll sein großes Geschäft erledigt, stöhnend ließ er die beim Drücken angehaltene Luft seiner Lunge entweichen, die Exkremente platschten in die Schüssel, und als sich der Gestank ausbreitete, stockte August der Atem und ihm wurde übel. Er kotzte nur deshalb nicht, weil er es in das Klo hätte tun müssen, in dem die Exkremente des Tätowierten noch lagen, der sich in aller Ruhe putzte und schließlich spülte. Immerhin wusch er sich die heile Hand. Um die andere trug er einen schmutzigen Verband.

August sah die gelben Unterhosen des Tätowierten, er roch seinen Atem nach Kaffee und Zigaretten, er hörte ihn atmen am Tag, wenn sie saßen und keiner sprach, er hörte ihn schnarchen, wenn er schlief, oder mit den Zähnen knirschen und er hörte jede Bewegung des Bettgestells, wenn er nicht schlief, er hörte ihn unterdrückt stöhnen, wenn er onanierte, und das Rascheln seines Taschentuchs, wenn er sich den Samen vom Bauch wischte. Einmal hatte der Tätowierte unvermittelt gefragt: »Wichst du nie, sach mal?« Und im Dunkeln war August rot und heiß um den Kopf geworden und er hatte nur gesagt: »Nee ...« Was hätte er auch sagen sollen? Niemals würde er preisgeben, was niemanden etwas anging.

August von Borstel starrte ins Dunkle und dachte an jene goldene Hochzeit bei Rathjens, mit der alles angefangen hatte. Nicht, dass sie großartig befreundet waren, im Gegenteil, Rathjens war berühmt für seine Ränke, und das stieß August ab, wenn auch Witz und Erfindungsreichtum, die Rathjens dabei entfaltete, Hochachtung abnötigte und man manchmal nicht verhindern konnte mitzulachen, auf Kosten anderer. Vater hatte allerdings einen alten Hass gegen Rathjens, aber er redete nie über den Grund. Aber sie wurden eingeladen, als Nachbarn, wie es sich gehörte.

Mit dem Grünholen fing die Hochzeit an. Alle Nachbarmänner mussten mit. Hamann mit den weißen Augenbrauen, der immer Zoten im Munde führte. Gustav Grabert war dabei, der Schalk mit den Lachfalten um die Augen, und Hinni natürlich und Vater und Sohn Tams, Werner und Willi, und die beiden dicken Böschs – also ganz Engelsmoor, es fehlte keiner. Der Hamburger zählte ja nicht.

Lauter rote Wettergesichter, wie sie da bei scharfem Wind, etliche Flaschen Cognac und Köm im Gepäck, auf dem Hänger saßen. Werner Tams fuhr den Trecker, Richtung Altenmoor, zu einem Tannenknick, den sich Werners Cousin, Klaus Tams, auf seinem Grundstück angelegt hatte, um den Wohnwagen zu verstecken, in dem er sich des Sommers von seiner neuen Arbeit in der Industrie erholte. Er hatte nämlich richtige Wochenenden, seit er den Hof hatte aufgeben müssen. Aber ob es das wert war? Er soff mehr als früher jedenfalls, er hatte ja auch mehr Zeit dazu, von den Bauern war keiner Säufer, sie konnten es sich nicht leisten.

Klaus Tams hatte voller Erwartung am Straßenrand gestanden, klein und rund und mit seiner Schiffermütze, unter der sein Säufergesicht aus stumpfen Glupschaugen hervorsah, und den wurstigen Fingern, die er immer zur Faust geballt hatte. Nach der Begrüßung – »Na, wo geiht?« – »Och, mutt jo, unn Ji?« – »Löppt sick trech.« – zog Klaus sich als Erstes am Schott hoch, um die Alkoholbestände zu begutachten, und nickte zufrieden mit feuchten Lippen. Carolus Magnus, Kräuterschnaps, Genever, Klarer. Andere Getränke gab es in dieser Gegend nicht. Höchstens Bier, aber hier nicht. Dauerte zu lange.

August hatte sich vorgenommen, gesund nach Hause zu kommen, damit er melken konnte, aber er konnte sich dem rituellen Rauschtrinken in dem kleinen Gebüsch unter der fahlen Novembersonne nicht entziehen. Gustav war natürlich wieder der Zeremonienmeister, er bestimmte, wann die Arbeit zu unterbrechen war für einen Schluck aus dem einzigen Glas. Er goss es wieder voll und drückte es dem Nächsten in der Runde in die Hand. Beim zweiten Glas lehnte August ab, aber Gustav ließ es nicht gelten: »Komm Junge, auf eim Bein kammann nicht stehn«, und seine Lachfalten wurden tiefer, als er ihm das schmierige Glas in die Hand drückte. Die Arbeit wäre eigentlich in einer halben Stunde getan: mit der Motorsäge die Tannen kappen, die unten kahl sind und Platz machen müssen für neue, damit Klaus Tams' Wohnwagen nicht zu sehen war, die Äste abschneiden, auf Haufen werfen und zum Hänger tragen. Also mussten die Schnapspausen so kalkuliert werden, dass am Ende alle duhn waren, aber nicht so duhn, dass sie nicht alle noch ein bisschen durchhielten, denn der Tag war noch nicht zu Ende.

Klaus Tams machte seinen buckligen Wohnwagen auf und holte Stühle raus, stellte sie in Witzlaune im Kreis, bis sie alle saßen. Das Glas musste noch viele Kreise drehen. Natürlich gingen sie die Landwirtschaft durch, ob schon viele Kühe gekalbt hatten und mit welchen Bullen man besamen würde, mit einem hiesigen oder einem Kanadier, die am Kommen waren. Arthur Hamann ließ die Gelegenheit nicht aus, sich über August lustig zu machen, »Dat wör noch mol wat för di, August, Somenspender to warn, du hess jo nu recht wat tohoopsport, hä hä hä«, und riss seine weißen Brauen hoch, während er wieherte. Da kam August das nächste Glas, das Gustav ihm vorhielt, gerade recht, noch zwei oder drei und er würde nicht mehr rot werden von solchen Redensarten. Wieso sie ihn immer vorhatten? Er ging auf die dreißig zu und hatte noch keine Frau, und den Bauern, der dann noch eine kriegen würde, den gab es nicht. Er wusste, dass sein Gesicht bald nur noch nach Arbeit und Enthaltsamkeit aussehen würde, mit tiefen, trockenen Kerben, und zu Hause würde er dann auch nie was zu sagen kriegen, denn wer keine Frau hatte, blieb Knecht auf dem Hof, solange der Vater lebte, egal, wie alt man war und ob einem der Hof gehörte.

Gegen Mittag auf dem Anhänger auf Bergen von Tannengrün für die Ehrenpforte an der Hofeinfahrt und am Gasthaus, mit trunkener Stirn im Wind. Das Grün musste den Jubilaren vorgeführt werden zur Begutachtung, sie rumpelten die lange Einfahrt hinunter, zum nächsten Rundentrinken. Wer jetzt nicht aufpasste, war fertig.

Rathjens wartete mit Strömen von Schnaps auf die Gesellschaft, er wollte sich nicht lumpen lassen; seine Frau, die eine niedrige Stirn hatte, ließ das Glas nicht lange leer. Klaus Tams quittierte die Ansprachen mit stierem Blick, trank aber jede Runde mit, später fiel er dann in der Küche, vor dem Teller mit Spiegeleiern sitzend, seitwärts der Gastgeberin vors Dekolleté und musste rausgetragen werden. Rathjens sorgte dafür, dass sie ihn in den Stall legten, auf einen Haufen Säcke, damit die Kater ihn anpissten, womit er seine widerliche Seite zeigte.

Nach und nach waren sie dann nach Hause gezuckelt, Bösch am Arm seiner besorgten Frau, die ihn sicherheitshalber abgeholt hatte, damit sie nicht selbst melken musste. Hamann stiefelte querfeldein über die Weiden, seine langen Beine schwankten, wenn er über die Zäune stieg, seine Mütze war weg und seine weißen Haare flatterten im Novemberwind ...

Und jetzt war Frühling. Augusts Zeitgefühl war wieder da, seit gestern die Amsel gesungen hatte. Der Frühling war früher – ›früher‹, das war die Zeit vor dem Knast – seine beste Zeit. Wenn das Leben wieder erwachte und aus Totem Leben wurde, mit Spannung beobachteten sie das Wachstum auf Feld und Wiese und es war in jedem Jahr so aufregend, dass man jedes Mal dachte, es sei noch nie so gewesen wie in diesem Jahr.

Der Mangel an Bewegung war die schlimmste Folter. Nicht das Fehlen der Intimsphäre. Stillliegen, stillsitzen, stillstehen, den ganzen Tag. August hatte Krämpfe in den Beinen vom Herumsitzen, weil sie laufen wollten, ausgreifen, schaffen, müde werden. Seine Muskeln sehnten sich nach Spannung, nachts war er zur Kugel zusammengeschnellt, von der er träumte, und hatte mit knirschenden Zähnen den Unterschenkel zwischen den Fäusten geknebelt, bis der Krampf sich löste. Nichts. Es war nichts. Sein Rücken hatte geschmerzt von der Anspannung für nichts. Er musste ja nichts. U-Häftlinge müssen nichts. Sie dürfen arbeiten, wenn sie wollen. Arbeiten. Was die hier Arbeiten nannten! Hier gab es nicht das, was er unter Arbeiten verstand, was mit Kraft und Erschöpfung und müden Gliedern und Erfolg zu tun hatte. Lampen zusammenbauen, Kugelschreiber zusammensetzen – idiotische Sachen. Man konnte in der Arbeitszelle im zweiten Stock zusammengeschlossen werden mit allem möglichen Gesindel. Dieben, Zuhältern, Drogenabhängigen, Abschiebehäftlingen. Die meisten nutzten die Möglichkeit der Arbeit, um der Langeweile zu entkommen, mal aus der Zelle raus.

August von Borstel lehnte das ab. Er wollte mit denen nichts zu tun haben, der Tätowierte reichte ihm, der saß, weil er mit Zigeunern einen großen Dreh hatte abziehen wollen, einen LKW mit Jeans klauen, das konnte man nur mit Zigeunern machen, die konnten alles verkaufen, in x-beliebigen Mengen, zur Not eben auch einen ganzen LKW voll Jeans. Nur das schnelle Verstecken war ein Problem gewesen, der Tätowierte musste fahren, weil er sich mit Fahrzeugen nun mal auskannte, und da hatte sich gezeigt, dass der Plan noch nicht ausgereift gewesen war. Wolfgang hatte nur am Steuer gesessen, nicht einmal eine Viertelstunde lang, er hatte also eigentlich noch gar nichts getan, als die Bullen kamen. Vor sechs Wochen war das, aber sie hielten ihn drin, die Haftbeschwerde hatte nichts genützt und der Anwalt hatte 2.000 DM haben wollen, nur dafür, und und und. Der Tätowierte hatte ihm alles erzählt.

August hatte zugehört, es war ihm peinlich – was hatte er damit zu tun? –, und geschwiegen und gedacht, ob der andere nun erwarten würde, dass er seinerseits alles preisgab. Nein, er wollte nichts preisgeben. Er wollte nichts mit den anderen gemein haben. Er wollte nicht arbeiten, egal, ob es nun Arbeiten war oder nicht. Er wollte seine Ruhe haben und nachdenken.

Leise rauschten die Heizungsrohre, hin und wieder hörte er fernes Musikgetingel und den aufbrausenden Motor eines PKW aus der fröhlichen Innenstadt von Hemmstedt. Die Nacht fing an.

Mit dem Grünholen hatte das Fest angefangen. Es war drei Tage später weitergegangen, die Frauen trafen sich bei Hamanns zum Blumenbinden, aus buntem Krepppapier wurden Blumen gebunden, Else, Hamanns Frau, gab bei solchen Gelegenheiten das Kommando.

Die Männer hatten dabei nichts zu suchen. Es wurde auch weder Cognac noch Klarer getrunken. Ausschließlich Genever, und für Erna Bösch Kräuterschnaps, alles in geregelter Form, zu Anfang gab es sogar Kaffee, schließlich mussten die Frauen den Männern noch die Bratkartoffeln in Talg machen fürs Abendbrot. Die Frauen hatten nicht die Freiheit, sich zu besaufen, wann immer sie wollten, und Feste zu feiern, wie sie fielen. Sie waren verantwortlich als Notstromaggregat und zweiter Kühlkreislauf, wenn den Männern die Sicherungen durchbrannten. Aber Mutter hatte nicht mehr ihren strengen Blick gehabt, als sie nach Hause gekommen war, und ihre Bewegungen waren großzügiger gewesen.

So ein Fest entschädigte für den Alltag. Der war anstrengend genug. Keine Zeit für Späße. Die Kühe: jeden Tag fünf Stunden melken, in der Kalbezeit sechs, manchmal sieben, bis er fertig war und aus dem kalten Neonlicht des Melkstandes wieder ans Licht des Tages kam, die Augen geblendet. Schon das war mehr als ein halber Arbeitstag. Aber die Kühe waren wichtig, damit war Geld zu machen, früher. Dazu dreißig Hektar Getreide, Weizen, Winterroggen, Mais, zwanzig Hektar davon Eigenland. Der kalte Moorboden war ein Feind des Maises, der die Wärme liebte. Schwer, im Moor Mais kolbenreif zu kriegen. Aber der Ringleiter hatte ihnen einen günstigen Deckungsbeitrag ausgerechnet und sie hatten noch mehr Land dazugepachtet, auf der Geest, da war es einfacher. Auf dem warmen, sandigen Boden wuchs der Mais früher und wurde reif, dass er taugte für ein Silo. Vater war zuerst dagegen gewesen, aber dann hatte August sich doch durchgesetzt, mit der Maissilage erreichten sie den Spitzenplatz in Engelsmoor – das hatte Vater endlich überzeugt. Sie waren besser sogar als Rathjens. Früher wusste man nicht, was der andere molk. Jetzt gab die Molkerei monatlich Listen heraus, aus denen man von allen Betrieben Durchschnittsleistung, die gelieferten Liter und den Fettgehalt ablesen konnte. So hatte die Geheimnistuerei ein Ende. Aber niemand würde seinem Nachbarn verraten, was der Weizen gebracht oder wie viel Ladewagen Silo pro Hektar man geholt hatte. Das war Staatsgeheimnis, von jeher, und wurde man gefragt, so sagte man: »Mehr als letztes Jahr« oder: »War genuch.« Bei der Milch zeigte sich, wer was konnte und wer nicht. Und er, August von Borstel, er konnte was. Sie kamen zurecht. Den Rathjens hatten sie also abgehängt.

Doch dann kam die Milchquote. Die Menge Milch, die man im Jahr zuvor abgeliefert hatte, wurde festgeschrieben und mit dem Land verbunden, auf der sie produziert wurde. Von jetzt ab konnte man mit Milchquoten handeln wie mit Land. Aber was das Schlimmste war: Man durfte nicht mehr so viel Milch abliefern, wie man wollte. Zehn Prozent weniger. Die da oben hatten ja keine Ahnung, was zehn Prozent ausmachten! Von den letzten zehn Prozent lebte man. Wenn die Milch das ganze Einkommen ist, dann sind zehn Prozent das, was man über hat, und wenn's vorher knapp war, dann war's jetzt zu wenig. Was der Tischler oder Maurer wohl sagen würde, wenn er zehn Prozent weniger Aufträge annehmen dürfte? Und das alles bei den gleichen Kosten. Und die Schulden! Sie hatten doch erst vor fünf Jahren den Stall gebaut, da waren noch über 400.000 Mark drauf. Voller Abtrag. Aber der Stall durfte nicht mehr voll sein. Ein Jahr zu früh hatten sie gebaut. Klugheit und Voraussicht werden bestraft, wie immer. Wer später gebaut hatte, bekam eine Härtefallausnahme und durfte 100 Prozent behalten. Wo der Stall schon ein paar Jahre älter war, gab es das nicht mehr. Wenn August also nicht als Erster gebaut hätte in Engelsmoor, hätte er den Härtefall gekriegt. Wie Rathjens. Der hatte erst gebaut, als die anderen schon einen hatten, aus Herdentrieb sozusagen, bekam natürlich den Härtefall und bildete sich darauf noch etwas ein. Wer klug ist, ist dumm, und wer dumm ist, ist klug. Man konnte nicht mehr selbst bestimmen als Bauer, es wurde in Brüssel über einen bestimmt, und man konnte morgens in der Zeitung nachlesen, ob das, was man gestern und vorgestern gemacht hatte, heute noch richtig war. Man konnte nichts mehr planen.

Also: mehr arbeiten. Man musste die zehn Prozent wieder einholen. Aber womit? Sie hatten sich doch festgelegt auf die Milchwirtschaft, alles war danach eingerichtet. Also hatten sie wieder stärker Bullenmast betrieben, die Kälber nicht verkauft, sondern aufgemästet. Der ganze Jungviehstall war voll mit diesen gefährlichen Brüllern, und Hinni wurde gar nicht mehr fertig mit Ausmisten. Dabei wusste man nicht, ob es was bringen würde. Hundertfünfzig Mark Gewinn pro Tier, mehr konnte man nicht rechnen, und das nach zwei Jahren Füttern und Pflege. Vielleicht nicht einmal das. Es war immer schwieriger geworden.

Und dann war Erika mit dem Jungen weg und wollte Geld.

Auf Rathjens Silberhochzeit hatten sie sich kennen gelernt. Beim Marschwalzer war es gewesen, als der Jackettzwang schon aufgehoben war und die Männer mit losen weißen Ärmeln, die Pranken auf den Schultern des Vordermannes, im Kreise schoben, die Frauen im inneren Kreis ihnen entgegen, rum-tata, rum-tata, und als dann der Walzertakt einsetzte, hatte er sie plötzlich in den Armen gehabt, sie war leicht gewesen, er spürte sie gar nicht und er konnte plötzlich tanzen, es war nicht wie sonst, wo er sich klobig fühlte wie ein Klotz, jedenfalls wenn er sich noch nicht genug mit Köm geschmiert hatte, damit die Gelenke alles machten, wie sie's sollten. Und er spürte ihre Hitze, sie floss in seinen Körper und machte ihn weich, viel weicher als der Köm. Sie lächelte ihn an und da war etwas in ihren Mundwinkeln, das er gerne sah, man sah es nur, wenn sie lächelte, und vielleicht sah es niemand außer ihm. Er, der Bauer mit den harten rissigen Händen und den eckigen Schultern, hoch gewachsen und blond und schüchtern, und sie, die kleine, zarte Bauerntochter mit der etwas zu großen Nase und dem unsteten Blick, der zur Seite glitt, wenn man sie ansah. Sie hatten miteinander getanzt. Etwas in ihren zögernden Bewegungen hatte ihn festgehalten, wider Willen, und es war gleich so, dass er mit ihr zusammenbleiben wollte, immer ... Wenn sie doch nur zu ihm gehalten hätte ...

Sie blieben bis zuletzt, bis zum Saalausfegen, mit drei Paaren saßen sie auf dem Tanzboden, sie hatten die Leuchter von den Tischen geholt und im Kreis um sich herum aufgestellt, den Aschenbecher, Zigaretten und die letzte Flasche in der Mitte, die sie kreisen ließen, schweigend zumeist, er, August von Borstel, Erika, Gustav Grabert und Elke und die beiden Böschs. Gustav machte ein paar Witze, da er es seinem Ruf schuldig war. Erika sagte nichts, sie sah August nur immer wieder von der Seite an und ließ ihr kleines Lächeln sehen, und es war klar, dass sie zusammenbleiben würden, irgendwie war das klar, und eine Leichtigkeit war über ihn gekommen, die er nie gekannt hatte, denn leicht war das Leben nun mal nie gewesen, auch in den Kindertagen nicht. Was sind Kindertage? Kindertage sind, wenn man noch nicht richtig arbeiten kann, wenn man noch nicht Pferde und Bullen hüten kann, wenn man noch nicht melken kann, wenn man noch keinen Sack tragen kann, wenn man alles nicht kann, was die andern können, und wenn man nichts versteht, wenn man schweigen muss, wenn die andern reden, und wenn man sich nicht wehren darf, wenn man geschlagen wird. Nur einmal noch hatte er diese Leichtigkeit in sich gefühlt, das war, als Willem geboren war.

In der Schule war es am schwersten gewesen. Da hatte er sich gefreut, von Anfang an, darauf, dass sie zu Ende gehen würde, eines Tages, und man ihn in Ruhe lassen würde. Morgens vor der Schule, da hatte er schon seine festen Pflichten zu Hause gehabt. Kühe holen zum Beispiel, morgens vor der Schule, barfuß im Schlamm, er spülte seine Füße in den Pfützen ab, wusch sie dann in der Küche im Spülstein, musste sich umziehen und war schon hungrig von der Arbeit, wenn die andern ausgeschlafen aus ihren Betten stiegen. Zur Schule konnte er gehen, wenn er mit seiner Arbeit fertig war und wenn es nichts Wichtigeres auf dem Hof gab. Schule war keine Arbeit. Gut, man lernte. So hieß es. Aber es taugte zu nichts. Man konnte es zu nichts gebrauchen. Was er zu Hause wissen musste, kam in der Schule nicht vor. »Du lernst für's Leben«, sagte der alte Drewes, vor dem er Angst hatte vom ersten Tag an, »du lernst nicht für mich, du lernst für's Leben.« Hatte der eine Ahnung vom Leben! Er wusste nicht, wie man allein ein Pferd fing und aufzäumte, er wusste nicht, wie man ein Fuder Heu gerade packte, wenn es schräg am Graben stand, und er konnte keine Rüben verziehen, der alte Drewes, oder eine Ratte totschlagen, wenn sie unterm Heu herausflitzte. Und rechnen? Das bisschen Rechnen, das konnte August auch so, er kannte alle Ohrmarken auswendig von den Kühen, und das waren immerhin schon dreißig gewesen damals, dreißig achtstellige Ziffern, wer hätte das gekonnt? Und schreiben und lesen konnte er auch so lernen, dazu musste man nicht in die Schule. »Mach dich nützlich«, sagte Vater ungeduldig, wenn er zu Hause bei den Schularbeiten saß und die Arbeit wartete, die richtige, echte Arbeit.

Der Sommer war besser als der Winter. Da brauchte er nicht so oft zur Schule, wenn zu Hause geheut wurde, dann saß er auf dem Wagen, mit Hinni zusammen. Hinni vorn an der Rutsche und er, August, hinten. Da arbeiteten sie Hand in Hand, der Wagen wuchs empor, groß wie ein Haus, mit den zwei Baumeistern oben, Rekorde machten sie. Acht Schichten, zehn Schichten, ja manchmal zwölf Schichten, dass sie unten am Hof wegen der Stromleitung vom Wagen mussten. Das war was! »Jungs, was macht ihr«, sagte Vater, »der Wagen kippt uns noch um!« Aber solange August packte, kippte kein Wagen um, egal wie tief die Schlaglöcher waren. Und wenn die Stromleitung nicht gewesen wäre, dann hätte er dreizehn Schichten gepackt, bestimmt dreizehn Schichten! Im Sommer brauchte ihn der Hof. Und das Beste an den großen Ferien war, dass sie im Sommer waren. In der ersten Klasse hatte er noch gedacht, der Heuernte wegen.

Aber das war lange her, in der Zeit, als man keine Sorgen hatte, wenn man arbeitete.

Zwei Tage nach der Silberhochzeit war die Baupolizei auf Rathjens Hof gekommen. Es hieß, er habe einen Kanal geschlagen, vom Güllekeller seines neuen Boxenlaufstalles zum Vorfluter, und der alte von Borstel hätte ihn angeschissen, hätte nachts, als Rathjens noch feierte, den Stall inspiziert, aus Rache für das Kalb, das Rathjens ihm von der Weide geklaut hatte, einen Sommer vorher. Rathjens hatte inseriert: *Kalb zugelaufen, Eigentümer bitte melden.* Vater ging hin, aber Rathjens hatte ihm höhnisch ins Gesicht gelacht, er solle doch erst mal beweisen, dass es sein Kalb wäre, er könne es nicht verantworten, es womöglich dem Falschen zu geben ... Schweigend war Vater nach Hause gekommen. August erfuhr die Geschichte erst von Klaus Tams und der hatte gelacht über die derben Späße von Rathjens und darüber, dass der alte von Borstel wütend war. Schadenfreude war allemal mehr wert als alte Nachbarschaft.

Das Licht in der Zelle war aus Aluminium, aber draußen stieg ein neuer kalter Frühlingstag empor und die Vögel freuten sich ihrer Freiheit. Jetzt konnte man wieder die Gitter sehen.

VIII.

Schlüter, der Advokat, von seinen Kollegen auch manchmal ›der Fuchs‹ genannt, hatte schlechte Laune. Montagmorgen. Nach zwei Tagen Lese- und Bücherwelt die böse Welt des Büros. Es grinsten ihn die gleichen unerledigten Aktenstapel an wie am Freitagabend.

Auf seinem Stuhl lagen mehrere Akten mit *Eilt*-Zetteln dran.

Er hatte noch gar nicht »Guten Morgen« gesagt vorn im Schreibbüro, da reckte ihm Angelika mit hilflosem Gesicht den Telefonhörer entgegen: »Frau Sozusagen ist dran, ihr Mann ...«

»Sagen Sie ihr, sie soll in einer Stunde wieder anrufen – es sei denn, sie will sich aufhängen, dann nehm ich sie ...«

Nein, Frau Sozusagen wollte sich noch nicht aufhängen, sie wollte in einer Stunde wieder anrufen. Sie war zu Hause ausgezogen und nur zurückgekehrt, um ihre Sachen zu holen, da hatte ihr Mann die Tür verbarrikadiert, aber ihre Unterhosen waren im Schrank geblieben, und wer kann ohne Unterhosen leben?

Angelika lachte und ihr Busen verbreitete eine unbekümmerte Atmosphäre, aber nicht bei Schlüter, der sich mürrisch zurückzog und murmelte: »Also, dass das klar ist, ich bin nicht da!«

Er war wohl der Einzige auf dieser verrückten Welt, der ein friedliches Wochenende hinter sich hatte. Alle anderen hatten gekämpft und sich gestritten. Wenn der Montag schon so anfing, wie sollte dann der Rest der Woche werden? Es gab nur eine Methode, noch schlechtere Laune zu bekommen: in den Knast zu gehen. Er musste zu August von Borstel, es half nichts. Schon vor einer Woche hatte er die Ermittlungsakte zurückgeschickt und er musste hin, um die Sache mit ihm durchzusprechen. Also packte er kurz entschlossen seine Akte ein, meldete sich bei den Mädchen ab und flüchtete ins Freie.

Nun war er nicht mehr erreichbar. Das war beruhigend. Keiner konnte ihm was. Immerhin, auch wenn er jetzt eine unangenehme Aufgabe vor sich hatte.

Schlüter mischte sich unters Gewühle in der Fußgängerzone und ließ sich vom Strom der Menschen treiben. Der Knast hatte für Schlüter eine ihm selbst nicht erklärliche Anziehungskraft und er stieß ihn gleichzeitig ab. Die Menschen, mit denen er dort sprach, ließen ihn tief in die Abgründe ihrer Seele blicken, wie man von einer Klippe hinunter blickt in das brodelnde Meer, das einen unheimlichen Sog hat, und doch springt man nicht. Man versucht etwas zu erkennen dort unten, aber je öfter man sich müht, desto rätselhafter wird das Meer. Konnte man einen anderen Menschen je verstehen? Wie kam es eigentlich, dass ein Mensch das älteste Tabu bricht und seinen Nächsten wie Kain seinen Bruder Abel erschlägt, seine Hände mit Blut besudelt, das niemals wieder abgeht? Hinterher war man klüger. Man ließ sich die Sache von einem Sachverständigen erklären – wie es zwangsläufig zur Tat hatte kommen müssen, wie sich die Bluttat vollendete mit der Unausweichlichkeit eines griechischen Dramas. Die Tat kam aus einem Vorleben heraus wie die Luft aus dem Blasebalg, am Schwengel zogen die Gespenster der Vergangenheit, die Tat ließ sich ableiten aus dem Vorleben des Täters wie bei einem rechtwinkligen Dreieck die Summe der Hypotenuse aus den Katheten, oder wie auch immer, in der Mathematik hatte Schlüter nur Bahnhof verstanden. Jedenfalls wussten sie hinterher immer genau, warum und wieso alles so hatte kommen müssen, wie es gekommen war.

Aber vorher? Hätte irgendjemand, der den späteren Totschläger noch so gut gekannt hatte, und sei es auch der Sachverständige selbst, prophezeien können, was aus nachträglicher Sicht angeblich so unvermeidlich war? Wenn es auf den Schluss des letzten Aktes im Drama zuging – wer konnte das grausige Ende gekannt haben? Niemand! Da war sich Schlüter sicher. Die vielen Erklärungen konnten die Tat ebenso wenig erklären wie der Herzspezialist den Herzschlag. Warum schlägt es und warum hört es eines Tages auf zu schlagen? Die Frage nach dem ›Wie‹ lässt sich leicht beantworten. Damit beschäftigt man sich ausgiebig und betrachtet die Einzelteile, in die man die Wirklichkeit zerlegt hat, immer genauer. Nach dem ›Warum‹ fragt vorsichtshalber niemand. Also blieben auch keine Fragen offen, und alle suhlten sich selbstzufrieden in ihrer Allwissenheit.

Schlüter jedenfalls blieb unzufrieden. Und diese Unzufriedenheit trieb ihn in den Knast, zu den schweißfeuchten Händen, dem Geruch von Fisch, Hoffnungslosigkeit und Tabak, Gitter, hallende Schritte, die endlosen Jahre moderten in den Gängen. Er hasste es, dort hinzugehen, auch wenn er es immer wieder tat. Mit dieser Mordsache war es genauso: oberflächlich einfach. Ein Bauer ersticht die Ehefrau, die ihn hat sitzen lassen, als es mit den Unterhaltsansprüchen ernst wird. Tote kriegen keinen Unterhalt. Wahrscheinlich stand es finanziell ohnehin schon bis zum Rand. Wenn es das war, war die Sache juristisch klar: Mord und lebenslänglich. Der Bericht des Polizeibeamten, der von Borstel festgenommen hatte, war eindeutig. Und wo wäre das Gericht, das der Aussage eines Grünen nicht folgen würde? Das müsste man erst noch erfinden. Vielleicht würde man eine verminderte Schuldfähigkeit hinkriegen, wegen des Alkohols, den der Bauer getrunken hatte. Aber 1,6 Promille waren nicht viel. Das lag auf der Grenze. Dann gäbe es eine Strafmilderung und damit eine zeitige Freiheitsstrafe. Aber unter zehn Jahren? Wohl kaum. Erst recht nicht bei der 3. Kammer und Vulgo, ihrem Vorsitzenden. Aber das waren nur die äußerlichen Aspekte dieser Geschichte.

Vorn in der Fußgängerzone hatte sich eine Menschentraube gebildet und Schlüter hörte exotische Musik. Er drängte sich heran. Nah an der Mauer des Kaufhauses ein Grüppchen kleiner Menschen mit bronzener Haut, rabenschwarzen straffen Haaren und bunt gefärbten Wollumhängen, vor sich den aufgeklappten Geigenkasten für die Gabe der Passanten. Die Töne stiegen, gleich Lerchen, hoch zum Himmel, zu den Fahnen von Hertie, sie flatterten zwischen den engen Giebeln der Fachwerkhäuser im Wind und unter den Wolken, die hinzogen über das weite Land und weit fort, sie nahmen die Sehnsucht mit sich und öffneten die sorgenvolle Brust. Schlüter hob den Blick hoch zur Sonne, die schon wärmte. Dann gab er dem kleinen Mann mit dem ernsten Gesicht und den braunen Augen einen Zwanziger und berührte seine Schulter. Er blieb eine Weile und lauschte der Musik und überlegte, ob sie traurig oder fröhlich war, bis er merkte, dass sie beides war, beides zugleich, und er wurde traurig, weil er so armselig unmusikalisch war und ein stumpfes Herz hatte und nichts, womit er seiner Seele Flügel hätte geben können. Schlüter fragte sich, warum er jetzt zu dem von Borstel in den Knast ging. Warum tat man das alles? Hatte er selbst entschieden, so zu leben? Mit streitsüchtigen Menschen und Totschlägern, bei denen es nichts zu verteidigen gab?

Es war ohnehin alles gelaufen. Alle Aussagen standen unverrückbar auf Papier. Es fehlte nur noch der Sachverständige. Der würde über die verminderte Schuldfähigkeit und die damit verbundene Strafmilderung entscheiden, natürlich würde das Gericht ihm in allem folgen. Schlüter fühlte sich überflüssig und unbedeutend. Er konnte sich auf die Rolle als Seelsorger beschränken, ausrichten konnte er nichts. Er konnte vielleicht selbst etwas lernen dabei, aber war das der Sinn einer Strafverteidigung? Was brachte den Mörder im entscheidenden Augenblick zur Tat? Oder was hielt ihn im entscheidenden Augenblick davon ab, so dass er unbescholten blieb? Gab es einen winzigen Augenblick, in dem sich der Mensch entschied, böse zu sein, wollte er töten oder gehorchte er nur dem Rauschen seines Blutes? Wo hörte die Freiheit des Menschen auf und wo fing sie an – wenn es sie denn überhaupt gab?

Plötzlich schien es Schlüter kleinlich und dumm, schlechte Laune zu haben. Sie war davongeflogen wie die Töne der Panflöte. Es gibt so viele einfache Fragen, die kein Mensch beantworten kann! Warum hat der Mensch Freude an der Musik? Warum freut er sich daran, und warum vergisst er für einen Augenblick seine Sorgen?

Während die Töne hinter ihm immer dünner wurden, schlenderte Schlüter langsam und etwas unschlüssig die Schaufenster entlang. Er bog um die Ecke, an der das Fotogeschäft war, und kam zum Buchladen. Wie immer kontrollierte er die Auslagen. Eine lange Reihe ihm unbekannter blauer Bände stach ihm ins Auge. Er bückte sich, um den Aufdruck zu lesen. *CMW*. Das konnte nur sein – Christoph Martin Wieland! Sämtliche Werke. Zwanzig Bände – DM 98,–. Das war sein Einzugsgebiet. Schlüter fühlte sich magnetisch angezogen, ihn überfiel die Angst, dass diese Bücher weg wären, wenn er sie nicht sofort kaufen würde. Auf irgendeinem Flohmarkt vor vielen Jahren hatte er sich einmal zwei kleine Quartbändchen Wieland gekauft und nach dem Lesen enttäuscht festgestellt, dass man von diesem höchst aktuellen Herrn fast nichts Gedrucktes erstehen konnte. Ach, den Vormittag mit diesen Büchern vertun! Gleich nebenan ins Café gehen und schmökern.

Schlüter stand wie ein Junge vor einem Spielwarenladen, der nicht weiß, ob sein Taschengeld für ein neues Sikoauto reicht. Doch dann strafften sich die Schultern des Anwalts. Er war doch nicht der Sklave seiner Leidenschaft? Wo die Freiheit anfängt, das kann man nur im Selbstversuch herausbekommen. Erst die Arbeit – und dann das Vergnügen.

Entschlossen riss er sich von dem Anblick der blauen Bände los. August von Borstel wartete, seit mehr als einer Woche schon, klammerte sich womöglich mit irgendwelchen Hoffnungen an Schlüters Besuch. Die einzige Hoffnung eines andern sein. Schlüters Schritte wurden schneller, er ging den schmalen Gang hindurch, dessen Ende die mächtige Mauer der Kirche zu versperren schien, von dort aus sah er schon das Justizgebäude, einen klotzigen Bau aus der Gründerzeit, aus grauem Sandstein. Göttliche und irdische Gerechtigkeit nah beieinander. Natürlich war die Kirche höher. Aber sicher war dort längst nicht so viel Betrieb wie im Justizgebäude, in dem der Streit zwischen den Menschen durch Urteil beendet und in Wut oder Schadenfreude verwandelt wurde.

Unangefochten von derlei philosophischen Gedankengängen standen vorn an der Freitreppe des Gerichtsgebäudes, wie immer morgens um diese Zeit, Bluhm und Olpe, die beiden Beamten, die bei den Verhandlungen im Schwurgerichtssaal Wache schoben. Sie taten Dienst. Bluhm war dünn, korrekt gescheitelt, stand stets stramm mit verschränkten Händen hinter dem durchgedrückten Rückgrat und wippte leicht unzufrieden auf den Zehenspitzen. Olpe streckte seinen Schmerbauch locker und ungeniert vor und saugte selbstzufrieden an einer Zigarette, ganz im Einklang mit sich und der Welt. Beide taten Dienst, indem sie auf das Postauto warteten. Jeden Morgen eine halbe Stunde, obwohl die Post immer plus, minus fünf Minuten kam; eine Gelegenheit zu einer Extra-Zigarette für Olpe und zum Schwätzchen für Bluhm. Neben ihnen stand das kleine Handwägelchen, das sie nachher, beladen mit Briefen und Paketen, durch den Kellereingang in den Fahrstuhl bugsieren würden, um es in die Wachtmeisterei zu bringen. Auch so 'n Wort, das verboten werden müsste, dachte Schlüter. Hält sich schon viel länger als erlaubt.

Als Bluhm Schlüter kommen sah, trat er unruhig einen Schritt vor und rief nervös: »Na, Herr Schlüter, so früh schon, Großkampftag, wie?«

»Nee«, sagte Schlüter, indem er herantrat und beiden die Hand gab, »ich geh nur mal dorthin.« Er wies mit der Hand an den beiden vorbei zur Haftanstalt, deren Eingang verschämt in einer Nische des Gebäudes, knapp zwanzig Meter neben dem Haupteingang versteckt lag.

»Größere Sache?«

»Na ja«, antwortete Schlüter, »werden wohl ein paar Tage werden.«

»Und wo, bei uns, Große Strafkammer, wie?«, fragte Bluhm neugierig.

»Wird wohl«, nickte Schlüter schlapp, »die Anklage ist zwar noch nicht raus, aber wo soll Mord sonst schon landen?«

»Dann treffen Sie ja auf Ihren Erzfreund, sozusagen, den Vulgo«, grinste Bluhm. Olpe grinste mit und sog an seiner Zigarette.

»Mhh, wird sich nicht vermeiden lassen ...«, sagte Schlüter mürrisch und zuckte mit den Schultern.

»Machen Sie sich nichts draus, Herr Schlüter, der Vulgo ist gar nicht so schlecht, hart, aber gerecht, keine Gnade, keine seichten Sprüche. Von dem könnten wir mehr gebrauchen hierzulande. Dann hätten wir bestimmt nicht so viele von den ...«

»Ich kann heute Morgen noch nicht mithalten, Herr Bluhm«, unterbrach Schlüter ihn schnell, »ein andermal mehr, ich habe keine Zeit.« Winkte und ließ die beiden stehen. Geschafft, dachte er.

Nach ein paar Metern bog er auf den Pflasterweg zum Eingang der JVA ab. Die schwere Eichentür in einer Wand aus verwitterten Sandsteinquadern, vier Stockwerke hoch Gitterfenster. Schlüter klingelte. Zum hundertsten Mal las er das Schild: *Besuchszeit dienstags und donnerstags von 8 bis 12 Uhr, für Rechtsanwälte täglich von 8 bis 12 Uhr und von 14 bis 16 Uhr.*

Es rumpelte wie fernes Gewittergrollen, irgendwo im dunklen Bauch des Gebäudes, eine metallene Tür schlug hallend ins Schloss. Schritte näherten sich. Schlüssel klirrten, wühlten im Schloss und endlich schwang die Tür mit einem leisen Saugen nach innen auf.

»Juten Morjen, Herr Rechtsanwalt!«, begrüßte ihn überschwänglich Pankes lachendes Gesicht, dem eine Strähne pomadigen Haares über seine knastbleiche Stirn gefallen war. Dann schob er die Tür hinter Schlüter zu und wieder rasselte der Schlüssel, den er mit einer geölten Bewegung in ein ledernes Futteral an der Hüfte verschwinden ließ wie einen Colt. Schlüter stand im weißen Neonlicht eines bananenförmigen Ganges, der an der linken Biegung in einem katakombenartigen Gewölbe verschwand und rechts an einer Gittertür mit fingerdicken Streben endete. Schlüter schnupperte. Es roch nach Brot und frischer Farbe. Die Kartons mit den Broten standen direkt vor ihm auf den Stühlen. Und die Wände waren gestrichen.

»Nanu, Herr Panke«, sagte er, »ist Clever etwa wieder drin?«

»Na logisch isser drinne, Herr Rechtsanwalt«, freute sich Panke und schob einen anderen Schlüssel in das Schloss der Gittertür, »hat schon wieda alles jestrichen, war höchste Zeit, dassa wiedakam, der Chef wollte schon 'n Maala bestelln, wa.«

Schlüter schüttelte bekümmert den Kopf. »Der Clever«, murmelte er vor sich hin, »muss das sein?«

»Dat frang Se den ma, Herr Rechtsanwalt. Hier drinn isser Spitze, draußn kommta nich zurecht. Säuft imma. Kannst nischt machen – wen wolln Se?« Sie standen vor dem vergitterten Fenster im Flur. »Auffa Liste stehn Se schon?«

Schlüter nickte.

»Ick sach Bescheid«, sagte Panke und verschwand eine Tür weiter in der Verwaltung.

Schlüter trat ins Besprechungszimmer. Die Tür ließ er einen Spalt offen. Der kalte Qualm vom Knasttabak, von Schwarzem Krausem, lag blaugrau in dem Raum und in den Aschenbechern auf beiden Tischen lagen platte Kippen von Selbstgedrehten. Mit hallenden Schritten ging Schlüter rechts an den drei Tischen vorbei zum Fenster und öffnete es. Das prasselnde Geräusch eines Autos auf Kopfsteinpflaster drang herein und frische Luft strömte durch die Gitterstäbe. Schlüter atmete tief durch. Scharf links konnte er Bluhm und Olpe sehen. Die beiden Planstellen warteten immer noch auf das Postauto, Olpe lutschte an seiner nächsten Zigarette und Bluhm wippte unzufrieden auf den Zehenspitzen. Da draußen ist das lustige Leben, dachte Schlüter. Womit sollte er das Gespräch mit von Borstel beginnen? Immer wieder das gleiche Problem. Der eine ist eingesperrt, voller düsterer Gedanken, und der andere hat noch die letzten Sonnenstrahlen in den Haaren und freut sich auf den Abend. Er würde gleich in den Buchladen ...

Schlüter hörte ein helles Klacken hinten an der Eisentür zum Gefangenentrakt. Die Häftlinge schlugen dagegen, wenn sie nach vorne auf Besuch wollten. Draußen auf dem Flur rasselte das Schloss in der Gittertür, dröhnend krachte die Tür in den Rahmen zurück, Panke schloss vorschriftsmäßig hinter sich ab. Dann ließ er den Gefangenen durch die Eisentür. Schlüter löste sich vom Fenster, von der frischen Luft und ging auf den Flur. Panke ließ August von Borstel durch die Gittertür.

Von Borstel war um die einsachtzig groß, hatte flachsfarbenes strähniges Haar, das platt an einem breiten Schädel klebte, aus dem zwei wasserblaue Augen den Anwalt ruhig musterten. Sie gaben sich die Hand. Die des Bauern war schweißig. Trockene Hände gibt's im Knast nicht.

Sie saßen am Tisch, Schlüter wie immer mit dem Rücken zum Fenster, von Borstel ihm gegenüber. Er hatte die Unterarme auf den Tisch gelegt und die Finger ineinander geflochten und sah ihn unbewegt an.

»Tja«, sagte Schlüter. »Hier sitzen wir nun also. Ihre Mutter hat mich geschickt.«

Von Borstel sagte nichts. Er sah ihn unverwandt an, Schlüter bemerkte, wie bleich, fast wächsern sein Gesicht war, die Haut wirkte wie Porzellanglas, und unter den Schläfen lag ein bläulicher Schimmer, er konnte die Adern langsam pulsen sehen.

»Ich soll Sie verteidigen«, fügte der Anwalt unbeholfen hinzu.

Von Borstel schwieg. Schlüter musste die Augen niederschlagen. Er verbarg es, indem er sich umdrehte und aus dem Fenster nach Bluhm und Olpe sah. Endlich waren sie weg. Von Borstel mahlte langsam mit den

Backenmuskeln. Schlüter nahm sich zusammen und nahm Blickkontakt auf. Von Borstel hatte ein glattes Gesicht. Blonder, dünner Bartwuchs, gut rasiert, kantiges Kinn, keine Falten, breite Backen, ein großes Gesicht und ein schwerer Schädel, mit einem fest geschlossenen Mund und leicht geblähten Nasenflügeln. Vielleicht waren die Augen eisblau.

»Tja«, sagte Schlüter und übertraf sich an Originalität. »Wie geht's Ihnen denn so?«

Von Borstels Gebiss öffnete sich: »Geht so.« Er schloss es wieder und sah Schlüter an, mit seinem wasserblauen steten Blick. Oder eisblau.

»Blöde Frage, eigentlich«, entschuldigte sich Schlüter. »Natürlich geht's Ihnen beschissen.«

»Wenn Sie meinen.« Von Borstels Hände lagen so ruhig auf dem Tisch wie sein Blick auf Schlüters Gesicht.

»Also«, Schlüter gab sich einen Ruck. »Irgendwie müssen wir ja anfangen. Erst mal zu mir. Ich bin Ihnen beigeordnet worden, und außerdem war Ihre Mutter bei mir und hat mich gebeten, Sie zu vertreten.«

Und dann erzählte er von Borstel die kurze Geschichte. Wie er von der Tat in der Zeitung gelesen hatte. Dass die alte Frau von Borstel vor zwei Wochen da gewesen war. Dass er vor einer Woche erst die Ermittlungsakte bekommen hatte. Dass die Anklage noch nicht fertig war und der Staatsanwalt ihn angerufen und ihm gesagt hatte, dass er das Gutachten schon in Auftrag gegeben hätte. Was so ein Gutachten bedeutete. Dass er die Ermittlungsakte erst ein Mal durchgelesen hatte und mit den Einzelheiten noch nicht so bekannt war und es auch nicht sein wollte, weil er erst einmal hören wollte, was von Borstel dazu sagen würde.

»Nichts«, sagte von Borstel.

»Wie? Nichts? Wie meinen Sie das?«

»Was soll ich da schon groß zu sagen?« Es klang stumpf, mürrisch.

Nein, nicht dass er gleich großartig von der Geschichte berichten solle, sie müssten sich doch erst kennen lernen, er, Schlüter, müsste doch wissen, was für ein Mensch er sei, er solle doch einfach von sich etwas erzählen.

»Von mir? Gibt's nichts zu erzählen.«

»Gut, fangen wir woanders an. Ihr Hof – ?«

»'n Hof eben. Ganz normal.«

Schlüter fragte: »Haben Sie, sind da Kühe?«

Von Borstel nahm seine Hände auseinander und schlug einen Bogen damit. Es waren große Hände, aber sie waren schon weich geworden. »Wir haben Kühe, ja, fünfundsiebzig melke ich – ähh – habe ich gemolken ...«

»Und wer melkt sie jetzt?«

»Klaus.«

»Und wer ist das?«

»Der Verlobte meiner Schwester.«

»Ist der Landwirt?«

»Nein.«

»Was denn?«

»Maurer.«

»Haben Sie nicht noch einen Bruder?«, fragte Schlüter. Eine rhetorische Frage. Natürlich wusste er es aus der Ermittlungsakte, von der Aussage des Arztes, diesem Dr. Dewald.

»Ja.«

»Hätte der nicht ...«

»Doch, aber Klaus auch«, sagte von Borstel schnell und mit steifem Blick. »Hat das was damit zu tun, was mir, was ich ...« Dann öffnete er seine Hände und zog ein Päckchen Schwarzen Krausen aus der Brusttasche, breitete ein Blättchen auseinander und krümelte Tabak darauf. Er beugte sich über seine Arbeit. Er hatte albinoweiße Augenbrauen. Er leckte das Blättchen an und drehte die Zigarette.

»Darf ich?«, fragte Schlüter und griff sich, ohne eine Antwort abzuwarten, den Tabak. Er konnte von früher her noch drehen und mit dem Rauchen klappte es auch noch. Manchmal half eine Friedenspfeife, wenn man schwer miteinander ins Gespräch kam.

Schweigend rauchten sie. Schlüter dachte darüber nach, wie er das Gespräch fortsetzen konnte, ohne dass es peinlich wurde. Offenbar hatte der Mann keine Lust, ihm lange Geschichten zu erzählen. Eine Amsel schmetterte ihr Lied draußen im Lindenbaum vor der großen Kirche. Der Rauch biss ihm in die Lunge.

»Und – wie geht's jetzt zu Hause?«

»Geht so.« Von Borstel blies seinen Rauch aus, beugte sich vor und fragte: »Was meinen Sie – wie lange muss ich ...?«

»Sitzen?«

»Ja.«

»Kommt drauf an«, holte Schlüter aus, froh, auf heimischem Boden gelandet zu sein. »Wenn's dick kommt, dann werden Sie verurteilt wegen – Mordes. Lebenslänglich. Aber damit müssen Sie nicht rechnen. Bei verminderter Schuldfähigkeit werden es vielleicht nur zehn Jahre, und wenn Sie nur wegen Totschlags verurteilt werden ...«

»Was ist der Unterschied?«, fragte von Borstel schnell.

»Die niedrigen Beweggründe. Der Polizeibeamte, der Sie festgenommen hat, sagt, Sie hätten Ihre Frau wegen der Unterhaltsansprüche ... Also Habgier heißt das, das wäre Mord, wenn das Gericht dem ...«

»Und bei Totschlag?«

»Kommt drauf an. Unter zehn.« Schlüter hielt einen langen Vortrag über Schuldfähigkeit und die Abgrenzung von Mord und Totschlag und dass die Gerichte das Lebenslänglich umgehen würden, wo sie konnten, er redete, als wäre er auf einer Vorlesung, aber eigentlich war es ohne Bedeutung. Dieser Bursche wollte nichts weiter als einen klaren Bescheid, und den gab Schlüter so gut er konnte. Und dass er sich wünsche, dass es so wenig wie möglich werde und sie würden sich noch detailliert besprechen und so weiter.

Dann verschwand August von Borstel wieder im Dunkel des katakombenartigen Gewölbes zurück zu seiner Zelle, und Schlüter ließ sich von Panke nach draußen schließen und ging in der Sonne spazieren. Die Kirchturmuhr schlug halb zehn. Der Rechtsanwalt lenkte seine Schritte zum Buchladen. Als er ihn fast erreicht hatte, wehten die ersten Fetzen der Flötenmusik an sein Ohr.

IX.

»Na, großer Meister, wie hat dir mein Fisch geschmeckt?«, fragte Paul, als August von Borstel die Eisentür zu dessen Zelle aufschob, und ließ freundlich seine schmale Unterlippe hängen. Er saß mit verschränkten Beinen auf seiner Pritsche und hielt die langen Finger unter den Achseln. Paul hatte eine Einzelzelle, davon gab es im ganzen Knast nur fünf, und sie waren Privilegierten oder Strafhäftlingen vorbehalten. Paul war beides, er verbüßte seine neue Strafe von drei Jahren in Hemmstedt, sie hatten ihn nicht nach Lingen oder Celle oder Hannover verschubt, weil sie ihn hier brauchten, denn Paul machte die Küche, und wenn er sie nicht machte, dann machte sie keiner und es gab nichts mehr zu essen.

Sie hatten Zusammenschluss und es war Freitag, und wie jeden Freitag, seit Paul die Küche beherrschte, hatte es Fisch gegeben, denn Paul hielt etwas von Regelmäßigkeit und wiederkehrenden Gewohnheiten. Das verschaffte einem Sicherheit in dieser unsicheren Welt, in der es nur Rätsel gab, die niemand lösen konnte und von denen das größte die Frauen waren. Frei inspirieren ließ Paul sich nur am Wochenende, aber in der Woche gab es an jedem Wochentag jeweils das Gleiche. Montags Buletten mit Kartoffeln und Rotkohl. Dienstags Nudeln. Mittwochs Sauerfleisch. Donnerstags Jägerschnitzel mit Pilzen. Und freitags eben Fisch, der ganze Knast war mal wieder durchdrungen von Fischgeruch, es waberte bis in die letzte Zelle und bis in die letzte

Zelle verfluchten die Häftlinge Pauls Kochkunst, denn er hatte den Schellfisch in einer riesigen Pfanne zu braten versucht, die nicht richtig heiß geworden war, der Fisch war entweder verbrannt oder glabberig gewesen. Aber auch in den Salzkartoffeln, wie Paul sie hochtrabend zu nennen pflegte, war kein Heil und keine Sättigung zu finden gewesen, die Koordination hatte nicht geklappt, sie waren viel zu früh gar gewesen. Und als sie dann auf den Blechschüsseln landeten, waren sie muffig und schmeckten nach etwas, was mit einer Kartoffel nichts mehr zu tun hatte. Aber da half nichts. Paul war in der Küche Alleinherrscher. Er regierte den Speiseplan und die Zubereitung war seine Sache. Höchstens noch die von Wolfgang, dem Tätowierten, den hatte Paul sich geholt als Küchenjungen. Wolfgang konnte man nicht verantwortlich machen. Zwar hatte Wolfgang im Augenblick nur eine Hand, und dann auch noch die linke, denn es würde dauern, bis er die andere, oder was die Bandsäge davon übrig gelassen hatte, wieder einigermaßen gebrauchen konnte, aber Paul bestimmte eben, wer ihm helfen durfte, auch wenn derjenige nur eine Hand hatte. Die beiden kannten sich von früher und hatten schon mal zwei Jahre in Celle zusammen gesessen, Celle Zwei, wo die Langstrafer hinkamen und der Knast hart war wie zu alten Zeiten. Bei ihrem Wiedersehen in Hemmstedt waren sie sich mit Geheul in die Arme gestürzt und hatten sich im Kreis gedreht und sich auf Schultern und Oberarme gehauen, dass es nur so krachte. Ein Indianertanz im Reservat. Seitdem waren sie zusammen, wo es ging. Und in der Küche ging es wunderbar. Leider profitierte die Qualität des Essens nicht davon.

August hatte sich schwer seufzend auf einen der beiden Stühle an dem schmalen Tisch an der Wand niedergelassen.

»Antwortest du mir nicht oder was ist? Wie war mein Fisch?«

»Beschissen, wenn du's denn unbedingt wissen willst«,

knurrte August und starrte auf den Dreck zwischen seinen Füßen.

»Na, na, na! Den guten Fisch! Deine Laune ist wohl im Keller, wa?« Paul verzog sein langes Gesicht in unzählige lange Falten. Er war getroffen. Er konnte es nicht ertragen, wenn jemand sein Essen nicht goutierte.

»Genau. Da sitzen wir ja auch!«, erwiderte August von Borstel, machte mit seiner Rechten eine Kreisbewegung durch die Zelle und kickte eine tote Kippe unter die Pritsche.

»Nimm's nicht so tragisch, Kollege«, tröstete Paul und rieb sich seine lange Nase. »Alles geht mal vorbei. Wo 'n Anfang is, is auch 'n Ende.« Alles an ihm war lang, er hatte dürre schlaksige Glieder, die nur aus Knochen zu bestehen schienen, mit bleicher Haut überzogen, und wenn er seine spinnenlangen Finger ineinander legte, wartete August immer irgendwie darauf, dass es klapperte. Paul hatte eine Figur, als verschmähte er sein eigenes Essen ständig so wie August den freitäglichen Fisch. Die Schultern hingen ihm schräg herunter, als wären seine Schlüsselbeine gebrochen und schief wieder angewachsen, jedenfalls war sein Becken breiter als die Schultern, und August musste unwillkürlich jedes Mal, wenn er Paul von hinten sah, Maß nehmen. Seine Ohren lagen schlapp und müde neben den hohlen Wangen, er war immer unrasiert, seine schwarzen Haare waren immer strähnig und glänzten fettig.

Paul strich sich über den Kopf, sah anschließend gedankenverloren seine Handfläche an und fragte dann, mit einem dunklen Blick aus seinen traurigen Augen: »Wann hast 'n Termin?«

»Weiß nicht. Mein Anwalt sagt, es dauert nicht mehr lange.«

August redete sonst nicht über seine Sachen. Mit niemandem. Aber nach sechs Monaten im Knast hatte er begonnen, seine neue Umgebung als Alltag zu begreifen, auf den man sich einstellen und mit dem man fertig werden muss. Ein Indianer unter Weißen ist lächerlich. Es nutzte nichts, wenn man nicht unter Indianern ist. Dann kann man sich besser gleich umbringen. Aber sich umzubringen, daran hatte August bisher keinen Gedanken verschwendet. Natürlich konnte man das anders sehen. Wie zum Beispiel der Ahrens aus Altenmoor, der sich letzten Herbst in der Scheune aufgehängt hatte, nachdem er die Kündigung von der Bank gekriegt hatte. Auch so 'n Quotenopfer. Frau und fünf Kinder, das älteste noch keine fünfzehn Jahre alt. Von der Sorte war er nicht. August war aufgewacht eines Tages im Frühling, geweckt vom Gesang einer Amsel, und hatte begriffen, dass dies jetzt seine Welt war und für die nächsten Jahre auch bleiben würde, man stellte sich besser darauf ein, um es auszuhalten. Aber reden war nicht seine Sache. Über seinen Prozess redete er nur mit Wolfgang und Paul, soweit man überhaupt darüber reden konnte, mit sonst niemand, am ehesten noch mit Paul. Jedenfalls nicht mit diesem Advokaten, den seine Mutter ihm geschickt hatte, dieser blasse, kraftlose Mensch mit dem schlauen Gesicht und den neugierigen Augen, wie sollte der ihm helfen können? Niemand kann einem helfen. Man muss allein sehen, wie man durchkommt. Mit Paul konnte man reden, und August traf sich gern mit ihm in dessen Einzelzelle, wo er ein wenig Abwechslung von seinem Mithäftling, dem tätowierten Wolfgang, fand.

Paul unterbrach das Schweigen: »Wer wird dich denn verarzten?«

»Wie meinst du das?«

»Na, ich mein, wer soll dich verknacken?«

»Weiß ich nicht«, antwortete August, und er hatte sich darüber auch noch keine Gedanken gemacht. Gericht war Gericht. Richter in dunklen Umhängen, mit ernsten Gesichtern. Das Fernsehgericht tagt. Die Wirklichkeit? Keine Ahnung hatte er und er wollte auch keine haben. Da musste er durch. Wie bei einer Operation, die notwendig war – würde man sich da vorher überlegen, wie jeder Schnitt in die Eingeweide geführt wird?

»Mensch, du weißt das nicht? Aber das ist doch entscheidend! Davon hängt doch ab, was du kriegst, Mensch!«

»So? Ich dachte, das hängt immer davon ab, was man gemacht hat!«

»Mein Gott, bist du naiv«, mokierte sich Paul, dann wurde er ernst und fragte: »Und – was haste gemacht? Was steht 'n auf deinem Zettel. Will ja nicht neugierig sein, aber ...« Wie beiläufig nahm er sich seinen Tabak aus der Hemdtasche und fing an, umständlich eine Zigarette zu drehen, als warte er auf keine Antwort.

»In der Anklageschrift steht Mord«, antwortete August schließlich leise.

»Und – war's einer? Übrigens ist es mir scheißegal. Und ob du mir antwortest, ist mir erst recht scheißegal!« Er langte nach dem Aschenbecher und kratzte sich den Nacken.

»Ja. Es war einer. Es war Mord, Paul.«

Es war eine klare Stimme, die das sagte, und Paul sah erstaunt auf. Da sprach einer vom Rest seines Lebens wie andere vom Wetter. Er hatte genug von der Sorte kennen gelernt in Celle, von den Lebenslänglichen, die ausgebrannt waren, lebende Tote, ohne Hoffnung und ohne Antrieb. Keiner von denen hatte mehr gelebt. Und das hatte der hier noch vor sich, aber er hatte keine Ahnung, was er vor sich hatte. Oder tat er nur so?

»Willst 'n Kaffee?«

»Mhh.«

Paul stand auf, goss Wasser in den Topf und steckte den Tauchsieder ein, mit der Zigarette im Mundwinkel und zugekniffenem Auge. Dann setzte er sich zu August an den Tisch und sie hörten dem Wasser zu, das zu simmern begann. Ein heimatliches Geräusch, dachte August, es klang nach der Küche zu Hause und nicht nach Knast. Im Knast waren alle Geräusche hart und hallend. Als das Wasser kochte, goss Paul den Kaffee auf und setzte sich wieder zu August an den Tisch. Dann brannte er die ausgegangene Gedrehte an; langsam stieß er den Rauch aus und sagte: »Und du meinst, es bleibt dabei, da ist nichts zu machen?«

»Nee, Paul, da ist nichts zu machen. Vielleicht geben sie mir eine Strafmilderung, weil ich besoffen war.«

Paul lachte. »Mensch, August, das sagst du erst jetzt?! Dann kommst du vielleicht mit 'nem blauen Auge weg. Vielleicht sogar weniger als zehn. Da sind zwei Drittel nur sechs oder so, das überstehst du!« Paul war erleichtert wie nach einer Lebensrettung und trank fröhlich einen Schluck Kaffee, als wäre das milde Urteil bereits gesprochen und rechtskräftig und könnte gefeiert werden, aber August starrte ihn unbewegt an und sagte nichts. Er sah den gutmütigen Aufschlag in Pauls Augen, die groß und tiefgründig waren und immer feucht von Tränen, und August dachte an Elisabeth, die fast 9.000 Liter Milch mit über vier Prozent Fett gegeben hatte, die hatte auch solche Augen.

»Komm, Alter, nur Mut, es gibt immer Hoffnung. Jetzt sage ich dir, wie du's anstellen musst. Gib erst mal die Anklage her, dann sag ich dir, was du zu erwarten hast!«

August murmelte: »Na gut, wenn's denn sein soll« in sich hinein und stand auf, öffnete die olivgrüne Stahltür mit dem verbeulten Futter und verschwand auf dem Flur. Jetzt hörte Paul die vielen Geräusche, das Singen und Zittern der Stahltreppe, Stimmenfetzen, einen Ruf aus dem oberen Stockwerk.

Als August wieder zurückgekommen war, zog er ein zerknittertes Schriftstück aus der Hemdtasche und gab es Paul. Pauls Gesicht war lang und schmal, und unten quer drin, wie reingeschnitten, sein Mund, breit und schmal, und jetzt blies er seine Backen auf, seine Lider sanken herab, was seinem Gesicht einen reptilienhaften Ausdruck verlieh, dann schniefte er entsetzt: »Herzlichen Glückwunsch, mein Lieber, das ist das große Los. Die 3. Kammer in ihrer imposanten Besetzung.«

August sah ihn fragend und etwas ängstlich an.

»Vulgo, der Leibhaftige persönlich. Sein Steigbügelhalter, Kartoffel-Schmidt, und diese schlaue Maus, Dr.

Hartmann. Mein Gott, was für eine Kombination, die haben sich ja schön zusammengefunden!«

»Nicht gut, oder wie?«, fragte August vorsichtig.

»Nicht gut, sagst du? Das ist der prozessuale Super-GAU, der dir da bevorsteht!«

August stand der Schrecken im Gesicht. Als Paul bemerkte, was seine Worte angerichtet hatten, fügte er schnell hinzu: »Entschuldige bitte, aber es hilft nichts, wenn ich's dir nicht sage. Du musst dich drauf einstellen, so oder so.«

August straffte sich: »Also, erzähl, aber komplett bitte!«

Paul räusperte sich, seine Stirn schlug sich in Falten, seine Mundwinkel wanderten nach unten und sein Gesicht nahm ein professorales Aussehen an, er breitete die Arme aus, klappte sie über seinem Tabak wieder zusammen und drehte umständlich zwei neue dicke Tröten, wovon er die eine August gab, dann schenkte er den Kaffee nach, zündete die Zigaretten an, trank einen Schluck Kaffee und sog den Rauch tief in die Lunge, räusperte sich noch einmal und sagte endlich: »Zunächst das Allgemeine. Die Grundlagen. Zum Speziellen kommen wir später. Also zuerst musst du wissen: Strafzumessung ist ein okkultes Gebiet, das ist nur was für Esoteriker.« Schwieg, sog an der Zigarette und wartete gespannt.

»Wie – wie meinst 'n das?«

»Na, wie ich sagte – okkultes Gebiet eben. Keine Wissenschaft. Zwar Teil der Rechtswissenschaft, aber eben nur okkult, klar?«

»Nee. Was is 'n ›okkult‹?«

»Okkult heißt so viel wie verborgen, versteckt, nicht ersichtlich – etwas, was man eben nicht sehen, mit herkömmlicher Vernunft nicht verstehen kann ...«, dozierte Paul und wedelte gönnerhaft den Rauch zwischen ihnen beiseite.

August schüttelte den Kopf. »Ich dachte, das steht alles im Gesetz, was einer wofür ...«

»Pustekuchen, mein Lieber, Pustekuchen«, unterbrach

Paul eifrig. »So einfach stellen Kinder sich das vor. Aber so einfach ist es nicht.«

»Aber du bist doch kein Jurist, da kannst du dich doch ...«

»Irren, meinst du? Nee, nee, dafür hab ich zu viel Erfahrung. Pass auf: Wenn du was ausgefressen hast und sollst dafür verknackt werden, dann kannst du dir nicht ausrechnen, was du dafür kriegst. Das steht in den Sternen. Kannst genauso gut Astrologie studieren. Das lernst du noch. Ich weiß es seit meiner dritten Verurteilung. Als der Richter nach der Urteilsverkündung mit seinem Referendar an mir vorbeiging, murmelte er dem zu: ›Mit der Begründung hätt ich dem auch das Doppelte geben können.‹ Da fiel es wie Schuppen aus meinen Haaren.« Paul wartete auf den Effekt seiner Rede.

»Meinst du wirklich – aber das Gesetz ...«

»Quatsch. Ich weiß, das Gesetz! Es sieht Strafrahmen vor. Innerhalb dieses Rahmens muss sich der Richter bewegen. Aber eigentlich zählt nur die Obergrenze. Über die kann er nicht weg. Nach unten hin ist alles möglich.«

»Wie das?«, fragte August und beugte sich vor.

»Ganz einfach.« Paul genoss die Klugheit, die er verströmte. »Hier.« Er langte auf sein Regal und holte das Strafgesetzbuch herunter und blätterte darin. »Wir fangen mal bei dir an. Bei dir ist theoretisch alles drin. Von sechs Monaten bis zu lebenslänglich.« Triumphierend blickte er auf. »Glaubste nich, wa? Stimmt aber. Ist ganz einfach. Hör zu. Auf Mord steht lebenslänglich. Aber nur auf den normalen Mord. Jeder Mord kann auch leicht zum Totschlag werden. Mord ist sozusagen Totschlag von hinten, ein heimtückischer Totschlag. Wer seinen Widersacher nach Vorankündigung, von vorn und Aug in Aug erwürgt und dafür auch noch einen anständigen Grund hat, ist Totschläger, nicht Mörder. Es entfällt der niedrige Beweggrund, die Heimtücke.«

»Aber ein Totschlag von vorn ist doch auch nicht besser!«

»Nein, das ist er nicht, Kumpel, ich weiß, aber trotzdem bekommt der ehrliche und offene Totschläger einen Bonus. War früher bei den Rittern auch so. Wer im offenen Kampf tötete, war ein anständiges, tapferes Kerlchen, das Gleiche von hinten war Frevel wider die guten Sitten. Das hat sich in die Paragraphen rübergerettet.« Paul machte wieder eine Kunstpause und fuhr dann fort: »Aber das ist nicht die einzige Schwierigkeit. Mord soll es sein, wenn der Täter Gründe für sein Töten hat, Totschlag, wenn er es nur so tut und er keinen besonderen Grund dafür hat, nichts Besonderes los ist.«

»Wie bitte? Das müsste doch genau das Gegenteil sein!«, rief August ungehalten und fügte hinzu: »Das kann nicht angehen!«

»Sieh mal einer an. Das ist noch ein Bursche mit echtem Gerechtigkeitsempfinden. Gewöhn dir das ab, bevor du deinen Termin hast, ich sag's dir. Aber pass auf. Hier, 211: Mörder ist, wer aus niedrigen Beweggründen tötet, zur Verdeckung einer Straftat, heimtückisch, aus Habgier ... Und 212: ... wer einen Menschen tötet, ohne Mörder zu sein. Siehst du: Totschlag ist es, wenn man nichts Besonderes findet an dem Mord.« Er hielt August das Gesetzbuch unter die Nase, und der vertiefte sich darin, rauchte, kniff die Augen zusammen, sah auf und sagte: »Tatsächlich!«

»Eben, ich sag's doch. Aber damit nicht genug. Lies dir mal 212 Absatz 2 durch.«

August las laut: »Ein minder schwerer Fall ist gegeben, wenn der Täter durch eine schwere Beleidigung des Opfers auf der Stelle zur Tat hingerissen wurde.«

»Genau. Und der minder schwere Fall wird mit nur sechs Monaten aufwärts bestraft, vorausgesetzt, die Beleidigung war schwer und der Täter besoffen genug.«

August staunte: »Wieso denn das nun schon wieder?«

»Ganz einfach«, dozierte Paul, »wer besoffen ist, blickt bekanntlich nicht durch, ist nicht Herr seiner Sinne und kann nicht das Strafbare seines Tuns erkennen oder nach dieser Erkenntnis handeln, zumindest nicht ganz und voll. Er ist dann schuldunfähig oder eingeschränkt schuldfähig. Siehe Paragraph 20 und 21. Er kann eine Strafmilderung kriegen, Paragraph 49. So genannte fakultative Strafmilderung. Man kann, braucht aber nicht.«

August überlegte. »Und was ist dann die schwere Beleidigung? Schweinehund? Miststück?«

Paul lachte. »Nee, das vielleicht noch nicht. Der klassische Fall ist der Mann, der seine Frau umbringt, nachdem sie ihm gesagt hat, er sei ein Schlappschwanz und Versager und würde es nicht ordentlich bringen und Fritzchen von nebenan könnte das alles viel besser. Beleidigte Mannesehre. Kennst du den Hartleib auf Zelle drei im dritten Stock? Der hat Chancen, gut wegzukommen. Erstens hat er die Frau von vorn erwürgt, also keine Heimtücke, zweitens hat er es schon hundertmal vorher gesagt, er werde sie eines Tages umbringen, also hat er ihre Arglosigkeit nicht ausgenutzt, drittens war er voll, das macht eine Strafmilderung, und viertens hat sie ihn seiner Mannesehre beraubt, verbal, meine ich, das macht den minder schweren Fall, und fünftens hatte er eine unglückliche Kindheit, das macht, dass er auch alle Vergünstigungen wirklich kriegt. Ich garantiere dir, der kriegt keine drei Jahre, davon zwei Drittel – macht zwei, davon zehn Monate U-Haft ab und ein Jahr auf Freigang. Macht effektiven Knast zwei Monate. Billich, wa?«

»Auch bei der 3. Kammer?«, fragte August und drückte seine Zigarette aus.

»Auch bei der 3. Kammer, Kumpel, auch bei der«, nickte Paul fest, »so unwahrscheinlich es klingt. Aber der Grund ist ganz einfach. Du musst den Richtern einen Grund, ein Motiv liefern, das sie begreifen können, und mehr als das: was sie verstehen können, in das sie sich hineinversetzen können. Wer hat nicht schon mal Streit mit seiner Frau gehabt, wer hatte nicht schon mal Hassgefühle, wenn sie rumkeift und nicht willig ist, hä? Das kennt doch jeder. Auch 'n Richter.« Seine Stimme wurde leiser: »Aber du, Kumpel, mit deiner Habgier, das is 'n schwieriger Fall. Weißt du, 'n Richter verdient ganz gut und kommt aus gutem Hause, mindestens jeder Zweite hat einen Vater, der selber Richter war. Da steht überall 'n Klavier im Haus und es gibt gedrechselte Tischbeine und geschliffene Weingläser und 'n volles Bücherregal und so was, was wir nicht kennen, und die kennen keine Habgier, die kennen nur das gute Gewissen und die Pflichterfüllung. Geld spielt keine Rolle, weil genug da ist. Bei Habgier sieht's schlecht aus, mein Freund, da ist es schwer mit 'nem Bonus.«

August stieß seinen Tabak in die Tischmitte und sah auf die Uhr. Vier. Eine halbe Stunde noch, dann würde er zurück müssen in seine Zelle, zum tätowierten Wolfgang.

»Jedenfalls kannst du dir mit den Paragraphen keine Strafe ausrechnen, es liegt irgendwo zwischen drei Jahren und lebenslänglich, sagen wir mal. Aber bei der 3. Kammer ...«

»Kennst du die Richter denn so gut?«

»Und ob!« Paul schüttelte ein Hustenanfall und er blähte seine Backen auf wie ein Trompeter. »Dreimal hatten die mich. Oder ich sie, je nachdem. Den Dr. Hartmann kenn ich nicht besonders. Unauffällige Type. Passt sich aber an. Will wohl noch Karriere machen, zum OLG oder so. Aber die anderen beiden. Vulgo und Kartoffel-Schmidt! Wenn's die nicht gäbe, man müsste sie erfinden für die deutsche Justiz!«

»Wieso heißen die denn so?«

»Nennen hier alle so. Hast du von denen etwa noch nix gehört?«

»Nee. Doch. Aber ich hör immer nicht so richtig hin, wenn die sich unterhalten.« Ohne dass August es wollte, hatte er das »die« verächtlich ausgesprochen. Zwischen ihm und den anderen Häftlingen war ein Meer von Unverständnis. Die Heldengeschichten, die sie sich gegenseitig erzählten, gingen ihn nichts an. Besonders nicht die Frauengeschichten, und obwohl er sie nach nun fast neun Monaten auswendig kannte, jagten sie ihm immer noch die Schamröte ins Gesicht, was ihm unerbittlich Spott einbrachte. Wie sollte er mitreden? Er, der seine Frau ...

Mit Paul war das anders. Seine melancholischen Kuhaugen hatten ihn von Anfang an angezogen, Paul war nie aufdringlich, und oft schien er sich seiner Trauer hinzugeben wie August selbst, unzugänglich, umgeben von einer Mauer, schweigend.

Paul hatte den geringschätzigen Unterton gehört und sagte: »Lass man, August. Jeder hat seine Methode, hier drin fertig zu werden mit alledem«, und er machte eine vage Kreisbewegung mit beiden Händen, »jeder trägt eben sein Päckchen.«

»Mhh.«

Sie schwiegen. Paul stand auf, goss erneut Wasser in den Topf und steckte den Tauchsieder ein. »Komfortabel hier, sag ich dir. Früher, da gab's das nicht. Aber seit die Resozialisierung im Strafvollzugsgesetz steht, gibt's Tauchsieder. Früher hatten wir nur Rasierklingen. Ein Päckchen, mit Gummiband in zwei Hälften geteilt, an jede ein Draht und ran an die Lampenfassung. So haben wir unsern Kaffee gekocht. Und wehe, sie erwischten dich! Is übrigens das Einzige, was der Spruch mit der Resozialisierung eingebracht hat. Tauchsieder statt Rasierklingen.«

»Mensch, sag mal, Paul, weshalb früher, bist du schon ewig drin?«

Paul sah August aus seinen triefenden Kuhaugen melancholisch an. Nein, ewig war er noch nicht drin. Aber immer mal wieder. »Die Frauen, August, ich sag's dir, die Frauen.«

Die Frauen waren ein ewiges Rätsel, und sie waren schuld an Pauls Elend. Wenn Paul eine Frau hatte, dann liebte er sie abgöttisch, mit Haut und Haar, sie war sein Ein und Alles und er tat alles für sie, in panischer Angst, sie könnte ihn verlassen. Und es kam immer, wie es kommen musste. Die Liebe der Frauen war anfangs hitzig, aber die Umarmungen wurden lau und am Ende kalt. Das brachte Paul zur Verzweiflung, denn er sehnte sich nach einem Wesen, einem Engel, der ihn immer liebte, den musste es doch geben! Seine Angst vor dem Verlust trieb Paul zur Flasche, und wenn er getrunken hatte, konnte er der Versuchung nicht widerstehen, einen Schraubenzieher einzustecken und loszuziehen.

»Was haben die eine Ahnung, sag ich dir, was es heißt, in einen fremden Keller einzusteigen, mit zwei Promille, bewaffnet nur mit 'nem Schraubenzieher, und du weißt nicht, ob nicht gleich ein Hund deine Hosen fleddert, was das für Mut kostet, wie du die Angst niederkämpfen musst, und wenn sie die Fenster aufmachen und hinter dir herschreien und du hast nichts als deine Füße, mit denen du laufen kannst? Aber sie verstehen nichts und du kriegst jedes Mal deine drei, vier Jahre.« Und alles nur für die Frauen. Alles hatte er für sie getan, die Brüche waren nicht für Paul selbst, er brauchte nichts. Alles für sie. Fernseher, Video, mehrere in Reserve noch, wenn einer mal kaputtging, und 'nen Stereoturm für zehntausend Mark, Berge von Klamotten. Aber davon wurden die Umarmungen nicht mehr heiß, und auf der letzten Tour hatten sie ihn dann erwischt, als er mit dem Fahrrad durch die nachtdunkle Stadt schob, die Aluleiter, die er unterwegs gefunden hatte, auf der Schulter, den Schraubenzieher in der Tasche, auf dem Gepäckträger zwei Steigen mit Kakteen und vorn am Lenker den Käfig mit dem Papagei, nachts um drei in den Straßen von Hemmstedt. Keine Träne hatte die Frau ihm nachgeweint, die Wohnung war futsch, die Sachen auch. Kein Besuch. Nichts. Und das nun schon das dritte Mal. Denn jedes Mal, wenn Paul wieder draußen war, hatte er von vorne angefangen. Denn welche Frau ließ sich nicht gerne auf Händen tragen und welche Frau konnte diese Umklammerung lange aushalten? Es endete wie das vorige Mal, Paul sorgte sich und soff, ging mit dem Schraubenzieher los, Nacht für Nacht, bis er erwischt wurde, und dann war der Zettel so lang, dass es wieder für drei, vier Jahre reichte. »Irgendwann geben sie dir dann auch keine zwei Drittel mehr, und du willst sie auch gar nicht, denn du willst sauber aus dem Knast rauskommen und in die Kneipe gehen und ein gepflegtes Bier trinken, anstatt dir einen Termin beim Bewährungshelfer zu holen.« Er machte eine Pause und fügte hinzu: »Aber warum sag ich dir das alles?«

»Du wolltest mir was von Vulgo und Kartoffel-Schmidt erzählen.«

»Ach ja«, sagte Paul herablassend und ließ seine Mundwinkel herunterhängen. »Das hätte ich fast vergessen. Das ist eigentlich das Wichtigste. Also, wir haben gelernt: Die Strafzumessung ergibt sich nicht aus dem Gesetz. Sie ergibt sich aus dem Menschen, aus demjenigen, der dich verknackt. Wenn du den richtig einschätzt, kannst du auch richtig einschätzen, was du zu erwarten hast.«

Paul hielt inne, denn sie hörten Schlüsselgeklapper auf dem Flur und das zitternde Schwingen der metallenen Treppe. Schritte kamen näher. Die eiserne Tür ging auf und Panke steckte seinen Kopf durch den Spalt, wedelte theatralisch die Luft vor seinen Augen und sagte: »Roochen, meine Herrn, is jesundheitsschädlich. Ett is fümf Uhr durch und Feiaabend mitn Zusammenschluss!«

»Fünf Minuten noch, Herr Panke«, sagte Paul und hob bittend seine langen Finger, »wir sind gerade mittendrin.« Wenn das Wort eines Gefangenen Gewicht hatte im Knast, dann Pauls. Sie kamen ohne ihn nicht aus, sie mussten ihm vertrauen, und er hatte das Vertrauen auch noch nie enttäuscht. Man kannte sich eben.

»Na juut, Herr Obakoch, jenehmigt«, sagte Panke und hüstelte in den abziehenden Rauch. Die Tür schob sich wieder zu.

Paul griff sich den Tabak und drehte, schenkte neuen Kaffee ein. Sie würden jetzt noch eine halbe Stunde haben, das hatte sich mit Panke und dem Zusammenschluss so eingebürgert. Als ihre Zigaretten wieder brannten, holte Paul tief Luft und räusperte sich: »Also: Zunächst den Vulgo. Er leidet an der typischen Richterkrankheit. Unheilbar.« Paul sah August erwartungsvoll an.

»Was ist denn das?«

»Er glaubt, dass er alles richtig macht. Er zweifelt nicht an sich. Das ist eine Krankheit. Die meisten Richter leiden daran und Vulgo am meisten. Weißt du, wenn du Tag für Tag über andere richtest, Recht sprichst, und das auch noch im Namen des Volkes, und 97 Prozent deiner Urteile werden nicht angefochten, dann kriegst du die Krankheit irgendwann ganz unweigerlich. Gibt nur 'n ganz paar, die dagegen immun sind.«

»Und was hat das für Folgen?«

»Fatale. Er glaubt nur das, was er für wahrscheinlich hält. Und wahrscheinlich ist, was seiner Lebenserfahrung entspricht. Und die Lebenserfahrung dieses Mannes stammt aus zwanzig Jahren Gerichtssaal.«

»Aber dann ...« August suchte nach Worten. »Dann glaubt er ja nur die ganze Zeit, was er schon immer geglaubt hat, und ...«

»Genau: Er lernt eigentlich nichts dazu. Seine Lebenserfahrung ist er selber und noch mal er selber und sonst nichts!«

»Das ist ja fürchterlich«, murmelte August.

»So schlimm nun auch wieder nicht. Du musst ihn verstehen. Stell dir nur vor: Du musst jede Woche in so einem Saal wie dem Schwurgerichtssaal – warst noch nicht drin, weiß ich, aber wirst ihn ja sehen – den ganzen Tag absitzen. Die Lüftung funktioniert nicht und du hast schon nach einer halben Stunde das Bohren hinter der Stirn und du musst dir die Hucke voll lügen lassen. Denn eins is ja mal klar: Lügen tun wir ja gewaltig da drinne, allesamt, nur wenn wir mal die Wahrheit sagen, dann merken die's nicht. Immer die gleiche Scheiße müssen die hören, Kerle, die ihre Töchter missbrauchen, alte Weiber, die ihre Kerle mit dem Knüppel totschlagen, Idioten, die 'ne alte Oma wegen fünf Mark umbringen, Saufgelage, die mit Messerstechereien oder Vergewaltigungen enden ... Hör mal, da musst du doch schräge werden, wenn du nie was anderes siehst und hörst, und dann das Georgel von schlechter Kindheit und diese ganze Scheiße jeden Tag, wie soll einer dabei normal bleiben, kannst du dir das vorstellen?«

Paul hatte sich in Rage geredet, und August staunte ihn mit großen Augen an: »Eh, sag mal. Du hörst dich an, wie wenn du selber da oben mal ein paar Jahre gesessen hättest.«

»Nee, nee«, widersprach Paul geschmeichelt und wedelte mit seinen langen Fingern vor Augusts Gesicht herum, »ich kann mich bloß in andere reinversetzen. Also: der Vulgo. Er heißt übrigens so, weil er in den Sexualverfahren immer so 'n tolles Feingefühl aufbringt. Er macht die Frauen völlig fertig mit seinen Fragen. Nun sagen Sie mal, wie weit ist der Angeklagte mit seinem Penis in Ihre Scheide eingedrungen. Und solche Sachen eben.«

»Wolfgang hat gesagt, dass sich danach die Strafe richtet, wie t...« August wurde rot.

»Ja, stimmt«, nickte Paul. »Pro Zentimeter so und so lange. Sehr witzig. Aber das isses nicht. Vulgo hat die Feinfühligkeit eines Nilpferdes, wenn's hochkommt. Der Ton macht die Musik. Er schneidet dich durch mit seinen Fragen. Und Zeugen behandelt er auch nicht besser, Zeuge möchte ich bei dem nicht sein. Mitleid kennt der nicht. Außerdem hat er nicht nur immer Recht, er ist auch unentbehrlich und macht alles selbst, weil – die anderen können eben alles nicht. Du darfst dich mit ihm nicht anlegen. Du musst fein brav sein. Sag ihm nichts, was er sowieso nicht glaubt.«

»Aber wenn es stimmt, was ich sage, was dann?«

»Vergiss es.« Paul schnitt die Wahrheit mit einer imaginären Schere in seiner Rechten quer durch. »Die Wahrheit kannst du vergessen, wenn sie, vom Standpunkt eines Richters, unwahrscheinlich ist. Es kann noch so gelogen sein, nur wahrscheinlich muss es sein, wahrscheinlich vom Standpunkt eines Richters, der nie Sorgen hatte.«

»Wie soll das denn gehen?«, fragte August empört.

»Ja, eben, das ist das Problem.« Paul zuckte mit den Schultern.

»Und Kartoffel-Schmidt?«

Paul lachte trocken. »Der ewige Beisitzer. Weißt du, es ist komisch. Kein Richter will Richter bleiben. Sie wollen alle Vorsitzende Richter werden. Gibt mehr Geld, mehr Arbeit und mehr zu sagen. Also will auch unser Schmidtchen dahin. Er schafft's nur nicht, er hat ein kleines Problem. Er nuschelt. Man versteht ihn nicht. Er kann keine Verhandlung führen, weil man sein Reden nicht versteht.«

August lachte.

»Ja, lach du nur. Bei dem gibt's nichts zu lachen. Er kann sich nämlich nicht abfinden mit seinem Fehler. Er strengt sich übermenschlich an, vernünftig zu reden, aber spätestens beim dritten Satz gerät ihm die Zunge wieder quer oder was er da hat, er sprüht Speichel wie ein Walfisch und keiner versteht ihn. Das heißt, die anderen Richter verstehn ihn schon. Sie sind's ja auch gewöhnt. Aber der Angeklagte nicht. Der muss ständig nachfragen und die anderen tun so, als wär nichts. Ich sag dir, das hält nur der stärkste Ochse aus. Die meisten tun so, als hätten sie verstanden und antworten irgendwas. Und dann wird's noch schlimmer. Jedenfalls hat der Kartoffel-Schmidt Schwierigkeiten mit dem Reden, er ist unvollkommen, und das gleicht er aus ...« Paul unterbrach sich und sah August mitleidig an.

»Wie denn?«, fragte August harmlos.

»Mit den Jahren natürlich, was denn sonst«, antwortete Paul trocken. »Er gleicht es mit den Jahren aus, die er unsereinem verpasst. Wichtig ist: Du darfst ihn nicht reizen. Wenn du nichts verstehst, dann tu wenigstens so, als hättest du verstanden.«

Der Kaffee war leer. August starrte auf den Linoleumboden. »Und ich dachte, es gäbe so etwas wie Gerechtigkeit«, sagte er.

Paul zuckte mit den Achseln. »Da glauben nur noch die Kinder dran. Du musst dich eben damit abfinden, dass es so kommt, wie es kommt. Was meinst du, was ich schon alles erlebt habe. Es gibt mehr Fehlurteile, als man denkt. Was die mir schon alles übergehängt haben. Als ich das vorletzte Mal drin war, hab ich mitgesessen für 'ne ganze Reihe von Sachen, die ich gar nicht gemacht habe.« Er lachte: »Aber das machte nichts. Dafür habe ich 'ne ganze Reihe von Sachen gemacht, wo sie mich nicht gekriegt haben. Das war nur ausgleichende Gerechtigkeit. Und der Richter das ahnungslose Werkzeug. Wenn man's von höherer Warte sieht, ist es wieder ganz in Ordnung.«

»Gibt's das denn auch, dass einer ganz unschuldig verurteilt wird?«, fragte August.

»Selten«, antwortete Paul, »ziemlich selten. Es gibt zwar viele, die das von sich behaupten. Zum Beispiel der Bauer da hinten in der letzten Zelle, das alte Schwein sitzt wegen sexuellen Missbrauchs. Von denen gibt's keinen, der nicht behauptet, unschuldig zu sitzen. Stimmen tut's so gut wie nie. Wieso fragst du?«

Sie hörten wieder das metallene Klacken sich nähernder Schritte. Panke würde gleich da sein. Nebenan rasselte ein Schlüssel in einem Schloss und eine Tür quietschte müde.

»Du wirst wohl rübermüssen jetzt«, sagte Paul. »Tschüss, bis morgen.«

Es gab ein stillschweigendes Abkommen mit Panke. Doppeltes Überziehen gab es nicht.

August stand langsam auf, steckte umständlich seine Anklageschrift in die Brusttasche seines Hemdes, wischte sich mit dem Ärmel die Nase. Dann drehte er sich um zur Tür und nahm den Griff in die Hand.

»Übrigens, Paul«, sagte er leise und drehte sich noch einmal um, »ich bin einer von den – seltenen Fällen ...«

Paul schoss aus seinem Stuhl hoch, wie wenn er gestochen worden wäre. Aber bevor er den Mund aufbekam, fügte August scharf hinzu: »Aber davon sagst du niemandem was, klar?« und ging hinaus.

X.

Rechtsanwalt Schlüter saß hinter seinem Schreibtisch und drehte das merkwürdige Päckchen in der Hand, auf das ein Strahl der Junisonne fiel durch das hohe Fenster seines Arbeitszimmers. Ein brauner, knittriger Briefumschlag, prall und mit Klebeband fest verschlossen. Die Frau, die ihm dieses Päckchen gegeben hatte, war gerade verschwunden. Das Telefon hupte. Mürrisch nahm er ab: »Was is 'n heute für 'n Tag?«, maulte er.

»Ja, ich weiß«, entschuldigte sich Angela, »aber da ist eine Frau, die will Sie unbedingt heute noch sprechen, sie sagt, es müsste unbedingt noch sein.«

»Ja, ja, wenn es danach geht, ist alles dringend und ich komme zu nichts. Mittwochnachmittags bin ich nicht da! Behandeln Sie mich, als wenn ich tot wär! Was haben Sie ihr denn gesagt?«

»Dass ich mal nachsehen will, ob Sie noch da sind.«

»Dann weiß doch jeder, dass ich da bin«, sagte Schlüter ungehalten, »und dass ich mich bloß verleugnen lasse. Dann muss ich sie ja wohl sprechen. Wer ist 'n das schon wieder?«

»Eine Frau Schäfer.«

»Sagt mir nichts. Und was will die?«

»Sie will sich scheiden lassen und muss unbedingt bis heute Abend wissen, wie sie sich verhalten soll, wenn ihr Mann nach Hause kommt.«

»Ach, diese scheidungswütigen Weiber«, seufzte Schlüter und drückte auf den Knopf.

»Schlüter!«, sagte er klar und deutlich, und er richtete sich ein bisschen aus seiner zusammengesunkenen

Haltung auf. Mit der Linken fingerte er abwesend an dem großen braunen Briefumschlag herum.

Die Frau am anderen Ende meldete sich mit einer zittrigen Stimme, als wenn sie geweint hätte, und nach ein paar Sätzen brach sie wieder in Weinen aus. Mit einem lang gezogenen Heulen rief sie, sie halte es nicht mehr aus, sie brauche Hilfe, sie werde noch verrückt, wenn es so weitergehe, ob sie nicht schnell vorbeikommen könne, ihr Mann komme nachher nach Hause, und da müsse sie schon wissen, wie sie sich ihm gegenüber zu verhalten habe. Ja, scheiden lassen könne er sie nicht heute, sagte Schlüter; nein, das wäre ihr klar, aber sie müsse unbedingt und so weiter.

Der Damm war gebrochen, sie solle sich gleich auf den Weg machen, was half es, nun war es ohnehin zu spät. Sein schöner Mittwochnachmittag degenerierte allmählich zur Notfallsprechstunde und Unfallambulanz. Kein Spaziergang in der Sonne. Letzte Woche hatte er mit dieser Frau Buerfeind reden müssen, die hatte ihre Ladung zum Hauptverhandlungstermin wegen des Ladendiebstahls bekommen, den sie im Herbst begangen hatte, kurz nach der Sache mit dem von Borstel. Schlüter nahm sich vor, seinen Mittwochnachmittag künftig besser zu verteidigen.

Er drückte ungeduldig auf den Telefonknopf, und als Angela abnahm, raunzte er schlecht gelaunt, dies sei die allerletzte Störung gewesen, er sei nicht mehr da, für niemanden, auch für die Angestellten nicht, man solle ihn gefälligst wie Luft behandeln, nur die Frau Schäfer, die könnten sie ihm nachher reinschicken, wenn sie da sei.

Dann seufzte er tief und warf einen resignierten Blick über die Stapel unerledigter Akten und Posteingänge. Man wurde nie fertig in diesem Beruf. Es wurde nur immer mehr. Zum Lesen kam er nicht mehr, jedenfalls nicht in der Woche. Dabei brauchte er das dringend zur Erholung. Den ganzen Tag gestelztes Juristenchinesisch, das verdarb das Empfinden und den Geschmack. Wenn man sich nicht bei anständiger Kost regenerierte, stumpfte man ab, ohne es zu merken. Schlüter lehnte sich in den alten Eichenstuhl zurück. An dem hatte schon sein Großvater in Husum ›die Bücher‹ erledigt, wie man sagte, wenn er sein Soll und Haben in lange Kontobücher eingetragen hatte, in Spalten mit der Überschrift *Credit* und *Debit*. Der Stuhl knarzte und schwankte. Schlüter schoss hoch und drehte sich um. Das alte Stück war auseinander gegangen. Nach drei Generationen! Die Dübel standen heraus. Das Möbel vertrug keine Juristenärsche. Schlüter holte aus und verpasste dem Stuhl von beiden Seiten einen harten Schlag. Befriedigt stellte er fest, dass die Holzdübel wieder in ihren Löchern verschwunden waren. Vorsichtig setzte er sich. Um nichts in der Welt hätte er diesen Stuhl mit einem modernen Bürostuhl vertauscht. In denen kriegte man es nur im Kreuz, und dann musste man sich den nächsten teuren kaufen.

Schlüter nahm das braune Päckchen in die Hand.

Frau von Borstel hatte es ihm gebracht, die alte grauhaarige Frau mit dem müden, aber doch noch strengen Blick aus grauen Augen. Vorhin war sie da gewesen, natürlich auch ohne Ankündigung.

»Vielleicht können Sie das ja gebrauchen, Herr Rechtsanwalt, ich hab's hinten in Augusts Kleiderschrank gefunden, es ist ihre Schrift drauf.« Ihre, sagte sie, sie zögerte, bis sie überzeugt war, dass er verstanden hatte. »Ich hab's nicht aufgemacht, gar nicht angerührt. Ich will es nicht haben, vielleicht können Sie ...?«

»Was meinen Sie denn, was drin ist?«, hatte er gefragt.

»Ich weiß es nicht und ich möchte es auch nicht wissen.« Sie hatte gezögert und ihr Gesicht war hart von Hass geworden. »Über Tote soll man ja nicht schlecht reden, also sag ich lieber nichts. Vielleicht können Sie August damit helfen, vielleicht aber auch nicht, ich weiß es nicht, ich wollte es nicht im Haus haben und wem sollte ich es sonst geben?«

Damit hatte sie Recht. Wem hätte sie es geben sollen? Erikas Eltern, den Bauern aus Altenmoor, mit Sicherheit nicht. Und behalten konnte sie das Päckchen nicht, weil es sie am Vergessen hinderte. Die Leute wollten ja immer nur alles vergessen, das war schon immer so in diesem Land, dachte Schlüter. Ob es August nützen würde? Mit dem war kein Weiterkommen. Schlüter hatte ihn noch dreimal im Knast besucht. Jedes Mal die gleiche Situation. Zugeknöpft und kühl, abwartend, mit seinem harten steten Blick, einsilbige Antworten. Der Bauer wollte nichts vom Advokaten. Er duldete seine Besuche aus Höflichkeit. Er fragte ihn nichts weiter, als wüsste er schon alles. Er war wie ein Stein.

Der braune Umschlag war einmal geöffnet und mit Paketklebestreifen fest wieder zugeklebt worden. Es stand ein Name drauf in einer Handschrift, der man es ansah, dass sie Schreiben nicht gewohnt war. Herrn Joachim Bernau. Nichts weiter. Keine Anschrift. Bernau? Nie gehört, dachte Schlüter. Dann riss er das Klebeband entschlossen ab und öffnete das Couvert.

Zettel, lauter kleine DIN-A5-Zettel, und alle beschrieben, mit der gleichen ungelenken, groben Kinderhandschrift. Schlüter legte den Stapel vor sich auf den Schreibtisch und fing an zu lesen:

Montag, der 21. Juni 1982
Gestern hat Willem Geburtstag gehabt. Ich konnte nicht lange mitfeiern, weil gestern Heugras gemäht worden ist. Die Männer waren alle draußen. Deshalb musste ich allein melken und früher anfangen. Willem ist zwei geworden. Dass er schon zwei ist, ich kann es immer noch nicht glauben. Wir haben in der Küche gesessen. Schwiegermutter hatte ein bisschen eingeladen. Sie sagt immer, es ist ihr Junge. Mein Junge, sagt sie immer. Sie weiß ja auch mit allem so gut Bescheid. Fast den ganzen Nachmittag hat Willem bei ihr gesessen und sie hat mit ihm herumgeschäkert. Sie hatte noch ein paar Nachbarn zum Kaffeetrinken eingeladen, ich war ganz für mich.

Alle haben sie mit Willem herumgealbert, am schlimmsten die dicke Frau Bösch. Die netteste von den Nachbarn ist noch Frau Kalde, bei den anderen fühle ich mich so unpersönlich. Sie hat mit mir gesprochen, richtig so, wie wenn wir alte Nachbarn wären. Die anderen haben nur guten Tag und auf Wiedersehen gesagt. Frau Kalde ist mit mir ein bisschen draußen im Garten gewesen und hat gesagt, ich könnte sie gern mal besuchen mit Willem, sie hätte immer einen Kaffee für mich. Das hat mich sehr gefreut, denn sonst bin ich hier so einsam. Wenn Willem nicht wär, ich wüsste gar nicht, was ich machen soll. Ich muss aufhören, weil gleich das Melken losgeht. Ich muss in den Stall.

Schlüter ließ das Blatt sinken. Aus dem Fenster konnte er den grünspanigen Kirchturm der St. Wulfhardi-Kirche sehen, hinter dem das Gericht und die U-Haftanstalt lagen, in der in irgendeiner Zelle der Mann dieser Frau auf seinen Prozess wartete.

Ein Tagebuch, ein dicker Stapel Papier. Schlüter hatte Verständnis für die alte Frau, die ihm den Umschlag gebracht hatte. Wer weiß, was alles drinstand. Und was konnte es noch nützen, nachdem alles geschehen und nicht wieder rückgängig zu machen war? Vielleicht sollte man es tatsächlich besser nicht lesen.

Aber Schlüter las weiter:

Freitag, 25. Juni 1982
Heute haben wir Heu gefahren. Es ist tolles Wetter, die Sonne brennt den ganzen Tag. Nach zwei Tagen war das Gras trocken. Ich musste oben in der Scheune packen. Meine Kraft reicht nicht für die Forke, ich kriege nichts damit hoch, deshalb schicken sie mich immer hinten ins Fach, und dort unter dem Eternitdach ist es so heiß wie in der Hölle, man kriegt gar keine Luft und es staubt so, dass man nicht atmen mag. Ich habe so geschwitzt, dass mir das Blut in den Ohren rauschte. Aber ich habe nichts gesagt. Dann wäre August wieder böse geworden.

Er kann es nicht ab, wenn man etwas nicht kann oder nicht schafft. Er steht dann vorn am Fach und schmeißt die Bunde vom Höhenförderer zu mir hin. Wenn ich sie nicht alle wegschaffe, weil ich eingesackt oder umgeknickt bin, dann schmeißt er einfach weiter, manchmal liegt dann ein ganz hoher Berg da. Da zerre ich die Bunde dann wieder raus, und wenn unten der Wagen leer ist und sie den nächsten holen, habe ich keine Pause, sondern muss den Haufen wegräumen, damit es mit dem nächsten Hänger gleich weitergehen kann. Es hat lange gedauert heute, nachmittags gab es nur eine kurze Pause beim Kaffeetrinken. Willem war bei Schwiegermutter die ganze Zeit, ich habe ihn gar nicht gesehen. Ich war so schlapp, und dann musste ich gleich melken, die anderen sind schon wieder aufs Feld und haben noch mal alle Wagen voll geladen, bevor es wieder Tau gibt. Morgen soll es Regen geben, die Männer sind draußen und machen Planen über die Wagen, damit das Heu nicht nass wird. Melken macht mir keinen Spaß, aber ich sage es nicht, August würde nur böse werden, weil er melkt nämlich gerne, er macht alles gerne. Die anderen Frauen melken auch alle.
Ich muss aufhören, die Küche ist noch nicht sauber, und ich habe Schwiegermutter gesagt, ich will noch mal nach Willem sehen. Bestimmt hat sie schon alles fertig, und dann bin ich zu spät gekommen.

Schlüter drehte das Blatt um und legte es beiseite. Meine Güte, dachte er, was ein kleines ängstliches Leben, und er versuchte sich die Frau, die er nur auf den Leichenbildern gesehen hatte, lebendig vorzustellen. Es gelang ihm nicht. Sie hatte eine rote klaffende Wunde quer über der Kehle. Die sah er, mehr nicht. Dieses Bild würde er nie wieder loswerden.

Er nahm den restlichen Stapel in die Hände und ließ die Blätter an seinem Daumen vorbeifächern, hielt hier und da inne. Eintragungen über zwei Jahre. Manchmal täglich, aber auch ein paar Wochen Pause dazwischen.

Die letzte vom 13. August 1984, also gut zwei Monate vor der Tat, bei der sie ihr Leben ließ. Am Tag des Mauerbaus, wenn die Reden geschwungen werden, da ist die Frau verstummt. Nun war es zu spät. Er würde es lesen müssen, von der ersten bis zu letzten Zeile, und dann entscheiden, was man daraus machen konnte.

Schlüter hörte, dass die Türklingel ging und Angela öffnete. Stimmengemurmel. Das musste Frau Schäfer sein, die sich unbedingt heute noch scheiden lassen wollte. Er räumte die Papiere in die Tüte zurück und legte sie auf die Fensterbank. Dahin legte er immer die Sachen, die er mit nach Hause nehmen wollte.

Natürlich hatte sie Schweißhände. Schlüter widerstand der Versuchung, sich die Grußhand an der Hose abzuwischen, stattdessen wies er ihr den Stuhl, auf dem sie ihr breites Gesäß parkte. Die Frau fingerte an einer glitzernden Damentasche herum, holte ein zerknülltes Taschentuch heraus und steckte es wieder hinein. Sie war dick und hatte einen Damenbart auf der Oberlippe, der feine Schweißtröpfchen hielt, die ihn erst sichtbar machten.

Sie wüsste gar nicht, wo sie anfangen sollte, sagte die Frau und ihr Blick war voller Verzweiflung.

»Von mir aus in der Mitte«, sagte Schlüter. »Wir werden die Enden schon noch zusammenkriegen.«

Der kleine Scherz half nicht. Ihr Gesicht war beherrscht, obwohl sie verzweifelt war, die dunklen mittelkurzen Haare perfekt frisiert, hinten im Nacken ganz kurz geschnitten. Sie hatte einen kleinen Kopf auf einem großen Körper, es passte nicht zusammen.

Ja, ihr Mann. Sie wolle sich scheiden lassen. Sie könne mit ihm nicht mehr reden, sie verstünden sich einfach nicht mehr. Zu Hause könne sie es nicht mehr aushalten. Und das mit den Türen würde sich dann auch erübrigen.

»Was mit den Türen?«, fragte Schlüter.

»Na, die Sache mit den schlechten Türen, da haben Sie doch dem Tischler geschrieben!«

»Ich?«, fragte Schlüter und zog die Schultern hoch. »Mhh. Kenn ich nicht. Worum geht's denn da?«

»Es geht darum, dass der Tischler in unserem Haus keine ordentlichen Türen eingesetzt hat, sie sehen alle aus, als wären sie aus Brettern zusammengeschraubt, es ist kein ordentliches Furnier, und außerdem schließen sie nicht richtig!« Die Frau saß kerzengerade auf ihrem Stuhl, hartnäckig und mit durchgedrücktem Rückgrat, als hätte sie einen Knüppel verschluckt.

Schlüter grübelte, schickte einen langen Blick aus dem Fenster in den sonnigen Junihimmel, auch das wird bald vorüber sein, dachte er, und laut sagte er: »Nee, nicht dass ich wüsste, so 'ne Sache kenn ich nicht.«

»Das sieht ihm ähnlich!«, rief die Frau empört. »Da hat er mir also was vorgelogen. Er hat gesagt, er wäre bei Ihnen gewesen!«

Schlüter breitete seine Arme aus: »Ach, lassen Sie mal, Frau Schäfer, packen Sie das mit den Türen mal beiseite, deswegen sind Sie doch nicht hier.«

Allerdings. Deswegen war sie nicht hier. Oder vielleicht doch. Sie wollte sich scheiden lassen, heute noch. Am besten schon gestern. Und jetzt erst recht, nachdem sie wusste, dass dieser Mann sie mit den Türen so schändlich hatte allein sitzen lassen. Sie würde zu ihrer Freundin ziehen. Die hatte im Keller eine kleine Einliegerwohnung. Das würde reichen fürs Erste, für sie und Nicole. Übrigens sei es in dem neuen Haus sowieso nicht mehr auszuhalten, schon allein wegen der Türen nicht, den ganzen Tag starrten einen die zusammengeschraubten Bretter an, der Anblick würde sie ganz krank machen. Sie fühle sich in diesem Haus schon lange nicht mehr wohl, erst hätten sie so lange geträumt vom eigenen Haus und Pläne gemacht und zusammen beratschlagt, wie dies und wie das werden sollte, und nun sei es fertig, aber es sei ganz anders, als sie sich das vorher gedacht habe, sie könne sich überhaupt nicht mehr freuen, sie sei den ganzen Tag alleine und dann auch noch diese Türen, dieses missratene Furnier, sie wollte schon überhaupt keinen Besuch mehr haben, die würden doch nur alle auf diese Türen starren und sich denken, ob sie sich keine besseren leisten könnten, und sich nachher das Maul zerreißen, die Schäfers hätten wohl kein Geld mehr, jetzt haben sie Türen aus dem Sonderangebot gekauft, so ganz billige vom Baumarkt, die nur zusammengeschraubt sind ...

Also diese Türen würden ihr die ganze Freude an dem neuen Haus verderben, und deshalb sollte das doch geregelt werden, der Handwerker sollte die wieder ausbauen und anständige einbauen, aber Ewald, »also mein Mann«, sagte die Frau, Ewald habe sich gedrückt und herumgeredet und sie angelogen. Und Ewald, »also mein Mann«, sagte die Frau, der sei auch ganz anders geworden in der letzten Zeit, er würde so komische Sachen machen, die keiner versteht. Erst die Sache mit der Kollegin, die hätte er unsittlich berührt, das hätte ihm die Beförderung verdorben, und dann die Sache mit dem Dienstwagen, den er im Januar in das Fleet gesetzt hatte, wo er sich anschließend damit entschuldigen wollte, er habe einen Bankräuber fangen wollen, den es dann aber gar nicht gegeben hatte, und den Lamborghini auch nicht, den er fast eingeholt habe, das war alles ausgedacht, genauso wie das mit den Türen, dass er das geregelt hätte. Wahrscheinlich war er nur voll gewesen und dann einfach losgefahren, erst nach drei Tagen sei er wiedergekommen, und es war partout nicht aus ihm rauszukriegen, wo er gewesen war, nur nach Kater-, »entschuldigen Sie bitte«, sagte die Frau, nach Katerpisse habe er gestunken, es sei noch schlimmer gewesen als damals, als er den Mörder in Engelsmoor im Kuhstall verhaftet hatte, als er so nach Jauche gestunken hatte, da hätte sie ihn gar nicht erst reingelassen, aber diesmal musste sie ja, denn er kam liegend, weil er sich bei seiner Sauftour ein Bein gebrochen hatte und nicht mehr laufen konnte, auf einer Bahre kam er, und es sei nichts aus ihm herauszukriegen gewesen, er habe immer nur durch sie durchgeguckt,

»ob du's glaubst oder nicht, aber du glaubst mir ja sowieso nichts«, da hatte er Recht, das eine Mal, sie glaubte ihm nichts mehr. Aber er hatte trotzdem gute Laune gehabt mit seinem gebrochenen Bein und dem abgesoffenen Dienstwagen und der Beförderung, die hinterm Horizont verschwunden war, irgendwie schien ihm das egal zu sein, er guckte Löcher in die Luft mit einem zufriedenen Gesichtsausdruck, unerhört, wenn man sich das mal klarmacht, »oder was sagen Sie dazu?«, fragte die Frau und Schlüter nickte, was sie als ausreichende Zustimmung empfand und weiterredete. Sie sei zur Bank gegangen, am nächsten Tag, zuerst glaubte sie, dass es stimmte, auch wenn nichts in der Zeitung gestanden hatte, man konnte ja nie wissen heutzutage – und hatte eine Bemerkung gemacht, ob sie denn gar keine Angst hätten wegen der Bankräuber. »Nein«, hatte sie gesagt, die Frau am Schalter, »hier ist doch noch nie was passiert.« Das hatte er also auch gelogen, ganz klar, denn die hatte sich nicht verstellt, die nicht, die würde sie kennen vom Kegeln. Und in den letzten Monaten sei er oft abends weg gewesen und spät wiedergekommen, angeblich habe er in der Dienststelle zu tun gehabt, aber das konnte gar nicht sein, so viele Überstunden hatte er sonst nicht. Und ein paar Mal habe er auch wieder so komisch gerochen, wie als er mit dem Bein nach Hause kam, so komisch, eine Mischung irgendwie zwischen Katzengeruch und Pudding, so Vanillepudding, nur einmal habe sie ihn darauf angesprochen, aber er hätte nichts gesagt, er sagte gar nichts mehr. »Ich halt's nicht mehr aus, ich halt's nicht mehr aus«, weinte die Frau vor Schlüter, und endlich gab sie ihre kerzengerade Haltung auf und schluchzte zusammengekrümmt in ihr zerknülltes Taschentuch.

Komisch, dachte Schlüter. An manchen Tagen kommt es doppelt, wie verabredet. Das war also die Frau des Beamten, der seinen August von Borstel da hinten in Engelsmoor aus dem Kuhstall gezerrt hatte. Na ja, war sowieso egal, das eine hatte mit dem anderen nichts zu tun. Hier ging es um Scheidung und wie man die Leute ohne Aufstand auseinander kriegte. Schlüter hätte die Frau gerne gefragt, woran die Ehe denn gescheitert sei. An den Türen ja wohl bestimmt nicht. Aber solche Fragen mochten die Leute nicht. Sie hatten sich entschieden, und damit basta. Das Gesetz fragte nicht mehr nach Scheidungsgründen, wie früher, und allmählich war diese Tatsache bis zum Volk herabgesickert, es fragte sich auch selbst nicht mehr nach den Scheidungsgründen. Vielleicht war es auch umgekehrt, das Gesetz hatte nachvollzogen, was das Volk nicht mehr dachte, die alte Frage nach dem Huhn und dem Ei. Jedenfalls reichte es für eine Scheidung, dass man meinte, dass es irgendwie nicht mehr ging, und dann lief man auseinander. Schlüter dachte an seine drei erwachsenen Kinder und an seine Frau und fühlte sich unendlich alt. Tausend Jahre alt bin ich, dachte Schlüter und seufzte.

»Ach, ich stehl Ihnen nur die Zeit mit meinem Reden«, schniefte die Frau und Schlüter musste »Ach, gar nicht« sagen, aber er sagte es ohne Inbrunst, und sie musterte ihn misstrauisch durch die Fetzen ihres Taschentuchs. »Aber nein, bestimmt nicht«, bekräftigte er und sie war einigermaßen zufrieden und erholte sich wieder.

Sie gingen ihre Unterhaltsansprüche durch. Ob sie ausziehen könne? Selbstverständlich könne sie ausziehen. Da bräuchte sie niemanden fragen. Sie könne zum Nordpol gehen, nach China zum Kaiser oder zum Papst, wenn sie wollte, darüber sei sie niemandem Rechenschaft schuldig außer sich selbst. Aber sie würde weder zum Nordpol noch zum Kaiser von China oder zum Papst gehen. Sie würde zu ihrer Mutter gehen, über ihren Mann herziehen und bald wieder heiraten und unglücklich sein. Wer legt noch Rechenschaft ab bei sich selbst, fragte Schlüter sich, während er redete, es geht nur noch um Rechte und Ansprüche und ob man die hatte oder nicht und ob es jemanden gab, den man verantwortlich machen oder wenigstens beschimpfen konnte, der Rest war egal. Ihm auch, übrigens. Jedenfalls, solange die Kinder nicht betroffen waren. Und die waren immer betroffen. Fast immer jedenfalls, aber diese Leute hatten nur eine Tochter und die war schon fast erwachsen, es zerstörte sie nicht mehr, und er, Schlüter, konnte kühl und trocken Geld verdienen.

»Ich möchte wissen, was er an diesen Abenden macht, wenn er so nach Pudding riecht«, überlegte Frau Schäfer. Sie sah sich neugierig um und entdeckte das Landschaftsbild, das Schlüter an der Wand hängen hatte, ein echter Kalde. Sie hatte sich komplett erholt.

»Das weiß ich nicht«, antwortete Schlüter und es war ihm egal, aber er fügte hinzu: »Vielleicht geht er ja fremd?«

»Der?!«, schnaubte die Frau vor ihm und stieß ein trompetenhaftes Lachen aus. »Der mit Sicherheit nicht! Wenn der mich nicht gehabt hätte, wäre er heute noch Jungfrau!«

Selbstbewusst rückte sie ihren breiten Steiß auf dem Stuhl hin und her. Dann wurde sie rot, ganz offensichtlich hatte ihre Bemerkung ihre Gedanken auf bestimmte Dinge gelenkt, und sie starrte unbeholfen auf das zerknüllte Taschentuch zwischen ihren Händen.

Inzwischen holte Schlüter seine Vollmachtsformulare und den Prozesskostenhilfeantrag aus der Schreibtischschublade, und sie füllten beides gewissenhaft aus, das Gespräch hatte wieder eine sachliche Ebene erreicht. Die Frau unterschrieb alles, und als sie wieder draußen war, hatte sie gar nicht gefragt, wie sie sich denn verhalten müsse, heute Abend, wenn ihr Mann nach Hause käme, aber sie hatte sich ausgesprochen und war ihre Entrüstung losgeworden, dachte Schlüter, und dann angelte er sich den braunen Umschlag von der sonnigen Fensterbank, nahm die Zettel heraus und las weiter:

Mittwoch, 7. Juli 1982
Der zweite Schnitt ist drin, August sagt, jetzt haben wir Ferien, das wäre die Zeit, wo wir nicht so viel zu tun

hätten. Der dritte Schnitt ist noch nicht dran, das Vieh ist alles draußen und muss nicht gefüttert werden wie im Winter, und es ist keine Bestellung und keine Ernte. Zwei Wochen dauert das. Und beim Melken könnte man sich ja auch ein paar Tage vertreten lassen, die Kalbungen kommen erst im Herbst. Aber an Ferien ist nicht zu denken. Ach, wenn man doch hier mal weg könnte, wenigstens ein oder zwei Tage. Aber ich traue mich nicht, damit anzufangen. Neulich, als wir mal abends bei uns saßen, wir sitzen eigentlich nie bei uns, da habe ich davon angefangen, aber August hat gesagt, das ginge nicht, wir wären ja noch nicht auf dem Altenteil. Aber die Alten machen auch keine Ferien. Höchstens noch Schwiegermutter, die geht ab und zu mal auf Butterfahrt oder drei Tage nach Holland zur Tulpenblüte, mit dem Bus.
Manchmal habe ich so viel zu bereden mit August, aber er mag nicht reden, und wir haben nie Zeit und wir sind nie allein, denn wir sitzen bei uns so selten. Unsere Stube ist ganz kalt davon, dass wir immer nur durchgehen. Ich hätte gern einen Fernseher extra für uns, aber Schwiegereltern haben einen und August meint, das würde reichen, so viel würden wir ja nicht sehen. Dann säßen wir wenigstens mal bei uns und man könnte ein Wort miteinander wechseln, so zwischendurch. Er ist mir so fremd geworden, dass wir gar nicht reden, aber ihm macht das wohl nichts.

Schlüter sah auf seine Uhr. Vier durch. Christa würde gerade zu Hause angekommen sein. Mittwochs hatten sie immer Konferenz. Schlüter hatte Durst auf eine gute Tasse Tee und Sehnsucht nach dem Gesicht seiner Frau. Sie würden einen Tee zusammen trinken und er könnte ihr erzählen von dem Tagebuch dieser kleinen Frau, die ein einsames und bedeutungsloses Leben geführte hatte auf einem Hof hinten im Engelsmoor. Er steckte die Zettel wieder in den Umschlag, stand mit einem letzten Blick auf die unerledigten Stapel auf, verabschiedete sich bei den Mädchen in der Schreibstube und ging hinaus in den sonnigen Juninachmittag.

Die Balkontür stand weit auf und das warme Licht flutete in das Wohnzimmer. Es war kaum mehr als 20 qm groß und an drei Wänden waren Bücherregale angebracht, die lückenlos voller Bücher standen. Früher, als sie noch draußen in der Nähe von Hollenfleth gewohnt hatten, war mehr Platz gewesen. Aber die Kinder waren aus dem Haus, der Traum vom Landleben war graue Wirklichkeit geworden, immer die Fahrerei und die langen, dunklen Tage in Einsamkeit, das große Grundstück und die verdammte Selbstversorgung, die man sich schuldig war, hatten sie allmählich auf den Boden der Tatsachen zurückgeführt. In dieser Mietwohnung war zwar alles etwas kleiner, aber sie konnten sich auf das Wesentliche konzentrieren: auf das Lesen. Die Bücher waren geordnet, nach Sachgebiet, Herkunft und Alter, sie waren die Erinnerungen an vergangene Zeiten, vorne drin stand Monat und Jahr der Anschaffung, manchmal auch der Ort, wo es gekauft war, und so konnten sie, wann immer sie wollten, eine Reise machen durch die vielen gemeinsamen Jahre, die hinter ihnen lagen.

Sie saßen am kleinen Tischchen vor der Balkontür, jeder hatte eine große Tasse Tee vor sich. Es gibt nur zwei Dinge im Leben, die wirklich wichtig sind, dachte Schlüter: die Liebe und eine gute Tasse Tee.

Christa sah ihn erwartungsvoll aus braunen Augen an: »Na, Peter, nun hör mal auf mit deiner Geheimnistuerei, was hast du denn da?«

Er legte das braune Päckchen auf den Tisch: »Ich hab dir doch von dem von Borstel erzählt, da hinten in Engelsmoor, der seine Frau so bestialisch umgebracht hat ...«

»Ja, und was ist mit dem?«

»In dem Päckchen da sind die Tagebücher seiner Frau. Eigentlich keine Tagebücher, nur beschriebene

Zettel. Sie schreibt, wie's ihr ging. Wart mal ...« Er nahm das Päckchen und zog die Zettel heraus, legte die obersten beiseite, blätterte und sagte: »Hier, zum Beispiel ...«

Sonnabend, 10. Juli 1982
Die Sommerferien haben angefangen. Alle Leute sind in Urlaub, gestern habe ich beim Einkaufen Marion getroffen, sie hat erzählt, dass sie morgen mit ihrer Familie nach Spanien fährt, sie haben einen Wohnwagen, sie wollte noch schnell für ihren Sohn eine Angel kaufen, damit er im Mittelmeer auch Fische fangen kann. Bei uns ist der zweite Schnitt drin. August ist zufrieden, das Wetter war so gut, dass wir sogar gleich genug Heu für die Kälber und das Jungvieh haben, aus dem Rest wird jetzt nur noch Silo gemacht. Ein paar Tage ist Ruhe, außer Melken und Kälbertränken liegt nichts Wichtiges an. Aber zweimal am Tag, man kann zwischendurch kaum weg. Vielleicht machen wir am Sonntag, wenn das Wetter gut ist, ja wieder eine Radtour an den Landern längs. August guckt immer so gerne nach den Feldern, wie das Getreide steht und so. Er erklärt Willem dann immer alles. Woanders will er gar nicht hin. Das ist dann unser Urlaub, und wenn wir zurück sind, geht es wieder an die Arbeit. Seit zwei Wochen mache ich die Kälber allein, August hat gesagt, ich soll das man machen, ich könne es. Es sind jetzt noch nicht so viele, das Kalben geht erst im Oktober wieder los. Ich möchte auch mal Ferien haben und nach Spanien fahren. Ich glaube, wir wären dann ganz andere Menschen. Wir kennen nichts außer Arbeit, und es war schon immer so. Aber ich kann das keinem erzählen, auch Mama und Papa nicht, bei denen ist es auch nie anders gewesen, die haben immer nur gearbeitet, und mit acht habe ich zu melken angefangen, zuerst zur Vertretung, und dann nachher nachmittags immer. Denen kann ich damit nicht kommen, die meinen nur, ich hätte einen fleißigen Mann, und das stimmt ja auch, aber ich wünsche mir manchmal so ein anderes Leben, wie es die anderen Leute haben, die am Wochenende

frei haben und mit ihren Kindern spazieren fahren und an nichts denken müssen. Darüber kann ich mit keinem sprechen. August weiß nicht, dass ich hier schreibe, keiner weiß es, aber ich muss schreiben, manchmal denke ich, ich würde es sonst nicht aushalten, wenn ich nicht mal zwischendurch aufschreiben kann, wie es mir geht. Ich verstecke immer alles hinten im Wäscheschrank, hinter der Bettwäsche, da sieht es bestimmt keiner.

Schlüter sah von den Papieren auf: »Na, was sagst du dazu?«

»Armes Kind«, antwortete Christa und trank aus der großen Teetasse, die sie sich von ihrem letzten Urlaub in Frankreich mitgebracht hatten. Eigentlich war es eine Kaffeetasse. Es war eine schwarze Kuh darauf und ihr Schwanz schrieb die Worte *Café au lait*. »Geht das so weiter?«

»Ich glaub, ja, das arme Kind scheint nicht viel Freude gehabt zu haben auf dem Hof in Engelsmoor.«

»Und ihre Eltern sind auch Bauern?«

»Scheint so, in Altenmoor hatten die einen Hof, so eine winzige Klitsche, eine frühere Landarbeiterstelle wohl, denke ich, was anderes gab es früher dort ja kaum.«

»Lies weiter«, sagte Christa und strich sich ihre langen schwarzen Haare hinter die Ohren.

Schlüter nahm den nächsten Zettel:

Sonntag, den 11. Juli 1982
Es hat geregnet heute Vormittag, aber kurz nach Mittag kam dann doch die Sonne raus. Trotzdem wir sind nicht mit dem Fahrrad losgewesen. Die Kühe waren ausgebrochen auf dem Sietfeld, weil kein Strom im Zaun war, die waren schon auf den Landern unterwegs, und wir mussten los, die Tiere wiederzuholen, und beinahe hätte der Rathjens sie schon wieder in seinen Stall geholt und dann hätte es Ärger gegeben. Und dann musste der Zaun noch heil gemacht werden. August hat die Kühe schon in den Stall getrieben zum Melken und ich bin die

ganze Weide abgelaufen, um den Fehler zu finden. Ganz hinten an der Grenze zum Hohen Moor, da lag der Zaun auf der Erde, kein Wunder, dass kein Strom drin war. Als ich dann fast unten an der Straße wieder angekommen war, bin ich unserem Nachbarn begegnet, dem Hamburger, wie August immer sagt, er stand am Zaun und sagte guten Tag und fragte, was ich machen würde. Dabei konnte man das ja gut sehen, was ich da machte. Frau Nachbarin, hat er zu mir gesagt. Er hat so lockige Haare, ich glaube, er hat eine Dauerwelle drin, man kann sich das gar nicht vorstellen, dass Männer so was machen. Aber er war trotzdem ganz nett. Er fragte sogar, ob er mir was helfen könne, aber das konnte er ja nicht, er hat richtige Pastorenfinger und kann bestimmt noch nicht einmal einen Draht zusammenflicken, ohne sich alles kaputtzumachen. Ich habe gesagt, nein, er könne mir nicht helfen, und da hat er gesagt, dass ich eine starke Frau sei, dass ich so was machen könne, von dem er nicht wüsste, wie es geht. Dann bin ich weiter, entlang am Zaun und unten an der Straße längs und zum Hof zurück. Er hat das Wochenende bestimmt frei, ich weiß gar nicht, was er für Arbeit hat. Jedenfalls war es dann schon spät und ich musste gleich Kälber tränken, und nun schläft Willem schon, August treibt gerade die Kühe raus und bald kommt er wieder, ich muss aufhören und ihm noch das Abendbrot machen.

Sie schlürften ihren Tee, während Schlüter weiter in den Blättern rührte. Er legte die Füße auf den anderen Sessel, einer von denen, die sie schon seit der Studentenzeit hatten, er war verschlissen und wackelig, aber sie hatten es nie für nötig gehalten, sich einen neuen zu kaufen.

»Ob die von einem anderen schon mal ein Kompliment bekommen hat«, fragte Christa, »und ob ihr mal einer gesagt hat, starke Frau?«

»Bestimmt nicht.« Schlüter schüttelte den Kopf.

»Dann wird's gefährlich. Das heißt – das wurde bestimmt noch gefährlich. Lies mal weiter.«

Dienstag, den 27. Juli 1982
Heute ist was Komisches passiert. Wir haben Silogras gemäht. Die ruhige Zeit ist wieder vorbei. Alle sind draußen, bis auf Schwiegermutter, die macht das Essen und so. Willem sitzt den ganzen Tag bei August auf dem Trecker beim Mähen. 12 Stücke hat er abgemäht heute, und morgen Nachmittag fangen wir an zu fahren. Schwiegervater ist nicht so gut auf dem Damm, deshalb konnte er nicht wenden, das habe ich dann getan. Den ganzen Nachmittag mit dem kleinen Cormick hin- und hergefahren. Das mach ich lieber als das ewige Melken. Ich war eine Zeit lang mit Hinni allein auf dem Land, als August mit dem Mähen an den Landern fertig war und zu unserem anderen Schlag auf dem Sietfeld weitergefahren ist. Hinni war mit der Forke unterwegs, das Gras von den Vorgewenden wegziehen, wo wir mit den Maschinen nicht so gut hinkommen. Es darf nichts verloren gehen, die Weide muss nach dem Abfahren so sauber sein wie ein Teller nach dem Essen, sagt Schwiegervater immer. Eigentlich ist es ja Unsinn, weil es so lange dauert und nichts einbringt. Aber es darf nun mal nichts umkommen, und August macht alles, was Schwiegervater sagt, auch wenn er nicht damit einverstanden ist. Ich sag dazu nichts mehr, das hab ich nur einmal getan, und dann nie wieder. Solche Arbeiten mit der Forke macht Hinni. Er kann nicht so gut mit Maschinen umgehen. Er ist ja ein bisschen anders. Ich habe Angst vor ihm, er ist so komisch, und ich weiß nicht, was alles in ihm drin ist. Unten am Vorgewende ist mir ein Zinken vom Heuwender abgebrochen. Ich habe es gehört und gleich angehalten, um den Zinken zu suchen. Er darf auf keinen Fall in den Häcksler kommen, dann haut er die Messer kaputt und die Arbeit steht für einen Tag still, und wenn es dann regnet, ist es aus. Ich konnte den Zinken nicht finden, und als Hinni mich suchen sah, kam er dazu. Er suchte auch, auf seine unbeholfene Art, er bewegt sich so zackig, fast wie eine Maschine, bei der die Übersetzung nicht richtig ist. Wir rührten in dem Gras he-

rum, ich gebückt und mit den Händen und er mit der Forke. Plötzlich, als ich hochkam, standen wir ganz dicht voreinander, wir hatten es gar nicht gemerkt, weil wir die Augen an der Erde hatten. Da starrte er mir so ins Gesicht. Zum ersten Mal, er sieht mich sonst nie an. Seine Augen brannten, es war so komisch auf einmal. Ich hatte richtig Angst. Dann grunzte er etwas, ich hab mich schnell abgewendet und weitergesucht. Noch eine ganze Zeit stand er so da und starrte mich an, sein Blick tat weh, aber er sagte nichts mehr. Er kann ja nicht ordentlich reden. Er stottert irgendwie, es staut sich was auf, und dann kommt alles auf einmal, so schnell, dass man nichts verstehen kann. Nur August und Schwiegereltern können ihn verstehen, jedenfalls genug, sie sind es gewohnt und haben mehr Übung. Ich verstehe aber fast gar nichts. Ich möchte nie wieder mit ihm allein sein. Den Zinken haben wir dann noch gefunden und ich war froh, dass ich wieder auf dem Cormick saß und weiterfahren konnte. Ob ich August das erzählen kann? Mit Hinni ist er ja eigen, auf ihn lässt er nichts kommen, egal was ist.

»Was ist das denn nun wieder?«, fragte Christa, als ihr Mann die Papiere in seinen Händen sinken ließ.

»Wenn 'n Mann 'ne Frau so anguckt, dass sie Angst kriegt? Vielleicht – vielleicht wollte er was von ihr?«, mutmaßte er.

»Dieser Hinni – was ist das eigentlich für einer, weißt du was über den?«, wollte Christa wissen. Sie hatte die Füße unter sich gezogen auf dem Sessel und hielt mit beiden Händen die große Tasse.

»In der Akte steht nicht viel über ihn. Er sei sprachbehindert, heißt es ganz scheinakademisch, man könne keine ordnungsgemäße Vernehmung mit ihm abhalten. Ich glaube, der Dr. Dewald, der gleich nach dem Polizisten, diesem Schäfer, am Tatort war und die tote Frau aufgefunden hat, der hat der Polizei erklärt, dass es nicht möglich sei, mit diesem Hinni in Kontakt zu treten. Jetzt versteht ihn wohl nur noch seine Mutter.«

»Wieso?«

»Na ja, der August sitzt, der Vater hat einen Schlaganfall gehabt und kann seitdem nicht mehr reden, und dann ist da nur noch die Mutter.«

»Und der Hof – ist da sonst keiner mehr auf dem Hof?«

»Doch – stimmt. Die Schwester ist eingesprungen, mit ihrem Mann oder Verlobten, das hat von Borstel mir erzählt. Die wohnten in Hollenfleth, sind aber zurück auf den Hof und machen jetzt die Arbeit. Vielleicht kann sich Hinni mit denen unterhalten. Armes Würstchen. Eine Frau hatte der bestimmt nie. Noch nie eine von dichten gesehen, garantiert.«

»Und wie alt ist er?«

»Mhh«, überlegte Schlüter. »Ich glaube, ungefähr fünf Jahre älter als sein Bruder, der August. Um die fünfunddreißig.«

»Also im Vollbesitz seiner Manneskraft«, meinte Christa und sah ihren Mann wohlgefällig an.

»Und sein kleiner Bruder hat diese schmucke Frau und er ist leer ausgegangen.«

»... und kann sich nur an die Kühe halten ...«, grinste Christa.

»Was du auch immer gleich denkst!«

»So ist das Leben auf dem Lande nun mal, lieber Mann, seit Menschengedenken, meinst du nicht? Aber Spaß beiseite. Er ist der Älteste, sagst du?«

»Ja, die Schwester ist Mitte zwanzig erst. Ein Küken sozusagen«, bestätigte Schlüter.

»Dann muss Hinni ganz schön eifersüchtig gewesen sein«, meinte Christa, »der älteste von drei Geschwistern muss doch eigentlich den andern zeigen, wo's langgeht, und nicht umgekehrt.«

»Zumal er ja auch nicht der Hoferbe ist, sondern August, wegen seiner Behinderung.«

»Woher hat er die eigentlich?«, fragte Christa. »Angeboren?«

»Ich weiß es nicht«, antwortete ihr Mann, »in der Akte steht darüber nichts drin, man hat es nicht für nötig gehalten, lange herumzuforschen, die Sache war ja von vornherein klar.«

»War sie das wirklich?« Christa lachte. »Ich sag das nur so, ich kenne ja die ganze Geschichte überhaupt nicht. Von ferne lässt sich das leicht sagen. Aber werden wir mal konkret: Wo, zum Beispiel, war denn der Hinni zur Tatzeit?«

»Auf dem Hof. Die ganze Familie war auf dem Hof. Außer der Schwester, die kam ja erst, als es passiert war.«

»Und wo war Hinni?«

Schlüter stand auf, holte einen Zettel und einen Kugelschreiber vom Regal, dann zeichnete er: »Hier ist das Wohnhaus, dort der neue Boxenlaufstall, hier der Verbindungsgang zwischen den beiden, da hat die Leiche der Frau gelegen. Und da hinten ist der Jungviehstall, da hat Dr. Dewald Hinni beim Ausmisten angetroffen.«

»Aber da war sie schon tot, nicht wahr?«, fragte Christa und beugte sich interessiert vor. »Und August?«

»Im Melkstand. Er molk, grölte ein Lied und war betrunken. Eins Komma sechs Promille.«

»Weit ist es ja nicht vom Jungviehstall bis zu der Stelle, nicht?«

»Es mögen fünfzig Meter sein, mehr nicht.«

»Dann hätte er doch gut seine Schwägerin töten können und anschließend zum Ausmisten in den Jungviehstall?«

Schlüter schüttelte den Kopf: »Auf was für Ideen du kommst!« Er überlegte, die Hand am Kinn.

»Das kommt aber gar nicht in Betracht«, fuhr er schließlich fort, »August hat's schließlich klipp und klar zugegeben.«

»Und wenn die ihn bei der Polizei in die Mangel genommen haben?«, fragte Christa und lächelte irritierend. »Und außerdem können die ihm das ja auch in den Mund gelegt haben, nicht?«

Schlüter starrte aus dem Balkonfenster. Draußen

schwirrte die heiße Sommerluft. »Nee, nee, Christa, das macht der Staschinsky nicht, solche Methoden, der ist einer von denen, die den Rechtsstaat verkörpern. Entweder die Leute geben's zu bei ihm, oder sie lassen es bleiben, das sieht der ganz trocken.«

Er überlegte eine Weile. »Übrigens hat der Staschinsky gar nicht weitergemacht, das fällt mir jetzt ein. Die erste Vernehmung nur. Und da hat von Borstel gestanden, jedenfalls was man so Geständnis nennt.«

Schlüter schenkte die beiden Teetassen wieder voll und goss einen kräftigen Schuss Milch nach. Das war von ihrem Landleben übrig geblieben: die frische Milch vom Biobauern, dem ersten in Hollenfleth. Vor drei Jahren hatten die angefangen, zwei Schwestern mit ihren Männern, lauter studierte Leute, die es nach dem Urteil ihrer Nachbarn nie schaffen würden. Wenn jemand etwas Neues machte, sagten die Leute grundsätzlich: »Das kann ja nichts werden!« Und wenn es doch etwas wurde, waren sie neidisch. Aber die Milch schmeckte besser als jede andere und hielt sich eine Woche lang im Kühlschrank.

»Wie war es denn – das Geständnis?«

»Er hat gesagt, dass er es wohl gewesen sein müsse. Das übliche Geständnis bei derartigen Taten. Wer sagt solche Scheußlichkeiten schon klar heraus?« Schlüter nahm einen Schluck aus seiner Tasse. »Und wozu hätte er sich sonst einen ballern sollen? Wenn nicht zum Mutantrinken? Ein Bauer mit eins Komma sechs im Melkstand, der ›Es gibt kein Bier auf Hawaii‹ brüllt, und 'n paar Meter vor der Tür zur Melkkammer liegt die Frau, tot?«

»Vielleicht hat er ja auch nur vor Schreck einen getrunken, hinterher, nachdem Hinni ...?« Christa war begeistert von ihrer Idee.

Schlüter kam schon wieder ins Grübeln.

»Du redest wie 'n Staatsanwalt«, fügte Christa trocken hinzu. Aber dann beugte sie sich vor und tätschelte ihn tröstend. »War nicht so gemeint.«

Schlüter grübelte immer noch. Zu welchen Denkkonstruktionen diese Papiere einen doch verführen konnten. Womit das wohl weiterging? Sie hatten ja noch fast nichts gelesen. Entschlossen griff er nach der Tasse und stürzte den wunderbaren Tee mit der wunderbaren Milch in großen Schwallen hinunter. Ostfriesentee auf Englisch.

Dann stand er auf und sagte: »Jetzt tu ich was, was ich noch nie getan habe, solange ich diesen verdammten Beruf ausübe: Ich gehe ins Büro und hole mir die Ermittlungsakte her, und du kannst ja noch 'n Tee machen und die Papiere von Erika von Borstel weiterstudieren. Nachher setzen wir uns zusammen und überlegen, ja?«

»Jawohl, Herr Kommissar!« Christa grinste, stand auf, und sie küssten sich über dem alten Tisch aus ihrer Studentenzeit.

Christa Schlüter zog wieder ihre Hacken unter den Hintern, drückte sich ein Kissen zurecht, nahm die Papiere zur Hand und las:

Sonntag, den 1. August 1982
Nun sitze ich hier, am Nähtisch in unserem Schlafzimmer. Hier sitze ich immer. Wenn August kommt, höre ich ihn rechtzeitig und kann alles wegpacken. Willem schläft, August ist drüben und guckt fern. Ich hab mir eine von seinen Hosen hingelegt, ein Flicken ist halb fest, ich brauch mir nur die Hose zu nehmen und es fällt nicht auf. Ich komme mir schlecht vor. Ich sollte keine Geheimnisse haben. Ich mache mir so viele Gedanken. Aber wir können nicht reden. August ist so schweigsam. Er erzählt nur von sich aus, wenn wir mit dem Fahrrad unterwegs sind, dann erzählt er von früher, wie es früher auf dem Hof war, wie er mit Krone die Rüben geigelt hat und wie er sich unter den Stangenbohnen versteckt hat, wenn Schwiegereltern ihn gerufen haben, wie er Kreuzottern im hohem Moor mit Hinni gefangen hat und wie sie die bei Rathjens in der Börm wieder ausge-

setzt haben, weil sie den blöden Rathjens beißen sollten. Dann lachen wir zusammen und dann mag ich August richtig gern und ich fühle das so, als wären wir eine richtige Familie. Aber das ist so selten. Und in der andern Zeit redet er gar nicht, nur was zu machen ist. Und er sagt nie ein gutes Wort zu mir.
Neulich habe ich den Hamburger wieder getroffen, als ich mit Willem einkaufen war. Er hat so freundlich gegrüßt, angehalten und gefragt, wie's denn so geht und wie die Ernte denn so ist. Dabei hatten wir ja noch gar keine Ernte, die kommt ja noch erst. Von Landwirtschaft versteht der gar nichts. Mit Willem hat er rumgeschäkert, ob er schon Trecker fahren könnte und so, und Willem war ganz stolz und hat gesagt, er könne das schon, denn wenn er manchmal bei August mit zwischen den Beinen sitzt, dann darf er mal steuern. Willem mag den Onkel leiden, hat er hinterher gesagt. Wenn der mit einem redet, hat man irgendwie das Gefühl, man wird richtig für voll genommen. Er hat ja damals auch gesagt, ich wäre eine starke Frau, aber ich glaube, ich bin das nicht, ich hab immer so viel Angst. Ganz bestimmt gehe ich nicht hin zu ihm zum Kaffeetrinken, weil er gesagt hat, ich könne mal auf eine Tasse Kaffee reinkommen zu ihm, wenn ich mal wieder am Zaunflicken wäre. Das geht nicht. Aber das habe ich nicht gesagt. Ich habe gesagt, vielleicht, und dann hat er noch gesagt, er würde jeden Sonntag Kaffee trinken zwischen vier und fünf. Da könnte ich kommen, auch ohne Anmeldung, denn Nachbarn wären immer herzlich willkommen, die bräuchten nicht erst extra Bescheid sagen. Heute ist Sonntag, und die ganze Zeit habe ich gedacht, ob ich hingehe, aber was soll ich August und den andern sagen, und außerdem, die Arbeit, das Melken und Kälbertränken muss doch gemacht werden. Und Willem, wo hätte ich mit dem hin sollen?
Ach, was ich hier alles schreibe. Es ist schon spät. Ich will lieber ins Bett gehen und schlafen, oder wenigstens so tun, als würde ich schlafen, falls August noch was

von mir will, denn wenn wir die ganze Zeit nicht miteinander geredet haben, dann kann ich das nicht.

Christa Schlüter strich sich ihre langen, dunklen Haare hinter die Ohren, stand auf und ging in die Küche, um einen neuen Tee aufzusetzen. Eine merkwürdige Geschichte. Der Alltag einer Bauersfrau, wie viele hatten solch einen gewöhnlichen Alltag? Wenn man das Ende dieser Geschichte kannte ...

Mit einer dampfenden Tasse Tee in der Hand kehrte sie zu ihrem Leseplatz zurück.

Dienstag, den 10. August
Es ist alles zu spät. Ich habe keine Lust mehr. Es ist immer nur Arbeit, immer nur Arbeit. Der Hof und immer nur der Hof. Vorgestern waren wir mit dem Fahrrad unterwegs, an den Landern längs, wir haben uns den Schlag Weizen angeguckt, der bald geerntet werden soll. Der Wind strich hin über die Ähren, die schon etwas gelb werden, und der Weizen wogte sanft unter dem Wind, es sah richtig schön aus. Aber August hat Willem erzählt, dass Opa da früher als Tagelöhner die Grüppen gekleit hat, als er noch auf dem Brammer'schen Hof gearbeitet hat und als das Land noch zu diesem Hof gehört hat, und dann hätte Opa das Land gekauft und nun würde er es bewirtschaften, und wenn Willem groß wäre, dann würde es ihm gehören und er würde mit dem Trecker dort fahren. Ich weiß nicht, aber es war irgendetwas falsch dran, dass er so redet, ich kann es nicht aushalten. Immer nur der Hof. Nie Freude. Immer nur Pflicht. Wie bei Mama und Papa, die kannten auch nichts anderes. Nachmittags war ich einfach nicht da. Ich bin mit Willem noch mal losgegangen, ins Feld zum Hohen Moor, zum Seeblick, den es da ganz am hintersten Ende noch gibt, hohe Birken stehen drum herum. Wir haben die Wolken angeguckt, wie sie sich in dem Tümpel spiegeln und wie die Gräser leicht schwanken, wenn der Wind darüber hinhaucht, und Willem hat so

viele Fragen gestellt, ich konnte sie ihm gar nicht alle beantworten. Wie die Wolken in den Teich kämen, ob sie da drin wären? Ja, sie wären da drin, habe ich zu ihm gesagt, sie würden das Wasser küssen und sich dann am Rand im Gras verstecken und dann würden neue kommen. Als wir zurückgingen, war mir das Herz schwer, denn ich wusste, sie hatten auf mich gewartet, wegen dem Melken, und als ich dann unten im Melkstand war, hat August mich geschubst, als er an mir vorbeiging, dass ich gestolpert und hingefallen bin, und er hat mich wütend angesehen.
Der Hof. Immer nur der Hof. Ich will nichts mehr hören von dem Hof. Er ist mir scheißegal, der Hof!

Montag, 16. August 1984
Gestern waren wir bei Mama und Papa. Papa liegt jetzt schon seit drei Monaten, es ist Frühling längst vorbei, und er wollte doch so gern wieder aufstehen, wenn Frühling ist, und noch so viel machen. Nun kann er gar nichts mehr. In dem alten Haus kommen sie allein nicht mehr zurecht. Mama sagt nicht, was er hat, aber gestern war Dr. Dewald da, so mitten am Sonntag, er saß in der Küche und aß Kuchen, das tut er jedes Mal, wenn er da ist, und dann ist Mama einen Augenblick rausgegangen und da hat er uns gesagt, dass Vater sehr schwer krank wäre und wir sollten mit dem Schlimmsten rechnen und unsere Mutter unterstützen, es könnte sein, dass sie bald allein sei. Ich wusste gar nicht, was ich so schnell dazu sagen sollte, und dann kam Mama wieder rein und ich habe gar nichts gesagt und sie hat gesagt, Kind, warum sagst du nichts, wie geht's dir denn? Und sie war ganz grau im Gesicht und mager ist sie auch geworden. Wir sind dann zu Papa in das Schlafzimmer gegangen, er war schwach, hat uns aber die Hand gegeben und nicht viel gesagt, nur aus dem Fenster geguckt. Wir wussten nichts zu reden. Als die Zeit um war, da hat er gesagt zu mir, ich bin froh, dass du es gut hast und so einen fleißigen Mann hast und ihr so gut zusammenhaltet. Und

dann hat er geweint und August ist rausgegangen. Dann sind wir wieder nach Hause gefahren.

Später, als der Abend lau wurde, saßen sie wieder an der offenen Tür. Sie hatten sich die Papiere der Toten gegenseitig vorgelesen.

»Na, was sagst du?«, fragte Schlüter.

»Ein Scheißleben das. Viel Arbeit, keine Freude.«

»Rein prozessual kann ich mit den Papieren nichts anfangen.«

»Wahrhaftig nicht«, sagte Christa, »sie zeigen den Kerl ja nicht gerade von der besten Seite.«

»Mhh. Wenig reden. Viel denken, viel fordern, aber nichts aussprechen. So baut man Berge auf zwischen sich und dem Nächsten. Bis keiner mehr rüberkommt.«

»Und dann kommt der nette Nachbar von nebenan, mit blonden Locken, der einen endlich ernst nimmt und Zeit hat am Sonntagnachmittag und bei dem natürlich alles anders ist«, seufzte Christa.

»Die Ursache jeder Ehescheidung: Mann nimmt Frau nicht für voll.«

»Du übertreibst«, widersprach Christa. »Das ist höchstens bei jeder zweiten so. Bei den andern sind's die Frauen von heute ...«

»Das Leben ist schwer geworden ...«

»Ob er's wusste?«, fragte Christa. »Ich meine, dein August.«

»Weiß ich nicht. Wenn ja – dann war's vielleicht Eifersucht, keine Habgier.«

»Wenn er's war«, stellte Christa fest.

»Dieser Polizist, der ihn festgenommen hat, der ist entscheidend.«

Schlüter nahm sich die Akte, die neben ihm auf dem Sofa lag, blätterte die richtige Stelle auf und las: »›... jetzt sei die Frau endlich weg, jetzt könne sie den Hof nicht mehr ruinieren mit ihrer Geldgier, hat er geschrien‹, sagt der Schäfer. So heißt der, der ihn festgenommen hat.«

»Ja, aber«, sagte Christa und richtete sich auf aus ihrem bequemen Sitz auf dem Sofa. »Was heißt denn das? Dann muss er sie doch nicht umgebracht haben, oder? Es kann doch sein, dass er sich gefreut hat darüber, dass sie ein anderer umgebracht hat – streng genommen, meine ich ...«

Schlüter lachte: »Du bist ja spitzfindig wie ein Advokat, liebe Frau. Aber glaube nicht, dass das einen Richter beeindrucken würde. Der geht nach der Lebenserfahrung. Common Sense. Gesundes Volksempfinden hieß das früher. Folge deiner ersten Regung und du liegst richtig. So läuft's und nicht anders. Und was du mal gesagt hast, davon kommst du nicht runter, nie.«

»Und – was meinst du? War er's?«, fragte sie gespannt.

»Wenn er's nicht war – warum sollte er dann sitzen und nichts sagen, wie?«, fragte Schlüter zurück.

Christa dachte nach. Draußen schlug die St. Wulfhardi-Kirche sechs, die Glockenschläge vibrierten durch die Gasse vor ihrem Balkon. Sie ließen die Schläge verhallen.

»Ich weiß es nicht«, sagte sie dann bedächtig. »Aber wenn es so ist, dann muss es ein Grund sein, der mächtiger ist als jede Angst und jede Strafe. Frag ihn selbst.«

»Hab ich ja. Ich habe ihn gefragt, ob er mir den Tathergang schildern will.«

»Und?«

»Nichts. Es kommt nichts. Er hat nur gesagt, er müsse es wohl gewesen sein. Er sagt, er kann sich an nichts erinnern. Das hat er von Anfang an gesagt.«

»Und – glaubst du ihm das?«

»Eigentlich nicht. Er hatte nur 1,6 Promille. Das reicht nicht für einen Vollrausch, wo man sich an nichts erinnern kann. Aber das sagt nichts.«

»Finde ich aber doch«, widersprach Christa. »Dann verheimlicht er absichtlich was.«

»Nicht unbedingt. Fast jeder, der so was getan hat, kann sich anschließend an nichts erinnern oder behauptet das wenigstens. Amnesie nennen das die Gerichtsmediziner. Es gibt drei Sorten: eine alkoholbedingte, eine psychisch bedingte, auch Verdrängung genannt, und eine markierte. Die letzten beiden kann man selten auseinander halten. Denn so eine Tat ist so schrecklich, dass man an sie nicht denken kann. Stell dir vor: der Schnitt quer durch die Kehle. Das Blut spritzt mindestens einen halben Meter raus, im Takt des Pulses stirbt der Mensch. Es ist, als wenn ein Fremder sie verübt hätte, denn man ist sich selber fremd, und die Situation, in der man es tut, ist einmalig im Leben und kehrt nie wieder, sie gehört nicht zum eigenen normalen Leben, sondern zu einem fremden. Markieren tut einer, der sich schämt und es nicht schafft, etwas zuzugeben, er behält einen Rest Würde in den Augen anderer, wenn er es nicht zugibt. Kann man verstehen, auch das.« Schlüter klappte die Akte entschlossen wieder zu.

»Du müsstest mehr über ihn und seine Familie wissen«, sagte Christa. »Dann könntest du vielleicht auch besser mit ihm reden.«

»Und wie?« Schlüter hob ergeben die Schultern hoch. »Die Mutter redet nur hässlich über ihre tote Schwiegertochter, wenn sie mal bei mir ist. Der Vater ist stumm, der Bruder auch so gut wie, die Schwester kenne ich nicht und der August macht den Mund nicht auf. Die müssen da eben so durch. Ich setz mich da hin und verdien meine schmale Pflichtverteidigergebühr eben mit Nichtstun, verdammt noch mal! Komm, lass uns Abendbrot essen!«

XI.

Kasulke schmeckte das Brötchen nicht, die Kinder gingen ihm auf die Nerven, natürlich stritten sie sich schon am Frühstückstisch, und er sah seine Frau missmutig an. Kasulke hatte schlechte Laune. Wieder so ein Tag, der von vornherein verdorben war, bevor er überhaupt angefangen hatte. Hauptverhandlung in Sachen von Borstel, und dann auch noch mit Schlüter als Verteidiger. Die Kollegen nannten ihn Fuchs, weil er unberechenbar und schlau, ja, gerissen war. Mit Schlüter konnte dieser Tag nichts werden.

Dabei war Kasulke gerne Staatsanwalt. Er mochte seinen Beruf. Er ernährte ihn und seine Familie gut, die Verantwortung hielt sich in Grenzen und die Arbeit ließ ihm genug Zeit zu nachmittäglichen Mußestunden in Haus und Garten. Wenn er morgens um neun das Haus verließ, sich auf seinem Fahrrad zur Dienststelle begab – mit seiner alten Ledertasche aus der Schulzeit auf dem Gepäckträger, in der immer ein paar Akten waren, damit niemand sagen konnte, er würde seine Dienstpflichten vernachlässigen –, dann war er mit sich und der Welt zufrieden. Er hatte erreicht, was zu erreichen war: Eigenheim, Frau und zwei Kinder, eine sichere angesehene Position; was will man mehr. Wenn er dann das Dienstgebäude, ein Produkt der Sechziger aus Glas und Beton, angebaut an das alte Landgericht aus Bismarcks Zeiten, erreicht und sein Fahrrad abgeschlossen hatte, pflegte er immer kurz in die Geschäftsstelle zu blicken, demonstrativ mit der prallen Aktentasche unterm Arm, um guten Morgen zu sagen. Oft gab es dann die Gelegenheit zu einem kleinen Gespräch mit den Justizbeamten oder den Schreibfrauen, ein nettes Wort oder ein jovialer Spruch, so tat man etwas fürs Betriebsklima. Dann ging er meistens gleich in sein Dienstzimmer, um einen Blick auf den Aktenbock zu werfen, links das Fach zu messen, in dem die eingegangene Post lag, abzuschätzen, wie lange er heute brauchen würde. Meistens stellte er befriedigt fest, dass nichts Unvorhergesehenes einen leichten, angenehmen Tag stören würde.

Sich dann einfach so hinzusetzen, mit der Arbeit zu beginnen, der Typ war er nicht. Man musste erst warm werden, den nötigen Schwung für gute, konzentrierte Arbeit finden. Deshalb pflegte er wieder hinauszugehen auf den Flur, ein Stück weiter hinunter, vorbei an der

Teeküche, in die er einen schnellen Blick warf, bis zu Mangelsdorff, der am Ende des Flurs sein Zimmer hatte. Mangelsdorff arbeitete grundsätzlich mit offener Tür, damit er die Gelegenheit zu einem Plausch nicht versäumte, und wenn Kasulke Glück hatte, dann war er schon da, und sie konnten sich zusammen in der Teeküche einen Kaffee kochen. Damit wärmten sie sich für die Arbeit auf, tauschten Anekdoten aus, gaben sich gegenseitig Tipps und machten dem Ärger über das allgemeine Unvermögen der Anwaltschaft und die umständliche Kompliziertheit der Strafrichter Luft. Mangelsdorff war seit einiger Zeit für Umweltstraftaten zuständig, ein Dezernat mit vielen Vorteilen, aber auch einigen Nachteilen. Einerseits hatte er es mit furchtbar komplizierten Sachverhalten zu tun, mit Grenzwerten, chemischen Analysen, verwaltungstechnischen Einzelheiten und abseitigen Verordnungen und Erlassen, unübersichtlichen Genehmigungsbescheiden, kurz: mit Dingen, von denen er, rein ausbildungsmäßig gesehen, nicht das Geringste verstand. Mangelsdorff focht das nicht an, er behielt stets einen optimistischen Grundton, und das war es, was Kasulke insgeheim an ihm bewunderte, diese Selbstsicherheit, denn Mangeldorff machte aus seiner Schwäche eine Tugend und sagte immer, einen unvoreingenommeneren Staatsanwalt als ihn gäbe es in der ganzen Behörde nicht, denn wer sei unvoreingenommener als derjenige, der von einer Sache nicht allzu viel versteht und sich den Blick fürs Wesentliche nicht durch Detailwissen und Fachidiotentum vernebeln lässt? Und nur wer unvoreingenommen sei, könne eine Sache kühl, objektiv und damit letztlich richtig beurteilen. Und wenn es dann wirklich einmal kneife, wozu gäbe es denn die Polizei, die Ermittlungstruppe und Dienerin der Staatsanwälte? Und dann gab es schließlich auch noch die Sachverständigen, die sich über einen Auftrag freuten. Wenn Mangelsdorff einen Umweltsünder dingfest machen konnte, dann sagte er immer: »Siehst du, es ist doch alles gar nicht so schlecht, wie es scheint, wir kommen voran in Sachen Umweltschutz!« Ein in einen Tümpel entleerter Müllsack oder ein Farbpinsel, den ein Malermeister unter einem Wasserhahn wäscht, wie er es schon immer getan hat. Ja, die Zeiten haben sich geändert und Unwissenheit schützt vor Strafe nicht. Andererseits durfte die öffentliche Aufregung auf diesem Gebiet nicht dazu führen, dass Unparteilichkeit und Unvoreingenommenheit auf der Strecke blieben, und wenn Mangelsdorff ein noch so kleines Detail unklar blieb, dann wurde das Verfahren eben eingestellt. Das war der Vorteil in seinem Dezernat. Denn so hatte er wenig Hauptverhandlungen in eigenen Sachen, und die waren dann so übersichtlich, dass er sie getrost den Kollegen nach Dienstplan überlassen konnte.

Überhaupt war es viel angenehmer, mit den Anklagen der Kollegen in die Hauptverhandlung zu gehen, da waren sich Kasulke und Mangelsdorff einig. Man war nicht durch so viel Vorwissen belastet, als wenn man die Ermittlungen selbst geführt hatte, man trat nur mit der Handakte an, die selten mehr als ein Doppel der Anklageschrift enthielt, das komplette Ermittlungsergebnis lag nur dem Gericht vor. Entsprechend kurz war dann auch die Vorbereitungszeit. Sie entfiel meistens ganz, weil man die Anklage ja ohnehin laut vorlesen musste – das war die beste Vorbereitung. Danach setzte man sich hin und folgte unvoreingenommen der Hauptverhandlung. Detailfragen des Gerichts konnte man kontern mit der Bemerkung, man sei nicht Sachbearbeiter, und wenn tatsächlich einmal wesentliche Aspekte des Sachverhalts nicht ausreichend ermittelt worden waren und der Richter sich ärgerte, so traf die Schuld daran nie einen selbst.

Kasulke hatte sein Frühstück beendet, seine Miene war abweisend genug, dass ihn keiner anzusprechen wagte. Heute hatte er wirklich Probleme mit seinem Beruf. Es gab einfach Tage, an denen zweifelte man an allem. Dabei war er sich mit Mangelsdorff doch sonst einig, dass es ein guter Job war.

Meistens ging er dann nach dem Morgenplausch in sein Dienstzimmer, einen hellen Raum mit Besuchersitzgruppe aus furniertem Spanholz, die niemals benutzt wurde, um seine Arbeit zu tun. Einstellungsverfügungen und Anklageschriften im Wesentlichen, selten Anordnungen an die Polizei. In seinem Dezernat war es einfacher, Anklage zu erheben als ein Verfahren einzustellen. Denn man musste ja seine Akten in Ordnung halten, nachprüfbar in Ordnung halten. Wenn ein Privatmensch eine Anzeige erstattet hatte, musste man bei einer Einstellung stets mit einer förmlichen Beschwerde rechnen, erst recht, wenn schon ein Anwalt eingeschaltet worden war, und das hieß Überprüfung durch den General. Das konnte peinlich werden, wenn nicht alles hieb- und stichfest war. Andererseits konnte man auch nicht einfach deshalb *immer* anklagen; schließlich war es genauso peinlich, wenn alle Anklagen mit Freisprüchen endeten und man eine zu niedrige Trefferquote hatte. Anklagen gingen schneller von der Hand. Sie stellten den Anzeigenden zufrieden, und wenn an der Sache doch nichts dran war, nun ja, dann musste der Richter eben sehen, wie er damit zurechtkam.

Kasulke pflegte seine Verfügungen und Anklagen handschriftlich zu verfassen, in einer kleinen Schrift, bei der sich die Buchstaben mal zur einen, mal zur anderen Seite neigten. Nach zwei, drei Stunden hatte er in der Regel das Wesentliche geschafft, und sie, also Mangelsdorff und er, gingen in der nahen Innenstadt ins Café, zusammen mit Kalmeier, der einen Stock höher saß und für Sexualdelikte zuständig war. Kalmeier hatte immer schöne Geschichten aus seinem Dezernat auf Lager, und jedes Mal, wenn er eine erzählt hatte, freute sich Kasulke, dass er selbst so durch und durch normal war. Oft kamen auch noch Rottal und Bobergen mit. Rottal war für Jugendsachen zuständig und Bobergen hatte die Beamtensachen zu bearbeiten. Bobergen war die Krähe, die beauftragt war, seinesgleichen die Augen auszuhacken, was er nur ungern tat. Kasulke konnte das verstehen. Zu fünft saßen sie dann an ihrem Stammtisch in einer Ecke des Lokals und verbrachten die letzte Stunde vor Mittag mit einem anregenden Gespräch über Gott und die Welt. Danach würde man noch einmal in die Behörde gehen und nachsehen, ob es wider Erwarten neue Arbeit gab. Das war selten der Fall, so dass man sich, die Alibiakte in der Tasche, wieder auf den Nachhauseweg machen konnte.

Aber damit war heute nichts, dachte Kasulke mutlos, während er sich auf sein Fahrrad schwang. Hauptverhandlung in Sachen von Borstel. Er hatte die Ermittlungen geführt und die Anklage selbst verfasst, er trat also als Ankläger in eigener Sache auf und musste für das, was er getan hatte, geradestehen. Dabei hatte er die Sache erst bekommen, nachdem alles Wesentliche gelaufen war. Er hatte, ganz zu Anfang, den Auftrag zur Obduktion erteilt und anschließend über die Leichenfreigabe entschieden, aber da gab es nichts zu entscheiden, das war vorgegeben. Den Antrag auf Haftbefehl hatte er natürlich auch gestellt, aber alles nach Vorgabe der Kripo. Und dann hatte er die Akte erst wieder bekommen, als von Borstel schon drei Monate einsaß. Kasulke hatte sich durch die Papiere gearbeitet, den Abschluss der Ermittlungen verfügt und die Anklageschrift verfasst. Die Frage des Gutachtens über die Schuldfähigkeit hatte er außen vor gelassen. Das konnte ja immer noch das Gericht anordnen. Dem wollte er nicht vorgreifen, das wäre nicht gut gewesen. Er würde ohnehin nicht gefragt werden, ob er gegen eine Begutachtung Einwände zu erheben gedenke. Außerdem hätte er sich mit dem Verteidiger endlos über den Gutachter streiten müssen, wenn er ihn schon selbst beauftragt hätte. Nein, das überließ er lieber dem Gericht.

Überhaupt hielt er nichts davon, die eigenen Kompetenzen auf Biegen und Brechen auszuschöpfen. Manche Kollegen hatten das ja so an sich. Sie hielten sich für das Ermittlungsorgan schlechthin, griffen von Anfang an ein, vernahmen womöglich selbst Zeugen und ordneten bestimmte Beweiserhebungen an. Nein, Kasulke hatte Vertrauen in die Sachkunde der Polizei, und im Übrigen wollte er es sich nicht mit den Beamten verderben und sich als Besserwisser aufspielen, man konnte nie wissen, ob man nicht eines Tages auf ein kollegiales und ungetrübtes Verhältnis angewiesen war, denn das war für die Sache der Justiz und damit letztlich die Gerechtigkeit nur das Beste.

Kasulke strampelte über die große Brücke über den Bahnhof. Nach Osten hin hätte er die Geleise matt in der Morgensonne schimmern sehen können, ein Blick, den nur die Radfahrer über die hohe Brüstung hatten, aber er achtete nicht darauf. Er dachte an seinen bevorstehenden Auftritt. Als Erstes würde er die Anklageschrift verlesen müssen. Auf seine Anklageschriften war er stolz. Es war alte Sitte, und an die hielt er sich, den Anklagesatz in einem einzigen Indem-Satz zu formulieren, eine Aufgabe, die nur für den lösbar war, der germanistische Finesse mit dem Sinn fürs Wesentliche zu verbinden verstand und der imstande war, sich Ordnungsprinzipien um der Sache und um gestochener Schärfe und Klarheit willen zu unterwerfen. Da hielt Kasulke es mit seinem Arndt, den er immer wieder zu Rate zog. Eine gut gelungene Anklageschrift in einem einzigen Indem-Satz, wenn notwendig fünfzig Seiten lang, war eine besondere Befriedigung, die er seinem Beruf verdankte. Eine solche Anklageschrift musste dem Anklagten ohne Stolpern und ohne Stottern, mit der ganzen Wucht der Wahrheit in jedem Wort vorgelesen werden, stehend, nach Möglichkeit Aug in Aug und mit fester, ernster Stimme. Eine Anforderung, die nicht ganz ohne Komplikationen war, wie Arndt sehr richtig geschrieben hatte. Denn die Haltung, der Eindruck, den sie vermittelte, das war entscheidend. Es war schon eine Kunst, dem Angeklagten möglichst oft ins Auge zu sehen, ohne den Kontakt zum Text zu verlieren. Man musste den Text hoch halten, man konnte ihn nicht vom Tisch ablesen, denn das würde zu einer unfreiwilligen

Verbeugung führen, die unwürdig war. Andererseits konnte man die Akte nicht stetig offen vor der Brust halten, denn das forderte, der schlappenden Papierseiten wegen, beide Hände und sah so zweifellos steif, starr, verklemmt und laienhaft aus, ein Schauspieler, der seine Rolle nicht gelernt hat. Eine Hand musste frei sein für gewichtige Gestik. Aber auch das durfte nicht übertrieben werden, denn hielt man die Akte zu lässig mit einer Hand, so musste der Eindruck einer Feiertagsrede entstehen, die Anklageschrift degenerierte zum flüchtigen Spickzettel. Das wurde dem Ernst der Stunde nicht gerecht, man konnte sich unmöglich benehmen wie ein Pennäler, der ein Gedicht deklamiert. Nein, die hohe Kunst des Verlesens einer Anklageschrift bestand im ständigen Wechsel aller Positionen, der Eindruck der Nervosität war natürlich unbedingt zu vermeiden, gezielt zwanglos-ernst sozusagen, hauptsächlich ernst, dem Alltag enthoben, denn der Angeklagte durfte keinesfalls denken, man lese womöglich etwas aus der Zeitung vor. Zeitung! Sicher war in der Mordsache von Borstel auch das Hemmstedter Tageblatt im Gerichtssaal vertreten. Man war nicht mehr unter sich.

Es war kurz nach neun. Kasulke trat in die Pedalen. Um halb zehn sollte es losgehen. Er ärgerte sich, dass er nach siebzehn Jahren Dienst immer noch nicht gleichmütig zu einer Hauptverhandlung antreten konnte. Er hatte aber auch nur selten das Pech, gleich auf zwei alte Rivalen zu stoßen, Hohlmeier von der 3. Kammer und Schlüter als Verteidiger. Kasulke hasste die Besserwisserei des Vorsitzenden, seine Geringschätzung der Staatsanwaltschaft, als wäre sie kein selbstständiges Organ der Rechtspflege, wie es im Gesetz steht, sondern nur der Wurmfortsatz der Justiz, überflüssig und hinderlich, Hohlmeier ließ keine Verhandlung aus, in der er das nicht spüren ließ. Den Schlüter behandelte er allerdings auch nicht besser, aber der hatte es nicht anders verdient. Grundsätzlich und konkret. Verteidiger sind bei einem unvoreingenommenen Gericht und einem unvoreingenommenen Staatsanwalt eigentlich überflüssig, dachte Kasulke. Früher, als unsere Gesellschaft noch nicht so demokratisch und gerecht war, da war der Verteidiger bitter nötig, jedenfalls hier und da, wenn man auf einen ungerechten Richter traf. Aber heute waren eine demokratische Richterschaft und eine demokratische Staatsanwaltschaft der Garant für ein rechtsstaatliches Verfahren. Als ob je ein Gericht absichtlich einen Unschuldigen verurteilt und ein Staatsanwalt dazu Hand und Wort gegeben hätte! Als ob je ein Gesichtspunkt, der zugunsten eines Angeklagten gesprochen hätte, unberücksichtigt geblieben wäre! Man war doch froh, wenn man keine hohen Haftstrafen verhängen musste, wenn sich ein Weg zeigte, das zu vermeiden. Aber es war auch Härte angebracht, wo Nachsicht nicht helfen konnte. Die Verteidiger verdarben da nur die Maßstäbe, und der Schlüter besonders.

Merkwürdig genug war, dass dieser Schlüter sich auch noch alle Mühe gab, diese Meinung zu bestätigen. Er saß immer schräg in seinen Stuhl hineingeflegelt, den speckig grauen Schlips unordentlich über dem Bauch gewellt, mit halb geschlossenen Augen, drei Finger der Rechten an die Stirn gestützt, als ginge ihn das alles nichts an. Er schwieg, tagelang. Gut, seine Plädoyers waren nicht übel, sie konnten einen Zuhörer, der keine feste innere Stütze hatte, durchaus in Zweifel versetzen, aber nur dafür das ganze Geld zu verdienen, das war doch nahezu unanständig!

Leider war das aber nicht alles. Denn manchmal, und man wusste nie genau wann, stellte er an einen der Zeugen oder an den Angeklagten eine kurze Frage, er setzte sich dabei nicht einmal vernünftig hin, nur seine Augen blickten hell den Befragten an, eine ganz unvorhergesehene Frage, und die Antwort war dann auch meistens unvorhergesehen, manchmal warf sie alles um, was man sich so schön gemeinsam erarbeitet hatte. Das Schlimme daran war, dass die Wahrheit dadurch nicht befördert wurde, nur – eine Verurteilung war nicht mehr möglich, rein strafprozessual gesehen natürlich, und er, Kasulke, war blamiert.

Kasulke dachte an seinen Vater, er war Richter gewesen, einer von der honorigen Sorte, schon im Krieg und dann wieder ab 1949 nach der Entnazifizierung, er hatte sich nichts zuschulden kommen lassen, er hatte sich nie blamiert, war immer er selbst gewesen, sicher, fleißig und gerecht. Sonntags nach dem Frühstück pflegte er sich in sein Arbeitszimmer zurückzuziehen, in dem die große Standuhr zur vollen Stunde dröhnte, hinter seinen eichenen Schreibtisch, um Urteile abzusetzen, wie er immer sagte, während er, Kasulke, mit seiner Mutter in die Kirche ging. Das ganze Zimmer war voll mit Regalen gewesen, mit juristischen Büchern, er durfte nie damit spielen, erst später, nach dem Krieg, er mochte acht gewesen sein, durfte er manchmal mit seinen Autos auf den Regalen fahren, die frei geworden waren. Manche Bücher waren nicht mehr aktuell. Zunächst hatte er auch Richter werden sollen, wie sein Vater, und wie alle Assessoren wurde er zunächst an die Staatsanwaltschaft verpflichtet, und dann, nachdem sein Vater verstorben war, hatte er das Ziel aus den Augen verloren, denn es gefiel ihm gut bei der Behörde.

Kasulke war angekommen. Er schloss sein Fahrrad auf dem Innenhof an und betrat das Treppenhaus. Er mied den Fahrstuhl, sprang stattdessen, zwei Stufen auf einmal nehmend, hoch in den zweiten Stock. Auf seinem Schreibtisch lag die Akte, dick und drohend. Die Posteingänge ignorierend, setzte er sich und überflog noch einmal seine Anklageschrift, und es überkam ihn wieder die Freude, wie gut und klar er den schwierigen Sachverhalt gemeistert, bezwungen hatte. Sicher hatte er nichts falsch gemacht.

Er stand auf und ging zum Schrank, öffnete ihn und nahm seine weiße Krawatte vom Haken. Während er sie umband, musterte er missmutig sein asymmetrisches Gesicht im Spiegel und überprüfte, ob sein Scheitel exakt lag. Dann nahm er sich die Robe aus dem Fach, schlüpfte hinein, ließ aber die Knöpfe offen und machte sich, die Akte unter dem Arm, auf den Weg zum Schwurgerichtssaal.

Auch Advokat Schlüter, von manchen respektvoll der ›Fuchs‹ genannt, machte sich auf den Weg zum Gerichtssaal. Von seinem Büro in der Fußgängerzone zum Gerichtsgebäude waren es nur zweihundert Schritte, und als er die Glastür des Seiteneingangs hinter sich ins Schloss fallen ließ, hielt er kurz inne und atmete tief durch. Dann ging er weiter durch den Verbindungsgang in das Gebäude, in dem der Schwurgerichtssaal lag, hinter dem sich unmittelbar die Vollzugsanstalt anschloss. Oben im ersten Stock summte es schon von Menschen. Die interessierte Öffentlichkeit bestand aus ein paar Figuren, die aussahen wie aus dem Hollenflether Moor, und einer grell geschminkten Reporterin vom Hemmstedter Tageblatt. Vor der Tür stand der Sachverständige aus Lüneburg, ein hochaufgeschossener Mann mit grauer Jungenfrisur und klobigen Schuhen, der den Anwalt mit einer linkischen Verbeugung tief hinunter bis zum Hosenschlitz begrüßte. Sie kannten sich. Den hatte Schlüter nicht mehr verhindern können, dazu war er zu spät eingeschaltet worden. Es war der Leib- und Magensachverständige der 3. Kammer, da war nun einmal nichts zu machen, ein Psychiater von der Fraktion der Schädelmesser, der sein Handwerk in der Tradition von Bresser und de Boor betrieb. Ein Psychiater, der die rechtsstaatliche Ordnung wanken sah, wenn man die Existenz seelischer Krankheiten ohne körperliche Ursache zugab.

Die Tür zum Gerichtssaal stand offen, und als Schlüter eintrat, sprang Bluhm sofort begeistert auf ihn zu und begrüßte ihn stürmisch, während Olpe grinsend im Hintergrund, dicht neben dem Kleiderständer in der Ecke, stehen blieb. Olpe fehlte zu seinem Glück nur die Zigarette.

»Ist er schon da?«, fragte Schlüter.

»Kommt gleich, Kollege hat schon Bescheid gesagt«, antwortete Bluhm schnell.

Schlüter ging die wenigen Schritte bis zu seinem Tisch, auf den er seine Tasche legte, umrundete die hölzerne Brüstung, hinter der die Häftlinge sitzen mussten, und gelangte durch die Seitentür in den Nebenflur, von dem aus man ins Beratungszimmer und ein Stückchen weiter zur Hintertreppe kam, die hinunter in den Knast führte. Er wartete und nach einer Minute rasselte der Schlüssel in der Tür zum Treppenhaus. August von Borstel erschien mit gesenktem Blick, hinter ihm Panke wie ein Viehtreiber. Panke sah besorgt aus.

»Kopf hoch, Junge«, sagte er gutmütig, »se wer'n ihn dir schon nich abreißn ...«

Aber von Borstel reagierte nicht, er sah unbewegt vor sich auf die abgescheuerten Dielen des Zwischenflurs.

Die letzten Minuten. Zwecklos, etwas zu reden, das Sinn hätte machen können. Aber Schlüter hatte sich verpflichtet gefühlt, von Borstel gleich zu empfangen, damit er sich nicht verlassen fühlen würde. Schlüter spürte die verzweifelte Ohnmacht, die in dem blassen Gesicht dieses Mannes stand, er sah die mahlenden Backenmuskeln und den feinen Schweiß zwischen seinen dünnen weißblonden Haaren auf der Stirn. Sein Herz wurde von Mitleid überspült, obwohl er wusste, dass es keinen Sinn machte, mit Mördern Mitleid zu haben; aber er konnte die Regung nicht unterdrücken. Was sollte er tun? Wie würde sich dieser Mann verhalten, wenn es gleich ernst werden würde, wenn der Alptraum, den er hundertmal geträumt hatte, Wirklichkeit werden würde? Vorgestern hatte Schlüter ihm die letzten Verhaltensregeln mitgegeben: auf alle Fragen antworten, möglichst nicht zu lang, auch nicht einsilbig. Seine Situation auf dem Hof darstellen. Seine Verzweiflung deutlich werden lassen, den Sohn verloren zu haben, den Hofnachfolger, vor den Eltern wieder als dummer Sohn dazustehen, die Hoffnungslosigkeit des Alleinseins. Dann der Alkohol, vor dem Melken. Aber die Tat selbst hatten sie nicht berührt, auch dieses Mal nicht. Was geschehen war, eigentlich, zu allerletzt. Die Worte, die gewechselt worden waren. Schlüter hatte versucht, Brücken aufzustellen: 213, hingerissen zur Tat. Aber August von Borstel hatte abgeblockt. Nein, er erinnere sich nicht, er könne sich an nichts erinnern. Erst in der Zelle wieder. Dazwischen fehle es eben. Dazu könne er nichts sagen.

Sie bugsierten August auf die Sünderbank hinter die hölzerne Balustrade und Schlüter ging davor auf und ab, über die knarrenden Dielen, und sie warteten auf das Gericht, August mit den Ellenbogen auf den Knien und den Händen vorm Gesicht. Fünf nach halb zehn. Sie verspäteten sich, wie immer. Vulgo war selten pünktlich. Sie nannten ihn Vulgo, den Schamhaarspalter.

Er war auf typische Weise zu seinem Namen gekommen. In einem Vergewaltigungsprozess. Die höchste Sorge der Richter ist, dass die Asservate nach Beendigung des Prozesses einen rechtsstaatlichen Weg nehmen. Sie müssen vernichtet oder herausgegeben werden. Einen dritten Weg gibt es nicht. Im ersten Fall müssen die Prozessbeteiligten auf die Herausgabe verzichten und mit der Vernichtung einverstanden sein, sonst gibt es Ärger mit Beschwerden. Nachdem also der Vergewaltiger sein Urteil bekommen hatte und der Prozess zu Ende war, sortierte das Opfer gesenkten Blickes die Handtasche und wollte erleichtert den Heimweg antreten. Da hielt Vulgo eine kleine Plastiktüte hoch, mit einem dunklen Inhalt, und sagte: »Äh, einen Moment noch, Frau, Ihre Schamhaare ...?« Entsetzt hatte die verängstigte Frau aufgeblickt, hoch oben beugte sich Vulgo über den Tresen und bleckte seine parodontösen Zähne, das Beutelchen zwischen bleichen Fingern schwingend. »Möchten Sie sie wiederha...« Schreiend war sie rausgelaufen. Verständnislos sah Vulgo Schlüter an. Schlüter drehte sich um und ging seiner Mandantin nach. In der Tür hatte er sich noch mal umgewandt und gesagt: »Wissen Sie eigentlich, Herr Vorsitzender, dass Sie die Feinfühligkeit eines Nashorns haben?« und war gegangen, die Tür hinter sich scheppernd. Den Namen hatte sich Schlüter abends mit Christa ausgedacht und in den nächsten Wochen unter der Kollegenschaft verbreitet. Vulgo, der Schamhaarspalter.

Die Protokollantin saß schon an Ort und Stelle, nämlich am linken Ende der hölzernen Barriere, hinter der auch die Richter Platz nehmen würden, auf einem Podest. Fünf Stühle, der mittlere, der Königsstuhl für den Chef. Die Frau strickte unter der Tischplatte wie immer und hatte schon Papier und ihre diversen Stempel zurechtgelegt. Wer wusste schon, dass Protokolle im Strafprozess nicht mit der Feder, sondern mit dem Stempel geführt wurden? Ein Stempel lautet: *D... ... Zeug ... sagte zur Sache aus.* Ein anderer: *D... Zeug ... wurden belehrt gemäß § ...* sowieso. Oder: *D... Angeklagte sagte zur Sache aus.* Oder: *D... Sachverständige erstattete sein/ihr Gutachten.* Oder: *Die Sitzung wurde unterbrochen um ... Uhr.*

Nichtzutreffendes streichen. Namen einsetzen. Das war alles. So ein Protokoll war nachher ein dickes Bündel Papier mit Stempeln. Man konnte ihm nicht ansehen, was geredet worden war, mit Mühe war zu erkennen, um welchen Prozess es sich eigentlich gehandelt hatte. Der Richter schöpfte seine Überzeugung aus dem Inbegriff der Hauptverhandlung. Was der Inbegriff war, musste er sich selbst merken, als Gedächtnisstütze konnte ein Protokoll nicht weiterhelfen. Nur in Zivilsachen wurde wörtlich protokolliert, auch wenn's nur um einen Fünfziger ging. Wenn's um lebenslänglich ging, wurde nichts protokolliert. So stand es in der Prozessordnung von kaiserlichen Gnaden. Ein Stück Mittelalter bleibt übrig, dachte Schlüter. Die Inquisition lässt sich nicht in die Papiere gucken. Schlüter seufzte. Er konnte sich darüber nicht mehr aufregen, wie früher, und darüber ärgerte er sich.

Plötzlich ertönte draußen die Hupe, das Zeichen des Beginns, dreimal, ein lautes durchdringendes Plärren, das hässlichste Geräusch, das Schlüter je gehört hatte, es ging ihm durch Mark und Bein, jedes Mal wieder – wie mussten sich die Angeklagten fühlen bei diesem Höllenton?

Die draußen vor dem Saal Stehenden drängten herein und Bluhm schloss mit wichtiger Miene die Doppeltür. Er stellte sich neben Olpe auf, der am Aufpassertischchen gleich neben der Tür saß, und wippte auf den Zehenspitzen. Der Sachverständige ging mit umständlich langen, unregelmäßigen Schritten zum Sachverständigentisch, bog unterwegs, als er August sah, ab – wohl um ihn zu begrüßen, denn er streckte seine Hand aus –, aber als dieser nicht aufblickte, schlug er noch einen Haken zurück, um sich zu den beiden anderen Sachverständigen zu setzen. Drei waren da. Einer für die Schuldfähigkeit, einer für den Alkohol im Besonderen und schließlich der forensische Mediziner, der Obduzent. Der Alkohol-Sachverständige war ein alerter Mann mit Schnauzer aus Bielefeld von der dortigen Gerichtsmedizin, der Obduzent ein Mann um die fünfzig mit einem jovialen, gemütlichen Gesicht, dessen freundlicher Ausdruck ganz im Widerspruch zu seinem grausigen Beruf stand. Hinter dem Sachverständigentisch war der Pressetisch, an dem ein dicker, schmieriger Lümmel von der Boulevardzeitung Platz genommen hatte – wie die immer unsere Vorurteile bestätigen, dachte Schlüter – und die geschminkte Rothaarige vom Hemmstedter Tageblatt. Oben, am anderen Ende des hohen Tresens, saß Kasulke, er starrte auf die Tischplatte wie auf eine tote Ratte. Dann stand er plötzlich auf, faltete die Hände vor seinem Schoß und erhob sein Haupt, als wollte er gleich eine Predigt halten. Er hat ein besseres Gehör als ich, dachte Schlüter, denn er hörte jetzt erst das Knarren der Dielen nebenan im Flur vor dem Beratungszimmer, aus dem die Kammer jetzt hervorquoll, sich ordnete und – da ging schon die Tür oben, hinter dem Tresen auf, die dem Ein- und Austritt der Richter vorbehalten war. Schlüter stand auf.

Als Erster trat Vulgo ein, als Führer seines kleinen Heeres. Sein Blick war geradeaus gerichtet und traf die Fensterwand, etwa zwei Meter neben dem Staatsanwalt. Er trug sein Schmierpapier in der Hand. Hinter ihm ging der Schöffe, diesem folgte Dr. Hartmann, schließlich Kartoffel-Schmidt und zuletzt eine Schöffin, die Schlüter noch nie gesehen hatte. Alle wie Perlen an einer Schnur, in strenger Reihenfolge. Als Vulgo an seinem Stuhl in der Mitte hinter dem Tresen angekommen war, machte er abrupt Halt und eine Kehrtwendung auf den Hacken, so dass er hinter seiner Stuhllehne zum Stehen kam, die gegenüberliegende Wand fixierend, fünf Meter links neben der großen Tür, neben der Bluhm und Olpe standen, Bluhm stramm und Olpe einfach nur so, wie ein Mensch eben steht. Inzwischen waren die anderen ebenfalls bei ihren Stühlen angekommen und hinter ihnen stehen geblieben. Bis auf Schmidt. Schmidt schleppte den Aktenberg, denn er war Berichterstatter. Er beugte sich über seinen Platz, um die Akten abzulegen, hatte aber seinen Schwung unterschätzt, und alles rutschte ihm schräg aus der Hand. Schmidt verdarb die Würde, die sich stets beim Eintritt des Schwurgerichts zu verbreiten pflegte, durch hektisches Herumrühren auf dem Tisch. Mit einem unauffälligen Blick nach beiden Seiten, der den Bruchteil einer Sekunde länger auf Schmidt ruhte, als es nötig gewesen wäre, stellte Vulgo fest, dass die Kompanie stand, wie es sich gehörte. Dann würdigte er die unter ihm Stehenden mit einem ersten Blick, ließ ihn kurz und knapp in die Runde schweifen und sagte mit staubiger Stimme: »Guten Tag, ich eröffne die Sitzung in der Strafsache gegen August von Borstel, mein Name ist Hohlmeier, ich soll hier die Verhandlung führen. Bitte nehmen Sie Platz.«

Er setzte sich und mit ihm die Riege der Rechtsprechenden. Das Gesicht von Schmidt war in der letzten

Zeit gelb geworden. Ob er es mit der Leber hatte? Sein kalter Blick, den er auf den Angeklagten warf, verhieß nichts Gutes. Auch seine Kerben, die Mundwinkel hinunter, waren tiefer geworden. War es Kummer oder Sorge? Oder nur einfach das Alter und die Arbeit? Schlüter fixierte Schmidt, aber er konnte seinen Blick nicht fassen. Der Gerichtssaal ist ein merkwürdiger Ort, dachte Schlüter. Man begegnet Menschen, aber es ist ein unmenschlicher Ort. Man nickt sich nicht zu, schon gar nicht lächelt man sich zu und man sieht sich auch nicht in die Augen, wie man es im wirklichen Leben täte, man sieht steif aneinander vorbei, man ist Funktionsträger, Kontrahent. Man spielt eine Rolle. Schauspieler sind wir alle, dachte Schlüter, und wir spielen Gerechtigkeit in einem Theaterstück. Alle kennen das Stück auswendig, bis auf einen, der all sein Hoffen und Bangen hineinsetzt und nicht merkt, dass die anderen nur eine Rolle spielen. Aus dem Stegreif muss er mitmachen. Schlüter packte plötzlich eine kalte Wut. Er drehte sich um. August von Borstel saß mit gesenktem Blick und bleichem Gesicht hinter der Holzbrüstung. Warum musste er dort sitzen? Warum konnte er nicht neben ihm sitzen? Er hätte eine Hand an seine Schulter legen können, den einzigen Beistand, den ein Verteidiger überhaupt leisten kann. Haftsachen saßen bei Vulgo grundsätzlich hinter der Brüstung. Wegen der Fluchtgefahr, hieß es. Als ob der fliehen könnte! Selbst wenn er wollte. Schlüter bekam Angst vor seinem Gesicht im Spiegel, wenn er nachher in der Mittagspause unten aufs Klo gehen würde. Ob er sich noch würde ansehen können? Ob er noch Achtung vor seinem Gesicht haben würde? Schlüter richtete sich steif auf und drehte sich wieder um zum Angeklagten. Er spürte, wie sich die Paragraphen in seinem Kopf ordneten. Heute würde er den Höflichen und Kooperativen nicht spielen. Diesmal nicht, dieses eine Mal.

»Es ist erschienen der Angeklagte. Herr von Borstel – ja?«

Erster Akt: Feststellung der Personalien. Der Angeklagte wurde gefragt, ob er auch der sei, der er war. Name, Adresse – welche bloß? –, Geburtsdatum. Ein kleines Spielchen, das dem Angeklagten schon die erste Fassung rauben konnte. Kennt der meinen Namen nicht? Hat der meine Sache nicht gelesen? Denkt er, ich bin ein anderer? Kann es sein, dass die fünf Leute da oben, drei davon in schwarzen Talaren, nicht recht wissen, mit wem sie es zu tun haben, und sich über meine Personalien vergewissern müssen? Ich bin ein Niemand. Anonym.

August von Borstel schreckte auf und stotterte klamm seine Bestätigungen. Schlüter wartete ungeduldig auf das Ende der Prozedur. Feststellung der Personalien. Feststellung, wer sonst erschienen war. Der Herr Verteidiger, Rechtsanwalt Schlüter aus Hemmstedt. Die Herren Sachverständigen sowieso.

»Bitte, Herr Staatsanwalt!«, sagte Vulgo geradeaus, etliche Meter an Kasulke vorbei.

Schlüter schlug seine Akte auf, um die Anklage mitzulesen. Das hatte er sich so angewöhnt, obwohl es natürlich überflüssig war.

Kasulke stand auf, wedelte die breiten Ärmel beiseite, hob die Akte in der Linken vors Gesicht und räusperte sich: »Herr von Borstel, Sie werden angeklagt ...«

Schräg stand er da, als hätte er Skoliose, den Kopf vorgeschoben, dass ein Fuß in den Nacken gepasst hätte. Schlüter wunderte sich. Irgendwie war er heute zappelig, der Kasulke. Er hampelte herum, als müsste er pinkeln, mal hielt er die Akte in einer Hand, mal in beiden, dann wieder legte er sie vor sich auf den Tisch, und er versuchte, dem Angeklagten, der zusammengesunken hinter Schlüter saß, ins Gesicht zu sehen, was nicht ging, weil der sein Gesicht gar nicht zeigte, und dann verlor Kasulke den Faden im Text und stotterte unsäglich herum. Wer hatte nur diesen Anklagen-Stil erfunden, wo Worte über Worte aus dem Munde des Staatsanwaltes spulten wie Bandwürmer, in einem einzigen Satz komplizierte Sachverhalte verklebt und verschraubt waren? Eine Strafe für jeden, der Geschmack hatte.

»Herr Vorsitzender, ich beantrage, dass der Angeklagte neben mir sitzen kann!«, nahm Schlüter sich das Wort in der winzigen Pause, die Kasulke entstehen ließ, indem er sich umständlich hinsetzte nach vollendetem Vortrag.

Vulgo beugte sich vor wie ein Raubvogel, der auf seine Atzung starrt, wie sie vor ihm stirbt, und sagte: »Warum denn, Herr Verteidiger ...?«

Schlüter spürte, wie ihm die Wut aus dem Bauch ins Gesicht hochschwoll, und zwang sich zu sagen: »Ich kann sonst nicht mit ihm reden, Herr Vorsitzender, eine ordnungsgemäße Verteidigung ist so nicht möglich!«

»Aber Herr Verteidiger«, schnarrte Vulgo und entblößte wieder seine parodontösen Zahnhälse, »Sie können doch jederzeit mit Ihrem, äh, dem Angeklagten reden, und wenn es sein muss, dann können wir ja, na ja«, er schwang seinen Hals nach rechts und links, um sich bei seinen Beisitzern zu vergewissern, »eine Pause machen.«

Schmidt nickte mit seinen schweren Augenlidern. Seine Fledermausohren senkten sich unmerklich um eine Nuance. Aus Dr. Hartmanns Brillengläsern blitzte es intelligent. Die Schöffen machten ein dummes Gesicht.

Schlüter kochte. »Ich bitte um eine Entscheidung. Ich halte meinen Antrag aufrecht.«

Vulgo hob die Schultern. »Beschlossen und verkündet: Ihr Antrag wird abgelehnt. Ich kann das allein machen. Paragraph zweiachtunddreißig Absatz eins der Strafprozessordnung.«

»Ich beantrage eine Unterbrechung von fünf Minuten«, konterte Schlüter und strich sich entschlossen den Schlips glatt.

»Wozu, bitte, Herr Verteidiger?«

Schlüter sah seinem Kontrahenten in die Augen: »Um einen Befangenheitsantrag vorzubereiten.«

»Können Sie den nicht nachher einreichen, zur Mittagspause?«, fragte Vulgo maliziös lächelnd.

Schlüter lächelte maliziös zurück. Den Trick kannte er. Befangenheitsanträge mussten sofort gestellt werden. Wenn man wartete, verlor man den Grund. Wegen Verzeihung, sozusagen.

Und dann saß er und schrieb, nachdem das Gericht herausmarschiert war, auf grauem, staubigem Papier, das er sich von der Protokollantin hatte geben lassen, unter dem vernichtenden Blick des Staatsanwalts. Schrieb seinen Befangenheitsantrag. Und so würde das weitergehen, das wusste Schlüter. Wenn er hier was werden wollte, dann musste er sitzen und Anträge schreiben, möglichst viele. Es gab nur eine Tatsacheninstanz. Wenn er etwas verriss, dann war es nicht wieder gutzumachen. Er musste Revisionsgründe sammeln. Eine Flut von Anträgen loslassen, alle Schleusen auf, bis Vulgo der Schamhaarspalter einen Fehler machte, vielleicht eine unbedachte Äußerung, die wirklich die Befangenheit begründete, einen Zeugen zu belehren vergaß oder einen Beweisantrag ablehnte, dem er hätte nachgehen müssen, aus lauter Gewohnheit sozusagen, denn von einem Verteidiger kommt nie was Vernünftiges. Dann hätte Schlüter die Revision im Kasten, und wenn er sie gewinnen würde, müsste das Verfahren von einer anderen Kammer von vorn wiederholt werden. Merkwürdig, so ein Kampf. Diese Strategie war nicht geprägt von dem Willen, die Wahrheit zu finden, sondern man musste Fallgruben anlegen und Fangeisen spannen, in die der Richter geriet, und damit konnte man sich Punkte für die Revision verschaffen. Das ging nur mit einer Flut von Anträgen. Eine andere Strategie gab es nicht.

Es dauerte immerhin eine gute Stunde, bis sie eine andere Kammer zusammengetrommelt hatten, die den Befangenheitsantrag ablehnen konnte.

»Herr von Borstel«, schnarrte Vulgo, »ich belehre Sie,

dass Sie berechtigt sind, zur Sache zu schweigen. Sie können sich aber auch verteidigen.«

August saß zusammengesunken und starrte ins Dunkle zwischen seine Füße. Blickkontakt konnte Schlüter nicht herstellen. Umständlich stand er auf, rückte seine Robe zurecht, beugte sich zu ihm über die Reling, um ihn zu berühren, von Mensch zu Mensch. August zuckte zusammen und sah ihn voller Angst an.

»Wir wollen uns äußern, Herr Vorsitzender!«, sagte Schlüter mit einer Vierteldrehung zum Tresen.

»Na, Angeklagter, was haben Sie zu Ihrer Verteidigung vorzubringen?!« Vulgo beugte sich über den Tresen, die Blitze schlugen ihm aus den Augen wie dem Racheengel persönlich.

August schwieg, den Blick wieder gesenkt, mit wächsernem Gesicht und schweißverklebten Haaren.

»Naa?«

Schweigen. Es war nichts zu hören, außer das Knacken an August von Borstels Händen.

»Was denn nun?«

Von Borstels Adamsapfel rutschte hoch und runter und seine Backenzähne mahlten aufeinander. Die Knöchel an seinen Händen waren weiß, aber das konnte nur Schlüter sehen. Es musste etwas geschehen, und zwar sofort. »Herr Vorsitzender, so können Sie nicht fragen!«

»Ich bestimme hier, wie ich frage, Herr Verteidiger!«

Schlüter machte sich steif und sagte: »Die Freisler'schen Methoden sollten ja wohl endgültig vorbei sein!«

Das traf. Vulgo zuckte wie unter einem Peitschenschlag und schrie: »Das nehmen Sie sofort zurück!«

»Nein.«

»Doch!!«

»Nein.«

»Doch!!!« Vulgo spritzte schon der Speichel aus dem Mund. Seine Lippen waren bleich und blutleer.

»Warum?«, fragte Schlüter blitzschnell.

»Äh, derartige Beleidigungen dulde ich nicht!«

»Ich habe Sie nicht beleidigt.«

»Doch!«

»Nein.«

»Doch!!«

»Nein.«

»Doch!!! Sie haben mich Freisler'scher Methoden bezichtigt!«

»Nein.«

»Doch!«

»Nein. Ich habe nur eine Feststellung getroffen. Wie kommen Sie darauf, dass ich Sie damit meine?«

»Was nehmen Sie sich mit Ihren Feststellungen heraus? Die Verhandlungsführung habe ich!«

»Das bestreite ich nicht«, erklärte Schlüter und ließ ein kleines Lächeln spielen. Er spürte, dass er langsam ruhiger wurde.

Vulgo hob sich aus seinem Stuhl, in gebückter Haltung hing er über dem Tresen und schrie: »Ich bestimme hier, wem das Wort erteilt wird! Reden Sie mir nicht ständig dazwischen!«

»Sie werden mich nicht hindern zu sagen, was nötig ist.« Jetzt war Schlüter angekommen, auf dem Boden seiner selbst. Er sprach langsam und deutlich wie zu einem Schwerhörigen.

»Ich höre gar nicht hin!«, brüllte Vulgo.

Kartoffel-Schmidt konnte seinen geraden Blick nicht mehr halten, seine Augen fingen an zu torkeln. Dr. Hartmann verschränkte die Arme vor der Brust und lehnte sich nach hinten. Auch er musste irgendetwas tun, er nahm die Verteidigungshaltung ein. Die Schöffen waren steif vor Angst und Kasulke räusperte sich unbeholfen.

»Das ist mir ganz egal. Was zu sagen ist, wird gesagt«, stellte Schlüter trocken fest, in die Stille hinein, die Vulgos Schrei folgte.

»Also, was Sie hier reden, ist das Dümmste, was ich seit langem gehört habe, nehmen Sie Ihre Worte sofort zurück!«

»Nein. Aber jetzt sind wir ja auch quitt. Ich beantrage ...«

Vulgo hatte die Rechte zur Faust geballt und stand, halb über dem Tresen, mit offenem Mund da. »Äh, Sie ... Sie sind, Sie ...« Hartmann zerrte von links an Vulgo herum und flüsterte wild. »Ich ... ich unterbreche die Verhandlung, damit sich der Verteidiger beruhigen kann!«

Aber noch bevor das Gericht aufstehen konnte, um sich zu entfernen, sagte Schlüter mit seiner liebenswürdigsten Säuselstimme, langsam und deutlich die Silben ausstoßend: »Ich bin ruhig, Herr Vorsitzender. Aber gönnen Sie sich ruhig eine Pause. Sie wird Ihnen gut tun. Und ich habe Zeit, meinen Antrag zu formulieren ...«

Er hörte ein grimmiges Knurren, bevor die Stühle rückten und Vulgo seine Hacken in die Dielen hieb. Schlüter stand auf, um dem Gericht eine Ehre zu erweisen und der Gerechtigkeit zu dienen. Sie gingen in gleicher Formation, wie sie vorhin eingetreten waren. Zuerst Vulgo, dann Schmidt, nach ihm Hartmann und schließlich, als Nachhut, die beiden Schöffen. Wie die das immer schaffen, dachte Schlüter, die haben bestimmt geprobt. Dann ließ er sich von der Protokollantin neues Papier geben – sie lächelte ihm anerkennend zu – und nahm wieder Platz, um seinen zweiten Befangenheitsantrag zu schreiben. Denn der Vorsitzende hatte ihn beleidigt. Ein herrlicher Tag! Ein Scheißtag.

XII.

Panke saß in seinem Dienstzimmer im ersten Stock und wunderte sich. So eine unruhige Nachtschicht hatte er schon lange nicht mehr gehabt. Alle Nase lang musste er raus, weil irgendeiner irgendetwas hatte. Sie hatten alle was heute, sogar die, die sonst nichts hatten. Gerade hatte der Tätowierte die Fahne geschmissen. Er saß ja jetzt auf Einzelzelle, seit der von Borstel umgesiedelt war. Der hatte sich mit Paul Clever so dick zusammengetan, dass die beiden unbedingt in einer Zelle sein wollten. Und Müller war der Dritte im Bunde, ausgerechnet der. Die passten doch gar nicht zusammen. Aber das war nicht Pankes Problem.

Das Problem war der Tätowierte. Er hatte die Fahne geschmissen. Seine Hand. Seine Hand würde so höllisch wehtun. Er hielt ihm den Verband unter die Nase. Er war rot. War wohl die Wunde wieder aufgebrochen. Nach so langer Zeit noch? Der Tätowierte hatte sich mit der Bandsäge das Beste weggesägt. Ob Panke den Arzt holen sollte. »Nein«, sagte er, »den Pieper, kannst du dir sparen, den brauchst du erst holen, wenn der Sensenmann da hinten steht, dann kann er mir die letzte Ölung verpassen, wenn er dafür 'ne Konzession hat.« Immerhin, witzig war er ja, der Wolfgang. Aber wehe, es war ihm etwas über die Leber gelaufen, dann hieß es Vorsicht. Wenn er auch nicht der Einzige war, der den Gefängnisarzt hasste. Bei dem musste man schon den Kopf unterm Arm tragen, bevor der was verschrieb.

Panke blickte sich unruhig um. Sonst hatte er nie Probleme mit der Nachtschicht. Im Gegenteil. Es war ruhig, man konnte seinen Gedanken nachhängen, es redete einem keiner dazwischen, Kaffee trinken, Radio hören, Zeitung lesen. Aber heute war das irgendwie anders. Es rumorte. Er hätte das gerne mit Matuschak besprochen. Der schob heute Nacht unten Dienst. Nachts waren sie immer zu zweit, einer oben und einer unten, und Matuschak war unten, wie immer. Sonst wären sie ja hier zu zweit gewesen, da hätte man wenigstens reden können. Aber das war Vorschrift bei der Nachtschicht: einer oben und einer unten. Wie komisch es sein konnte in so einem Knast mitten in der Nacht.

War jedenfalls ungemütlich, und Panke konnte sich die Zeit nicht vertreiben. Die Bildzeitung hatte er schon gelesen. Zweimal sogar. Die Seite mit der nackten Frau lag noch drüben auf dem Tisch, der Anblick konnte

Panke nicht aufheitern. Kaffee konnte er nicht auch schon wieder machen. Da! Wieder die Klingel.

Panke sah auf die Lichtertafel. Natürlich – schon wieder der Wolfgang. Panke stand auf, rückte die Schlüssel an seiner Hüfte zurecht, schob seinen Stuhl zurück und verließ das graue Zimmer. Mattes Licht im Flur, von der Nachtleuchte, gespenstische Schatten. Schnell kippte er den Lichtschalter, helles Licht flutete mit Zuckungen auf. Jetzt sah der Flur aus wie sonst – verflucht! –, wie er aussehen konnte so mitten in der Nacht.

»Na, Mensch, wat haste denn?«

»Entschuldigen Sie bitte«, sagte Wolfgang mit schmerzverzerrtem Gesicht. »Aber ich kann es nicht mehr aushalten. Meine Hand. Haben Sie nicht irgendwelche Schmerztabletten?«

»Soll ick nich lieba 'n Aazt holen, Mensch, oder wa?«

»Nein«, stöhnte der Häftling, »bloß nicht, davon wird's auch nicht besser, organisieren Sie mir lieber 'ne Schmerztablette!«

Panke überlegte. Er konnte jetzt nach unten ins Behandlungszimmer gehen und den Medizinschrank aufmachen. Durfte er eigentlich nicht. Den Chef konnte er nicht fragen, der lag zu Hause in seinem Bett. Aber mitten in der Nacht so einen Aufstand machen, womöglich mit Schmerzgebrüll, das ging auch nicht. Das Ergebnis zählte, verflixt noch mal. Wenn er das morgen dem Alten erklären würde, der würde bestimmt nichts sagen.

»Also juut. Mensch, ick holse«, sagte er, schloss die Tür wieder und machte sich auf den Weg nach unten, die schwingende und leise jammernde Stahltreppe hinunter, zur Stahltür, in den Bürotrakt, in dem Matuschak saß. Einen Augenblick würde er mit dem dann ja wohl auch reden dürfen.

»Siehste wohl, der hat ausgespielt«, sagte Paul Clever und langte den Ziegelstein nach hinten. Dann stieß er den abmontierten Bettpfosten wieder in die dunkle

Öffnung hinein und bohrte weiter. Der Schatten seiner hageren Gestalt flackerte im Kerzenlicht über die Wände. »Es geht nichts über das gute alte Muschelkalkmauerwerk mit weichgebrannten Ziegeln«, murmelte er, »so was gibt's heutzutage gar nich mehr.«

»Siehst du schon Land?«, fragte Müller sachlich.

»Immer mit der Ruhe, Mensch, keine Störungen bitte auf der Baustelle!« Paul drehte sich um und fuchtelte dem nervösen Müller mit seinem langen Zeigefinger vor dem Gesicht herum: »Eltern haften für ihre Kinder!«

Clever hat wirklich die Ruhe weg, dachte August. Der verfolgte sein Ziel mit unerbittlicher Ruhe. Er prökelte und bohrte akkurat in dem Loch in der Wand hinter dem Tisch, den sie beiseite gestellt hatten, und langsam rieselte Kalkmörtel heraus. Sie konnten kaum etwas sehen im Kerzenlicht. Seit vorgestern arbeitete Paul an dem Loch, mit verbissener Konzentration. Er ließ keinen anderen ran, und die beiden andern hatten es aufgegeben, nach Ablösung zu fragen.

»Bist du dir sicher, dass wir durchkommen?«, fragte Müller wieder. Er stand hinter Clever, gespannt wie ein Bogen und zittrig, als stünde er auf Wackelpudding.

»Wenn ich's dir doch sage, Kumpel, wir sind jetzt zwei Schichten durch. Noch ein Stein und ich kann durchlangen.«

»Dein Wort in Gottes Ohr«, seufzte Müller.

»Lass den lieber raus, mein Lieber, irdische Gerechtigkeit geht den nichts an«, sagte Paul und scharrte mit dem Bettpfosten im Loch umher. »Verlass dich lieber auf einen alten Pfadfinder.« Paul hatte auch die Idee mit dem Bettpfosten gehabt. Die Betten waren sowieso wackelig, und mit einem alten, harten Messer aus der Küche war es gegangen, nachdem er die verrosteten Schrauben zwei Tage vorher gründlich mit Mazola eingeschmiert hatte. Das war Augusts Idee gewesen.

Es rumpelte und Paul hielt triumphierend einen weiteren kalkbepuderten Stein in das flackernde Kerzenlicht. Zärtlich wischte er den Staub ab.

»Passt mal auf«, sagte er und sein langes Gesicht hatte den Ernst eines Kapitäns beim Ablegen von der Hafenmole. Dann nahm er sich die Kerze vom Tisch und hielt sie vor das Loch. Die Flamme stellte sich schräg und blakte.

»Wir sind durch, seht ihr?! Zieht wie Hechtsuppe!« Er steckte seinen Arm tief hinein. Die beiden anderen waren so dicht herangerückt wie möglich. Atemlos.

»Und – wo bist du?«, fragte Müller schließlich.

»Nach Adam Riese im Strafjustizgebäude, Kollege«, sagte Paul leise und gewichtig.

»Bist du dir sicher, Mann?« Müller hatte sich direkt an das Loch gedrängelt, schob Paul beiseite und steckte einen Arm in das Loch. »Woher willst du das denn eigentlich wissen, Mensch, man sieht doch gar nichts!«

»Pssst, schrei nicht so«, zischte August heftig, »willst du den Panke herschreien oder was!?«

Paul fuhr seine lange Rechte aus und schob Müller gemütlich beiseite. »Immer ruhig bleiben, Kollegen, immer ruhig bleiben. Ein alter Pfadfinder irrt sich nie. Wie oft soll ich euch noch sagen, dass meine Berechnungen richtig sein müssen!«

In der Tat hatte Clever tagelang gezeichnet und gerechnet, dann war er hochgesprungen, hatte oben aus dem Fenster auf den Innenhof gestarrt. Gegenüber lag das Ziviljustizgebäude, rechts der Eingang dazu, links der Trakt mit dem Schwurgerichtssaal, an den sich dann wieder der Knast anschloss. Paul hatte mit geschlossenen Augen auf seiner Pritsche gelegen und keiner durfte ein Wort sagen. »Ich zähle die Schritte, du Arsch!«, hatte er Müller zurechtgewiesen, als dieser ihn gefragt hatte, ob er meditieren würde. Dann hatte er wieder auf seinem Zettel herumgestrichelt. Das war noch, als sie in verschiedenen Zellen waren, während des Zusammenschlusses.

Der Vorschlag war von Müller gekommen. »Ich will hier raus«, hatte er gesagt, »und freiwillig lassen die mich nicht mehr. Nicht in diesem Leben.« Denn er musste erst seine drei Jahre absitzen und dann ging die Sicherungsverwahrung weiter, vermutlich ewig. Seine schwarzen Augen hatten heiß durch die Zellenwand geblickt und seine sehnigen Arme schienen noch sehniger geworden zu sein. Dann hatte er angefangen von seiner zweiten Heimat zu sprechen. Südfrankreich. »Da sind die Menschen ganz anders. Jeder ist freundlich zu dir und hat ein gutes Wort oder zumindest einen guten Tag. Bongschuur«, sagte Müller. Er hatte richtig ein bisschen Französisch gelernt bei dieser letzten Tour. Eigentlich war es Zufall gewesen, dass er dort gelandet war; von Freiburg war es ein Katzensprung über die Grenze und von dort hatte ihn einer dieser redseligen Leute mit Schiebermütze in einem verbeulten Auto mit nach Süden genommen, im Februar im letzten Jahr. Er war dort gelandet, in einem kleinen Dörfchen im Languedoc, und er hatte bei den Bauern gearbeitet, gegen Kost und Logis, keiner hatte großartig gefragt. »Sogar die Mädchen sind dort nett«, hatte Müller geseufzt, »sie sehen dich an, Kumpel, und das Herz geht dir auf, sie sehen dich an, als wärst du ein Mensch wie die anderen auch.« Und er hatte nichts geklaut dort unten, keine Wurst mitgenommen, kein Fahrrad, nichts, es hatte ihm an nichts gefehlt. Wieso er zurückgekommen war? »Ach, Kumpel, frag nicht so was.« Heimweh? Jedenfalls war er kaum wieder zurück über die Grenze, da gab's Schüttelfäuste von weitem, wenn er nur einem Zaun zu nahe kam, und dann, ja, ach, reden wir nicht darüber, aber Südfrankreich ...! Und wenn sie ihn wieder erwischen würden, hatten die Freunde gefragt? Müller hatte grimmig in die Zellenecke gestarrt. »Mich nicht mehr«, hatte er nur gesagt, »mich nicht mehr.«

Clever hatte gleich den Faden aufgegriffen. Er hätte noch etwas mit seiner Frau zu regeln, sagte er, ein bisschen Freiheit wäre nicht schlecht, gerade jetzt. Und August? Ob der mitkäme? Er hatte gezögert und dann schlicht genickt. Was er vorhätte? Er hatte nur mit den Schultern gezuckt und Clever angesehen, und der hatte zurückgenickt. Denn was er vorhatte, das behielt August lieber für sich, er wollte keine Diskussionen darüber.

Das war letzte Woche Donnerstag gewesen, Clever hatte dann dafür gesorgt, dass sie zusammen auf diese Zelle verlegt wurden, das war für ihn kein Problem gewesen, weil er beim Chef einen Stein im Brett hatte, und vorgestern, Freitagabend, hatte Paul mit der Arbeit angefangen. Er hatte eine schlafwandlerische Sicherheit ausgestrahlt, als wäre das sein zehnter Ausbruch. Ob er so was schon mal gemacht hätte, hatte Müller gefragt, doch Paul hatte genießerisch geschwiegen. Nur einmal waren Zweifel bei ihm aufgekommen. Als er an das Essen und an den Chef dachte. Sie würden am Montag keinen Koch mehr haben im Knast, »und der Chef muss den Scheiß ausbaden, den wir hier machen.«

»Über das Essen kommen die weg ...«, meinte Müller vieldeutig, indem er an Paul vorbeisah, »und das mit dem Chef? Ist Berufsrisiko – was wird er denn auch Knastchef. Da muss er mit so was rechnen!«

Das hatte Paul überzeugt. Schließlich konnte er sich auch nur bei sich selbst beklagen, dass er erwischt worden war, das war eben auch Berufsrisiko. Trotzdem tat der Chef ihm ein bisschen Leid wegen des Trubels, den er haben würde nach ihrem Abgang. Und von da ab war Paul nicht mehr zu bremsen gewesen.

»Siehste woll!«, sagte er wieder, zog einen Ziegelstein heraus und legte ihn zu den anderen auf den Fußboden. Seit gestern hatten sie ihr Steindepot unter der Pritsche angelegt, hinten in der Ecke. Das Loch befand sich schräg hinter der Tür, wenn man sie aufgeschlagen hatte, konnte man es nicht mehr sehen, weil es vom Türblatt verborgen war. Jedenfalls, wenn man nicht zu weit in die Zelle hineinging.

»Jetzt geht's schneller, wenn man erst mal ein Loch hat«, sagte Paul zufrieden und arbeitete weiter. »Wie spät ist es?«

Müller sah auf seine Uhr: »Viertel nach elf.«

»Zwei Stunden noch, Leute, dann müssen wir um die Ecke sein. Um halb drei wird's wieder hell«, stellte Paul fest. »Außerdem können wir den anderen keine ganze Nachtschicht zumuten«, fügte er schmunzelnd hinzu. Wolfgang hatte es übernommen, Panke in Atem zu halten, damit er nicht auf dumme Gedanken kam, mit ein paar anderen zusammen, das hatte er selbstständig organisiert. Wolfgang hatte nichts zu befürchten. Er hatte eine Strafe von ein bis zwei Jahren zu erwarten, davon würde er zwei Drittel absitzen müssen, und ein gutes halbes Jahr U-Haft hatte er schon rum. Da lohnte sich ein Ausbruch nicht. Und wegen Beihilfe brauchte er sich auch keine Sorgen zu machen, denn wer würde ihm nachweisen können, dass seine Hand nicht tatsächlich fürchterlich geschmerzt hatte? Wenn er auch am liebsten mitgekommen wäre, schon allein Clevers wegen, einen alten Freund aus schwerer Zeit, den lässt man nicht so gern allein ziehen. Immerhin konnte er ihm helfen, und das tat Wolfgang mit ganzem Herzen.

Paul arbeitete an der Zellenwand, um den Einstieg zu vergrößern. Nach und nach legte er einen Ziegelstein nach dem anderen auf den Haufen.

Später hockte er sich vor das schartige Loch und schob seinen Kopf hinein, dann seine Schultern, ruckte und zwängte sich, einen Arm vor, den anderen zurück.

»Für dich ist das noch nichts«, konstatierte er mit dumpfer Stimme und zog seinen Oberkörper wieder heraus. »Aber ich kann euch beruhigen. Wir landen im Beratungszimmer.«

»Was?«, riefen Müller und von Borstel aus.

»Im Be-ra-tungs-zim-mer. Optimal. Direkt neben dem Schwurgerichtssaal.« Paul lächelte selbstzufrieden, und seine Augen glitzerten fiebrig im Kerzenlicht. »Ich kenn die Bude. Wenn sie dich in der Verhandlungspause zum Klo bringen, kommst du an der Tür des Beratungszimmers vorbei. Die Tür hat mal aufgestanden, deshalb weiß ich, wie's aussieht. – Also vorwärts!«

Er griff sich den Bettpfosten und prökelte mit wilder

Entschlossenheit in dem Loch weiter, er keuchte und schnaufte, und die Ziegelsteine knirschten und schoben sich aus ihrem Mörtelbett heraus, einer nach dem anderen, und Müller und von Borstel räumten sie eifrig beiseite. Paul wühlte wie ein Verrücktgewordener. Das ist jetzt nur noch für mich, dachte August. Paul war lang und schmal und der Müller war sowieso ein Hänfling, klein, feingliedrig und dunkel sah er eher aus wie ein Südländer vom Mittelmeer als ein Landstreicher aus dem Norden.

»Wer weiß, mit wem meine Mutter es getrieben hat«, hatte er einmal gesagt, als die Sprache darauf kam, und seine dunklen Augen hatten geglüht wie Kohlen im Feuer. Sie hörten das metallene Schlagen einer Zellentür. Wenn jetzt Panke kam! August schoss hoch und gab Paul einen Knuff mit der Faust. Der hielt sofort inne. Pauls Nase stand wie der Schnabel eines Habichts. Plötzlich drehte er sich herum, schob den Tisch hin und her, ging laut auf und ab, fest die Hacken stampfend. Wütend riss er sich los, als August ihn an der Schulter halten wollte. August wollte schreien, aber er traute sich nicht einmal zu flüstern.

»Habt ihr etwa auch Probleme da drinnen, hä?«, hörten sie Pankes Stimme. Sein Schlüsselbund klapperte bedrohlich vor der Tür.

Das Blut in Augusts Schläfen hämmerte. Was sollte man sagen, sollte man überhaupt etwas sagen? Clevers Kinn wurde hart im Halbdunkel des Kerzenlichts, und er riss den Tisch hin und her, dass er über den Linoleumboden schrammte.

»Lass uns zufrieden«, rief er giftig. »Wir machen grad 'n Ausbruchsversuch, und dabei wollen wir unsere Ruhe haben, ha, ha, ha.«

»Ha, ha, ha«, lachte Panke zurück, »der Clever is immer juut fürn Spruch.«

»Kennst du 'n Knacki, der bei Mittsommer gut schlafen kann, wenn er inne Kiste is, was?« Clevers Stimme war bissiger geworden. »Hau ab und lass uns zufrieden!!«

»Schon juut, Kumpel, 'tschuldijung, weita machn mitn Ausbruch, ha, ha, ha«, lachte Panke draußen und schlurfte davon. Die drei hörten noch das feine Klingeln seines Schlüsselbundes, den er an der Hüfte trug. Dann sackten sie in sich zusammen.

Clever grinste satanisch im Kerzenlicht. »Der wird sich wundern«, presste er heraus.

»Mensch, mach weiter, ich piss mir noch in die Hose sonst«, keuchte Müller.

»Von jetzt ab denkt der sich nichts mehr«, sagte Clever und kicherte humorlos. »Von jetzt ab können wir poltern, Jungs!« Dann kniete er sich wieder in die Mörtelbrocken vor seinem Loch und schuftete weiter. Rechts und links neben ihm lagen zwei Haufen Steine, und sie wurden immer größer.

»Halt mal«, sagte er zu Müller und langte den Bettpfosten nach hinten. Dann verschwand sein Oberkörper ein zweites Mal in dem dunklen zackigen Loch. Er schob sich durch bis zum Becken, kam zurück und sagte:

»Passt! Kommt, Jungs, auf geht die Reise. Habt ihr gepackt?«

Den anderen war nicht nach scherzhaftem Reden zumute. Sie antworteten nichts.

»Erst kommt Müller, dann du«, sagte Clever, »damit wir dich schieben und ziehen können, falls du festhängst mit deinem ...«

Müller krabbelte durch das Loch wie ein Wiesel. Dann winkte seine aufgeregte Hand in die Zelle zurück: »Mach schon!«

August von Borstel presste die Zähne aufeinander und bückte sich, steckte den Kopf in die Wand, stellte die Schultern schräg und schob sich langsam in die Öffnung. Dann saß er fest.

»Es ist zu eng für mich«, keuchte er.

»Lieb Vaterland magst ruhig sein«, sagte Paul sanft wie die Mutter zum kranken Kind. »Kumpel«, flüsterte er Müller zu, »setz dich vors Loch, die Füße gegen die

Wand und zieh am rechten Arm, wenn ich sage, klar?! Der Kerl muss erst mal in Form gebracht werden! Und du«, sagte er zu August, »machst jetzt keine Panik.«

Er selbst griff sich das linke Bein, das schlapp nach hinten heraus hing, stemmte die Füße gegen die Zellenwand und dann zogen sie beide, bis es knackte und sie Augusts unterdrücktes Stöhnen hörten.

»Er kommt!«, rief Erich Müller.

»Schrei nicht so, Kumpel«, meinte Paul trocken. Jetzt hatte er beide Beine umfasst und schob unbarmherzig. Stück für Stück ging er durch. Endlich hatte August seine Hände auf der anderen Seite und konnte selbst mithelfen. Stöhnend stand er auf.

Paul wuchs wie ein Schatten neben ihm hoch. »Na, noch alles dran?«

»Ich hol die Kerze«, sagte Müller und verschwand wie ein Wiesel wieder im Loch.

Das Hemd war zerrissen. Die Schultern bluteten. Bleich starrte August an sich herunter und schwieg. Möller kam mit der Kerze zurück.

»Immerhin ist die Hose noch gut«, tröstete Paul gut gelaunt. »Erich, geh noch mal rüber und hol mein Hemd aus dem Spind, der Mann hier muss neu eingekleidet werden. Nimm das grüne, das ist mir eh zu groß.« Und dann klatschte er von Borstel auf den Rücken: »Nicht schlecht für 'n ersten Ausbruch, Mann!«

Sie sahen sich um. Zwei hohe Fenster, durch die die Silbermilch des Mondes ins Zimmer floss, auf einen langen Tisch und acht Stühle, einer davon, an der Stirnseite des Tisches, mit hoher Rücklehne. Kahle Wände, nur ein kleines Bücherregal. Durch das Fenster sah man die vergitterten Fenster des Gefängnistraktes.

»Mensch«, sagte Erich, »Mensch, Leute. Hier sitzen sie. Hier haben sie neulich überlegt, dass ich wieder drei Jahre kriege. Hier ...!« Er setzte sich, mit heiligem Ernst im Gesicht, auf den einzigen Stuhl mit hoher Lehne und räusperte sich.

»Vulgos Stuhl«, bemerkte Clever trocken. »Keine Zeit

für 'n Gottesdienst hier. Wir müssen sehen, dass wir vom Acker kommen!«

Er durchquerte den Raum, öffnete die Tür und winkte die anderen beiden hinter sich her. »Seht ihr, hier ist der Flur, und diese Tür hier«, er öffnete sie, »geht in den Schwurgerichtssaal. Bitte, Erich, halbe Gedenkminute – höchstens.«

Erich schritt durch die Tür, atmete tief durch und sagte: »Sieht nachts noch fieser aus wie tags.«

Der Schwurgerichtssaal war düster und leer und auch der Mond schien nicht hinein, auf den hölzernen Dielen knarrte jeder Schritt und hallte von den hohen Wänden zurück. Erich starrte auf die Brüstung, hinter der die Richterstühle standen, fünf an der Zahl und wieder einer mit hoher Lehne, der in der Mitte, darüber schimmerten kaum wahrnehmbar die Wappen der Bundesländer. Dann merkte Erich, dass seine Hand auf der Holzbrüstung lag, hinter der der Delinquent zu sitzen hatte, abgetrennt vom Rest des Saales und der Welt. Er zuckte zurück und starrte seine Hand an, als hätte er sich verbrannt.

Paul zog Müller wieder in den Gang zurück, an dessen Ende sie im spärlichen Licht, das der Mond durch die offene Tür zum Beratungszimmer schickte, eine weitere Tür sahen.

»Da müssen wir durch«, sagte Paul, »dann können wir frei im Gericht spazieren.« Jetzt sahen die anderen erst, dass er den Bettpfosten mitgenommen hatte; er schlenkerte entspannt in Pauls herabhängender Rechter. »Mach mal eben die Tür zum heiligen Stuhl zu«, ordnete er an.

Erich wieselte zurück, und eine Sekunde später standen sie im Finstern. Sie hörten es scharren, dann knisterte und knackte es und mit einen Knall sprang die Tür am Ende des Ganges auf. »Hört keiner«, beruhigte Paul die Nachhut. »Hier ist keiner mehr.«

Sie drängten hinaus.

Es war so dunkel, dass sie kaum die Hand vor Augen

sahen, aber Paul wusste Bescheid. »Fasst hier am Geländer an«, sagte er, und in der Tat fühlten sie ein metallenes Geländer, das nach wenigen Schritten zu einer gewundenen Treppe führte. Unten landeten sie im gläsernen Verbindungsgang zwischen dem Straf- und dem Ziviljustizgebäude. Der Mond schien wieder durch die Fenster und erhellte ihren Weg.

»Jetzt wird's ernst«, sagte Erich. Er hatte die gläserne Flügeltür gesehen, hinter der das Kopfsteinpflaster einer Straße aufschimmerte. Er ging zielstrebig darauf zu, als eine dunkle Gestalt draußen vorbeitorkelte, stehen blieb und, das Gesicht dicht an der Scheibe, hineinstarrte. Der Mann rüttelte an den Türgriffen, die Augen auf Erich gerichtet. Paul schob eine Schwingtür in der rechten Wand auf und zog August hinter sich her. Sie hielten den Atem an. Müller traute sich offenbar nicht, den Betrunkenen allein zu lassen. Bis Paul plötzlich entschlossen aus dem Dunkel der Türnische auftauchte, sich neben Erich stellte und dem Betrunkenen ein Zeichen machte, er sollte hintenherum gehen, er zeigte heftig mit seinen langen Fingern nach links. Der Betrunkene starrte sie an, nickte dann plötzlich verstehend und machte sich in die angegebene Richtung davon.

»Bist du wahnsinnig?«, fauchte Erich, als sie durch die Schwingtür, eine schmale Treppe hinauf, ins Ziviljustizgebäude gelangt waren.

Paul lachte und sagte: »Wenn hier einer wahnsinnig ist, dann bist du das ja wohl – du Nase, und du willst bis zum Mittelmeer kommen?«

Dann übernahm er die Führung, einen langen Gang hinunter, ihre Schritte hallten um sie her wie in einer Katakombe, wieder durch eine Schwingtür in eine dunkle Halle. Sie musste hoch sein, denn sie konnten nicht einmal die Decke sehen.

»Hier irgendwo muss es sein«, sagte Paul und tastete sich, seine langen Arme vorgestreckt, langsam vor. Dann hielt er plötzlich an, dass die anderen beiden hinten anstießen.

»Hier!«, rief er gedämpft. »Hier geht's runter!«, und sie folgten ihm eine breite Treppe hinunter. »Das Beste geht euch leider durch die Lappen, Jungs!«

»Das Beste, wie meinst 'n das?«, fragte Erich verwirrt. Sie waren mitten auf der langen Treppe stehen geblieben.

»Der Spruch da oben.« Sie reckten die Hälse, konnten aber nichts erkennen. »Da oben steht ein Spruch, und den solltet ihr euch merken: ›Welt wird vergehn, Recht bleibt bestehn.‹ Klar?« Paul kicherte hässlich.

»Nee, überhaupt nicht«, erwiderte Erich.

»Steht da schon hundert Jahre, Kumpel, verstehst du das nicht?« Pauls Stimme war scharf geworden. »Hier sind Sozialdemokraten verknackt worden. Sozialistengesetz. Bismarck. Und Fahnenflüchtige aus dem Ersten Weltkrieg. Hier sind Orden verliehen worden. An Herrenmenschen und Konsorten. Hier sind Juden verurteilt worden wegen Rassenschande. Und Nazis sind hier nicht verurteilt worden. Von wegen: Welt wird vergehn, Recht bleibt bestehn. Umgekehrt ist es!!«

»Schrei nicht so«, schrie Erich, »sag uns lieber, wie's hier rausgeht.«

Mit vorgestreckten Händen tasteten sie sich wie Blinde die Treppe runter bis zum Ende, stießen fast mit den Köpfen gegen eine Tür, die sich nach vorsichtigem Rütteln als Schwingtür erwies und, gespenstisch leise ächzend, nach innen aufging.

»Hier«, sagte Paul. Er langte in eine Nische, sie hörten es knirschen und ein kalter Luftzug fuhr ihnen ins Gesicht.

»Bitte sehr, die Herren, die Freiheit!« Sie waren unten am Haupteingang des Justizgebäudes angelangt, und ein schmales Seitenfenster stand offen.

»Also«, flüsterte Paul und breitete im Halbdämmer beide Arme aus. »Die Stunde des Abschieds ist gekommen.« Er klappte seine Arme wieder zusammen und drückte Erich und August an seine schmale Brust und hielt sie einen Moment fest. Er zitterte. »Macht's gut,

Kumpels«, schluchzte er. »Und wie abgemacht: Jeder für sich und Gott mit uns!«

»Von mir kriegt ihr 'ne Postkarte, wenn ich da bin«, sagte Müller. Seine Stimme war brüchig. »Wenn ich da bin.« Er atmete tief durch.

Paul stieg zuerst durch die enge Fensterluke, duckte sich draußen hinter eine niedrige Hecke. Dann kam August. Sie brauchten nur etwas zu ziehen. Er hielt sich am Regenrohr fest, das direkt neben dem Fenster herunterkam.

Sie hockten zu dritt hinter der Hecke und sogen zitternd die laue Mittsommernachtsluft in ihre Lungen. Ohne Verabredung standen sie auf, als wenn sie aus der Erde wachsen würden, und stiegen hinüber auf den Bürgersteig. Die Glocken der St. Wulfhardikirche genau gegenüber schlugen zwei. Rechts aus der engen Gasse kam der dunkel gekleidete Betrunkene getorkelt. »Alles klar, Jungs?«, lallte er von weitem.

Paul winkte ihm zu und nickte.

Als Paul verschwunden war, fiel August von Borstel ein, was er ihn noch hatte fragen wollen: Woher wusste der das eigentlich alles? Wie hatte er wissen können, wohin das Loch in der Wand sie führte und wie sie aus diesem Gebäude herauskommen konnten? Zu spät. Die Hände tief in den Hosentaschen seiner Manchesterhose, löste er sich aus dem Dunkel der Mauer und zog Erich hinter sich her. Erich hatte Knastklamotten an und kannte sich nicht aus. Dicht beieinander schlenderten sie schräg die Straße hinunter in den schmalen Gang und der Schatten der Häuser verschluckte sie.

»Wat saang Se, juute Frau?«, fragte Panke. »Ihr Mann? – Nee, nu machen Se mal halb lang. – Der soll bei Ihnen anjerufen haam? Dat kann doch ja nich anjehn, der sitzt doch bei uns, hoch und trocken, ha, ha, ha. – Was? Seine Stimme? Stimme hin, Stimme her, juute Frau. Telefon hatta nich auffa Zelle, klar? Und draußen isser nich, ooch klar? Und teilen kanna sich nich, ooch klar, wa?

Also war ert nich. – Wa? Sie wolln mir nich glooben, saang Se? Warum denn nich? Mir könn Se glooben, ich bin hier von Amts wejen gloobhaft, wa, wenn Se mir nich mehr glooben könn'n, wem könn'n Se dann noch glooben, wa. – Nee, echt wa, det is doch mitten inne Nacht, jehn Se ma wieda ins Bett, lass'n Se't nich kalt wer'n«, Pankes Blick fiel auf die aufgeschlagene Bildzeitung, und seine Stimme wurde weich und ölig, »nu sein Se mal so juut und jehn Se wieda und leng Se sich ... – Aber ick saach Ihn' doch, der Clever is nich, Se brauch'n keine ... – Nein, der is nich ausjebrochen, bei uns nich, hier is noch nie jemand ausjebroch'n, wenn ick et doch sage, Frau ...« Panke schüttelte heftig seinen Kopf mit den fettigen Haarsträhnen. »Aaa..., aber nein, Frau ... Ick sach doch. – Nachgucken soll ick? Na, saang Se mal, wo bin ick denn!« Panke starrte böse auf den Hörer in seiner ausgestreckten Rechten, bevor er ihn wieder ans Ohr nahm. »Ick ... Se mein'n, nur weil 'ne Frau hier mitten inner Nacht anruft, renn ick hier im Knast rum unn glotz durche Luke, wie der Kerl pooft? Da fragn Se mich lieba wat andres, juute Frau, denken Se ma nach ...«

Es klickte in der Leitung und Panke warf den Hörer ärgerlich auf das Telefon. Clevers Frau also. Behauptete, er sei ausgebrochen. Da lachen ja die Hühner! Sprüche hat der drauf, massenhaft, aber abhaun? Nie und nimmer. Wieder schüttelte Panke seinen Kopf. Doch er fühlte sich nicht mehr wohl, seine Laune war weg, aber er merkte es nicht so richtig.

Panke nahm einen Schluck kalten Kaffee und rückte sich die Bildzeitung wieder heran. Er versuchte sich auf das Bild von der nackten Frau zu konzentrieren, um auf bessere Gedanken zu kommen. Sah knorke aus, das Stück. Ach ja. Komische Nachtschicht heute. Aber immerhin war es ruhig geworden. Keine Fahnen mehr. Der Tätowierte war auch zufrieden. Na also.

Das Telefon klingelte.

»Panke, Justizvollzugsanstalt. – Ja. Herr Staschinsky,

jawoll. – Jawoll, der is hier. – Aber klar doch. – Sagt die, na und, der sitzt hier. – Wie lange? – Noch achtzehn Monate, schätze ick, habe die Akte nicht hier. Aber kommt hin. – Nein, bestimmt nicht. Keine besonderen Vorkommnisse. – Die spinnt, soll lieba schlafen. – Jawoll. Juut Nacht.«

Spinnt die?, dachte Panke. Hat die da auch noch die Pferde wild gemacht bei die Trachtengruppe.

Wieder klingelte das Telefon. Panke nahm ab. Wieder Staschinsky.

»Ja, der sitzt mit 'm von Borstel zusammen. – Der hatte Termin am Dienstag, den ersten Tag, jawoll.« Plötzlich war Panke senkrecht und stand kerzengerade hinter seinem abgewetzten Schreibtisch.

»Jawoll«, sagte er, »ich bin unten!«

Sie kamen gleich zu sechst. Mit einem Mannschaftswagen. Und Blaulicht obendrauf. Staschinsky vorneweg. In der Eingangstür, die Panke mit einem höflichen Willkommenslächeln im Gesicht geöffnet hielt, drängte er ihn beiseite und bellte: »Wo ist die Zelle?«

Mein Gott, watt sind die wichtig, dachte Panke, zuckte ergeben mit den Schultern und ging voran durch den Gang zur Eisentür in den Gefangenentrakt. Matuschak stand hinter dem Gitter zum Ziviltrakt, starrte mit hängenden Augenlidern verständnislos hinter ihnen her und schüttelte den Kopf, langsam.

»Schneller, Mann«, forderte Staschinsky, als Panke sich vor der Tür aufstellte und seinen Schlüssel aus dem Futteral holte und in Anschlag brachte. Die Eisentreppe kam in gewaltiges Quietschen und Ächzen, als sieben Männer hochstürmten.

Als sie im zweiten Stock den Gang entlang liefen, kochte Panke ein Gedankenschwall siedend heiß aus dem Nacken ins Gesicht. Hier war er doch vorhin erst gewesen. Ihm fielen Clevers Worte wieder ein. »Stör uns nicht bei unserem Ausbruchsversuch.« Nein, das konnte nicht sein!

Panke begann zu zittern vor Aufregung. Einen kleinen Augenblick lang wurde er zum Hellseher, er wusste, was ihn erwarten würde. Der Schlüssel klapperte im Schloss. Panke ließ sich von Staschinsky nicht mehr abdrängen. Schließlich waren das hier sein Knast und seine Gefangenen. Mit der Rechten klatschte Panke auf den Kippschalter und mit dem linken Ellbogen schepperte er die Eisentür an die Wand. Während das Licht aufflackerte über drei leeren Pritschen, kreiselte Panke auf seinen Hacken einmal herum, kam breitbeinig zum Stehen und schrie: »Sie sind weg! Sie sind weg! Sie sind verschwunden, einfach verschwunden. Weggehext!«

Als er wieder zu sich kam, sah er Staschinsky vor sich hockend. Mit ausgestrecktem Arm zeigte der Kommissar auf Pankes Hosenstall. Es dauerte eine Weile, bis Panke die schützenden Hände davor wegnahm und sich zögernd umdrehte. Da war es: das Loch in der Wand.

»Da haben wir die Scheiße!«, schrie Staschinsky außer sich vor Wut. »Da sind sie weg. Und Sie wimmeln die Frau ab und wimmeln die Polizei ab, damit die Herren Gefangenen einen ordentlichen Vorsprung kriegen, Sie Künstler. Sehen Sie zu, wie Sie die wieder einfangen, Sie ...«, und bevor er beleidigend werden konnte, fegte er mit einer Armbewegung seine Leute aus der Zelle heraus: »Sofort die Justizvollzugsanstalt abriegeln, Leute anfordern, Ausfallstraßen absperren, Kontrollpunkte errichten, Leute schicken zum Clever seiner Frau ...«

Panke stürzte hinter den anderen her, in langen Hasensprüngen die Eisentreppe hinunter, ins Freie und um die Ecke, hinein in die dunklen Gassen. Als er auf der anderen Seite des Gebäudetraktes bei der Staatsanwaltschaft angekommen war, fiel ihm ein, dass er die Tür offen gelassen hatte, entsetzt stöhnte er auf und hastete wieder zurück.

Auf den Treppenstufen der JVA saß eine dunkle Gestalt. Einen Augenblick hoffte Panke, es sei Clever, Müller oder von Borstel, den er da wieder gefangen nehmen könnte. Einen kleinen Triumph hätte er gebrauchen können. Aber es war keiner von denen, natürlich. Es war ein unbekannter Mensch, der ihn freundlich von unten angrinste, als Panke schwer atmend vor ihm stehen blieb.

»S... suchen S... Sie schemand?«, fragte die Gestalt gut gelaunt und mit schwerer Zunge.

»Was geht Sie das an?«, herrschte Panke die Gestalt an.

Der dunkel gekleidete Mann erhob sich schwerfällig und blieb leicht schwankend vor Panke stehen, eine konzentrierte Alkoholfahne ausströmend.

»Nix«, sagte der Mann und hickste laut. »Gaaa nix. Aba hätt scha ma sein könn, dass ich ein'n von die drei gesehen hätt, näch?« Mit diesen Worten setzte er sich langsam in Bewegung, vorsichtig um Pankes geballte Fäuste herumbugsierend Richtung Bürgersteig.

Panke starrte ihm nach. Er besann sich und rief: »Einen Moment bitte noch, ich ...«, aber der Betrunkene winkte beidhändig ab, ohne sich umzudrehen. »Denn eben nich ...«, hörte Panke noch.

Mit hängenden Schultern betrat er den Knast. Er war müde, fürchterlich müde.

Eine gute Dreiviertelstunde waren sie gelaufen und immer, wenn ein Auto gekommen war, abgetaucht im Schilf des Straßengrabens. Müller blieb unten an der Einfahrt stehen, das hatten sie so ausgemacht. August verschwand im Dunkel des Schlackenweges, seine knirschenden Schritte verloren sich. Müller legte sich hart am Weg in eine Lunke an der Böschung. Es würde eine Weile dauern, hatte August gesagt. Das war das Einzige, was er die ganze Zeit gesagt hatte. Müller hatte Angst. Es war seine letzte Chance. Wenn er die verpasste, war es aus mit ihm, dann würde er den Rest seines Lebens im Knast verbringen. Vierundzwanzig

Jahre. Er schüttelte den Kopf und stöhnte. Vierundzwanzig Jahre!

Ein Auto kam die Moorstraße entlang, genau auf ihn zu. Das Licht des Wagens leckte ihm über den Kopf. Müller fing an zu zittern. Der Ausbruch war aufgeflogen, sie waren hinter ihnen her. Er hätte nicht mit August gehen sollen. Aber er brauchte ein sicheres Versteck. Für die erste Zeit. Schnell!

Als der Wagen eine Kurve nahm und das Licht jenseits der Straße in den Büschen tastete, sprang er auf. Rannte gebückt in die Richtung, in die August fortgegangen war. Weg von der Straße. Müller stolperte, fiel, versank mit Händen und Knien in blasigem Morast. Er hörte, wie der Wagen heruntergeschaltet wurde. Die letzte Kurve. Fahl leuchtete das Licht in der Mittsommernacht. Müller drückte sich tief in den Sumpf, sein Atem stockte. Der Wagen beschleunigte, fuhr an der Einfahrt vorbei. Müller holte tief Luft. Auf allen vieren krabbelte er aus dem Graben heraus und legte sich ins Trockene. Plötzlich roch er die Erde und den Sumpf an seinen Händen und das trockene Gras, auf dem er lag, und er war glücklich. Es war der Geruch seiner wenigen freien Sommertage, die er erlebt hatte seit seiner Jugend.

Sie würden ihn nicht kriegen, beschloss Müller. Nie mehr. Und wenn, dann würde er Schluss machen. Von jetzt ab würde er jeden Sommer in Freiheit genießen. Nur erst mal in Frankreich sein. Nach Süden, ganz nach Süden. Ein zweites Mal würde er seine Freiheit nicht verspielen. Das erste Mal war vor drei Jahren gewesen. Sie hatten ihn auf Freigang gelassen, aus der Sicherungsverwahrung; er hatte ein Auto und einen Job. Auf der Umgehungsstraße von Hemmstedt hatte er das Auto gegen eine Leitplanke gesetzt, weil ihm auf seiner Seite einer entgegengekommen war. Dann hatte er die Nerven verloren, denn wer lange gesessen hat, hat schlechte Nerven, und war weggelaufen, die Böschung hinuntergesprungen wie ein armer Hase auf Treibjagd, hatte die Kiste einfach stehen lassen. Abends hatte er sich was zu essen besorgt, wie vorher, war wieder in dunkle Häuser eingestiegen, mit ruhiger Hand und klopfendem Herzen. Und da war es natürlich endgültig zu spät gewesen. Er hatte plötzlich nicht nur gewusst, dass der Unfall ihm nicht geschadet hätte, sondern dass er auch die Unfallflucht noch hätte erklären können mit seiner furchtbaren Angst. Zu spät! Nun war er einer, von dem die Zeitungen schrieben, dass man ihn nie hätte auf Freigang lassen sollen. In nächtlichen Märschen war er über die grüne Grenze nach Frankreich gekommen. In Frankreich war alles anders. Die Leute waren nett und freundlich, die Mädchen lächelten ihn an – Müller, den alten Knastbruder, als wäre er ein anständiger Mann. Da hatte er gemerkt, dass er noch gut aussah, trotz dieser vierundzwanzig Jahre im Knast, er hatte noch Chancen – seine Haut war straff, sie hatte Farbe gekriegt während seiner Wanderung durchs deutsche Land, er hatte volles schwarzes Haar und schwarze glühende Augen, er sah nicht wie ein Fremder aus in diesem fremden Land, nicht wie ein Deutscher, der Erich Müller hieß, dreiundvierzig Jahre alt war und gut die Hälfte davon im Knast verbracht hatte, sondern er sah aus wie ein Südfranzose, ein Weinbauer oder Ziegenhirte, der sich auf jeden Caféstuhl setzen konnte, ohne irgendwem aufzufallen. Er fiel nicht auf. Nur – nach Deutschland hätte er nicht zurückgehen dürfen, in das Land der Zäune, Schilder und Ausweise.

Beim soundsovielten Einbruch hatten sie ihn geschnappt. Müller konnte nicht lügen und er gab alles zu. Es reichte für drei Jahre und die SV würde sich anschließen, die hatte er von vorher. Lebenslänglich für einen Eierdieb! Er würde nie wieder Freigang kriegen oder eine zweite Chance. Für die erste hatte er fast zehn Jahre SV hinter sich bringen müssen. Für eine zweite reichte sein Leben nicht.

Wo blieb August nur? Es konnte doch nicht so lange dauern, bis er ein Auto organisiert hatte! Müller drehte sein Handgelenk in den Mond. Viertel vor drei. Es wurde Zeit. Nach Osten hin leuchteten die Industrieanlagen stärker als der kommende Morgen. Zum Frühstück spätestens würden sie merken, dass sie getürmt waren. Vielleicht trieb es den Panke auch früher zu ihrer Zelle. Vielleicht waren sie schon unterwegs. Natürlich würden sie Paul zuerst finden. Der arme Paul.

Wer hier wohl wohnte? August war stumm wie ein Fisch gewesen, sein scharfer Schritt hatte auf dem Asphalt gehallt und Müller war nur mit Mühe mitgekommen.

Es knisterte auf dem Weg. Dann kam der Wagen. Leise. Als er hielt, kroch Müller vorsichtig heran. Die Tür wurde aufgehalten und er stieg ein. Erst auf der Straße machten sie das Licht an. Keiner sprach ein Wort. Es saß eine Frau am Steuer.

XIII.

Endlich Feierabend! Der Advokat schritt langsam, aber noch angespannt, durchs menschenleere Büro. Noch einen letzten Blick hinter den Schreibtisch neben seinen altmodischen, lederbezogenen Sessel, wo unter dem Landschaftsbild des lokalen Meisters sein Fristenstapel zu liegen pflegte: nichts mehr da. Die Klageerwiderung in Sachen Holtsee hatte er am Morgen erledigt, der Schriftsatz war bei Gericht. Leider war es ja nichts geworden mit dem Vergleich. Sie hatten ihn angestarrt wie einen Verräter, der mit der Gegenseite gemeinsame Sache machte. Sie wussten noch nicht, wie sie das Verfahren später nerven würde. Wenn es zu spät sein würde für einen Vergleich nach all den Worten. Dann würden sie ihn vermutlich dafür verantwortlich machen. Na ja. Die Ermittlungsakte in Sachen Baller war durchkopiert und zurück, und in Sachen Rimmel gegen Rimmel hatte Schlüter rechtzeitig Berufung gegen das Unterhaltsurteil einlegen lassen beim Oberlandesgericht Celle. Schließlich sollte der Mandant nicht den Sekt auf dem Nachttisch seiner Verflossenen bezahlen, den sie mit dem Neuen trank. Da war er hart und unerbittlich, auch er, der friedfertige Schlüter. Ein wüster Tag war das gewesen, dieser Freitag. Aber Schlüter spürte, wie sich sein Hirn allmählich entkrampfte, wie die Höflichkeit des Tages aus seinem Gesicht sackte, bis es wieder seins war, wie seine hochgereckten Schultern allmählich sanken, bei jedem Schritt. Er blickte aus dem Fenster. Eine tiefe Sommerabendsonne goss ihr Licht über die Giebel der Stadt, der grüne Turm der St. Wulfhardikirche war violett geworden. Seine Augen ruhten sich eine Weile aus.

Er wanderte zurück ins Schreibzimmer, griff sich den Terminkalender, und während er sich gegen einen der abgewetzten Schreibtische stützte, blätterte er den nächsten Montag auf. Keine Termine am Montagmorgen. Die Sache von Borstel, die würde ausfallen. Von Borstel war weg. Verschwunden. Sie hatten ihn nicht gekriegt und Schlüter war erleichtert. Die Geschichte war er los, ein Mühlstein weniger um seinen Hals. Freude über die Flucht seines Mandanten war sein erstes Gefühl gewesen, als Bluhm am letzten Montagmorgen wie ein Kastenteufel aus der Toreinfahrt zum Knast herausgesprungen war und ihn auf seinem Gang zum Grundbuchamt abgefangen hatte.

»Haben Sie schon gehört, Herr Schlüter?«, rief er aufgeregt, mit ausgestreckten Händen fuchtelnd.

Nein, er hatte nichts gehört. Er kannte diese Fragen, wenn er aus einem Wochenende kam und wieder einmal nichts mitbekommen hatte, wie es in der großen weiten Welt zugegangen war, die er zwei Tage lang ausgesperrt hatte. Das Unwetter in Süddeutschland, das Erdbeben in Japan, den Streikaufruf der Gewerkschaft IG Druck und Medien. Nicht einmal die Zeitung vom letzten Samstag hatte er gelesen.

Bluhm hatte sich kaum halten können, er merkte, dass Schlüter nichts wusste, und er fing an, um ihn herumzutanzen wie ein junger Hund, und er sprudelte heraus, dass der von Borstel ausgebrochen war, »jawohl, der von Borstel, da staunen Sie, was? Und noch zwei andere, ein Mörder, der lebenslänglich gekriegt hat, oben durch die Mauer, Herr Schlüter, oben durch die Mauer, in das Beratungszimmer, und dann – da!« Bluhm wieselte vor ihm her die Treppe zum Haupteingang rauf und winkte ihn heran: »Hier, kommen Sie, da!« Er zeigte triumphierend auf das Fenster in der Nische, »hier sind sie rausgeklettert, einfach rausgeklettert, die Brüder!« Er riss das kleine Fenster auf und drückte Schlüter unbarmherzig in die Nische, »hier, da sehen Sie mal, da unten ist das Gras noch platt gedrückt, dass das möglich ist«, keuchte Bluhm, »dass so was sein kann, es ist was faul im Staate, Herr Schlüter, ich sage Ihnen, denen da oben ist alles egal, die wünschen sich, dass die Knackis abhauen und unsere Frauen vergewaltigen, meine wagt sich schon nicht mehr auf die Straße, da muss Ordnung her, Herr Schlüter, Ordnung, früher wär das nicht passiert, als A...«

»Moin, Herr Olpe«, schrie Schlüter dazwischen, der stand grinsend hinter ihnen, sog an seiner Zigarette und zog die Schultern hoch.

»Der Chef ist fertig«, sagte Bluhm, legte sein Gesicht in tiefe Depressionsfalten, als sie wieder draußen standen, und zeigte auf das vergitterte Fenster mit der pissgelben Gardine, hinter der Witold vegetierte und seine Gefangenen verwaltete.

»Und sie haben sie nicht alle wiedergekriegt, nur den einen, den haben sie bei seiner Frau vor der Tür abgeholt, aber der von Borstel und der zweite, der Lebenslängliche, die sind weg, wie vom Erdboden verschwunden«, schimpfte Bluhm, jetzt ruhiger, nachdem er sein Fass voll Neuigkeiten ausgekippt hatte, und scharrte mit dem Fuß den Sand auf dem Ziegelpflaster hin und her.

Schlüter lachte und Bluhm starrte ihn entsetzt an, als ob er verrückt geworden wäre. »Dann hab ich ja frei Mittwoch«, freute er sich.

Olpe schüttelte seinen Schmerbauch und steckte sich eine neue an.

»Machen Sie sich mal keine Sorgen, Herr Bluhm, die kriegen sie schon wieder, und um Ihre Frau brauchen Sie sich keine Sorgen zu machen, glaube ich ...« Und dann verschwand Schlüter schnell im Haupteingang, die Treppe hoch und links rum zum Grundbuchamt.

Aber sie hatten sie nicht gekriegt, die anderen beiden, die ganze Woche lang nicht. Mittwoch der Termin war natürlich abgesetzt worden und Montag würde von Borstel auch noch nicht da sein, und dann wären zehn Tage um und dann könnten sie von vorne anfangen. Diese Strafsache war von ihm genommen, Schlüter fühlte sich wie von Fesseln befreit. Hoffentlich würden sie von Borstel nie kriegen, und wenn, dann würde Schlüter einen Entpflichtungsantrag stellen und seine Freiheit behalten, denn wie konnte er ihn noch verteidigen nach der Flucht?

Und so war es die ganze Woche weitergegangen: Das Gefühl von Erleichterung und Freude war geblieben, halb wie ein Urlaub. Das konnte auch die Aufregung nicht ändern, in die die ganze Welt geraten war. Staschinsky hatte ihn angerufen. Er hatte erzählt, wie es zugegangen war. Vulgo hatte angerufen. Komisch. Bei dem hatte Schlüter das Gefühl gehabt, es ginge ihm genauso wie ihm, als wäre er erleichtert, dass die Strafsache zu Ende war. Obwohl: Wenn sie ihn fangen würden, würden sie beide wieder von vorne anfangen müssen. Beide Anrufer hatten Schlüter gefragt, ob er sich denken könne, wo sein Mandant sich versteckt halten würde. Als ob er was wüsste! Und die grelle Frau vom Hemmstedter Tageblatt hatte angerufen. Ob er die Flucht nicht als Schuldeingeständnis betrachten würde? Nein, hatte er gesagt. Das fehlte noch, dass er sich wie der berühmte Strafverteidiger aus München benahm, der seine Mandanten öffentlich in die Pfanne zu hauen pflegte, nur damit er in der Zeitung stand. Und natürlich hatte die Bildzeitung angerufen. Kein Kommentar. Den Grundsatz hatte er von früher beibehalten, aus der Zeit, als er und seine Kommilitonen Springer noch enteignen wollten. Die Bildleute konnten alleine im Blut rühren.

Schlüter klappte den Terminkalender mit einem lustigen Knall zu, nahm seine Jacke und stieg die knarrende Treppe hinunter auf die Straße, in die laue Luft des Sommerabends.

Viertel nach sechs. Verspätete Einkäufer schleppten ihre Taschen und es waren schon die ersten Abendspaziergänger da, die langsam von Schaufenster zu Schaufenster schlenderten, die Frittenbude nebenan war umlagert von Teenagern, die sich durch den Gestank nach altem Fett und die letzten Nachrichten von der Salmonellenfront den Genuss an ihren Pommes nicht vermiesen ließen.

Zwei freie Tage lagen vor ihm. Schlüter malte sich aus, was er heute Abend tun würde. Würde er ein Buch lesen? Oder lieber das Modell von der Bounty fertig zusammenkleben, das ihm Christa vor zwei Monaten zum Geburtstag geschenkt hatte? Oder vielleicht beides, erst das Schiff und dann das Buch? Mit langsamen Schritten ging er die Fußgängerstraße hinunter und bog nach knapp hundert Metern in den Gerbergang ein, ein Gässchen, über dem ein schmaler Himmel oben die Häuser zusammenhielt.

Sinnend stand er vor dem Regal, einen Zeigefinger vor den Mund gelegt, den Daumen unterm Kinn, griff sich schließlich ein kleines quer liegendes Bändchen, kaum größer als eine Zigarettenschachtel, und begann zu blättern und zu lesen, ging dann, fast ohne aufzusehen, zum Sofa, das, fleckig und abgeschabt, ein Fossil aus alten Zeiten, mitten im Raume stand, dem Fenster gegenüber, ließ sich lesend sinken und legte gleich seine Füße – die platt getretenen Hausschuhe glitten ab – auf das Tischchen und seine olivgrüne Decke, die eigentlich ein kleiner samtener Teppich war, den sie, wie das Sofa, noch aus ihrer Studentenzeit besaßen, in einem Trödelladen gekauft und zurechtgeschnitten hatten für den Tisch, auf dem er nun lag, seit Jahr und Tag, geduldig Wachs und Staub und Christas Asche aufnehmend, nur selten einmal abgeschüttelt, und er las, hörte nicht das Klappern der Stricknadeln ihm gegenüber und merkte nicht, wie seine Frau aufsah dann und wann, ihn still betrachtete aus rehbraunen Augen in einem runden, von langen dunklen Haaren umrahmten Gesicht. Er las. Bis er kicherte, das Buch beiseite legte und fragte: »Na, wie war die Woche?«

Sie seufzte und hob die Schultern: »Ach, wie soll sie schon gewesen sein, die Woche. Eben wie immer, wie die Wochen immer sind. Die Kollegen nerven, sie tratschen und jeder lässt seine Laune raus, sie wissen von jedem alles.«

»Und du hältst dich raus wie immer, wie?«

»Ja. Was sonst? Obernolte hatte heute Geburtstag, zu allem Überfluss. Er hat einen ausgegeben, belegte Brötchen. Richtig große Tafel hat er gemacht, der arme Kerl, über ihn reißen sie die meisten Witze, wenn er nicht dabei ist.«

Schlüter lachte. »Worüber habt ihr denn geredet?«

Sie winkte ab. »Über deinen von Borstel natürlich. Wo er ja nun ausgebrochen ist. Dass er spätestens damit zugegeben hätte, dass er's war.«

»Na ja«, sagte Schlüter.

»Und ob es nicht ein Problem für dich wäre, so einen Kerl zu verteidigen ...«

Schlüter knurrte: »Wie schnell manche Leute sich ein Urteil machen, wenn sie was in der Zeitung gelesen haben ...«

»... oder im Fernsehen gesehen haben!«

»Das steigert die Lüsternheit bis kurz davor«, grinste Schlüter. »Die Leute kommen sich immer wichtig vor, wenn im Fernsehen was kommt, was sie zu kennen meinen.«

»Obernolte wusste bestens Bescheid, sage ich dir. Wenn ich Richter wäre, hat er gesagt ... War er's denn nun?«

»Klar war er's«, antwortete Schlüter entschieden. »Wie ein Schwein hat er sie abgestochen. Hingerichtet. Das Blut ist anderthalb Meter weit aus der Kehle gespritzt. Im Takt des Pulses. Ungefähr eine Minute hat es gedauert, hat der Sachverständige gesagt.«

»Was muss das für eine Minute gewesen sein ...«

Sie schwiegen. Eine Minute lang, dachten sie und hörten das Ticken der Wanduhr.

Schlüter raffte sich auf. »Aber damit hat das nichts zu tun. Eichmann hatte schließlich auch einen Verteidiger, und Goebbels ...«

»Hättest du einen von denen ...?«

»Weiß ich nicht. Aber vom Prinzip her: Wir leisten uns Verteidiger für brutale Totschläger und Mörder, weil sich das so gehört. Ein bisschen Kultur-Tünche haben wir noch. Sonst könnten wir gleich Mister Lynch machen lassen. – Aber Mist, jetzt reden wir am Freitagabend über diesen Prozess. Ich bin froh, dass er zu Ende ist. Von mir aus brauchen sie ihn nicht wieder einzufangen ... Lass uns von was anderem reden.«

»Schwierig«, sagte Christa und zog die Füße unter den Hintern, »nach so einer Woche. Die Kinder waren furchtbar. Die Hälfte ist verhaltensgestört und um die andere Hälfte kann ich mich deswegen nicht kümmern. Es hat alles keinen Zweck, denke ich manchmal, was kann ich schon groß ändern? Nichts. Du hilfst ja wenigstens ...«

»Schöne Hilfe«, schimpfte Schlüter. »Manchmal denke ich, die ganze Welt ist Lug und Betrug, Streit, Missgunst und Kleinigkeit. Vor allem Kleinigkeit. Die Menschen hier sind in kleinen Dingen kleinlich und in großen Dingen großzügig. Es ist ihnen ganz egal, ob sie sich um ihr Glück bringen, die Hauptsache, sie haben Recht gehabt und sich nichts gefallen lassen. ›Das kann ich mir doch nicht gefallen lassen, Herr Rechtsanwalt!‹ Wie ich den Spruch hasse! Hab ich heute wieder zweimal gehört. Was einem da alles entgegenschlägt. Ein Anwalt ist zum Fechten da, nicht zum Frieden. ›Boxen Sie das durch für mich, Herr Schlüter!‹«

»Schick diese Streithammel doch nach Hause. Musst du doch nicht machen.«

»Kann ich nicht. Weißt du doch«, antwortete Schlüter kleinlaut. Sie hörte den Groll in seiner Stimme. »Heute ist Freitag und Wochenende, komm, reden wir was anderes!«

Das Telefon klingelte.

Christa legte ihr Strickzeug beiseite und ging in den Flur, die Tür hinter sich zuziehend. Er hörte sie murmeln. »Von Borstel?«, hörte er.

Schlüter sprang elektrisiert vom Lesesofa hoch und stampfte vor seinem Bücherregal auf und ab.

Christa stieß die Tür auf und sagte gedämpft: »Da ist eine Frau Kalde, sie sagt, es betrifft diese Von-Borstel-Sache, sie müsse dir etwas mitteilen, es sei sehr wichtig.«

»Scheiße«, stieß Schlüter inbrünstig aus. Er schob sich an seiner Frau vorbei, nahm den Hörer und spuckte seinen Namen hinein wie einen bösen Fluch.

Die Frau am anderen Ende hatte eine klare, strenge, deutliche Stimme, sie klang wie Metall und hatte etwas Unnahbares, Forderndes. Schweigend hörte er ihr zu. Sie sagte, sie sei eine Bekannte von August von Borstel und sie habe Schlüter etwas Wichtiges mitzuteilen, was die Unschuld seines Mandanten beweisen würde, er müsse zu ihr kommen, gleich Montagmorgen, spätestens um zehn. Schlüter kam gar nicht auf die Idee, sie in sein Büro zu bitten, und ließ sich den Weg beschreiben. »Gut, ich komme«, bestätigte er nur und legte schließlich auf.

Christa sah ihn fragend an.

»Freitagabend«, stöhnte er resigniert. »Ein schöner Freitagabend. Und ich dachte schon, ich bin die Sache los. Sie will mir was erzählen, muss ungeheuer wichtig sein.«

»Kalde heißt sie oder so ähnlich?«

»Ja«, nickte Schlüter, »auch Madame Kaldé genannt ...«

»Ob das was mit seinem Ausbruch zu tun hat?«, fragte Christa und beugte sich gespannt vor.

Schlüter starrte sie an. »Noch mal: Scheiße. Und wenn schon. Soll ich etwa den Staschinsky anrufen? Darf ich nicht.«

»Wo wohnt sie denn?«, fragte Christa.

»Hinten im Engelsmoor.«

»Wo von Borstels wohnen ...?«

»Mhh. Muss wohl. Nachbarn, glaub ich. Das steht so in der Akte drin, wenn ich mich recht erinnere.« Abwesend blätterte Schlüter in dem kleinen Buch.

»Eine Madame im Moor? Wie das?«

»Sie wird so genannt«, antwortete Schlüter. »Außerdem, du weißt doch noch von unserer Zeit in Hollenfleth – es wohnen Könige im Moor, warum nicht auch eine Madame?«

»Stimmt. Aber zurück. Ist diese Madame noch nicht von der Polizei vernommen worden?«

»Doch«, gab Schlüter zurück. »Man hat sie befragt. Aber sie hat nichts Besonderes gesagt. Jedenfalls so wenig, dass sie nicht als Zeugin für irgendwas in Betracht kam.«

»Komisch«, zweifelte Christa.»Und jetzt, wo der von Borstel ausgebrochen ist, da will sie dich sprechen.«

»Und seine Unschuld beweisen ...«

Christa sprang auf. »Wo hast du die Tagebücher? Erika hat doch über ihre Nachbarin geschrieben, die einzige, die mit ihr gesprochen hat, das muss sie sein, die Frau Kalde, weißt du nicht mehr?«

»Doch, jetzt fällt's mir wieder ein. Sind nur ein paar hundert Meter vom Hof der von Borstels. Lass bloß die Tagebücher weg, ich will nicht.«

»Und wieso will sie dich erst Montagmorgen sprechen, wenn es so wichtig ist, warum nicht gleich morgen, oder jetzt noch, heute Abend? Ist doch noch hell. Man könnte hinfahren!«, stellte Christa eifrig fest und lief vor dem Fenster hin und her.

Schlüter stand auch wieder auf. Tatsächlich. »Du hast Recht«, sagte er, »sie hat noch was zu tun ...«

»Aber was?«

»Keine Ahnung.« Schlüter zuckte mit den Schultern. »Vielleicht ist er ja bei ihr, der von Borstel.« Er lachte, ohne sich zu freuen.

Sie standen sich gegenüber und blickten sich gespannt an.

»Wir könnten hinfahren ...«, versuchte Christa.

»Und nachsehen, ob er da ist, meinst du? Und dann?«

»Wie?«

»Na, wenn er wirklich da ist. Willst du ihn festnehmen?«

»Nee, natürlich nicht, das geht nicht.«

»Eben. Und wenn er da ist und ich sehe ihn und sage nichts, dann sitze ich in der Tinte. Grenzt an Fluchthilfe. Also können wir auch gut hier bleiben.«

»Oder wir rufen die Polizei an?«

»Auf keinen Fall«, widersprach Schlüter bestimmt. »Verraten tu ich ihn nicht, falls er da steckt. Und gefährlich ist er nicht. Seine Frau hat er umgebracht, eine zweite hat er nicht.«

»Und wenn er's nicht war?«

»Dann rufen wir die Polizei erst recht nicht an. Und außerdem: Wenn die Frau Kalde was zu sagen hat, warum hat sie's dann nicht gleich getan, als der Staschinsky bei ihr war?«

»Du meinst ...«, Christa zögerte.

»... dass sie spinnt«, sagte Schlüter trocken. »So, und nun ist Feierabend. Montag fahr ich dahin und lass mich überraschen. Und jetzt – Schluss!« Er nahm ihr Gesicht zwischen seine Hände und gab ihr einen Kuss auf den Mund, verschwand im Flur und kam mit einer Flasche Rotwein aus dem Languedoc und zwei Gläsern zurück.

»Hier. Entspannungskatalysator. Soll man ja nicht machen. Aber heute ist Notwehr. Den Telefon-Stöpsel hab ich rausgezogen.«

Sie stießen an und tranken.

Christa strickte wieder und sagte: »Und jetzt liest du mir was vor!«

Schlüter schenkte neu ein und griff sich das kleine Bändchen, das er vorhin auf den Tisch gelegt hatte, blätterte, schmunzelte und begann:

Ein Land, wo ewiger Friede herrscht, und wo alle Menschen in gleichem Grade frey und glücklich sind; wo das Gute nicht mit dem Bösen vermischt ist, Schmerz nicht an Wollust und Tugend an Untugend grenzt, wo lauter Schönheit, lauter Ordnung, lauter Harmonie ist – mit einem Wort, ein Land wie ihre Moralisten den ganzen Erdboden haben wollen, ist entweder ein Land, wo die Leute keinen Magen und keinen Unterleib haben, oder es muss schlechterdings das Land seyn, ... wo einem die Rebhühner gebraten in den Mund fliegen, oder (welches ebenso viel sagen will) wo man keine Bedürfnisse hat ... Gleichwohl ärgern sich ihre Moralisten darüber, dass die Welt so ist wie sie ist ...

So unsinnig sind neun Zehnteile der Gesetzgeber, Projektmacher, Schulmeister und Weltverbesserer auf dem ganzen Erdenrund, alle Tage!

Während er las, hatte Christa ihr Strickzeug auf den Schoß sinken lassen. Sie lachte: »Wir sind wohl auch solche Weltverbesserer und schimpfen über die böse Welt und die schlimmen Menschen ...«

»Tja«, sagte Schlüter und ließ seine Hände über das rissige Leder des Einbandes gleiten, »so ist das Leben nun mal und wir sollten es nehmen, wie es ist.«

Dann griff er wieder zu seinem Glas. »Prost Feierabend. Prost Stress. Prost Frau Kalde«, rief er seiner Frau zu und hob das Glas. »Vielleicht sollte ich tatsächlich verträglicher und duldsamer sein gegen die Torheiten und Unarten der Menschen. Bin vermutlich auch nicht besser.«

»Doch«, widersprach sie, »du bist nur ein bisschen

berufskrank. Ich auch. Wir sehen nur noch komische Leute und doofe Kinder. Sind aber nicht alle so.«

»Etwa nicht?«, fragte er und grinste.

»Doch. Nur verschieden. Furchtbar verschieden«, erwiderte sie. Sie nahm das Strickzeug wieder auf, sachte begann es wieder zu klappern.

»Übrigens«, fragte sie, »von wem war das?«

»Wieland. Christoph Martin Wieland.«

»Den hab ich für völlig verstaubt gehalten. Und wie heißt das Buch?«

»Abderiten.«

»Komischer Name.«

»Mhh. Kommt von Abdera. Eine Phantasiestadt im alten Griechenland. Die Einwohner sind die Abderiten. Aber er meint seine Zeitgenossen im Allgemeinen, und die Weimarer im Besonderen.«

Schlüter griff wieder zum Buch und klappte es auf. Aber er konnte nicht mehr lesen. Irgendetwas war passiert.

Kurz vor der Kreuzung hielten sie an und fuhren auf den Parkplatz der Gaststätte, deren Wirt sich im vorletzten Jahr erhängt hatte.

Sie stiegen aus. Über das Dach des PKW hinweg sahen sie den Rauchpilz, der schwarzrot und knisternd zum Himmel quoll. Flammen schlugen aus dem Qualm. Der Feuersturm riss das Reetdach in glühenden Garben empor, prasselnd fraßen sich die Flammen ins krachende Gebälk. Funken stoben wild in den Abendhimmel und mischten sich mit dem ersten Funkeln der fernen Sterne. Feuer! Wie verschieden es sein kann, Fluch oder Segen, je nachdem.

Sie starrten hinüber und sagten nichts. Es verschlägt einem den Atem, wenn ein Haus brennt, und die Vernunft setzt aus. Uralte Angst mischt sich mit verbotener Lust am Zusehen. Brandstifter, fühlte Schlüter, so denken Brandstifter. In den meisten Sachen kann man von sich auf andere schließen. All das ist auch in dir, alles, dachte Schlüter. Und ihm fiel der Mann aus Altenmoor ein, an dem man die Schulpflicht acht Jahre lang in der ersten Klasse der Dorfschule vollstreckt hatte. Er war achtmal sitzen geblieben und dann Brandstifter geworden. Schlüter rechnete, ob der Mann seine Strafe wohl schon abgesessen hatte. Wie hieß er noch? Ach, Kackmann. Auch das noch.

Zwei Autos kamen aus Hemmstedt angerast und schossen über die Kreuzung, behelmte Männer saßen drin, hupten sich durch die Schlange der Schaulustigen. Von den Dächern der Feuerwehrwagen schleuderte es blaue Blitze.

»Feuerwehrleute«, sagte Schlüter. »Die haben wenigstens was zu beschicken. Wir gaffen bloß.«

Das brennende Haus lag etwa zweihundert Meter hinter der Kreuzung links hinter einer Birkenreihe.

»Jo, jo«, machte es hinter ihnen.

Schlüter schoss herum. Ein feister Kerl mit speckigem Gesicht stand grinsend hinter ihnen und streckte seinen Bauch vor. Schlüter erkannte ihn sofort wieder. Ein Prozessgegner aus dem vorletzten Jahr. Wie hieß er noch gleich?

»Rathjens mein Name, wenn ich mich vorstellen darf«, verbeugte sich der Kerl und streckte Christa seine Hand hin. Sie warf einen kurzen Blick auf ihren Mann und ignorierte die Hand. Schlüter hätte sie küssen mögen. Richtig. Rathjens! Er hatte dem Gastwirt den Rest gegeben. Zwei Tage nach der Urteilsverkündung hatte er sich aufgehängt.

»Schad ihm nix. Schad ihm gaaa nix«, sagte der Feiste frech und seine Äuglein leuchteten lustig in dem fetten Gesicht. »Soll mich wunnern, was nu mit sein Lamborschini is, den findt er ja besser noch als die Weiber, der Bernau, wenn der man nich hin is ... Denn kann er ja nu kein Geld mehr hol'n bei die Bank mit den Wogen ...«

»Komm«, sagte Schlüter zu seiner Frau und sie stiegen wieder ein. »Wir hätten nicht losfahren sollen.«

Christa antwortete nicht. Sie dachte nach.

»Wir denken nur, dass dieser Brand was mit dem Ausbruch und dem Telefonanruf zu tun hat«, fuhr Schlüter fort. »Und wissen es doch nicht. Das ist der Mist.«

»Das hat er auch«, sagte Christa bestimmt.

»Aber es nützt uns nichts. Wir können nichts damit machen.«

»Nein, das können wir nicht.«

»Was hast du?«, fragte Schlüter, als sie unter den Bäumen entlangfuhren, die ihre Hände über der Straße falteten. Christa starrte immer noch wortlos durch die Scheibe. Schnelle Autos kamen ihnen entgegen. Das ganze Moor war auf den Rädern.

»Hattest du nicht von dieser Frau erzählt, die sich von dem Polizisten scheiden lassen wollte, der einen Bankräuber fangen wollte, den es dann angeblich nie gegeben hat?«, fing sie langsam an.

»Wieso?«

»Weil der einen ›Lamborschini‹ hatte, der angebliche Bankräuber, meine ich.«

»Welcher Bankräuber?«

»Na, der, du hattest doch die Frau vom Polizisten im Büro, der den von Borstel festgenommen hat. Ihr Mann, der Polizist, hat doch angeblich einen Bankräuber verfolgt und der hatte einen Lamborghini. Hat sie dir erzählt und du mir.«

»Was du alles behältst ...«, wunderte Schlüter sich. »Ich kann mir das nicht alles merken, was die Leute mir erzählen. Willst du damit sagen, der Hamburger ist der Bankräuber?«

»Vielleicht ... Aber wenn ich er wäre: Mit einem Lamborghini würd ich nie 'n Bankraub machen. Dann schon eher mit dem Fahrrad.«

»Ich begreif sowieso nichts.«

»Außerdem scheint es allgemein bekannt zu sein, dass er mit dem Auto, das jetzt vielleicht gerade verbrennt, Geld bei der Bank holt.«

»Na und?«, zweifelte Schlüter. »Womit soll man denn

sonst Geld holen, wenn nicht mit 'm Auto, wenn man hier wohnt?«

»Schon klar«, stimmte Christa zu. »Aber es soll ja auch kein Bankraub gewesen sein. Dann hat er – eben nur so – Geld geholt.«

»Nachts!?«

»Guck lieber nach vorn, Mann.« Christa kicherte. »Wenn's 'n guter Kunde ist, macht die Bank vielleicht auch mitten in der Nacht auf?«

»So wie ich abends um acht einen Termin mache, wenn es ein guter Mandant ist, oder wie?«

»Genau.« Christa blieb am Ball: »Was hat der Rathjens gesagt, wie der Mann heißt, dessen Haus gebrannt hat?«

»Fernau oder Bernau oder so ähnlich. Warum?«

»Weil dieser Name auf dem Umschlag steht, in dem das Tagebuch von Erika von Borstel steckte. Joachim Bernau.«

Schlüter stieß einen Pfiff durch die Zähne: »Oha!«

»Du sollst nach vorne gucken, lieber Mann! Denk an die Tagebücher und den Hamburger und seine Einladung zum Kaffeetrinken.«

»Oha«, wiederholte Schlüter. »Wie gut, dass wir nicht wissen, wo dieser von Borstel steckt!«

Schaukelnd fuhren sie die Moorstraße entlang. Christa fragte: »Woher kennst du den Rathjens eigentlich?«

»Ich hab mal gegen ihn prozessiert. Und verloren. Er hatte dem Gastwirt, da wo wir eben gehalten haben, Land abgekauft und nicht bezahlt.«

»Aber er muss doch bezahlen«, widersprach Christa.

»Hat er aber nicht. Dafür hatte er eine Quittung ...«

»Wie kann das denn sein?«

»Ohne zu bezahlen, hat er sie gekriegt, meine Liebe. ›Unterschreib du schon mal, ich hol in der Zwischenzeit das Geld.‹ Verstehst du?«

»So ein Schwein ist das?«

»Ja. Leider.« Schlüter zuckte mit den Achseln.

»Wahrscheinlich reizt er mal jemanden dermaßen, dass es ihm selbst an den Kragen geht.«

»Meinst du? Die Welt ist nicht gerecht.«

»Nein. Aber ich habe ihn gesehen. Schon sein frecher Anblick hat mich in Wut gebracht. Dem passiert noch mal was.«

XIV.

Mit gemischten Gefühlen war er losgefahren und die hatten Recht gehabt. Er ärgerte sich, weil er ihnen nicht nachgehorcht hatte. Lebenskunst ist, der Stimme seines Herzens zuzuhören und ihr zu folgen, dachte er mürrisch. Aber nun war es zu spät. Wozu das alles? Erstens war er Advokat und nicht der Held einer Krimiserie, und zweitens – sein Mandat war beendet durch die Flucht des Angeklagten. Damit war auch sein Interesse beendet oder es hätte zumindest beendet sein sollen. Was wollte er hier noch? Warum war er dem Ruf dieser unbekannten Frau gefolgt und hatte sich auf diese ganz und gar überflüssige Fahrt begeben?

Und nun saß er hier fest und hörte die Grillen zirpen, kläglich gescheitert bei dem Versuch, eine unbekannte Frau im Engelsmoor aufzusuchen, die ihm irgendetwas sagen wollte, was sie für wichtig hielt. Vermutlich war es nur irgendein aufgeblasenes Zeug. Wäre er bloß im Büro geblieben, hinterm Schreibtisch, wo er seine Arbeit am liebsten tat, umgeben von schrägen Aktenstapeln, Papierwirrnissen und aufgeschlagenen Büchern, dazwischen verborgen Telefon, Diktiergerät, Schreibzeug und Rechner. Aber dieser fordernden, bestimmten Stimme hatte er sich nicht widersetzen können, und das ärgerte ihn, dass er der kleine Junge geworden war, der gerufen wird und zur Stelle zu sein hat, um Befehle entgegenzunehmen, was er zu tun hat – wie früher, wenn er sich unter den Bohnenstangen im Garten versteckt hatte und der Vater rief.

Die Landstraße durchs Moor war eine Abwechslung gewesen, die Junisonne spielte im hellen Sprossengrün der Birken am Straßenrand und ließ die weißen Balken der Fachwerkhäuser leuchten, die weitab tief in Weiden und Wiesen lagen, am Ende hoher Moorwege, als wohnten verwunschene Jungfrauen darin. Wo gab es sonst so viele Birken, diesen Baum, der sein schütteres Haupt im Wind schüttelte? Den Moorweg, den Schlüter fahren musste, hatte er an dem vorn an der Straße abgestellten grau gescheckten französischen Wagen erkannt, wie es ihm die Frau beschrieben hatte. Bedenkenlos war er abgebogen. Warum nicht? Zum Befahren war der Weg schließlich da und seit den Zeiten der Urbarmachung am Anfang des Jahrhunderts hatten die Leute diese Knüppelwege mit ihren Fuhrwerken benutzt, die gehalten wurden von den Wurzeln der Birken und da und dort von Ästen, die man in die Löcher gelegt hatte.

Aber schon nach zehn Metern wusste Schlüter, dass er einen Fehler gemacht hatte. Trotzdem hielt er nicht an; diese mit braunem Schlamm gefüllten Löcher hätten ihn doch halten müssen, nein, er war weitergefahren wie ein bockiger Junge. Er wusste, sein Wagen würde in einem dieser torfigen Löcher stecken bleiben, in denen das braune Wasser vom letzten Regen stand. Die Vorderräder rutschten seitwärts in eine Senke. Mit viel Gas und im zweiten Gang kam Schlüter noch durch und hielt an, öffnete die Tür und stieg langbeinig aus. Das war also die Falle, auf die er gewartet hatte. Umdrehen konnte er nicht, unmöglich. Rückwärts fahren erst recht nicht. Also weiter, was half's?, aus der halben eine ganze Niederlage machen. Überall braunschwarze Löcher, die breiten Reifen des Geländewagens hatten Wülste matschigen Torfs aufgeworfen. Hier und da Bruchsteine und Baumüll, auf dem Weg zum Teufel und nach Australien, hoch herausragende Baumwurzeln. Das Ende des Weges verlor sich im Grün der Frühsommertriebe, wurde zum Dickicht. Ein Zaunkönig schmetterte unbekümmert seine gute Laune heraus. Es klang wie ein Hohnlied auf den klugen Menschen, und seufzend stieg Schlüter wieder ein und fühlte seine Unvollkommenheit.

Im ersten Gang fuhr er weiter, holpernd, mit langem Hals die Nase dicht vor der Scheibe und pfiff leise zwischen den Zähnen durch. Wie schnell man allein und auf sich gestellt ist, dachte er. Hier ist es aus mit der Arbeitsteilung unserer modernen Gesellschaft. Er kam erstaunlich weit, aber er wusste, dass er nur tiefer ins Verderben fuhr. Nach zweihundert Metern war endgültig Schluss. Das linke Vorderrad versunken, der Wagen stieß unten hart auf das Holz einer Wurzel. Der Motor starb und Schlüter spürte die Stille, die ihn umgab, er hörte nur seinen eigenen hastigen Atem und den lustigen Gesang des Zaunkönigs, wippend saß er auf einem Ästchen und riss seinen Schnabel auf, als sei nichts passiert. Mit einem Flügelsirren wechselte der Vogel die Position jenseits des Wagens und tirilierte von vorne los. He Leute, kommt her, hier steht ein Blechkasten zum Nesterbauen!

Die Straße war nicht mehr zu sehen. Der Rückweg schien von Birkenbäumen zugewachsen wie das Schloss Dornröschens. Schlüter fluchte leise vor sich hin, in ein das freche Lied des Zaunkönigs hinein, er wusste, wie lächerlich er aussehen musste mit seinen flachen Halbschuhen, Bügelfaltenhose und Jackett, aus dem zwei dumme weiße Hände staken. Und das mitten im Moor, wo nur tüchtige Landleute bestehen konnten. Und Zaunkönige natürlich, das war nicht zu überhören.

»Du kannst aufhören«, schimpfte Schlüter, »ich habe verstanden!« Ihm wurde klar, warum die Landleute arrogant auf die Städter herunterblicken.

Zuerst hielt er das ferne Brummen für ein Auto, doch als es lauter und tiefer wurde, erkannte er das Geräusch eines arbeitenden Schleppers, der von rechts näher kam. Nun nahm Schlüter wahr, dass die Wiese nebenan gemäht war und das angewelkte Gras zum Teil geschwadet lag.

Der Schlepper kam in Sicht, oder vielmehr ein rothaariger Mann, der wie willenlos und ergeben auf ihm hin- und herschaukelte, gehüllt in eine Wolke von Staub, und sich dann und wann nach hinten wendete, wo der Schwader das Gras in Reihen ordnete. Ist die Not am größten, ist die Hilfe nah.

Unentschlossen bog Schlüter die Äste der Büsche beidhändig auseinander, der frische Bitterduft der Birken stieg ihm in die Nase, schließlich schob er sich durch das Randgestrüpp, um sich dem Bauern zu zeigen, und hob eine Hand. Der sah ihn aus rotem, breitem Gesicht grinsend an, winkte zurück mit seiner fleischigen Hand und ratterte vorüber, nach links, zu der fernen Straße und dem Ende der Wiese. Schlüter blieb stehen, es war wieder still, der Bauer fuhr am Vorgewende entlang und kam zurück, diesmal nahe dem Birkenweg. Wieder winkte Schlüter mit seiner ungeschickten Hand, der Bauer wiederholte sein Grinsen und lugte an Schlüter vorbei durch den Busch auf das unselige Auto.

»Glieks, glieks ...«, schrie er. Und wieder entfernte er sich, dem anderen Ende nach rechts hin zu, die Staubwolke wurde kleiner und kleiner und das Motorengeräusch verlor sich im Moor.

Schlüter setzte sich auf die warme Böschung und blickte durch die Äste hinunter auf die abgetorfte Heuwiese. Die Grillen zirpten. Wieso hatte er sie nicht gleich gehört? Es dröhnte ja fast! Zwischen dem kurz geschnittenen Gras konnte man die braune Erde sehen. Blauglänzende Fliegen surrten und standen still in der lauen Luft, stießen dann, geometrische Formen zeichnend, hin und her, eine Ameise überquerte mit Mühen das glatte Leder seines Schuhs, unbeirrbar auf ihrem Weg. Der Zaunkönig beäugte ihn höhnisch aus dem olivgrünen Geäst einer Vogelbeere.

»Ihr wisst es besser«, murmelte Schlüter. Der Tag war gelaufen. Was sollte er sich ärgern? Dann hörte er das Motorengeräusch zurückkehren und er zweifelte, ob er nun sitzen bleiben oder aufstehen sollte. Das eine machte einen bequemen, das andere einen fordernden Eindruck, und beides war ebenso falsch wie es an seiner

Hilflosigkeit nichts änderte, so dass er sitzen blieb und reglos harrte. Als der Bauer auf gleicher Höhe war, deutete Schlüter mit dem Daumen rückwärts, der Versuch einer souveränen Geste, auf sein Wrack im Matsch des Weges.

Wieder nickte der Bauer sein hochrotes Gesicht und rief: »Glieks, glieks!!« und fuhr ein drittes Mal vorbei.

Was nun? Während Schlüter überlegte, ob er sich nun doch ärgern sollte oder nicht, entfernte sich der Bauer, wendete weitab am Ende der Wiese und kehrte zurück.

Diesmal hielt er an, riss den Handgashebel zurück und zog den Motor aus. Behände schwang sich der Bauer von der Maschine und erschütterte das weiche Moor mit seinem Sprung. Stiernackig, den Gürtel stramm wie ein Äquator um seine starke Bauchkugel geschnürt, die blond behaarten Schenkel in einer abgeschnittenen Cordhose; flink warf er unter dem massigen Körper die kurzen Beine, sein Gang wirkte rollend, maschinenhaft geölt. Sein Grinsen konnte die Zorneskerbe über der Nasenwurzel nicht glätten, und der Blick aus den tief im Gesichtsspeck liegenden Augen verriet falsche Durchtriebenheit und Schalk: Es war Rathjens.

»Na, Herr Afkoot, schön, dass man Ihnen schon wieder treffen tut«, sagte der Bauer, »bei dem schön' Wetter würd ich mir auch mal 'n Spazeergang gönn'n, wenn ich könnt und so veel Tiet hätt wie Sie ...« und verbeugte sich.

Schlüter ignorierte den frechen Ton und fragte, ob er den Wagen freischleppen könne.

Der Bauer schnalzte mit der Zunge und antwortete provozierend langsam: »Jä, wenn dat man geiht und wenn ick man Tiet hevv, wir müssen scha Silo faahn, und 's soll schlecht's Wetter gehm.« Er kratzte sich ausgiebig am Kopf, aber Schlüter blieb hart und sagte nichts.

»Na gut, wenn Se mir so nett frocht ...« Damit drehte der Bauer auf der Stelle um, schlug sich durchs Gebüsch und war nach drei Minuten durch eine Lücke fünfzig

Meter weiter rückwärts an den PKW herangefahren, hatte flink ein Drahtseil vom Frontladergestänge abgewickelt, es durch den Abschlepphaken gezogen und am Zugmaul befestigt. Dabei bückte er sich vor Schlüter wie der Sklave vor seinem Herrn, und dennoch spürte Schlüter die Überlegenheit des Landbewohners über den dummen Stadtmenschen.

»Steigen Sie ein, ziehn Sie mit, sachte im zweiten Gang«, befahl Rathjens, und Schlüter gehorchte, wollte eilig einsteigen und trat in das Schlammloch neben der Tür, während der Zaunkönig seine Fanfare hören ließ. Schlüter fluchte wütend zwischen den Zähnen.

Kurz darauf, nachdem er das Seil wieder an seinem Schlepper befestigt hatte, stand der Bauer dicht vor dem Advokaten.

»Vielen Dank«, murmelte Schlüter und mühte sich, den Torfdreck von den Schuhen am Gras abzuwischen. Er war reingelaufen.

»Sie könn'n mir hunnert Maak gehm, Herr Afkoot, damit ist meine Mühewaltung abgegolten.« Rathjens Schweinsaugen lugten gierig unter den blonden Brauen heraus.

Das geht nicht, dachte Schlüter. »Leider habe ich nichts dabei, Herr Rathjens, ich danke Ihnen.«

»Na – Sie könn'n mir ja 'n Scheck schick'n ... Übrigens, Sie woll'n wohl der Dame da hinten 'n Besuch abstatten, wie? Madame Kaldé ...«, griente er und dehnte das E ihres Nachnamens französisch lang. »Doch wohl nich wegen dem August, der seine Alte abgestochen hat, Herr Afkoot?«

Schlüter antwortete nicht gleich. Dann sagte er: »Ich wollte ...« Er hätte sofort antworten müssen, merkte Schlüter, jetzt war es zu spät. Steif sah er Rathjens ins Gesicht.

»Suchen Sie den August wohl hier, Herr Afkoot, vielleicht isser ja hier, bei seine Madamm ... Geiht mi jo nix an«, unterbrach sich Rathjens und winkte ab, »aber passen Sie auf. Sie is scharf auf Männer wie 'ne läufige

Hündin. Zwei alte Kerle hat die überlebt und hat sie beerbt, und das is nich mit rechten Dingen zugegangen, ich sach Sie das, der letzte war plötzlich tot hier hinten im Moor. Aber ich hab nix gesagt, war man nur so ...«

Er sah Schlüter bedeutungsvoll an, aber der tat ihm nicht den Gefallen, neugierig zu fragen, sondern wischte konzentriert mit einem Grasbüschel seine Schuhe sauber.

Als er sich wieder aufrichtete, stieß Rathjens ihn kumpelhaft an. »Aber ich will Sie was sagen, mit dem August hat sie was gehabt, das Luder, könnt seine Mutter sein«, seine Stimme senkte sich und wurde klebrig, mit öligem Blick taxierte er die Wirkung seiner Worte, »der hat das bei sie gelernt, damals ...«

Es reicht, dachte Schlüter. »Die Leute reden viel«, kommentierte er kurz.

»Nee, nee«, fiel der Mann hastig ein, froh, endlich erwidern zu können, »das is nu kein Schnack, ich sag Sie das, Schnack is das nich! Da hinten –« Er drehte sich um und zeigte in die Richtung, in der das Haus von Frau Kalde liegen musste. »Da hab ich sie liegen sehen, inner Lunke hinter den Erlen, achtzehn Johr is das nu bald her, das war, als ich bein Viehzählen war ...« Sein dicker Daumen schob sich genussvoll zwischen Zeige- und Mittelfinger, und er sah den Advokaten triumphierend an. »Glauben Sie wohl nich, wie? Stimmt aber, so wahr ich hier vor Sie steh, da war der August gerade sechzehn und der alte Karl Kalde war noch keine Woche unter die Erde. Man knapp kalt geworn, wenn der gewusst hätte, dass seine Witwe sich von dem Jung beschäln lässt. Und das nicht schlecht, ho, ho. Sie hat sogar richtig mit dem ...«

»Ich glaube, ich muss weiter«, unterbrach Schlüter die schlüpfrige Rede, »ich muss in zwei Stunden wieder im Büro sein.«

Rathjens ließ ein kurzes, meckerndes Lachen hören und sagte höhnisch: »Na, dann ham'm Se ja nich viel Zeit, und veel Spoß ouk ...«

»Ich danke Ihnen nochmals, Herr Rathjens«, verabschiedete sich Schlüter.

»Ich Sie auch, Herr Afkoot«, höhnte Rathjens und verbeugte sich übertrieben.

Als der Bauer mit dem Trecker fort war, stieg Schlüter kopfschüttelnd in seinen Wagen und warf ihn an. Ein zweites Mal durfte er nicht stecken bleiben. Diesem Mann war er nicht gewachsen. Er kurvte mit äußerster Konzentration und hohem Tempo im zweiten Gang, hielt zwischendurch mehrmals an sicheren Stellen an, um das Terrain zu erkunden. Schließlich kam er an.

XV.

Mit kalten Fingern griffen die schwankenden Schatten der Birken nach dem alten Haus. Ein moosiges Reetdach hockte wie ein altes Tier auf den schrägen Fachwerkwänden, ein Schornstein mit bröckligen Fugen ragte knapp heraus. Ein beuliger Backsteinweg besäumte das Haus, hier und da gebrochen von Birken- und Ebereschentrieben. Nach Westen hin standen hohe Erlen, hoch oben ein Elsternnest, überall Brennnesseln, Stauden blühenden Honiggrases, im Graben ringsum Brennnesseln, jenseits die Wiese, auf der Hahnenfuß blühte.

Schlüter spürte die Sonne nicht. Links die rostige Ruine eines hühnerbrüstigen kleinen Schleppers, Aalgeier-Porsche wohl, neben einer Pyramide leerer Konservendosen. Und Katzen. Mindestens ein Dutzend Katzen, schwarze, gelbe, graue und gescheckte, die leopardenhaft unter blaugrünen Binsenbüscheln lagen und aus smaragdenen Augenschlitzen geheimnisvolle Blicke warfen.

Fröstelnd ging er auf die grüne Tür an der Ostseite des Hauses zu, viele kleine und große Pfade zeigten, dass dort der Eingang war. Schlüter stand auf dem platt getretenen Gras in den Backsteinfugen und sah auf die

Uhr: elf. Eine Stunde zu spät. Zögernd näherte sich sein weißer Knöchel der Tür. Sie öffnete sich, und er stieß ins Leere.

»Guten Tag, willkommen in meinem bescheidenen Haus«, sagte die energische raue Frauenstimme, die Tür wurde ganz aufgezogen, und sie stand nun vor ihm, ein kleines straffes Gesicht, Stirn und Schläfen umrahmt von einem engen lila Kopftuch. Sie reichte dem Anwalt eine kleine, aber kräftig warme Hand mit grünen Fingernägeln.

Als er eintrat, nahm ihm der Gestank von kalter Katerpisse den Atem, dass er nach Luft ringen musste. Er stand in einer schmalen Küche, verrußte Deckenbalken, Spinnweben, hinten links eine Küchenhexe, darüber hinweg konnte man aus einem Fenster, durch das Geäst der Erlen, über die Weiden blicken, und darauf lag in der Wärme der alten Glut eine schwarze Katze, wie tot, mit den Pfoten schlapp über der Kante, ein Bild von Entspannung und Kraft, das mit dem infernalischen Gestank nicht vereinbar war. Die Frau verschwand mit gleitendem Gang links durch eine niedrige Türöffnung in den Nebenraum, offenbar erwartete sie, er werde ihr folgen. Schlüter machte einen Schritt auf dem nackten Betonboden, ein fingerbreiter Riss quer hindurch; Erdbeben, dachte Schlüter, dagegen sind die Schwefelquellen von Naumaskarth nichts, und hier stinkt's nicht wie am dritten, sondern wie am achten Schöpfungstag, am dritten konnte der Schöpfer den Kater noch nicht fertig gehabt haben und für diesen Gestank brauchte es einen Extratag – und dann ging er doch weiter, der Frau nach, durch die niedrige Tür in einen niedrigen Raum, der im Dämmerlicht der von Gardinen verhangenen Fenster lag. Der Gestank war hier noch schwerer und lag lastend wie ein Alp im Raum. Verzweifelt sah sich Schlüter um, wie man hier zu frischer Luft kommen könnte.

»Bitte sehen Sie sich um, wie Sie mögen«, hieß die Frau ihn unbekümmert willkommen, machte eine weite

Geste, als käme sie eine breite Treppe in den Saal herab. Das war wohl das Wohnzimmer. An der gegenüberliegenden Wand stand ein Sofa, auf dem zwei grau getigerte Katzen, mit geschlossenen Augen spiegelbildlich gegeneinander gelehnt, ruhten, davor ein niedriger Tisch mit silberdurchwirkter Decke, auf dem sphinxenhaft ein schwarzer Kater mit quadratischem Kopf thronte, der aus grünen Augenschlitzen blickte wie tausend Jahre Weisheit; rechts und links je ein Sessel.

»Sississississ, also – Demokrit!«, sagte die Frau, als spräche sie zu einem frechen Kind, das an der Schokolade genascht hat. »Du weißt doch, so etwas tut man nicht«, nahm den Kater mit weicher Bewegung vom Tisch und setzte ihn sanft auf den Boden. »Und ihr beiden Schlingel, Danäa und Agathon, nein, das hätte ich nicht von euch gedacht, so ungezogen, ts ts«, nahm auch diese beiden fort, dann schlug sie, wohl der Haare wegen, auf das Sofa ein, wedelte über den Tisch, Staub wirbelte auf und mischte sich mit dem Gestank.

Schlüter hustete.

»Zucht das?«, fragte die Frau und warf prüfende Blicke zum Fenster. »Sind aber alle zu!« Bevor Schlüter seine Verzweiflung äußern konnte, wies sie auf das leer geräumte Sofa und fügte hinzu: »Bitte sehr! Kaffee?« und zeigte Schlüter schwarze Zahnstümpfe, die nicht zu ihrem glatten Gesicht passen wollten, das Gebiss einer alten Frau.

Schon war sie verschwunden, durch die niedrige Tür zurück in die Küche. Schlüter sah sich um, flach atmend. Nach Osten zu konnte er durch die Gardinen das Schattenspiel der Vormittagssonne in den Erlen sehen. Niedrige Deckenbalken auch hier, spinnennetzartig gerissen die alte Farbe. Abgewetzte Holzdielen, unter der Sitzgruppe ein geknüpfter Teppich, mit orientalischem Muster und Silberfäden wie auf dem Tisch. An den Wänden ringsum Ölbilder im Worpsweder Stil, Landschaftsmotive, Moorkaten, Tümpel, gezauste Bäume, die fleckige Tapete war fast nicht zu sehen.

Nach Westen hin die offene Tür in die Schlafkammer; einen Augenblick lang starrte Schlüter die mächtige Flinte an, die am Kopfende des Bettes lehnte, dann setzte er sich rasch wie ein ertappter Voyeur auf das Sofa. Rechts neben der Schlafkammertür eine Kommode mit drei Zügen, auf der der Zeiger einer flachen Uhr von Sekunde zu Sekunde eilte, als liefe er fort vor dem Katzengestank. Neben der Tür zur Küche ein Bücherschrank, alt und eichen, hinter dessen Glasfenstern lederne Buchrücken lockten. Danäa und Agathon sprangen auf das Sofa und kletterten auf Schlüters Schoß, betäubt ließ er es zu. Ein Himmelreich für ein offenes Fenster, dachte er ergeben.

Die Frau kam zurück mit einem Tablett. Sie war klein, und das straffe Gesicht verriet kein Alter, die Wangen waren etwas flach, vielleicht der Zähne wegen. Sie trug einen schwarzen Hosenanzug mit Gürtel, der silbern glänzte. Eine schlanke Gestalt, fast wie die eines jungen Mädchens, sie wirkte zerbrechlich; wie eine Wahrsagerin aus dem Morgenland, dachte Schlüter. Jetzt fiel ihm die Kristallkugel auf der Kommode auf, während sie die Tassen auf den Tisch stellte. Sie lag auf einem kunstvoll drapierten goldenen Seidentuch.

»Agathon! Danäa! Könnt ihr euch nicht benehmen? Pfui, man ist höflich, wenn Besuch kommt – entschuldigen Sie ...« Sie nahm erst die eine, dann die andere Katze von seinem Schoß, ihre Bewegungen waren schlangenartig, kraftvoll, wie abgemessen, sparsam und graziös, und Schlüter nahm trotz des Gestanks den Duft wahr, der von der Frau ausströmte und den er nicht einordnen konnte. Sie hatte Dreck unter ihren grünen Fingernägeln. Zwei Ringe an der rechten Hand, einfache breite, goldene Ringe. Eheringe? Schlüter dachte an das, was ihm der Bauer vorhin erzählt hatte.

Sie saß ihm gegenüber und schenkte ein, und er spürte ihren Blick, der prüfend auf ihm ruhte, während er die Bilder ringsum betrachtete. Als sie Agathon, der um ihre Füße strich, streichelte, konnte er sie wieder betrachten, eine schmale Nase, gerade, ein asketisches Gesicht. Gierig sog Schlüter den Duft des Kaffees ein, noch nie war ihm Kaffeeduft so göttlich vorgekommen.

»Es ist ein guter Kaffee«, sagte sie. Agathon sprang auf ihren Schoß.

Schlüter trank und atmete dabei unauffällig tief durch. »Sie – Sie leben einsam hier ...«, sagte er stockend.

Sie schlürfte ihren Kaffee und ächzte wohlig. »Ich mag es. Mit meinen Katzen. Meinen Bildern. Und den Büchern. Das reicht.«

Wieder fiel Schlüter auf, wie entschlossen und voller Willenskraft ihre Stimme war. »Sind Sie denn nicht einsam hier – ich meine, wenn niemand ...?«

»Nein. Schon der Postbote ist mir zu viel. Ich mag hier keinen. Ich hab ihm vorn an der Straße einen Kasten aufgehängt. Aber manchmal braucht er ja eine Unterschrift.«

»Und wie kommt er dann her, ich meine ... es ist ja schwierig, ich bin ...«

»Zu Fuß natürlich«, unterbrach sie ihn. »Wenn man fahren will, braucht man schon einen Geländewagen.«

»Das habe ich gemerkt.«

Sie ging auf seine Bemerkung nicht ein, sondern goss schweigend die Tassen wieder voll. Solange Kaffee da ist, ist Hoffnung, dachte Schlüter und stellte erstaunt fest, dass ihn der Katergestank nicht mehr so folterte wie vorhin. Und dass Kaffee wahrhaftig eine bessere Waffe gegen Katzengestank war als Tee.

»Nein«, sagte sie, nachdem sie einen Schluck geschlürft hatte. »Ich bin nicht einsam. Ich habe meine Freunde, und ich fahre zu ihnen, wenn ich will. Hier in der Gegend gibt's nur stures Pack, Neidhammel und Kleingeister, die lauern nur, sie warten alle auf eine Gelegenheit, mich reinzulegen, aber ich lass sie nicht.« Über die Tasse hinweg sah sie ihn an. »Sie sind der Erste, der hier über die Schwelle gegangen ist, seit langer Zeit. Außer den von Borstels natürlich. Sie sind doch Augusts Rechtsanwalt, das sind Sie doch, oder?«

Ihr Rücken war steif geworden bei den letzten Sätzen, Herausforderung, aber auch etwas Angst flackerte in ihren Augen, und unter dem Stoff ihres Hosenanzugs zeichneten sich ihre Brustwarzen ab.

Schlüter nickte, schüttelte dann aber den Kopf: »Ja und nein. Eigentlich nicht. Er ist doch ausgebro...«

»Na und?!«, fuhr sie scharf dazwischen. »Was spielt das für eine Rolle?«

»Na ja, damit hat er doch irgendwie ...«

»... zugegeben, meinen Sie, er hätte es zugegeben dadurch? Nein, sage ich Ihnen!«

»Aber Sie müssen doch zugeben, dass ...«, versuchte Schlüter.

»Ich?« Ihre Stimme war höhnisch geworden. »Nein! Und wenn er nun ausgebrochen ist, weil er ... es nicht war, und ... und er keine Chance hat bei Gericht – und bei Ihnen?«

Schlüter konnte ihrem durchdringenden Blick nicht standhalten. »Sie meinen ...«, er starrte verunsichert länger als nötig in seine halb leere Tasse. »Sie meinen, ein Justizirrtum wäre ..., also danach verhält er sich doch gar nicht ..., er ..., also, ich glaube ...«

»Glauben! Also glauben tun Sie?« Sie sprach wieder ganz ruhig und schenkte Kaffee nach. Auch ihre Hand war ruhig. »Es wäre einer geworden, verlassen Sie sich drauf«, sagte sie trocken und wischte sich mit dem Handrücken den Mundwinkel ab. »Er musste ausbrechen.«

»Woher wissen Sie das?«, fragte Schlüter. »Sie waren doch nicht dabei, oder? Oder ist er vielleicht ...«, er zögerte.

»Hier gewesen – meinen Sie das?«, spottete die Frau, hob die Tasse an den Mund und trank, seinen Blick haltend. »Und wenn schon. Sie dürfen es ja doch nicht weitersagen, oder?!«

»Manchmal ist es besser, wenn man etwas nicht weiß.«

»Sehr weise von Ihnen, Herr Schlüter, Sie können unterscheiden zwischen nutzloser Neugier und Sachlichkeit.« Sie lehnte sich zurück und kraulte Agathon zwischen den Ohren. Er legte den Kopf schräg, schloss genussvoll die Augen und begann knarrend zu schnurren.

Schlüter schlürfte seinen Kaffee. Der Gestank hatte nun merklich nachgelassen. Er hatte eine Überlebenschance und seine Laune besserte sich. Wenn die Frau ihm offenbar auch nicht traute. Man musste das Thema wechseln. »Wo ist Aristipp?«, fragte er.

Sie lächelte breit, ungeniert ihre schwarzen Stümpfe zeigend, und ein plötzliches Glück leuchtete aus ihrem Gesicht, das strahlte wie das eines Kindes.

»Oder haben Sie keinen?«, fügte er hinzu und lächelte zurück.

»Doch«, bekräftigte sie eifrig und mit milder Stimme, »der ist draußen.« Aber plötzlich bekam sie Habichtsaugen und ihre Lippen schlossen hart aufeinander: »Woher wissen Sie, dass ...«

»Ganz einfach – Agathon, Danäa, Psyche und ...« Schlüter deutete stumm zum Bücherschrank an der gegenüberliegenden Wand und grinste so entwaffnend wie möglich. Sie folgte seinem Blick. »Aristipp«, fuhr er fort, »der erste deutsche Roman von Ehre, wenn Arno Schmidt das richtig gesehen hat, noch vor Goethe und seinem Wilhelm Meister, ein Flickenteppich ohne durchgehendes Muster, nicht wahr?«

Sie lachte ein Kinderlachen und stand auf. »Na, Sie sind mir einer! Sie sind der Erste, der mein System durchschaut, Sie Schlaumeier!«

Sie öffnete den Bücherschrank, nahm eine Flasche und zwei Gläser heraus und schenkte ein. »Das ist einen Schluck wert! Prost!«

Schlüter hörte das Eis zwischen ihnen krachen. Er nutzte die Gunst der Minute: »Ich bin übrigens kein Schlaumeier. Eben haben Sie noch gesagt, ich wäre schuld an einem Justizirrtum. Oder so ähnlich.«

Sie wurde ernst und beugte sich vor, die Katze auf ihrem Schoß knurrte gereizt, weil ihr die Luft knapp wurde. »Hören Sie«, sagte sie leise, »lassen wir das beiseite. Sie sind sein Rechtsanwalt, Sie müssen schweigen, wenn Sie sein Rechtsanwalt sind, das müssen Sie doch, oder?«

»Ja.«

»Ich habe Ihnen etwas zu ... Nein. Reden wir erst einmal ein bisschen. Also. Von Literatur verstehen Sie was. Verstehen Sie denn auch was von der Gegend hier und von den Leuten?«

»Na ja«, antwortete Schlüter und fragte sich, ob das ein Verhör werden sollte. »Ja und nein. Wir haben immerhin fünfzehn Jahre hier gelebt, in Hollenfleth, meine ich ...«

»Fünfzehn Jahre sind nicht viel. Und warum sind Sie weg?«

»Weil wir die Nase von der ewigen Fahrerei voll hatten, mit meiner Kanzlei in Hemmstedt, und dann diese Schufterei auf der Scholle, die wurde uns zu viel. Wenn man sich ausmalen kann, dass man irgendwann den Rasenmäher nicht mehr angerissen kriegt und nicht mehr Auto fahren kann, später im Alter – da sind wir lieber rechtzeitig weggezogen. Nachher, später, meine ich, kann man solche Entschlüsse nicht mehr fassen, und dann ist es zu spät, und als die Kinder aus dem Haus waren ...«

»Mhh«, machte die Frau. Sie stützte ihr Kinn in die Hand und blickte abwesend durch die offene Tür ins Schlafzimmer, wo die Flinte neben dem Bett an der Wand lehnte, ein stahlblauer harter Blick in die Zukunft. Sie lächelte fern. »Muss man unbedingt Rasen mähen?«

Sie würde hier niemals weggehen, um nichts in der Welt. Schlüter dachte darüber nach, ob seine Vollkaskoplanung wirklich volles Leben garantierte. Vielleicht war das Leben ohne Versicherung besser?

»Kennen Sie die von Borstels näher?«, durchbrach Schlüter die Stille.

»Oh ja«, erwiderte sie, drei Töne weicher, fast aufgeräumt, »seit ... warten Sie – ja, seit gut vierzig Jahren. Seit ich zweiundvierzig herkam. Mit meinem ersten Mann, dem Maler.« Sie umfasste die Bilder an den Wänden mit den Armen. »Als ich noch eine junge Frau war. Das waren noch Zeiten ...« Sie schwieg versonnen.

Schlüter sog den Duft des Kaffees aus seiner dritten Tasse und rechnete. Zweiundvierzig hergekommen, als junge Frau. Achtzehn also mindestens, plus zweiundvierzig, macht sechzig. Sechzig Jahre alt? Kann irgendwie nicht stimmen. Dann fragte er: »Andere Zeiten, wie meinen Sie das?«

»Es war alles anders damals. Eine andere Welt. Hier lebte man noch wie im letzten Jahrhundert. Die Moorstraße existierte noch nicht. Das war nur ein Fahrweg für Pferdefuhrwerke. Man kam halbwegs bis zu meinem Patt da vorne, wo jetzt die Straße ist. Zu den von Borstels war's noch schlechter. Tiefe Moorlöcher ohne Grund, wo der Maibult offen lag, gefährliche Stellen, man konnte ganze Wagenladungen drin versenken, die auf Nimmerwiedersehen verschwanden. Nur ein schmaler Pfad. Wenn man was Schweres transportieren wollte, musste man auf den Sommer und trockenes Wetter warten oder auf harten Frost im Winter.«

»Wer lebte denn damals auf dem Hof?«, fragte Schlüter.

»Na, von Borstels natürlich, Augusts Großeltern, Heinrich und Erna. Heinrich war damals knapp siebzig, Erna so um die fünfundsechzig, er war noch Tagelöhner gewesen, auf dem Brammer'schen Hof unten in der Marsch, und hatte da geschuftet.«

»Und der eigene Hof?«

»Den hat er nebenher bewirtschaftet. Der gehörte ihm erst auch gar nicht. Der von Borstel'sche Hof war früher eine Tagelöhnerstelle. Dachlöhnerhuus, mit ein bisschen saurem Moorland drum herum, das die Leute für sich selber nutzen konnten, alles gehörte dem Brammer, übrigens auch die anderen Höfe hier in Engelsmoor. So 1920 haben sie es dem Brammer abgekauft, der alte

Heinrich muss da schon um die 45 gewesen sein, nicht mehr der Jüngste für solche Großtaten.«

»Aber heute ist das doch ein großer Hof?« August hatte von fast achtzig Kühen gesprochen.

»Später, ja. Aber zuerst nicht. Das waren so um die zehn Hektar, mehr nicht. Die Hälfte davon Hochmoor. Größer waren die alle nicht hier.«

»Aber sie haben es trotzdem gekauft.«

»Natürlich. Sein eigener Herr, weshalb sonst? Es war besser als nichts. Man war Bauer, selbstständiger Bauer. Fast wie der Brammer, dem alles gehörte, ein stolzes Gut von über 300 Hektar in alten Zeiten. Mit reichen herrischen Herrn, die herrschten über Vieh und Gesinde. Die waren wie Leibeigene. Sie mussten schuften. Dafür kriegten sie Lohn. Und den mussten sie als Pacht und Miete wieder hergeben. Im Krieg war ja schon alles anders. Aber vorher! Morgens um fünf mussten sie antreten. Bei Ernte und Bestellung und bei allen Feldarbeiten fix und fertig mit dem Pferdegespann. Auf den Uhrschlag genau auf dem Hof. Da wartete der alte Brammer, die Daumen unterm Hosenträger, und kommandierte, teilte die Arbeit ein. Dann ging er frühstücken und danach nach Hollenfleth, zur Skatrunde. Außerdem war er Deichgraf, Bauernverbandsvorsitzender und im Gemeinderat. Ein angesehener Mann. Kennen Sie so was nicht?«

»Ich?«, entschuldigte sich Schlüter und nahm erneut einen Schluck Kaffee vor Verlegenheit. »Ich habe eine Zeit lang hier gewohnt, sagte ich ja schon, aber wir hatten nicht viel Kontakt. Ich komme aus Husum, mein Vater war dort Gastwirt, die Bauern in seiner Kneipe ... Aber das war anders, ganz anders ...«

»Die reichen Koogbauern da. Klar. Das ärmste Pack hat in den Mooren gelebt, früher, schon immer.« Die kleine Frau schenkte sich mehr Kaffee ein und setzte sich zurecht, kraulte den schwarzen Agathon und fuhr fort: »Wie gesagt, morgens um fünf musste alles parat sein. Vorher musste der alte Heinrich fünf Kilometer zu

Fuß auf schmierigen Wegen marschieren. Es gab noch keine Entwässerung. Die Schöpfwerke wurden erst in den Fünfzigern gebaut. Im Herbst, wenn das Wasser kam, musste man sich jeden Tag neue Steige suchen, weil die alten über Nacht zum See geworden waren, das Moor lag blank in Wind und Wetter, da hat sich mancher vertan im Dunkeln. Und dann auf dunkler Weide vier arbeitsunwillige Pferde einfangen und zum Hof bringen, anschirren – alles bis fünf Uhr morgens!«

Schlüter schüttelte sich und murmelte: »Wie unchristlich, aufstehen um ...«

»... drei mindestens«, ergänzte sie. »Unchristlich ging es zu. Die Marschbauern kannten keine Gnade. Reich gegen Arm. Das Schlimmste war: Sie guckten auf die armen Teufel runter. ›Moorkirls döcht ni' veel‹, sagten sie zu den Mädchen, ›söch di keen Moorkirl.‹ Und wer's trotzdem versuchte, kriegte Schechs.«

Sie träumte ihren Worten nach, mit verlorenem Blick durch die grauen Gardinen aus dem Fenster, die kleine Falte zwischen ihren Augenbrauen verschwand.

»Egal.« Sie reckte die Schultern. »Die Arbeit ging bis fünf am Nachmittag. Zwölf Stunden. Anschließend ausschirren, tränken, Geschirr weghängen und die Pferde auf die Weide bringen. Und nichts wie nach Haus.«

»Und dann ging's zu Hause weiter ...«

»Natürlich. Die Arbeit auf dem eigenen Hof musste doch auch gemacht werden. Da hatten sie schon zehn Kühe, Schweine, Schafe und dreizehn Hektar sauren Torfboden. Sie mussten Heu machen, ausmisten, melken, Torf stechen. Torf für sich konnten sie haben, wenn sie für den Hof zwanzig Fuder mitgestochen hatten. Alles abends. Und morgens, wenn der Mann unterwegs zum Hof war, musste die Frau melken, füttern, ausmisten. Jeden Tag. Feiertag, Sonntag. Keine Pause. Die Kinder mussten mit ran, sobald sie laufen konnten. Mit sechs, sieben konnten die melken, das haben sie dann vor der Schule gemacht. Wenn sie überhaupt hin sind.

Schule war ja nicht so wichtig damals, sie hielt einen nur von der Arbeit ab.«

Sie spricht so vertraut, dachte Schlüter. Stures Pack, Neidhammel und Kleingeister, hatte sie vorhin gesagt. Jetzt erzählte sie voller Sympathie.

»Zweiundvierzig sind Sie hergekommen, mitten im Krieg?«

»Ja.« Ihr Blick verdüsterte sich. »Eine elende Zeit. Die Männer waren weg. Bis auf die alten.« Sie schwieg.

Dann wurde ihr Gesicht wieder straff. »Die Frauen waren alleine. Oder fast alleine. Sie haben sich durchgehungert und durchgerackert. Heinrich kam erst siebenundvierzig zurück ...«

»War der etwa noch im Krieg ...?«

»Nein, der Alte natürlich nicht. Heinrich, den Vater von August, meine ich. Hier heißen sie doch alle immer gleich. Hinni heißt ja eigentlich auch Heinrich. Er ist der älteste. Ich rede jetzt von Hinnis Großvater. Der hat sich im Krieg kaputtgeschuftet, er war doch schon über siebzig. Den Hof hatte er in den Zwanzigern gekauft, und Land dazu. Er war gerade so weit, dass er gut zurechtkam. Unter Adolf ging's den Bauern leidlich. Und dann kam der Krieg. Alles stand wieder auf dem Spiel. Da hat er sich kaputtgearbeitet. Pflügen Sie mal in dem Alter, laufen Sie mal in der Furche hinter den Pferden her, mit dem Leit um den Hals ... Er hat gerade noch durchgehalten, bis sein Sohn aus der Kriegsgefangenschaft zurückkam, mager bis auf die Knochen, noch 47 kg hatte er, und gelb im Gesicht. Ein halbes Jahr später ist er gestorben.«

Die Frau stand auf und kontrollierte den Kaffeepegel in seiner Tasse, und als sie nachgoss und sich ihm entgegenbeugte, konnte Schlüter den Geruch plötzlich identifizieren, den sie, vom Katzengestank überlagert, ausströmte: Vanille. Sie roch nach Vanille.

»Und dann«, unterbrach sie seine Gedanken, »dann wurde allmählich alles besser, nach der Währungsreform. Heinrich hat geheiratet, einundfünfzig muss das gewesen sein, und dann kamen die Kinder. Die wissen von der ganz harten Zeit nichts mehr. Obwohl es für sie auch noch hart genug gewesen ist.«

»August ist 1954 geboren, nicht wahr?«

»Ja. Zuerst war Hinni da. Heinrich der Dritte, sozusagen. Ein aufgeweckter Kerl war das ...«

»Sie sagen das ... so betont?«

»Na ja«, sagte die Frau und streichelte die Katze auf ihrem Schoß. »Früher war er ja normal. Behindert – so sagt man das heute ja –, behindert ist er erst seit damals, als es passiert ist ...«

Schlüter beugte sich vor. Christa hatte es noch gesagt. Man müsste mehr über die Familie wissen.

»Es interessiert Sie?«

Er nickte. »Nur so allgemein natürlich, mit der Sache hat es ja nichts zu tun.«

»Nein. Das hat es nicht. Also. Es war ein Unfall auf dem Eis, im Winter 64/65, August war wohl gerade sieben. Da waren die zwei auf dem Fleth, auf dem großen Hollenfleth. Ich weiß es nur von den Eltern, also von Heinrich und Erna, mir haben sie's ja erzählt. Und sonst war auch keiner dabei. Sie wissen doch, das große Entwässerungsfleth, das zum Deich führt, da ist auch das Schöpfwerk. Es wird ständig gepumpt, auch im Winter, und deswegen ist das Eis nie sicher, auch bei strengem Frost nicht. Aber das reizt die Kinder ja besonders. So ist das nun mal. Die haben da wohl Wübbeleis gemacht und ...«

»Wübbeleis?«

»Ja, wenn das Eis noch nicht richtig hält, dann ist es Wübbeleis, so dünn, dass es sich unter den Füßen biegt und sich wölbt und wellenförmig in Bewegung kommt beim Drüberlaufen oder, wenn es nur Schollen sind und man läuft trotzdem drüber, schwappt das Wasser zwischendurch, die Schollen kippen, aber man läuft drüber. Das haben die also gemacht. Und dabei ist der Hinni ins Wasser ... Unter die Schollen. Sie haben ihn wieder zum Leben gebracht, aber ...«

»Sauerstoffmangel?«

»Ja. Er war wohl eigentlich schon tot. August hat die Eltern alarmiert, erst hat er gekämpft ... Dass er ihn aus dem Wasser gezogen hat, das war überhaupt ein Wunder, zweihundert Meter bis zum Hof, das dauerte alles ...« Die Frau schloss die Augen, als ob sie sehen würde, was damals passiert war. »Seitdem ist Hinni so, wie er heute ist. Er hat den Hof haben sollen, weil er der älteste ist. Aber er hat kein Gedächtnis mehr. Er kennt nur noch seine Leute. Fremde, und das sind alle, die nicht zur Familie gehören, kennt er nach ein paar Tagen nicht wieder, er vergisst alles nach ein paar Tagen. Und er kann nicht richtig reden. Redet wie ein Maschinengewehr mit Ladehemmung, entweder es kommt nichts oder alles auf einmal und dann so schnell, dass man nichts verstehen kbann.«

»Eine Katastrophe«, murmelte Schlüter.

»Ja. Oder nein. Je nachdem wie man es sieht.«

Schlüter sah sie fragend an.

»Eine Katastrophe ist es, wenn man sich mit den Tatsachen nicht abfinden kann. Wenn man weiß, was Schicksal ist, ist es nicht schlimm. – Sehen Sie: Hinni leidet nicht. Er ist fast immer bestens zuwege. Er kann arbeiten wie ein Pferd. Und er ist kerngesund.«

»Und die anderen, seine Familie, wie sehen die das?«

»Katastrophe. Die haben sich nie abgefunden damit. Sie schämen sich und verstecken ihn.«

»Und August?«, fragte Schlüter.

»August? Der war kein Kind mehr seitdem. Erst hat er wochenlang nicht geredet. Und dann war er ernst, immer nur ernst. Gespielt hatten sie vorher ja schon kaum, weil es immer Arbeit gab. Er hat nicht mehr gelacht, nie mehr hat er gelacht. Aber er hat sich um Hinni gekümmert, die waren immer zusammen von da ab.«

»Was war mit Erika?«

»Wie die zu Hinni stand? Normal, meine ich. Sie kannte ihn ja nicht anders.«

Schlüter dachte an Christas Bemerkungen und fragte:

»Und umgekehrt: Welches Verhältnis hatte Hinni zu Erika?«

Sie zögerte, bevor sie antwortete. »Sie gehörte zur Familie, nach einiger Zeit. Zuerst ist Hinni weggelaufen, als sie ins Haus gekommen war, aber mit der Zeit hat er sie akzeptiert. Er lief immer weg, wenn er Angst hatte.«

»Aber Hinni war doch auch ein Mann, ein gesunder dazu, und wo er vor Fremden Angst hatte, da könnte es doch sein, dass er ...«

»Sie meinen, er hätte was von ihr gewollt? Da machen Sie sich man keine Gedanken über, Herr Schlüter, das gehört nicht zu Ihrem – Aufgabenfeld, nicht?« Wie um ihm die Antwort abzuschneiden, stand sie auf, ohne auf die Katze auf ihrem Schoß zu achten, nahm die Kaffeekanne und ging in die Küche.

Schlüter wollte seine Gedanken sammeln, aber es gelang ihm nicht. Merkwürdig, dachte er nur.

Die kleine Frau mit der mädchenhaften Figur, dem alten Gebiss und dem alterslosen Gesicht, die um die sechzig sein musste und es mit August getrieben haben sollte, kam zu schnell zurück, stellte Gebäck auf den Tisch und setzte sich auf ihren Sessel, auf dem gerade Agathon hatte Platz nehmen wollen, der jetzt auf ihren Schoß sprang und sich zusammenrollte unter ihren mechanisch kraulenden Händen, die grünen Fingernägel verschwanden in dem schwarzen Fell des schnurrenden Katers, und sie richtete ihre grün glitzernden Augen scharf auf Schlüter und fragte: »Hat er's zugegeben?«

Sie bestimmte das Tempo. Man hätte sie gut bei der Polizei brauchen können, dachte Schlüter, bevor er antwortete: »August? Ja.«

Sie wurde steif im Rücken und beugte sich vor: »Was hat er gesagt?«

Schlüter zögerte.

»Ich weiß, Ihre Verschwiegenheitspflicht. Ja, ja. Aber gehen Sie mal davon aus, dass ich nicht nur August, sondern auch Ihnen helfen will. Bei Ihrem Job als Verteidiger.«

»Den habe ich nicht mehr.«

»Wenn das Verfahren weitergeht, meine ich.«

»Meinen Sie?«

»Natürlich. Ich weiß es.«

Er musste bei ihr gewesen sein. Jetzt lächelte sie fast unmerklich in sich hinein. Sie wusste, was Schlüter dachte, und er wusste, dass sie wusste, was er dachte.

»Sie denken selbst«, sagte sie, »und lassen nicht andere für sich denken.«

Sie verstand die Tricks. Sie verstand alle Tricks, diese Frau. Sie wusste, wie sie ihn zu nehmen hatte, und obwohl Schlüter merkte, dass es ein Trick war, sagte er: »Er hat gesagt, dass er sie getötet hat.«

»Und wie?«

»Sie haben ihn gefragt, ob er seine Frau getötet hat, und er hat gesagt, wenn sie meinen würden, dass er's gewesen sei, dann werde er es wohl auch gewesen sein.«

»Und hat er gesagt, wie – wie er's gemacht hat?«

»Nein. Sie haben ihn gefragt, ob er es mit einem Messer gemacht hat. Er hat geantwortet, dass es wohl so gewesen sein müsse ...« Schlüter machte eine waagerechte Bewegung vor seiner Gurgel und grinste säuerlich.

»Das hat er so gesagt?«

»Eigentlich nicht. Gesagt hat er nichts, oder fast nichts. Er hat gesagt, dass er sich nicht erinnern könne, aber dass er es wohl gewesen sein müsse.«

»Aha. Ein tolles Geständnis, finden Sie nicht?«

»Normal. Kaum einer, der seine Frau umgebracht hat, gibt das direkt zu und erzählt, wie es war. Sie können sich alle nicht erinnern.«

Auf der Stirn der Frau erschien eine senkrechte Kerbe. »Sie glauben, dass er's war, nicht?«

Schlüter zuckte die Achseln. »Wissen Sie was Besseres?«

Sie hatte aufgehört, die Katze zu streicheln, ohne Bewegung lagen ihre Hände auf dem schwarzen Fell des abderitischen Katers. »Sagen Sie, wann es passiert ist.«

»Na ja. Am 28. Oktober eben. Am halben Nachmittag.« Das Datum war ja nun wirklich klar.

»Halber Nachmittag, halber Nachmittag, ich will wissen, wann genau, wann?« Ihre Stimme gellte und ihre Augen stachen.

»Gut. Also. Das lässt sich rekonstruieren. Eine genaue Uhrzeit hat er nicht genannt. Um 16 Uhr 30 hat der Dewald, der Notarzt, den Anruf gekriegt. Um 16 Uhr 10 ist die Polizei in Hollenfleth benachrichtigt worden. Um exakt 16 Uhr 8 kam der Notruf in Hemmstedt an, August hat dort selbst angerufen, seiner Frau ginge es schlecht, hat er gesagt. Also um 16 Uhr 8. Davor muss es passiert sein. Wann genau? Die Freundin, die Erika hingebracht hat und im Auto an der Straße gewartet hat, die hat Radio gehört und gesagt, Erika wäre Viertel vor vier ausgestiegen, es habe eine Zeitmeldung im Radio gegeben. Um 23 nach vier ist dieser Polizist angekommen, der August von Borstel nachher festgenommen hat, dieser ...«

»Schäfer«, half sie trocken.

»Ja, genau. Kennen Sie den?«, fragte Schlüter mechanisch.

Sie zuckte neutral mit den Schultern und er fuhr fort: »Und der hat festgestellt, dass sie noch warm war – das musste sie sein –, aber er hat auch gesagt, dass das Blut noch nicht starr war auf dem Betonboden. Wenn man bedenkt, dass Erika erst mal zum Hof gehen musste, dass zunächst, vermutlich jedenfalls, ein Wortwechsel stattgefunden hat, dass dann August von Borstel nach – also danach – zum Telefon gehen musste, ins Haus, dann ist davon auszugehen, dass die Tat ziemlich exakt zwischen – sagen wir – fünf vor vier und fünf nach vier, also wahrscheinlich Schlag vier herum ...«

Fauchend schoss die Katze vom Schoß der Frau. Sie stand halb gebeugt, Blut quoll aus ihrem linken Handrücken. Sie lächelte triumphierend und zog langsam ein Taschentuch hervor, um es um ihre Linke zu wickeln. Dann setzte sie sich wieder und schenkte Kaffee nach.

Mit gestreckten Beinen kehrte Agathon aus der Schlafkammer zurück, in die er sich geflüchtet hatte, bis zur Flinte, und setzte sich auf die Hinterpfoten, um sich zu putzen, als wäre nichts geschehen. Und die Frau trank Kaffee, als wäre nichts geschehen. In großen Schlucken trank sie ihre Tasse leer.

Plötzlich sprang sie federnd wieder auf: »Kommen Sie. Ich zeige Ihnen etwas.« Das war ein Befehl.

Mit schlanken Schritten hatte sie den Raum verlassen. Schlüter folgte ihr, nach einem verdutzten Augenblick, durch die Küche. Er fand die Tür offen, die in die Diele führte, in den Stall, in den früher die Heuwagen gefahren waren. Dort holte er sie ein. Gierig atmete er die erdfeuchte, kühle Luft ein. Sie standen auf gestampftem Lehmboden; ein etwa zehn Meter langer und halb so breiter Raum, am anderen Ende glitzerte die Sonne durch die Ritzen der Grootdör. Rechts und links die Verschläge, in denen früher die Kühe und Schweine, vielleicht auch ein Pferd lichtlos lebten, in Herbst und Winter, denn die Stallwände hatten keine Fenster, nur winzige Scheibchen. Langsam schälten sich vor Schlüters Augen aus dem Dämmerlicht die beiden Reihen dunkler eichener Ständer und die Deckenbalken heraus, auf denen schwere Bohlen lagen, dazwischen hingen Bärte von altem Heu und staubschwere Weben von Spinnen, die hier ihrem Handwerk des Tötens nachgingen.

Die Frau machte eine Drehung und stieg die schartigen Stufen einer steilen Treppe zum Kornboden hinauf. Sie mussten nun oberhalb der Küche sein. Was wollte sie nur? War hier oben ein Geheimnis um den Tod von Erika von Borstel versteckt, das der Anwalt nicht kannte, weil er bisher alles für geklärt hielt? Schlüter stand vor dem krummen Schornstein, an dem schwarzer Sott heruntergelaufen war, und durch zwei blinde Fenster an der Giebelwand warf die Sonne Streifen staubigen Lichts auf seine Schuhe.

»Kommen Sie!«, befahl die Frau von oben. Jetzt entdeckte Schlüter die Leiter, die durch eine Aussparung in der Decke nach oben führte, auf den obersten Boden. Über ihm bogen sich dessen Bretter unter den Schritten der Frau. Das Mehl der Holzwürmer rieselte nieder. Vorsichtig griff Schlüter nach den Sprossen der Leiter und stieg hoch. Sie wartete auf ihn. Der Schornstein hatte sich verjüngt, stieß oben durchs Reetdach, schwärzliche Latten auf baumrunden Sparren, umwickelt von Strohstricken, graue wabernde Spinnweben. Kein Laut. Eine letzte Leiter, hoch zum Hahnenbalken, unter die Spitze des Daches, die Frau kletterte behänd hinauf, schwang sich an einer Strickschlaufe auf die Doppelbohlen, die über die Hahnenbalken weg von Giebel zu Giebel führten.

Schlüter legte den Kopf in den Nacken. Tief gebückt eilte die Frau zum Westgiebel, ohne nach ihm zu sehen. Er hatte Angst. Zögernd schob er seinen Körper an die Sprossen gedrückt empor. Es war wie eine Mutprobe. Mit zitternden Beinen, eine Hand in der Strickschlaufe, schob er ein Knie auf die Bohlen, zog das andere nach. Er wagte nicht, sich aufzurichten, und kroch zum Schornstein, die Hände im Reet abstützend, über die schwingenden Bretter. Die Frau hockte schon am Giebel vor dem Eulenloch, sie hatte ihre glühenden Augen ungeduldig auf ihn gerichtet und wartete wie ein hungriger grauer Vogel auf seine Beute.

Im letzten Fach vor dem Giebel waren die Laufbohlen zur Plattform erweitert, von Schräge zu Schräge. Sie rückte beiseite. Genau vor dem halbkreisenen Eulenloch schimmerte mattschwarz ein schweres Teleskop, armdick, auf einem Stativ, das in den Bohlen verschraubt war und ins Freie zielte. Schweigend schwenkte die Frau das Teleskop nach unten und wies ihn, ganz ans Loch zu kriechen, hinauszusehen.

Schlüter atmete schwer, er riss sich die Brille von der Nase und wischte panisch mit seinem Ärmel die Spinnweben von seiner schweißnassen Stirn, wodurch er den alten Staub im ganzen Gesicht verteilte. Dann kroch er zum Eulenloch und sah hinaus. Tief unten der

Garten. Durch eine Lücke in der Erlenreihe ein weiter Blick über das ehemalige Hochmoor – jetzt eine zweckmäßige ausgeräumte Landschaft. Keine Gräben. Einige Birkenpfade noch, die amputiert in weiten Wiesen endeten, auf denen frisch gemähtes, auch schon geschwadetes Gras lag. Ein lautloser Schlepper, der seinen Ladewagen Gras fressen ließ. Weiter westlich die Straße. Gehöfte an der Straße.

Der von Borstel'sche Hof! Wie auf den Bildern aus der Ermittlungsakte. Man konnte den Hof sehen! Da war der neue Boxenlaufstall, links daneben das alte Wohnhaus ...

Sie zog Schlüter vom Eulenloch weg und drückte ihn zur Seite.

»Warten Sie ...«, sagte sie. Sie hatte das rechte Auge ans Okular geheftet und drehte mit fliegenden Händen an den Einstellrädern. Machte ihm wieder Platz: »Hier!«

Er nahm ihre Stelle ein und starrte durch das fixierte Rohr. Ein Baum, der keine Äste mehr hatte. Ein toter Baum, der aus einem Misthaufen ragte wie ein nackter, knorriger Arm. Weiter links war noch ein Stück von der Betonplatte zu sehen. Ein Stück Wand. Backsteinwand. Etwas Grünes darin. Die untere Hälfte einer Tür. Alles wie aus zwanzig Meter Abstand.

»Haben Sie?«, flüsterte sie neben ihm.

»Ja«, murmelte er lehrlingshaft.

»Sie sehen ein Stück vom von Borstel'schen Hof. Die Wand gehört zum Gang zwischen Wohnhaus und Boxenlaufstall. Die grüne Tür geht zur Milchkammer. Dahinter hat sie gelegen.«

Weil die Frau nichts mehr sagte, löste sich der Anwalt vom Teleskop und wandte sich ihr wieder zu. Ihre Augen waren schmal geworden. Ihr Gesicht war im Dämmerlicht spitz wie das eines Raubvogels. Plötzlich hielt sie ein kleines Heft in Händen, klappte es auf, reichte es ihm um das Teleskop herum: »Lesen Sie!«

Und Schlüter las:

28. Oktober 1984
9.15 Rathjens auf der Wiese unterwegs. Wirft Blicke. Hat Flinte und Hund dabei. Kontrolliert beim Postgang um 11. War auf dem Weg. Hat Markierungen gemacht. Natürlich vernichtet. 15.37. Auto fährt bei von Borstel vor. Erika steigt aus. Geht zum Hof. Zum Haus und hinein. 57: Heinrich von Borstel kommt aus der Tür, sieht sich um. Hat Rübenmesser in der Hand. Es ist rot. Steckt es am alten Baum in den Misthaufen. Geht zurück. 16.23 Polizei. Geht in die Tür zum Verbindungstrakt. Polizist kommt wieder raus. Kotzt auf den Misthaufen. Geht zurück ...

»Aber das ist ja ...!!!«

Während er sie anstarrte, nahm sie ihm das Heft weg. Schlüter wischte sich den Schweiß ab. Kalten Schweiß.

»Das war das Letzte, was er gemacht hat, der Alte«, flüsterte sie mit rauer Stimme. »Seit seinem Schlaganfall kann er nichts mehr bewegen. Nur noch ein Augenlid. Ha!«

Sie wandte sich wortlos um und kroch gebückt davon, ohne weiter auf Schlüter zu achten, über die schwingenden Bohlen, von Hahnenbalken zu Hahnenbalken, im Bogen um den Schornstein, vorbei an der Leiter zum anderen Giebel. Schlüter blieb nichts anderes übrig, als die halbwegs sichere Plattform vorm Giebel zu verlassen und ihr zu folgen. Zwischen den Bohlen sah er den Kornboden, tief unten, den Dielenboden. Zwei Bohlen breit. Er wusste nicht, ob er auf allen vieren kriechen sollte oder gebückt gehen. Schließlich erhob er sich zum Gehen, obwohl seine Beine zitterten wie nach einem Marathonlauf.

Auch am anderen Giebel eine Plattform. Dort die gleiche Installation. Ein zweites mattschwarz schimmerndes Teleskop am Eulenloch. Lauernd erwartete die Frau ihn und beobachtete, wie er unsicher niederkniete, am Strohdach Halt suchend. Schon selbstständiger geworden, schob er sein Gesicht an die Öffnung und sah hinaus. Der Birkenweg, auf dem er gekommen war, lag unter ihm, als schmaler Wald zog sich der baumbestandene Knüppelweg hinunter zur fernen Straße, die man nur wahrnahm, wenn ein Auto auf ihr fuhr, mitten durch die gemähten Wiesen. Rathjens Wiese war fertig geschwadet. Sein Trecker war verschwunden.

Erschöpft setzte sich Schlüter links neben das Eulenloch auf die staubigen Bohlen, der Frau gegenüber, und flocht die Hände um die Knie, während er versuchte, nicht an die schwindelnde Tiefe unter ihm zu denken. Über die Besonderheiten seiner Mitmenschen wunderte er sich sonst nicht, aber hier hielt er nicht mehr mit. Er versuchte, den entsprechenden Gesichtsausdruck zu vermeiden, und fragte nur: »Wozu?«

»Meine Überwachungsstation.« Unterdrückter Stolz schwang in ihrer Stimme mit. »Alles selbst installiert.«

»Überwachungsstation?«

»Sie – müssen doch schweigen über alles, was man Ihnen anvertraut?«, fragte sie.

War Misstrauen dabei? »Ja, natürlich«, beeilte er sich zu sagen. »Das gehört zu meinem Beruf.«

»Das ist gut«, nickte sie und Schlüter wagte nicht, sich auszumalen, was gewesen wäre, wäre es schlecht gewesen. Ihr Gesicht war bleich geworden. Sie nickte mehrmals, wie eine Marionette. »Ich habe alles aufgeschrieben. Hier schreibe ich alles auf. Sehen Sie jetzt, dass August es nicht gewesen sein kann?«

Schlüter wagte keinen Widerspruch. Er nickte und hielt ihren Blick ein paar Sekunden, setzte sich dann auf die Knie und nahm das Teleskop vor die Augen, um Zeit zu gewinnen. Der alte von Borstel hatte zur Tatzeit ein blutiges Messer im Misthaufen versteckt. Sie hatten die Tatwaffe nie gefunden. August hatte darüber geschwiegen. Ein Rübenmesser? Also doch nicht das Messer, das er sich am Morgen zuvor beim Schmied gekauft hatte. Das sie übrigens auch nicht gefunden hatten. Hatte der Bauer es versteckt, um zu vertuschen, dass eine andere Waffe die Tatwaffe war? Warum? Um den

Verdacht abzulenken? Aber warum hatte er die Tat zugegeben und nahm alles auf sich wie eine gerechte Strafe? Die Frau hockte neben Schlüter, still und voller Konzentration wie eine Katze vorm Mäuseloch, sie wartete, bis er mit seinen Gedanken fertig war.

»Warum haben Sie das hier?«, fragte er noch einmal.

»Ich schütze mich«, sagte sie grimmig. »Sie wollen mich vernichten.« Sie beugte sich zum Eulenloch und sah hinaus in den Himmel.

»Wer – will Sie vernichten?«

»Es sind mehrere«, flüsterte sie und zog den Kopf zwischen den Schultern ein. »Sie haben Macht. Sie arbeiten zusammen. Der da«, sie deutete auf Rathjens geschwadetes Silogras, »der ist ihr Chef. Und sie arbeiten mit neuester Technik.«

»Was meinen Sie damit?«, fragte Schlüter, unwillkürlich ebenfalls flüsternd, während er ein kaltes Grauen im Nacken spürte.

»Sie haben alles, was man sich denken kann. Neueste Technik ...«

Ein fernes Brummen war zu hören und die Frau, die vorhin noch so entschlossen und mutig gewirkt hatte, zuckte aus dem Licht des Eulenlochs ins Dunkle zurück. Schlüter wollte sich vorbeugen, weil er wissen wollte, was da, allmählich lauter werdend, brummte, doch sie fasste ihn mit harter Hand vor die Brust und stieß ihn zurück. »Nicht!«, fauchte sie. »Sie sehen uns, sind Sie wahnsinnig?!«

Schlüter krallte Halt suchend seine Hände ins Dachreet. Das Brummen wurde stärker, bis er aus seiner zurückgezogenen Position ein kleines Motorflugzeug am Himmel kreisen sehen konnte. Mit einem unregelmäßigen Husten ging der Motor aus, das Flugzeug segelte. »Ein Segelflugzeug mit kleinem Motor«, stellte er fest. »Sicher vom Fliegerclub in Hemmstedt. Weiter nichts.«

»Weiter nichts?«, lachte die Frau gellend. Es ist das Lachen einer Wahnsinnigen, dachte Schlüter und ihm wurde kalt. »Weiter nichts?! Da oben sind sie! Sie können uns sehen! Sie wissen, dass wir hier sind. Sie haben neueste Technik. Ich sage es Ihnen doch, neueste Technik! Sie überwachen mich, jeden meiner Schritte. Auch aus der Luft, besonders aus der Luft, sie denken, ich merke es nicht, weil ja immer Flugzeuge am Himmel sind, aber ich kenne sie. Sie wollen wissen, was ich tue, was ich sage, wo ich bin. Im Haus sind noch keine Abhöranlagen, Gott sei Dank, aber draußen – ein falsches Wort! Aber ich bin vorsichtig geworden, ich bin auf der Hut, ha ha!!« Ihre Stimme hatte etwas von ihrer Entschlossenheit zurückbekommen, leise zunächst, und dann immer lauter, sie zischte die letzten Worte erregt mit ihrem Speichel heraus und ihr Kopf schien Schlüter noch kleiner geworden zu sein, ihre dunklen Augen glitzerten verrückt aus dem Dämmerlicht. Schlüter fror, zwischen seinen Füßen sah er die morschen Bretter über dem Dielenboden und unten die Tenne. Acht oder neun Meter mussten es sein.

Leise zirpte der Wind an den Halmen des Reetdaches und spielte ein kleines unschuldiges Lied.

»Aber – warum sollten sie es tun?«, fragte er dann.

»Ich bin ihnen gefährlich«, flüsterte sie, zog die Augen zusammen und legte eine Hand auf sein Knie, eine kleine harte, starke Hand. »Meine Gedanken sind gefährlich. Gedanken sind die Eltern der Tat, wussten Sie das? Die Eltern der Tat! Und sie wollen sie haben, alle meine Gedanken wollen sie haben!«

Schlüter schwieg.

»Glauben Sie mir etwa nicht?«, fuhr sie ihn an, ihre Hand auf seinem Knie krallte sich zusammen.

»Doch, natürlich doch«, beeilte er sich zu sagen. »Sie müssen es ja wissen. Sie kennen das am allerbesten.«

Sie nahm ihre Hand zu sich. »Eben.«

Sie war zufrieden und Schlüter wunderte sich, dass diese Frau, die vorhin das Gespräch so überlegen nach ihrem Willen gesteuert hatte, sich jetzt so naiv von einer Floskel beruhigen ließ. Sie lehnte sich zurück, wie erschöpft, sah düster aus dem Eulenloch. Das Flugzeug zog weite Kreise. Der Motor stotterte und spuckte, er sprang an und das Flugzeug flog über dem Rathjen'schen Hof in die Ferne.

Plötzlich griff sie erneut nach seiner Hand. »Sie müssen mir helfen«, sagte sie schwer.

Das war eine Aufforderung, die Schlüter verstand, und er war froh, im Gespräch wieder zu Hause zu sein. »Ja, natürlich gern. Wenn ich kann«, sagte er diensteifrig. »Aber ich muss mehr wissen. Wer – außer Rathjens – steckt dahinter?«

»Seine Sippschaft. Seine fette Frau, seine drei fetten Töchter und sein fetter Sohn. Kennen Sie die?«

»Nein.«

»Dann danken Sie Ihrem Schicksal. Sie stecken hinter allem. Und sie haben Helfershelfer.«

»Wo?«

»Ohh«, rief sie grimmig, schlug sich erschrocken die Hand vor den Mund und flüsterte dann weiter. »Bei der Post natürlich. Und die Sprechstundenhilfe beim Arzt, bei dem Dr. Dewald, die stecken alle zusammen.«

Das Flugzeug war nur noch ein kleiner Punkt über dem Horizont, nicht größer als eine Hummel im Garten. Das Brummen war nicht mehr zu hören.

»Wir gehen nach unten«, beschloss sie. Sie wand sich an ihm vorbei, wieselte auf den zitternden Bohlen zurück zum Schornstein und verschwand die Leiter hinab, bevor Schlüter aufgestanden war. Er beeilte sich, hinterherzukommen.

»Ich muss mir alles überlegen«, sagte er, als sie am Auto angekommen waren. Er gab ihr die Hand. »Ich würde Ihnen raten, ich meine, wegen Ihrer starken Belastung, mal zu einem ... also mal zum Arzt zu gehen – nicht zu Dewald natürlich, weil da die Sprechstundenhilfe ist, aber zu einem anderen, der Ihnen – helfen kann mit diesen fürchterlichen Sachen, mit Ihren Feinden – besser fertig zu werden, stärker zu sein ... Soll ich Ihnen die Adresse meiner Hausärztin ...«

Er stockte, aber sie hörte ihm begierig zu. »Meinen Sie?«, fragte sie voller Hoffnung.

»Ja, unbedingt!« Und er nannte ihr die Adresse seiner homöopathischen Hausärztin, die in einer alten Kate der geheimen Kunst nach Hahnemann nachging, einer Kunst, die das Denken revolutionieren könnte, würde man sich ernsthaft den Fragen stellen, die sich aus ihrer Anwendung ergaben ...

Noch einmal gab Madame Kaldé ihm ihre Hand, eine kleine, schmale, feste Hand mit hartem Druck und grünen Fingernägeln. Schlüter stieg in seinen Wagen. Sie blieb stehen und wartete, dass er davonfuhr. Er startete und legte zögernd den ersten Gang ein.

XVI.

Er war gerade so weit gefahren, dass das Haus verschwunden war, da wusste er, was zu tun war. Er hielt sofort an und legte den Rückwärtsgang ein. Entschlossenheit hilft, dachte Schlüter. Wenn du genau weißt, was du zu tun hast, dann gelingt es dir auch. Zweifel sind hinderlich im Leben. Besser ein ordentliches Vorurteil als der ewige Zweifel des Intellektuellen. Wie hatte er die Leute beneidet, die immer genau wussten, was sie taten, und wenn es das Falscheste von der Welt war. Da entpuppte sich Dummheit als Klugheit und umgekehrt. Und jetzt war er ein Handelnder, der wusste, was er tat.

Rückwärts kurvte er um die tückisch schimmernden Schlammlöcher herum, die Büsche kratzten und schrapten am Lack seines Wagens. Das war ihm egal. Er hatte noch nie die Pingeligkeit verstehen können, mit der die Leute ihre Autos besser als die eigenen Frauen behandelten. Wie die Gecken.

Ein dicker Ast verfing sich am rechten Außenspiegel und bog sich zur Peitsche. Egal. Zweifel stört, mein lieber Schlüter, gib Gas. Der Ast krachte, ein Teil blieb am Kotflügel hängen und witscherte hastig neben dem Auto her durch die Löcher.

Als er vor dem Haus ausstieg, fand er die gleiche Szenerie vor wie bei seiner ersten Ankunft, träge Katzen, Kraut kniehoch, aber der Wind wedelte nachlässig und ohne Ehrgeiz, es sah nicht mehr so düster aus. Schlüter bückte sich und riss den Ast aus dem Radkasten heraus. Natürlich war die Frau nicht zu sehen. Die Sonne brach hinter den Wolken hervor, die Düsternis schwand ganz und zwei weiße Schmetterlinge gaukelten wie trunken über den Brennnesseln unter den Erlen. Wo war die Frau? Schlüter näherte sich wieder der niedrigen Tür unter dem beuligen Dach, als er hinter sich ein Lachen hörte. Er fuhr herum: Da stand sie, wie aus dem Kraut gewachsen, ging die letzten Schritte auf ihn zu.

»Na, was treibt Sie zurück zu mir, hoher Herr?« Sie strahlte mit ihren schwarzen Zahnstümpfen und streckte ihm ihre schmale Hand mit den grünen Fingernägeln, unter denen schwarzer Dreck lag, ein zweites Mal entgegen. Schlüter zögerte etwas, weil seine Finger mit Schlamm besudelt waren, von dem Ast. Aber dann grinsten sie beide und griffen herzhaft zu, tauschten den Dreck an ihren Händen.

Sie hielt eine ausgerissene Brennnessel und zerpflückte sie langsam, ließ die Blätter zwischen ihre Füße rieseln und lächelte überlegen. Sie trug jetzt Stiefel und eine Latzhose. Eine Frau, die die Zeit zu nutzen verstand.

Schlüter hatte noch nicht geantwortet und beeilte sich nun zu sagen: »Ich – ähh – ich möchte mit Ihnen – also ich möchte, dass wir zu von Borstels gehen, ich will den Alten sehen ...«

»... und ihn befragen?«

»Ja.«

»Nach dem Messer im Misthaufen«, stellte sie fest.

»Ja. Und warum er es hineingelegt hat.«

»Und – warum wollen Sie das mit mir tun?« Sie hatte die Rechte in die Hüfte gestemmt.

»Sie kennen die Familie gut, ich wäre wie ein Eindringling.«

Die Sonne schien ihr ins Gesicht und sie blinzelte. »Aber er kann doch nicht reden, denken Sie dran!«

»Ich weiß«, sagte Schlüter, »aber Sie sagten doch, er kann ein Augenlid bewegen, da könnte er doch ...«

»Ja, das kann er«, unterbrach sie ihn, »ich wusste, dass Sie darauf kommen würden, dass man ihn befragen muss, sobald der Prozess fortgesetzt wird.«

»Wird er das?«, fragte Schlüter. Sie schien es besser zu wissen als die Polizei. Dieser Ort war ein guter Unterschlupf für August von Borstel, für die ersten Nächte nach seinem Ausbruch. Nächte, nicht die Tage dazwischen.

Sie lächelte, anstatt ihm zu antworten. »Gehen wir!«, befahl sie nur und drehte sich um. »Es sind nur ein paar hundert Meter über die Wiesen, wir sind gleich da!« Die letzten Worte rief sie ihm über die Schulter zu.

Es war schon zu spät, darüber zu diskutieren, ob sie nicht lieber mit dem Auto zur Straße und rundherum fahren sollten. Zweifel, Schlüter, Zweifel sind schädlich für's Tun. Er folgte ihr, zunächst am Haus vorbei. Hier waren die Gemüsebeete. Mangold, Salatköpfe, Kohl, Gurken, ein Kürbis, Ringelblumen dazwischen, Dilldolden. Und Stangenbohnen. Wo gab es noch Stangenbohnen heutzutage? Alles sehr gut in Schuss. In den Dörfern hatten die Leute vor den Häusern ihre gepflegten Blumenbeete und Rasen, wo nicht der liebe Gott, sondern der Mensch alles wachsen, oder besser: nicht wachsen ließ. Die Gemüseecke versteckte man verschämt und man traute sich auch zu keinem großen Gemüsegarten: könnte ja sein, dass der Nachbar denkt, man wäre drauf angewiesen. Gemüse durfte nur Hobby sein und als solches keinesfalls der Ernährung dienen. Man musste was herzeigen und jeder mehr als der andere. Gleichzeitig durfte keiner besser sein als der andere. Die Rasenmähergesellschaft. Was höher wächst, wird kürzer geschnitten. Dieser Frau waren solche

Überlegungen piepschnurzegal. Der Gemüsegarten lag an der besten Stelle des Grundstücks, dort wo die Sonne den ganzen Tag schien. Und ganz offensichtlich diente er nicht dem Hobby, sondern der Ernährung.

An der Grundstücksgrenze holte Schlüter sie ein. Mit elastischen, weit ausgreifenden Schritten teilte sie das Brennnesselgestrüpp unter den Erlen. Ein schmaler Trampelpfad führte hindurch. Sie hob nicht einmal ihre nackten Arme. Glatte Arme, gerade mal ein paar Runzeln an den Ellbogen.

Dann standen sie auf der Wiese in der Sonne, die in der Zwischenzeit den Himmel freigeschienen hatte, nur ein paar weiße lustige Wölkchen segelten hoch oben, und es duftete nach Heu und Moor und eine Bremse setzte sich auf Schlüters Handrücken. Er wedelte sie weg. Die Wiese war weit und leicht gewellt, denn es gab keine Gräben mehr, kein Schilf, keine Vögel darin und keine Hechte in den Gräben. Es gab nur noch Plastikrohre in achtzig Zentimeter Tiefe.

»Hier«, sagte sie und blieb am Rand einer plötzlichen Senke stehen. Unten in dem Krater stand Wasser, in dem sich der Himmel und die Binsen spiegelten, die um den Rand herum wuchsen. »Hier ist im März '45 ein Flugzeug reingerast. Der Pilot wurde nie geborgen. Das Moor ist tief hier unter uns. Das war kein Zufall. Es ist ein besonderer Ort. Seit alter Zeit ... Hier ist mein Lieblingsplatz – ich sitze hier oft ...«

War das die Lunke, von der Rathjens gefaselt hatte, dass sie August von Borstel dort ...?

»Hier habe ich die schönsten Momente in meinem Leben verbracht«, unterbrach Frau Kalde Schlüters Gedanken und ließ sich die Böschung hinunterrutschen. »Kommen Sie – soviel Zeit haben wir. – Sehen Sie die Libelle da unten in den Binsen hin und her schwirren? Die haben einen zackigen Flug, nicht? Das hier ist das einzige Wässerchen, was die Bauern übrig gelassen haben, mal abgesehen von den Fleets. Alles drainiert. Früher war hier Sumpf, Moor, Tümpel. Torfstiche. Ein

Paradies, in dem niemand verhungern konnte. Sie haben alles trockengelegt in hundert Jahren. Jetzt wächst hier nur noch eine Sorte Gras, so weit Sie blicken können. Das da unten sind die letzten Binsen. Früher haben die Leute aus ihren Binsen die Körbe geflochten, abends nach Feierabend. Dabei haben sie sich unterhalten. Heute kommen die Körbe aus Thailand, und man sitzt vorm Fernseher ...«

»Tja, die Bauern müssen eben die Produktion steigern, höhere Kosten, schlechtere Preise ...«, wandte Schlüter mit wenig Überzeugung ein.

»Glauben Sie das etwa?« Die Frau sah ihn belustigt von der Seite an. »Ich weiß, natürlich. Für den Weizen kriegen sie heute weniger als 1951, und das ist reichlich dreißig Jahre her. Damals konnten die Bauern mit einem Doppelzentner Weizen fünfzehn Handwerkerstunden bezahlen, heute nicht mal eine. Stimmt alles. Aber trotzdem ...«

»Trotzdem – meinen Sie – wäre das nicht nötig gewesen?«

»Nein. Man hätte es auch anders machen können. Ist es notwendig, jedes Gewächs, das keine Mark bringt, auszureißen und jeden Graben, der nichts einbringt, zuzuschütten?«

Schlüter dachte an die Vorgärten in den Dörfern. Er hatte selbst lange genug in Hollenfleth gelebt. »Na ja, die Bauern sind eben nicht anders als alle andern.« Er zuckte mit den Schultern.

»Ebend«, sagte die Frau zufrieden. »Machet euch die Erde Untertan!« Sie zog eine Schachtel Zigaretten aus der Tasche. »Mögen Sie?«

»Was ist denn das für eine Marke – Sweet Afton?« Schlüter zupfte sich mit spitzen Fingern eine filterlose Zigarette aus der weiß-blauen Schachtel.

»Die rauche ich nur hier, an meinem Teich, zur Erinnerung an Old Ireland«, sagte die Frau, »aber das ist eine Geschichte, die ich Ihnen ein andermal erzähle.«

Schweigend rauchten sie. Die Libelle zuckte zwischen

den Binsen umher. Schlüter entdeckte jetzt eine zweite und eine dritte, ganz kleine mit blauem Leib. Die erste war gelb. Wieso er das nicht gleich gemerkt hatte, wie viele hier waren. Als wären seine Augen sehend geworden. Und jetzt hörte er: Eine Lerche trällerte ihr unendliches Lied, atemlos, als wäre der Sommer morgen zu Ende.

»Dieser Ort ist mir heilig, mein Lieber«, sagte sie und legte die qualmende Kippe sorgsam neben sich ins Gras. »Er ist heilig. Auch wenn es ein Krater ist, den ein Flugzeug beim Absturz aufgerissen hat, mit seiner Bombe an Bord, und die Knochen des toten Piloten hier unter uns liegen. Es ist die einzige Stelle weit und breit, wo einen keiner sehen kann, besonders wenn die Bäume noch keine Blätter haben und die Brennnesseln noch nicht so hoch sind, im Frühling ... Und er hat eine besondere Kraft ...«

Schlüter schwieg und dachte an die Worte von Rathjens. Was war das für eine Frau? Rank und jung saß sie neben ihm, obwohl sie an die sechzig sein musste. Welche Beziehung hatte sie zu August von Borstel und zu Rathjens? Was hatte sie zu dem Wahn gebracht, dass man sie aus der Luft verfolgen, überwachen würde?

»Meine Männer waren Maler«, unterbrach sie das Schweigen plötzlich. »Sie waren Suchende, sie suchten nach dem Vollkommenen, nach Gott suchten sie, jeder auf seine Art, aber sie waren nicht vollkommen, und ich war es auch nicht, auf meine Art. Was suchen Sie – im Leben?«

Schlüter tat den letzten Zug und legte die glühende Kippe neben sich, wie es die Frau getan hatte, sorgfältig, um Zeit zu gewinnen. »Was ich suche? Den Sinn ...«

Sie lachte: »Dann haben Sie ihn ja schon!«

Schlüter sah sie irritiert an: »Wie meinen Sie das?«

»Na, ganz einfach«, lachte sie, »der Sinn des Lebens besteht darin, ihn zu suchen. Wer sucht, hat den Sinn erfasst ... Jedenfalls besteht er nicht darin, dass man lustig durch seine Tage tänzelt. Wie der Hamburger da hinten, der abgebrannt ist. Der hat so viel Geld geerbt, dass er nicht arbeiten muss. Manchmal holt er sich mitten in der Nacht Geld bei seiner Bank oben in Großenborstel, um damit nach Hittfeld zu fahren. Er denkt, die Leute würden das nicht mitkriegen, deswegen hat er sein Geld nicht hier in Hollenfleth. Na ja. Das Geld ist nicht der Sinn, der Sinn ist, ihn zu suchen, finden Sie nicht?«

Schlüter zweifelte: »Meinen Sie wirklich ...?«

»Ja – und versuchen, dass man besser rauskommt, als man reingekommen ist!«

»Wie meinen Sie denn das schon wieder?«

»Wieder ganz einfach«, antwortete sie, indem sie eine Hand auf seine legte: »Man soll besser werden, als man war, sich vervollkommnen, Fehler ablegen, die man hat – das ist der Sinn des Lebens.«

»So, so«, murmelte Schlüter und wusste nicht, ob er seine Hand wegziehen sollte oder nicht, »wenn das so einfach ist.« Ihm wurde heiß an der linken Hand.

»Nein«, sagte sie ernst. »Es ist natürlich nicht einfach. Es ist das Schwerste, was es gibt: besser zu werden, als man ist.«

Sie stand auf. Schlüter hatte seine Hand wieder für sich. Er war nachdenklich. Sie stiegen die Böschung hinauf. In der Ferne brummte ein Trecker.

»Sehen Sie den Halunken da hinten?« Ihre Stimme hatte einen gefährlichen Klang. »Da fährt er, dieser Verderber.«

»Ach, Sie meinen Rathjens, nicht?«

Sie nickte grimmig.

Schweigend durchquerten sie die wellige Wiese, von Graben zu Graben, obwohl es ja keine mehr waren, bis zu einem Damm an der Straße, der über ein breites Fleet mit steilen Ufern führte. Drüben lag der von Borstel'sche Hof. Ein paar Autos schaukelten die Moorstraße entlang. Sie gingen die Hofzufahrt hinunter, die, wie überall in dieser Gegend, von Birken gesäumt war. Im Zentrum des Hofes der Misthaufen. Links das Haus, ein umgebautes altes Bauernhaus, düstre verwitterte Backsteine. Es hatte kein Fachwerk mehr; dahinter der Neubau, die Tür zur Melkkammer, der Verbindungsgang zwischen Haus und Stall – dort hinter der Tür musste sie gelegen haben. Auf der anderen Seite und etwas abseits, der Jungviehstall. Drei Generationen hatten an diesem Hof gebaut. Auf Schönheit hatte man nicht geachtet.

Frau Kalde klopfte an der Haustür und öffnete sie, ohne abzuwarten.

»Ich bin's, Agathe!«, rief sie.

Agathe also hieß sie. Fast wie ihre Lieblingskatze, Agathon. Sie standen im Eingangsflur. Graues Licht, es roch nach Mottenkugeln und Moder. Links öffnete sich eine Tür, eine graue Frau mit grauem Blick kam heraus, Frau von Borstel. Sie war noch eine Spur grauer geworden, seit Schlüter sie bei sich im Büro gesehen hatte.

»Ach, Agathe, du bist's!«

Schlüter hörte Freude in der Stimme, aber ihr Blick starb, als sie ihn gewahr wurde.

»Ich habe Rechtsanwalt Schlüter mitgebracht – wir wollen Heinrich sprechen.«

Das Gesicht der Frau verdüsterte sich, während sie Schlüter eine große, kalte Hand gab, ohne ihn anzusehen. »Heinrich – kann nicht sprechen, das weißt du doch.«

»Ja – wir wollen ihn trotzdem – sprechen.« Ihre Stimme ließ keinen Widerspruch zu.

Schlüter spürte, dass diese Moorhexe der strengen Frau vom Hof überlegen war. Merkwürdig, wie die Hierarchien zustande kamen. Da begegneten sich zwei Menschen, die frei waren und einander nicht zu befehlen hatten, und doch ordnete sich der eine dem anderen unter; schlug die eine den Blick nieder und tat, was die andere von ihr verlangte. Wer kennt sich, dass er wüsste, warum er den Blick niederschlägt oder nicht?

»Komm mit.« Die graue Frau drehte ein sehr breites Hinterteil in Schlüters Gesichtsfeld. Hinten auf dem

Kopf ein Knoten. Er folgte als Letzter. Er existierte nicht. Wem ordne ich mich unter?, fragte er sich.

Der Alte lag im Wohnzimmer auf dem Sofa, lang ausgestreckt unter einer Wolldecke. Vorgezogene Gardinen. Bleiernes Licht. Hier war es noch muffiger. Schlüters Augen gewöhnten sich. Der dürre Körper des Alten zeichnete seine Konturen unter der Decke ab, die Hüftknochen standen hervor, zwischen ihnen das Geschlecht. Die knotigen Hände wie Holzstücke neben dem Leib, wächsern. Der Mund: ein faltiger Krater zwischen Kinn und Nase, der vom Atem aufgetrieben wurde, ein feuchter Faden spann sich durch weiße Bartstoppeln ins Hemd, und zwei oder drei lange gelbe Zähne ragten heraus, als versuchten sie fortzuwachsen. Drinnen hockte die rissige Zunge wie eine alte Kröte. Feine Tropfen kalten Schweißes auf dem kahlen Kopf. Straff die Haut über die bläulichen Schläfen gezogen. Die starren Augen glühten gelb im Dämmerlicht. Keine Sterne mehr. Die Fenster der Seele, dachte Schlüter. Ihn fröstelte. Er hatte Angst und sehnte sich nach Christa.

Frau Kalde näherte sich dem Sofa. »Guten Tag, Heinrich«, sagte sie langsam, jeden Buchstaben betonend, und strich über seine Hand. Dicke blaue Adern wie Gedärme unter der ledrigen Haut.

Der Mensch auf dem Sofa bewegte sich nicht. Schließlich senkte sich das Lid seines rechten Auges ein wenig. Der Atem blähte die schlaffen Wangen.

»Wir wollen mit dir sprechen, Heinrich.« Sie drehte sich zu der Alten um, die geduckt unter der Tür stehen geblieben war, und befahl: »Allein.«

Die Bäuerin gehorchte. Als die Tür wieder geschlossen war, nahm die kleine Frau einen Stuhl, schob ihn dicht an das Sofa und setzte sich vor den starren Blick des Alten. Sie tat, als wäre Schlüter nicht vorhanden, und schob ihr Kopftuch nach hinten. Schlüter blieb am Fuße des Sofas stehen, das Gesicht des Mannes war gelb wie Eiter und das Haar der über ihn gebeugten Frau rabenschwarz.

»Heinrich«, begann sie. »Es geht noch mal um Erika. Verstehst du?«

Das rechte Augenlid senkte sich langsam.

»Gut. Ich habe ein paar Fragen an dich. Du kannst mir antworten. Einmal das Augenlid: ja. Zweimal: nein. Klar?« Sie sprach langsam und deutlich.

Das rechte Augenlid senkte sich wieder.

»Du erinnerst dich an den Tag, als Erika – starb.« Sie wartete einen Augenblick. Dann sagte sie: »Du hast das Messer im Misthaufen versteckt.«

Das rechte Augenlid senkte sich, zitternd.

»Dieses Messer hat Erika getötet.« Sie fragte nicht. Sie stellte fest.

Schlüter sah gespannt auf die glühenden Augen dieses Menschen, der nur noch ein Lid rühren konnte. Es begann zu zittern. Dann senkte es sich. Etwas, aber deutlich. Der Speichelfaden, der dem Mann aus dem Mundwinkel ins kragenlose Hemd lief, glitzerte, ein Schleimpfropf erschien und glitt langsam wie eine Schnecke herab.

»Hast du damit – Erika getötet?«, durchschnitt ihre Stimme den Raum.

Schlüter hielt den Atem an. Jetzt hob und senkte sich die Brust des Mannes. Ja, er lebte. Ein Untoter. Sein Blick glühte, als wolle er die Nachbarin versengen. Aber sie hielt ihm stand, sie fraßen ihre Blicke ineinander. Die Schweißtropfen auf seiner Stirn wurden größer, sammelten sich in kleinen Rinnsalen, tropften die fahlen Wangen herab, das Gesicht war quittegelb geworden. Aber das Augenlid senkte sich nicht. Nicht einmal. Und auch nicht zweimal. Er antwortete nicht.

»Heinrich von Borstel, so wahr ich hier sitze«, sagte sie, »am 28. Oktober 1984 um 15 Uhr 57 bist du aus der Tür vom Verbindungsgang gekommen und hast das Messer im Misthaufen versteckt.« Sie wartete. Dann fuhr sie fort: »Du hast das Messer versteckt. Weil du sie getötet hast!«

Der Schweiß rann von seinem Gesicht und das rechte Lid zitterte, senkte sich aber nicht.

»Warum antwortest du mir nicht, Heinrich – willst du deinen Sohn, dein eigen Fleisch und Blut, den August, vernichten?«

Das Augenlid zitterte, senkte sich langsam. Einmal. Zweimal.

»Nein, du willst ihn nicht vernichten. Rette ihn! Sag: Hast du sie getötet?«

Keine Bewegung. Nicht einmal ein Zittern. Schlüter grauste es wie vor einem Abgrund, ihm war, als wäre das Glühen der Augen kälter geworden, ein kaltes Glühen; der Bauer hatte sie besiegt.

Als Agathe Kalde sich umdrehte, waren ihre Augen nass. Die des Alten nicht.

Sie waren eine Weile schweigend nebeneinanderher gegangen.

»Wissen Sie, warum die Leute heute so alt werden – im Gegensatz zu früher?«, fragte sie.

»Na ja – die Lebenserwartung ist gestiegen, weil die Menschen besser leben als früher, gesünder. Und dann der medizinische Standard«, antwortete Schlüter zögernd.

»Falsch.« Wütend trat sie eine Distel um, an deren Blüte ein Schmetterling klebte. Hilflos flatterte er im niedrigen Gras. Sie blieb stehen.

Er wartete.

»Nein. Mit Medizin hat das nichts zu tun. Die Leute werden heute so alt, weil sie nicht mehr sterben können. Sie können nicht sterben. Deswegen werden sie alt!«

Schlüter protestierte: »Man sucht sich doch nicht den Zeitpunkt zum Sterben aus wie den Urlaub. Das ist doch ganz was anderes!«

»Ist es nicht«, fauchte sie und ihre Augen funkelten ärgerlich. »Sterben lernt man oder man lernt es nicht. Wissen Sie, wie man das Sterben lernt?«

Sie sah ihn zornig von der Seite an, weil er nicht antwortete. »Indem man richtig lebt. Wer richtig lebt, stirbt auch richtig. Wer durch ist mit seinem Programm, der hat richtig gelebt. Gucken Sie sich den Schmetterling hier an. Er wird sterben, wenn er seine Eier gelegt hat. Wenn er das geschafft hat, ist er durch mit seinem Programm, dann kann er sterben, weil es nichts mehr für ihn zu tun gibt.«

Schlüter wusste nicht, was er sagen sollte. »Das ist doch ein Tier«, sagte er unbestimmt.

»Das weiß, was es tun muss. Die Menschen wissen's nicht. Das ist der ganze Unterschied. Nur manche, die wissens's. Die leben richtig und sterben richtig.«

»Meinen Sie das alles generell – oder nur für den Alten eben?«, fragte Schlüter und setzte sich langsam wieder in Bewegung, weil er den schwarzen Blick der Frau nicht mehr ertragen konnte.

»Generell natürlich, Herr Schlüter«, wies sie ihn steif zurecht. »Wer am Leben klebt, hat was verpasst und will es nachholen, kann es aber nicht, weil die Zeit dafür nicht mehr ist. Das sind die, die am Leben kleben und nicht sterben können. Der Alte eben und viele andere.«

»Und ... was wollen Sie mit denen machen?«

»Nichts, natürlich. Nichts. Jedenfalls nicht das, was Sie da jetzt denken. Das sind die, die ein Stück von der Hölle schon auf Erden haben.«

Es gab nichts mehr zu sagen.

In der Ferne fuhr Rathjens, und als sein Trecker hinter den Bäumen sichtbar wurde, war ihr Blick wieder der eines ängstlichen Vogels. Hastig schlug sie sich durch ihre Brennnesselhecke.

Als Schlüter in sein Auto einstieg, war sie verschwunden.

Es war Nachmittag geworden, und während er die Moorstraße entlangschaukelte, versuchte Schlüter, an seine abendliche Lektüre zu denken, aber es gelang ihm nicht, denn jedes Mal sah er einen schwarzen Kater, der von einer schmalen Hand mit grünen Fingernägeln gekrault wurde, und einen stummen Mann auf dem

Sofa, der seinen Sohn für eine Tat büßen ließ, die er selbst begangen hatte.

Kurz entschlossen bog Schlüter von der Moorstraße rechts ab zum Stadtteil Heidebeck. Heute werde ich wirklich zum Detektiv, dachte er, aber vielleicht kann Arthur mir weiterhelfen. Sie hatten sich lange nicht gesehen.

Der Schlagbaum an der Einfahrt stand wie immer senkrecht nach oben, eine Fehlinvestition. Schlüter fuhr durch und suchte sich einen Parkplatz in der Nähe des Einganges. Als er ausstieg, sauste der Wind in den Buchen des Waldes, der das Krankenhaus umgab. Aber die Sonne schien noch immer und machte gute Stimmung zu seiner schlechten. Er ließ seine Nase hängen.

Beinahe wäre Schlüter mit jemandem zusammengestoßen, der auch seine Nase tief trug. Hohlmeier, Vulgo persönlich.

Anwalt und Richter hielten sich an den Oberarmen fest, um sich nicht die Zähne einzuschlagen, so unvermittelt waren sie aufeinander getroffen. Und dennoch: fast wie eine Umarmung.

»Nanu, Herr Schlüter, was führt Sie denn her?« Vulgo bleckte seine Zähne zu einem Lächeln und Schlüter bemerkte mit Erstaunen ein freundliches Blitzen in dem langen traurigen Gesicht.

»Ich will 'n alten Kumpel besuchen – und Sie?«

Vulgos Gesicht wurde noch dunkler. »Meine Frau«, sagte er niedergeschlagen und seufzte tief.

»Ist es – was Ernstes?«, fragte Schlüter und hoffte, dass er richtig gefragt hatte, man wusste ja nie, ob man mit derartigen Fragen nicht jemandem zu sehr auf den Pelz rückte.

Hohlmeier nickte mehrmals, langsam und fern. »Leider«, sagte er und sog die Luft tief ein, bevor er weitersprechen konnte, »eine ... es ist, ja also – Krebs.«

Was sollte man sagen? Aufmunternde Sprüche hatte Hohlmeier vermutlich genug gehört. Schlüter suchte krampfhaft nach einer richtigen Entgegnung.

Hohlmeier hatte die Arme sacken lassen. »Ich will Sie nicht aufhalten mit meinen ...«

»Das tun Sie nicht«, unterbrach Schlüter ihn, froh, nun doch etwas sagen zu können. »Das tun Sie wirklich nicht. Ich wünsche Ihrer Frau, dass sie wieder gesund wird. Und Ihnen wünsche ich Kraft und alles, alles Gute.«

Hohlmeiers Gesicht wurde heller, als könnten die Worte, die Schlüter gesprochen hatte, wirklich etwas ändern. Aber das konnten sie nicht, und trotzdem sagte man solche Sachen. Oder konnten Wünsche etwas ändern?

»Danke«, sagte Hohlmeier und hielt Schlüter wieder an den Schultern fest: »Danke Ihnen, Herr Schlüter.«

Der Richter umrundete ihn und ging langsam die Krankenwagenauffahrt hinunter, mit hängenden Armen, gefangen in seiner Sorge. Der Anwalt sah ihm nach, wie man einem Schiff in Seenot nachsah, vom Deich aus sicherem Abstand. Ach je. Jeder trägt sein Päckchen, und der auch. Schlüter dachte an Christa. In zwei Stunden würde sie von der Arbeit nach Hause kommen. Eine Welle der Zärtlichkeit erfasste ihn und er roch ihre Haut. Blumen, ich muss Blumen mitbringen nachher.

Vor dem Eingang saßen sie. Die Halbtoten und Wiedergänger. Auf Rollstühlen, auf der Bank, die Krücken neben sich. Und rauchten, was das Zeug hielt, als wäre das Urteil gefällt. Einem fehlte ein Bein, er saugte gierig an der Zigarette, um das andere auch möglichst schnell loszuwerden. An keinem Ort in dieser Stadt lagen so viele Kippen wie vor diesem Krankenhauseingang.

Schlüter beeilte sich vorbeizukommen, während hinten im Hals der trockene Nachgeschmack der Filterlosen vom Bombenkrater kratzte. Der Himmel spiegelte sich in den Glastüren, man konnte von draußen nicht hineinsehen, aber sie öffneten sich automatisch und verschluckten ihn rechtzeitig vor dem nächsten Atemzug; Schlüter sog tief die Luft ein, die nach Verbänden,

Desinfektion und Kaffee roch. Lange her, dass ich hier war, dachte Schlüter. Als Markus nach seinem Unfall ... Er war wieder gesund geworden, eigentlich gar nicht so selbstverständlich. Damals war er, der Vater, in Seenot gewesen, ohne Lotse an Bord, und er hätte sie würgen können, die Gaffer am Deich.

Vorbei am Kiosk mit der Bildzeitung, dem Spiegel und den Arztromanheften, an den Sitzgruppen, wo Patienten einen Kaffee mit den gesunden Besuchern tranken. Leises Murmeln. Ein Ort, an dem man nur flüsterte wie in Kirchen und Wartezimmern. Vor dem Fahrstuhl musste Schlüter warten. Als die Türen sich öffneten, schoben zwei Schwestern von der anderen Seite ein Bett hinein, auf dem ein bleicher Mensch lag, mit geschlossenen Augen, eine Flasche am Gestell, aus der farblose Flüssigkeit in eine Ader am Arm rann. Sie drückten die Drei, Schlüter die Sieben. Die Schwestern plapperten lustig weiter vom Spätfilm am Samstag. Nachdem sich die Tür lautlos hinter ihnen geschlossen hatte, atmete Schlüter durch, schon wieder.

Siebter Stock. Hier waren die Beladenen und Verstörten. Das Gespräch auf der Sitzgruppe im Flur verstummte, als der Anwalt aus dem Fahrstuhl trat. Patient oder Besucher? Und wohin würde er gehen? Verstohlene Blicke tasteten ihn ab. Nur ein feister Mann in den mittleren Jahren, der ihm den Rücken zukehrte, redete weiter: »... und seit sechzig Jahren ist mein Vater selbstständig, das kann ich euch sagen, habt ihr so was schon mal gehört, seit sech–zig Jahren!!« Seine fleischige Hand machte eine müde Geste.

Schlüter zog die Glastür zur Station auf und ging den langen Gang hinunter. Eine korpulente Frau mit strähnigen Haaren stand scharf an der Wand und wiegte sich auf den Zehenspitzen hin und her.

In der Mitte des Ganges ging die Tür zum Zimmer der Stationsschwester auf und Arthur kam heraus, mit ernstem Gesicht, das in Fröhlichkeit barst, als er Schlüter entdeckte. »Mensch, Peter!«, rief er ihm entgegen.

Arthur Havelack, der Chefarzt der Psychiatrie, sah ein wenig aus wie Einstein mit seinem wilden aschblonden Haar und dem langen Schnurrbart. Die beiden hatten sich vor fünfzehn Jahren im Gerichtssaal kennen gelernt, als er, Schlüter, eine junge Säuferin verteidigt hatte und Havelack das Gutachten zur Schuldfähigkeit machen sollte. Inzwischen war der Arzt der Chef der Psychiatrie geworden und verfügte über seine eigene geschlossene Abteilung im siebten Stock des Krankenhauses. Und war nicht mehr Gutachter. Damals hatte eine spontane Sympathie sie zueinander gezogen, und in kurzer Zeit waren sie alte Freunde geworden und hatten damit ein Privileg aus der Jugend in eine andere Zeit gerettet. Es war die Ablehnung ihrer jeweiligen eigenen Profession, die sie verband.

Sie umarmten sich. Schon wieder eine Umarmung, dachte Schlüter, wie verschieden sie sein können.

»Hast du 'n Moment Zeit für mich?«, fragte er.

»Lass uns erst in mein Zimmer gehen.«

Am Ende des Ganges lag das Chefzimmer. Sie traten ein und blieben am Fenster stehen. Blick über Süd-Hemmstedt, hinten die Bundesstraße mit Autos wie an einer Perle aufgezogen, schließlich die Wiesen, durch die sich die Hemmau schlängelte.

Havelack sah seinen Freund prüfend an und kam zu dem Ergebnis, dass ihm selbst und seinen Nächsten nichts fehlte. Also fragte er grinsend: »Na, mit welchen Problemen schlägst du dich herum? In welche Höhle bist 'n du gekrochen? «

Schlüter sah an sich herunter. Staubflecken auf seiner Hose. Die Hände schmutzig. Havelack lachte: »Drüben ist das Waschbecken!«

Nachdem Schlüter sich die Reste der Spinnweben aus dem Gesicht gewischt hatte, erzählte er seinem Freund vom Besuch im Moor und dem Rechtsfall von Borstel. »Was meinst du, was ist mit der Frau?«

Havelack hatte sich hinter seinen Schreibtisch gesetzt und aufgeräumt die Beine übereinander geschlagen.

»Klassische Paranoia. Klarer Fall«, diagnostizierte er trocken, professoral die Hände ausbreitend.

»Was heißt Paranoia?«

»Verfolgungswahn heißt das im Volksmund. ›Die Kranken sind ohne äußere Veranlassung überzeugt, von einzelnen oder zahlreichen Personen verfolgt, das heißt in allen möglichen Interessen beeinträchtigt zu werden. Dieser Wahn gründet sich meist auf Sinnestäuschungen, die Kranken hören schmähende, drohende Zurufe, ohne dass es sie gibt.‹ Manchmal heilbar, meistens nicht.« Havelack grinste vergnügt.

Schlüter ging vor dem Fenster auf und ab. »Sind solche Leute – zurechnungsfähig?«

»Ja. Sie sind ganz normal, eigentlich. Nur: Sie haben einen blinden Fleck. Wenn man den trifft, sind sie nicht zurechnungsfähig.« Havelack tauschte seine Beine aus.

»Das heißt – sie sind auch glaubwürdig im Prozess?«, fragte Schlüter.

»Du überlegst, ob du die Frau als Zeugin benennst? Tja, mein Lieber. Es ist 'n Grenzfall. Sie hat ihre Wahrnehmungen gemacht – also ich glaube ihr jetzt mal – aufgrund ihres Wahnsinns. Denn wenn sie keinen Wahn gehabt hätte, hätte sie auch nicht oben im Giebel in ihrem Observatorium gesessen. Da kann es Überspitzungen geben. Interpretationen. Wie bei jeder Wahrnehmung eines Normalen auch. Man sieht A und C. Dann interpretiert man B, weil es dazwischenpasst. Man ergänzt die Kausalkette nach der Erfahrung. Bei Normalen stören derartige kleine Lügereien nicht weiter. Aber bei einem Paranoiker ... Die Normallüge vor Gericht, du kennst es ja.«

»Ich, ja. Aber die Richter nicht. – Würdest du die Kalde vor Gericht laden lassen?«, fragte Schlüter.

»Was sagst du, wie heißt die?« Havelack saß kerzengerade.

»Kalde. Agathe Kalde. Wohnt in Engelsmoor.«

Havelack sprang auf und schlug sich vor die Stirn. »Mensch, das hätte ich auch gleich merken können. So viel von der Sorte gibt's ja nun auch wieder nicht. Die kenn ich.«

»War die etwa schon hier?«, fragte Schlüter gespannt.

»Bis vor – lass mich nachdenken – bis vor einem Monat zirka.«

»Das erklärt ja, warum die sich erst jetzt bei mir gemeldet hat! Deshalb ist sie auch nie vernommen worden ...«

»Klar«, fuhr Havelack fort, »und dann hat sie sich damit herumgeschlagen, ob sie sich nun melden soll oder nicht. Die meisten Paranoiker wissen, dass sie anders sind als andere Menschen. Sie erleben oft, dass sie nicht ernst genommen werden, dass man ihnen nicht glaubt. Also hat sie gezaudert und gewartet. Sie war hier wegen Gehirnblutens. Absolut weggetreten. Ein Gerinnsel hat alles bei ihr blockiert. Der Postbote hatte den Arzt alarmiert, weil sie im Hausflur lag und sich nicht rührte. Sie hat hier ihren eigenen Dreck an die Wand geschmiert, so weit war sie weg. Es ist ebenso plötzlich wieder besser geworden. Da war nur noch die Paranoia da. Und der – Alkoholmissbrauch. Durch den vielleicht verursacht ...«

»Was, saufen tut die auch? Davon habe ich nichts gemerkt.« Schlüter war stehen geblieben und sah seinen Freund erstaunt an.

»Die Zähne. Hast du ihre Zähne gesehen?«

»Kann man ja nicht umhin«, antwortete Schlüter.

»Die Zähne einer Säuferin.«

»Aber sie hat nicht getrunken, als ich heute da war«, widersprach Schlüter, »nicht im Mindesten, sie war voll da, in jeder Hinsicht – bis auf die Macke natürlich. Und einen Schnaps, den hätt' ich fast vergessen.«

»Einer? Dann hat sie's jetzt im Griff. Und ist gesund. Obwohl ... Die Leber ist ein erstaunliches Organ. Sie nimmt fast nichts übel. Und kann sich regenerieren. Bis zur Zirrhose muss man wirklich schwer saufen, lange und ohne Gnade. Und am besten auch ohne Pause. Quartalssäufer haben oft eine gesunde Leber.« Havelack lachte. »Und außerdem«, fuhr er fort, »war sie ja einen Monat lang hier. Völlig entgiftet. Sie stand hart am Rande. Das ernüchtert bekanntlich. Manchmal wenigstens ...«

»Sag mal, Arthur – weißt du ... wie alt ist die eigentlich?«

Havelack stand auf und öffnete den Schrank hinter seinem Schreibtisch. Er zog einen Karteikasten nach vorne, blätterte darin und sagte: »17.8.1925.«

»Tatsächlich. Sechzig ist sie. Sagenhaft.«

»Ja, sie ist ein Phänomen«, stimmte Havelack zu. »Ich habe noch keinen Menschen mit Gehirnbluten erlebt, der sich so schnell erholt hat. Wir mussten sie auf eigene Gefahr rauslassen. Ihre Katzen bräuchten sie, hat sie gesagt.«

»Also du würdest sie nicht vor Gericht auftreten lassen?«

»Na ja«, sagte Havelack und dehnte sich in seinem Stuhl. »Stell dir vor, der Richter fragt sie, wie sie ihre Beobachtungen gemacht hat und warum sie da oben gesessen hat, und das wird er sicher tun. Was wird sie ihm antworten? Egal, was sie sagt, sie wird einen verrückten Eindruck machen. Eine Moorhexe eben. Das geht nach hinten los, wenn du mich fragst. Nur im äußersten Notfall würd ich's versuchen an deiner Stelle. Willst 'n Kaffee?« Er war schon draußen, bevor Schlüter antworten konnte.

Nach kurzer Zeit kam der Arzt mit einem Tablett wieder zurück, auf dem zwei Kaffeekännchen standen. »Aber sag mal, Peter, warum fragst du mich das eigentlich alles – ich denke, deiner ist abgehauen. Ausgebrochen. Stand doch sogar in der Zeitung.« Havelack filterte seinen Kaffee lautstark ein zweites Mal durch den Schnurrbart hindurch.

»Ich werde das Gefühl nicht los, dass es bald weitergeht«, grübelte Schlüter. Er rührte nachdenklich die Sahne ein. »Sag mal«, begann er, »sind solche Leute, ich meine, die mit Paranoia, eigentlich gefährlich? Ich meine, wenn sich der Verfolgungswahn auf bestimmte Menschen richtet – kann es nicht dahin kommen, dass sie ihm – etwas antun?«

Havelack lehnte sich bequem zurück und saugte den Kaffee aus dem Schnäuzer. »Nö«, sagte er leichthin, »sind sie nicht. Höchstens für sich selbst. Einschränkend muss man sagen, dass es in der Literatur hin und wieder Hinweise gibt, dass ein Paranoiker seinen Therapeuten ermordet hat, aber sonst sind sie völlig harmlos.«

»Wie beruhigend!« Jetzt lachte Schlüter. »Würdest du so eine als Therapeut behandeln?«

»Klar, warum nicht?«, sagte Havelack ernst. Aber in seinen Augen funkelte es lustig, wie immer.

»Kann man die heilen?«

»Mmh«, machte Havelack. »Kommt drauf an. Wenn es vom Alkohol kommt, vielleicht ...«

»Und wenn es umgekehrt ist?«

»Du meinst, wenn sie wegen der Paranoia angefangen hat zu saufen?«

»Ja, um die Angst zu betäuben, meine ich, das ist doch ...«

»... ein weiser Gedanke, mein Lieber. Von philosophischer Dimension. Was war zuerst da, das Huhn – oder das Ei ...«

»Gibt's das eigentlich auch, dass Paranoia einen realen Hintergrund hat?«, fragte Schlüter.

»Dass eine wirkliche Bedrohung den Anfang gemacht hat?«

»Ja, dieser Rathjens, meine ich, der ist doch so eine ...«

Havelack lachte jetzt laut und stellte seinen Kaffee ab, um ihn nicht zu verschütten. »Das ist ja gerade der Witz, mein Lieber, jeder Paranoiker lebt in einem perfekten System der Logik, dem er alle Wahrnehmungen unterordnet. Wenn er es ordentlich macht, dann ist es so logisch, dass du dich dem nicht entziehen kannst, du glaubst es und wirst zum Mitparanoiker. Dafür gibt es viele Beispiele. Ehepaare: Einer ist der echte Paranoiker, der andere macht den Wahnsinn aus Überzeugung mit. Oder aus dem aktuellen Tagesgeschehen. Die Bedrohung aus dem Osten zum Beispiel, die perfekte Inszenierung einer globalen Paranoia, der wir alle unterliegen, ob wir wollen oder nicht ... Wann ist übrigens Wahl?«

Schlüter hatte keine Lust, über Politik zu diskutieren. »Nein, sag mal ehrlich – gibt es die Paranoia mit einem ursprünglich realen Hintergrund?«

»Ja«, antwortete Havelack ernst. »Das kann es geben. Glaube ich. Nur ich persönlich also. Und rein theoretisch natürlich. Gesehn habe ich noch keinen derartigen Fall. Im Übrigen ist die Genese völlig ungeklärt. Die Psychiater glauben, dass sie endogen ist. Bei denen ist alles endogen, du kennst es. Du vermutest also eine exogene Paranoia. Interessant. Mhh. Denkbar ist es schon ... Meinst du, dieser Rathjens, oder wie der heißt, könnte ...?«

Schlüter ging nervös vor der Fensterfront auf und ab. »Ich weiß es nicht. Ich kenne den Kerl zu wenig. Aber unheimlich ist er mir schon. Man müsste ...«

»Lass dich nicht vereinnahmen, mein Lieber«, warnte Havelack, gemütlich die Arme verschränkend. »Denk an das perfekte Wahnsystem!«

»Aber gesetzt den Fall: Es hat einen realen Hintergrund. Ist es dann nicht so, dass der Paranoiker gefährlich werden kann für den, der die erste Ursache gesetzt hat?«

»Du bist ja wirklich beharrlich heute. Also: Wenn ich das mal als Tatsache nehme ...«

»Genauso wie die Raketen der Russen auch ein realer Hintergrund sind für die globale Paranoia, von der du gesprochen hast ...«

»Dann, o Mann, dann wird's wirklich gefährlich. Das ist ja das Schlimme an der Hochrüstung heute, dass ...«

»... ein Grund vorhanden ist, und dann ist der Paranoiker, also wir – die Nato sozusagen –, gefährlich?«

»Tja, wir sind gefährlich. Das sind wir.« Havelack seufzte.

»Und Frau Kalde?«, fragte Schlüter gespannt.

»Die?« Havelack stutzte. »Die ist es auch. Ja, alter Freund, sie ist es. Wenn es so ist, wie du meinst.« Er nickte. Dann schüttelte er wieder den Kopf.

Schlüter hatte ein übles Gefühl im Zwerchfell. Der Tag war gelaufen, er wollte nach Hause. Er hatte sich verlaufen. Gespräche. Wohin einen Gespräche bringen, dachte er. An die Grenze der Paranoia.

»Denk an das Naheliegende, Freund. Bilde deine Hypothesen nicht aufgrund des Unwahrscheinlichen. Man sollte immer das Naheliegende als das Wahrscheinlichste zugrunde legen. Das ist: Sie hat eine Paranoia und ist verrückt. Sonst nichts.«

»Du hast Recht«, sagte Schlüter wenig überzeugt. »Ich werd's mir überlegen, das mit der Zeugenaussage.« Im Stehen nahm er den letzten Schluck aus seiner Tasse.

Kurz vor der Tür drehte er sich um. »Die Frau kann übrigens ganz schön philosophieren, über Leben und Tod, besonders über Letzteres ...« Er erzählte von seinem Gespräch mit Frau Kalde und fragte: »Was hältst du davon – ganz schön komisch, nicht?«

Havelacks Blick wurde dunkel vor Sympathie. »Wer weiß, vielleicht findest du's nur komisch, weil sie dich gemeint hat.«

»Hä?«

»Na ja«, sagte Havelack leise und nachdenklich. »Lebst du richtig? Du hast doch schon lange keine Lust mehr – so richtig, meine ich. Irgendwie treibt's dich zwar, aber dir fehlt doch das Richtige – irgendwie. Wenn du das nun finden würdest, dann würdest du sie vielleicht verstehen. Oder so ähnlich. Wie gesagt – Paranoiker sind im Großen und Ganzen völlig normal. Und sie haben Antennen, die unsereiner nicht hat. Man kann unter Umständen viel von ihnen lernen. Früher galten sie als weise, man hat sie verehrt, die Verrückten, oder sogar zum Schamanen gemacht. Sie können uns was beibringen. Nur Verrückte und Verbrecher bringen die Welt voran, nicht wir Handwerker. Das darf man nicht vergessen. Das ist der Sinn dabei. Nur – vorsichtig muss man sein.«

Er lachte wieder, klopfte Schlüter auf die Schulter und schob ihn durch die Tür auf den langen Klinikflur.

In der Eingangshalle kaufte Schlüter Blumen, kleine Rosen, achtundzwanzig Stück. Dabei sah er sich um, ob ihn jemand beobachtete, und er fühlte, wie ihm der Schweiß ausbrach. Er fragte sich, warum.

XVII.

Strafsache von Borstel, zum Zweiten. Missmutig saß Schlüter in seinem Büro, trommelte unschlüssig mit den Fingern auf die Schreibtischplatte.

Was tun? Gerade drei Tage nach seinem Besuch bei der Moorhexe und dem Untoten in Engelsmoor hatte sich seine Ahnung erfüllt: dass sie von Borstel verhaften würden und dass es weitergehen würde. Lachhaft waren die Umstände der zweiten Verhaftung, ebenso wie die seiner Flucht. Er war nämlich von selbst gekommen. Er war einfach hineingegangen in das Polizeirevier von Hemmstedt und hatte sich beim Pförtner vorgestellt: »Guten Tag, mein Name ist von Borstel, ich möchte Herrn Kommissar Staschinsky sprechen.« Er wusste nicht, dass Staschinsky die Sache nicht mehr bearbeitete. »Wie heißen Sie, von Borstel? So? Ja, also, der Herr Staschinsky ist im Augenblick nicht zu sprechen, bitte nehmen Sie da drüben Platz.« – So ähnlich musste es gewesen sein. Nach einer halben Stunde stand von Borstel wieder vor dem Glaskasten. Ob der Herr Staschinsky bald kommen würde? Ja, was er denn wolle. Er wolle ihn sprechen. In welcher Sache denn? Ja, wie die Sache heißen würde, das wüsste er auch nicht, aber es würde sich um ihn selbst drehen, August von Borstel. Der Mann mit den wasserblauen Augen und dem milchigen dünnen Haar machte einen ruhigen, selbstgewissen Eindruck. Ja, er würde mal eben in der Kartei nach der Tagebuchnummer suchen. »Wie heißen Sie doch gleich? Von Bors-tel. Engelsmoor. Postleitzahl? Ah ja, Moment bitte, wir haben's gleich, also hier: ...!« Das musste der Moment gewesen sein, wo der Mann im Glaskasten die durchsichtige Wand verfluchte und den langen Umweg, den er nehmen musste, um sich des Mannes zu versichern, der seit mehr als drei Wochen fieberhaft gesucht wurde.

Schlüter hatte das von Bluhm, weiß der Himmel, woher er das alles nun wieder wusste. Wie der Mann zur Polizei gekommen war? Per Anhalter, ganz einfach. Hatte er jedenfalls gesagt, hatte Bluhm gesagt. Und woher? Schulterzucken. Kein Mensch wusste, wo der flüchtige Sträfling die drei Wochen verbracht hatte, und er, Schlüter, hütete sich, jemandem seine Vermutungen mitzuteilen, mit Ausnahme von Christa natürlich. »Mensch, Peter, nu sei doch nicht so naiv«, hatte sie gesagt. »Bei der Kalde war er, wo denn sonst, da haben wir doch neulich drüber gesprochen, seinen Sohn hat er noch mal sehen wollen, der wohnt doch dahinten im Moor bei der Cousine, eine Rechnung hatte er zu begleichen mit unserem ›Lamborschini‹-Fahrer, und dann hat er sich noch mal ausvögeln wollen, bevor es zurück ins Kittchen ging.« Sie konnte schon ganz schön grob formulieren, manchmal, und Schlüter war rot geworden und hatte an die Hand gedacht, die sich am Bombenkrater auf die seine gelegt hatte. »Na, meinst du etwa nicht?«, hatte Christa gefragt und ihm auch ihre Hand aufgelegt, und er war noch ein bisschen röter geworden und hatte »Ja, ja« gesagt. Und Christa hatte zufrieden geschwiegen.

Am Tag nach der Verhaftung von Borstels war Hohlmeier am Telefon und unterrichtete Schlüter; es hatte morgens schon in der Zeitung gestanden. Schlüter ließ sich Zeit für seinen ersten Besuch in der JVA. Und dort hatte Bluhm ihn abgefangen, trippelnd vor Ungeduld, wie ein Junge, der pinkeln musste. Er platzte fast vor Neuigkeiten. »Na, vertreten Sie den noch?«, rief er schon von weitem.

Schlüter ärgerte sich. Es hatte keinen Sinn, Bluhm etwas von den Pflichten eines Pflichtverteidigers zu erzählen. Also zuckte er nur mit den Schultern. Und dann goss Bluhm ihm alles brühwarm über, den grinsenden Olpe daneben, der an seiner Zigarette saugte wie ein dickes Kind an seinem Schnuller. Lästerte über die Doofheit der Polizei, und wo wir alle enden würden, wenn das so weiterginge. Schlüter hatte vergessen, wie er den Beamten endlich abgeschüttelt hatte.

In der JVA traf er Witold auf dem Flur, der Gefängnisdirektor begrüßte ihn sichtlich zufrieden. Er hatte schließlich nicht nur den Clever wieder, seinen Oberkalfaktor und Mädchen für alles, sondern auch den zweiten Ausbrecher. Die Welt war fast wieder in Ordnung: zwei zu eins. Die Belegschaft hatte wieder einen, auf den sie schimpfen konnte, wenn es ihr nicht schmeckte. Denn es ist ein schlimmer Zustand, wenn man keinen Bock hat, den man mit seinen Sünden beladen kann. Uns geht's nicht anders, dachte Schlüter.

»Na, Herr Schlüter, Sie wollen zum von Borstel, wie?«, fragte Witold rhetorisch. Seine Stimme verhallte im Gang, und es roch nach Staub und Kantinenessen. Hinten im Flur auf einer Heizung stand ein Tablett mit einem Blechnapf. Sie aßen es also auch, die hier unten.

»Mhh, ja.«

»Lust?«

»Nee. Und Sie?«

»Auch nicht. Aber muss ja.«

»Den dritten ham Se nich, den Müller, oder?«, fragte Schlüter.

»Nee. Der's weg. Wie verschluckt.« Witold lachte kurz und trocken: »Aber ich gönn's ihm, wenn ich ehrlich sein soll, dass er mal 'n paar Wochen frische Luft hat.«

»Sie meinen also, der kommt wieder?«

»Solche wie der kommen immer wieder. Genau wie der Clever. Die brauchen unsern Laden.«

Es klackerte mit dem Schlüssel hinten im Gang, und Panke erschien mit einem breiten Grinsen in seinem Backpfeifengesicht. Er hatte sich erholt von seiner Niederlage, und er hatte keine Probleme mit sich und der Welt.

»Na, ich will Sie nicht länger stören«, murmelte Witold und ließ den Anwalt stehen.

Von Borstel hatte ihm nichts zu sagen. Trotzig und bleich hatte er ihm gegenüber gesessen in diesem hoffnungslos tristen Besuchsraum, schweigsam bis auf das »guten Tag«, abwartend, als wäre er, Schlüter, ein Feind. Das raubte dem Anwalt die Sprache. Es gibt eine Schweigsamkeit, die wie eine Mauer ist, dachte Schlüter, du kannst sie nicht überwinden, und wenn du es versuchst, kippt er brennendes Öl hinunter. Immerhin, ein Versuch.

»Sagen Sie, Herr von Borstel, erinnern Sie sich – nachdem es geschehen war und bevor Sie wieder zum Melken gegangen sind – wo war Ihr Vater zu diesem Zeitpunkt?«

Der Häftling starrte ihn an, unbeweglich fast. Ein Gesicht aus Stein. Draußen prasselten die Reifen eines Autos über das Kopfsteinpflaster.

Nach vielen Atemzügen wiederholte Schlüter: »Ist es möglich, dass er, also Ihr Vater, am Ort des Geschehens war?«

»Was spielt das für eine Rolle?«, kam die Antwort, diesmal prompt.

»Wo ist das Messer geblieben?«, schoss Schlüter zurück.

»Das Messer ...?«

Wollte von Borstel Zeit gewinnen? Schlüter ließ ihn sitzen mit der Frage und fixierte ihn kalt. Einer plötzlichen Eingebung folgend, setzte er nach: »Und wo war Hinni?«

»Hinni!«, rief von Borstel und sein Stuhl schoss nach hinten, als er aufsprang. Aber dann nahm er sein Päckchen Schwarzen Krausen aus der Tasche, umständlich – zitterten seine Hände? –, und begann, sich eine zu drehen. Oder zitterten sie nicht?

Von Borstel tat einen tiefen Zug und setzte sich endlich wieder. Nein, die Hände zitterten nicht. »Mein Vater war da. Er kam aus dem Haus, durch den Gang ...«

»... und nahm das Messer, ging nach draußen und steckte es in den Mist?«

»Woher wissen Sie ...?«

»Ihre Nachbarin, Frau Kalde.«

»Ach, die ...« Von Borstel lachte künstlich und sog an seiner Zigarette.

Schlüter verstand, wie man aus Unsicherheit zum Raucher werden konnte. »Aber es stimmt, was sie sagt, ja?«

»Na und? Ja, meinetwegen, dann hat er das Messer eben in den Mist gesteckt. Aber was spielt's für eine Rolle?«

Schlüter kam sich merkwürdig vor. Wie ein Polizist im Verhör. Vertauschte Rollen. »Verstehen Sie mich richtig«, sagte er leise. »Ich will Ihnen helfen ...« Er hüllte seine Worte in Watte.

»Sie brauchen mir nicht zu helfen«, fauchte von Borstel kalt. Seine Worte hallten dreifach von den Wänden wider.

»Verstehen Sie mich richtig«, wiederholte Schlüter sanft und wollte zu einer langen Erklärung ansetzen.

»Ich versteh Sie schon, ich versteh Sie schon«, murmelte von Borstel, etwas versöhnlich, väterlich fast, wie ein Polizist, der einen jugendlichen Einbrecher bedauert, weil er heroinsüchtig ist und nicht anders kann als einzubrechen. Dann wurde er gerade im Rücken: »Sie können mir wirklich nicht helfen. Jedenfalls nicht so, wie Sie denken.« Er holte tief Luft und fügte hinzu: »Ich war's. Und damit basta! Klar? Und ich werde sitzen dafür. Ich wäre Ihnen aber dankbar, wenn Sie erreichen könnten, dass es nicht allzu lange wird. Was sagten Sie neulich? Schuldminderung ist drin? Das reicht völlig!« Der Bauer beugte sich vor und drückte seine kalt gewordene Zigarette in die Blechdose zwischen ihnen. Das war die längste Rede, die er seinem Verteidiger je gehalten hatte. »Und verlangen Sie keine langen Erklärungen von mir!« Er begann, sich eine neue zu drehen.

»Trotzdem, Herr von Borstel, wo war Hinni?«

»Der?« August krümelte den Tabak langsam auf das Blättchen, zog das Kraut auseinander, verteilte es, drückte es zusammen. Nachdem er das Blättchen angeleckt hatte, sah er wieder auf: »Na, im Jungviehstall natürlich, füttern, ausmisten, wie jeden Nachmittag.« Und dann schob er Schlüter das Päckchen Tabak über den Tisch. Der offizielle Teil des Besuches war für beendet erklärt.

Widerwillig hatte Schlüter den Tabak zu sich gezogen, um eine zu drehen. Der Rauch biss ihm in den Rachen, und er beschloss, mit der Gelegenheitsqualmerei Schluss zu machen.

Das war also der erste Besuch im Knast nach dem Ausbruch gewesen. Vor drei Wochen. Wo von Borstel sich nach seiner Flucht versteckt hatte, war aus ihm nicht herauszubringen. Schlüter hatte die Frage nur halbherzig gestellt. Ein kalter Blick, durch dichten Qualm hindurch, schnitt weitere Fragen ab.

Schlüter ärgerte sich, dass er heute überhaupt ins Büro gekommen war. Vor so einer Verhandlung konnte er nicht arbeiten. Er hätte genauso gut spazieren gehen können. In seinem Kopf summte ein Schwarm aufgeregter Hummeln, die kleine schwarze Talare anhatten. Angelika kam herein. Sie strahlte ihn an und suchte die Akten für die Post, die er eigentlich hätte erledigt haben müssen. Sie arbeitete gern und war zufrieden mit ihrem Leben, man sah es ihr an. Keine Sorgen. Schlüter seufzte neidisch.

Er schaffte es einfach nicht, reinen Tisch zu machen. Diese Akten in meinem Nacken werden mich noch umbringen, dachte er. Und dann noch dieser Prozess, in dem er die Verantwortung für Jahre hinter Gittern trug.

»Is irgendwas mit Ihnen?«, fragte Angelika und hielt bei ihrer Aktensuche auf seinem abgewetzten Schreibtisch inne, sah ihn besorgt an.

»Ach nix«, sagte Schlüter und zuckte mit den Schultern. »Ich geh jetzt«, fügte er hinzu und stand auf, nahm seine Tasche vom Stuhl.

»Ach, Sie haben ja Termin heute«, rief sie ihm nach.

Er ließ die Tür hinter sich ins Schloss fallen, ohne zu antworten. Die Dielen im Treppenhaus knarrten müde unter seinen Füßen. Draußen regnete es Bindfäden. Der Sommer zeigte die kühle Schulter. Ein Mordswetter.

Der Gerichtssaal hatte sich nicht verändert in der Zwischenzeit. Sogar der Gestank nach Fisch war da, denn es war Freitag, und freitags gab es im Knast immer Fisch, solange Paul Clever seiner Pflicht als Oberkalfaktor und Koch nachkam, wie alle Monate zuvor. Dieses war nicht Schlüters Tag, und auch die nächsten würden nicht seine Tage sein. Er hatte jede Energie verloren. Wozu kämpfen? Von Borstel war es offensichtlich immer noch egal, was aus der Sache werden würde, solange er kein lebenslänglich bekam, und er, Schlüter, war dümmer denn je und am Ende mit seinem bisschen Latein, warum sollte er sich da noch ins Zeug legen?

Schlüter wurde bewusst, wie wenig Freude es in seinem Beruf gab. Höchstens Schadenfreude. Man freute sich, wenn man gewonnen hatte. Wenn ein anderer verloren hatte, dann freute man sich. Kümmerliche Freude. Ein abbauender Beruf. Denn gewinnen konnte man nur, wenn man die Fähigkeit entwickelte, mit dem Schlechten seiner Mitmenschen zu rechnen, und man gewann öfter, wenn man diese Fähigkeit bis zur Perfektion entwickelt hatte. Rechne niemals mit dem Guten! Denke noch schlechter, als du es den andern zutraust, damit du den Schlichen des Gegners eine Nasenlänge voraus bist, seine Winkelzüge vordenken kannst, damit die Falle fertig ist, wenn der andere zum nächtlichen Spähen ausgeht. Eines Tages würde ihn dieses Denken zerfressen haben; bevor es zu spät war, würde er etwas anderes machen müssen. Diesen Gedanken hatte Schlüter schon öfter gehabt, zu oft, und darüber ärgerte er sich. Was nutzen Gedanken, aus denen man keine Konsequenzen zog? Spinnerei war das, nur Spinnerei. Andererseits – vor der Tat kommt der Gedanke; jede Tat ist zunächst ein Gedanke gewesen. Schlüter merkte, dass er die Gedanken der Agathe Kalde dachte. Es hatte etwas Verpflichtendes, Zwingendes. Aber er setzte seinen Verdrängungsapparat in Gang und schüttelte ihn ab, indem er die Sache auf spätere Jahre vertagte. Eines Tages ...

Zu allem Überfluss hatte er gestern einen Prozess verloren, von dem er geglaubt hatte, er könne ihn gar nicht verlieren. Wieder so ein Prozess, bei dem er auf den gesunden Menschenverstand der Richter gehofft hatte – aber sie hatten nur ihr Paragraphenhirn angeschaltet. Juristenhirne sind Paragraphenhirne, dachte Schlüter, Paragraphenschlüpfer sind sie, und er hatte das Bild von Weber vor Augen, das er in Studienzeiten innen auf den Schönfelder geklebt hatte, noch vor das Grundgesetz.

Immerhin hatte er an diesen Strafprozessen eine morbide Freude; es machte ihm Spaß, zwischendurch in die dunklen Schächte hinabzusteigen, im Gärschlamm der Schlechtigkeit zu wühlen, eine Zeit lang wenigstens, um dann wieder ans Tageslicht aufzusteigen, aufatmend. Aber wann hatte er je in seinem Beruf die Freude empfunden, die ihn überkam, wenn er einen gelungenen Satz von Jean Paul oder Arno Schmidt verstanden hatte, diesen Dialektkünstlern? Niemals. Schlüter sog die Luft tief ein und er spürte, wie Kasulkes überraschter Blick ihn traf.

Kasulke. Auch so einer, dachte Schlüter, der niemals ein schlechtes Gewissen hat und immer auf der richtigen Seite steht. Obwohl sein Vater auf der falschen Seite gestanden hatte, wie man später wusste, als es zu spät war und Wissen nicht mehr half. Eine regelrechte Berufskrankheit der Juristen: die Überzeugung, keine Fehler gemacht zu haben. Besonders bei Richtern konnte sich das bis zur Psychose entwickeln. »Ein guter Jurist ist nur der, der's mit schlechtem Gewissen tut«, hatte Radbruch gesagt, einer der wenigen Sätze, die sich Schlüter aus der Studienzeit bewahrt hatte. Dabei hatte er Rechtsphilosophie schon im ersten Semester gestrichen. Was half die Philosophie, wenn man in einer Bibliothek saß, inmitten von Büchern, von denen die Hälfte von Leuten geschrieben war, die alles falsch gemacht hatten? Maurach, Larenz und wie sie alle hießen, die gleich nach dem Krieg ihre Werke umgeschrieben und neue Auflagen herausgebracht hatten. Bücher aus düstrer Zeit, übles juristisches Kulturgut war das faulige Fundament der heutigen. Der Gestank kroch aus jeder Ritze. Und keinen hatten sie belangt – keinen! Und ich gehöre dazu, dachte Schlüter grimmig, grimmig erwiderte er Kasulkes Blick, bis der seinen niederschlug, und es ging ihm wieder ein bisschen besser. Am Elend der andern erheben wir uns.

Die Dramaturgie eines ersten Prozesstages war immer die gleiche. Auch wenn es eigentlich der vierte war. Aber die ersten drei waren vor über sechs Wochen gewesen, und sie mussten, prozessual betrachtet, als ungeschehen behandelt werden. Man fing von vorn an, als wäre nichts gewesen. Denn der Richter schöpft seine Überzeugung aus dem Inbegriff der Hauptverhandlung. Er muss sich erinnern können. Was länger als elf Tage zurückliegt, das vergisst der Richter. Die Prozessordnung traut ihm kein längeres Gedächtnis zu. Es sei denn, eine Hauptverhandlung dauerte mehr als zwanzig Tage. Dann durfte es längere Pausen geben. Weil dann der Richter ein besseres Gedächtnis zu haben hatte. Schlüter hatte diese Regeln nie begriffen, auch wenn er sie beherrschte. Egal, jedenfalls war die Dramaturgie in diesem Theaterstück namens Strafprozess immer die gleiche. Schlüter knurrte in sich hinein. Wieder das martialische Hereinmarschieren der schwarz bekutteten Gessler-Riege, unten das strammstehende dumme Volk. Kein Tell dabei. Fritz Teufel hatte Recht gehabt, beim Satan, als er sich erhob mit den Worten: ›Wenn's denn der Gerechtigkeit dient‹, dachte Schlüter, als er stand und wartete, bis sie saßen. Man erhielt die Erlaubnis, sich zu setzen. Er setzte sich. Jedes Mal wunderte er sich, wie fein diese kleine Erniedrigung auf ihn auch heute noch wirkte, nach zwanzig Jahren Übung, wie sie ihn gefügig machte und unterwürfig. Und wie sie erst auf die wirken musste, die sie neu erlebten. Feststellung der Anwesenden. Dann die Verlesung der Anklageschrift. Kasulke ergriff die Aufgabe des pädagogischen Vorlesens seiner selbst gefertigten Anklageschrift ein zweites Mal mit strengem Ernst und spielte seine kleine Charakterrolle so linkisch, wie er nur konnte. Niemand hörte zu, die einen, weil sie sie kannten, der Angeklagte, weil er dem Bandwurmsatz nicht folgen konnte. Und wohl auch nicht wollte. Belehrung des Angeklagten über sein Recht zu schweigen. Dass er lügen durfte, musste der Verteidiger heimlich sagen, denn er befand sich dann schon im verminten Grenzland zwischen Pflicht zur Parteinahme und Dienst an der Rechtspflege und Wahrheitsfindung. Und schließlich die Aufforderung zur Stellungnahme an den Angeklagten. Hohlmeier war sanfter, seine Stimme nicht schneidig wie sonst; wie mochte es seiner Frau gehen? Allein hatte er gefrühstückt und schlechten Kaffee getrunken nach einer schlechten Nacht. Schlüter stellte heute keinen Antrag, dass der Angeklagte neben ihm sitzen durfte. Es machte keinen Sinn, nach der Flucht. Oder war er nicht in Kämpferlaune? Fehlte es ihm an Zivilcourage und versteckte er das nur? Ach, so bequem sind Ausreden! Und wie viel bequemer erst, wenn es ernst wird ...?

»Hab schon alles gesagt«, murmelte von Borstel hinter ihm. Man konnte ihn kaum verstehen.

»Der Angeklagte möchte nicht Stellung nehmen«, übersetzte Schlüter schnell, bevor Rückfragen kamen.

Nur die Angeklagten, die schuldig waren und trotzdem freigesprochen werden wollten, verweigerten die Aussage. Normalerweise. Alle anderen redeten um eine milde Strafe. Vielleicht würde von Borstel sich noch umstimmen lassen im Laufe der Tage. Denn nichts zu sagen, damit konnte man sich Jahre verdienen. Das Schweigen eines Angeklagten durfte natürlich nicht strafverschärfend wirken; es gab tausend Kommentarstellen dazu, im Dreher, im Schönke-Schröder, sogar im kleinen Lackner stand's. Aber jedem war klar, dass es so war. Dagegen war nichts zu machen, denn anfechtbar im Urteil ist nur das, was drin steht, nicht das, was nicht drin steht. Und niemals würde ein Richter seine Strafzumessung mit dem hartnäckigen Schweigen des Angeklagten begründen, Vulgo schon lange nicht. Seine Revisionsquote war entmutigend gering, an ihm hatte sich schon mancher die Zähne ausgebissen.

Und Kartoffel-Schmidt erst recht nicht. Schlüter sah es an seinen Ohren, die sich gelb und fledermausartig von seinem Kopf spreizten, als wollten sie möglichst weiten Abstand halten vom fettglänzenden Haar. An diesen Ohren würde Schlüter die Jahre ablesen können, die sein Mandant nach der erfolgreichen Flucht bekommen würde. Aber merkwürdig: Von Borstel schien das nicht zu interessieren. Er nahm alles hin wie ein gottesfürchtiger Bauer Hagel und Regen – ruhig und gelassen. Er saß hinter der Barriere, gesenkten Kopfes zwar, aber als sei er Zeuge einer Verhandlung, die einen anderen beträfe, die es nicht wert wäre, ihr aufmerksam zu folgen. Er war ernst, immerhin, aber sein Gesicht wirkte entspannt, fast heiter, dachte Schlüter. Heiterer als meins. Was hatte er getan in den Tagen seiner Flucht?

Man hatte Zeit gewonnen durch die Weigerung des Angeklagten, sich zur Sache zu äußern. Der erste Zeuge war noch nicht da. Wie konnte man die Zeit überbrücken? Indem man den Lebenslauf des Angeklagten »einführte«. Hohlmeier trug ihn aus den Akten vor, mit monotoner Stimme und falscher Betonung, woran man merkte, dass er an etwas anderes dachte, man konnte ihn kaum verstehen, zwischendurch sandte er scharfe Blicke zum Angeklagten. Am 14.03.1954 geboren, Volksschule von 1960 bis 1965 in Hollenfleth. Realschule von 1965 bis 1970 in Hollenfleth. Mittlere Reife. Landwirtschaftslehre, erstes und drittes Lehrjahr zu Hause, zweites Lehrjahr in Altenmoor. Gesellenprüfung 1973. Von da ab Arbeit auf dem Hof in Engelsmoor. Eheschließung mit Erika von Borstel 1980. Geburt des Sohnes Willem 1980. »Stimmt das?«, fragte Hohlmeier jedes Mal scharf und der Angeklagte nickte stumm, ohne aufzublicken. Stationen eines Lebens. Nichts sagend. Aber immerhin, der Lebenslauf war durchgenommen worden wie es sich gehörte, man hatte sich einer lästigen Pflicht entledigt.

Schlüter wusste, wie sinnlos der Versuch gewesen wäre, den Richtern ein Gefühl für dieses Leben zu vermitteln, über das sie zu urteilen hatten, das sich auf den moorigen Schollen und Wiesen im Engelsmoor zugetragen hatte, mit Ausnahme eines einzigen Jahres, das der Angeklagte ein paar Kilometer weiter verbracht hatte. Und der Zeit nach dem 28.10. letzten Jahres natürlich, die er in Hemmstedt in Haft verbracht hatte, unterbrochen von einem dreiwöchigen Aufenthalt in Lüneburg im Landeskrankenhaus zur Begutachtung und weiteren drei Wochen, die niemand rekonstruieren konnte. Bis auf Christa. Schlüter grinste und wurde dann rot. Er hustete, wedelte seinen Schlips zurecht und flegelte sich in seinen Stuhl.

Die Zeugen wurden diesmal streng chronologisch vernommen, die Zeitrechnung begann am Vormittag des 28.10.1984 in der Schmiede in Hollenfleth.

Erster Zeuge.

Bluhm stand auf, als hätte er eine Standarte zu tragen nach siegreicher Schlacht. Sogar ein Doppelkinn hatte er. Er ging, fast ohne die Knie zu knicken, öffnete die schwere Doppeltür des Gerichtssaales und verschwand.

Kurz darauf erschien die krumme Gestalt eines alten Mannes im blauen Drillich. Er ging leicht gebeugt und hatte eine schwarze speckige Schiebermütze auf dem Schädel. Als er der Menschen ansichtig wurde, reihum, nahm er sie ab, nickte knapp und blieb stehen. August von Borstel saß gesenkten Kopfes auf der Sünderbank, aber unter dem Blick des Alten hob er den seinen, und beide trafen sich, eine Viertelsekunde lang blitzte es auf hinter den schmutzigen Gläsern der Hornbrille. Bluhm schloss die Tür wieder.

»Sie sind – äh ...«, der Vorsitzende raschelte mit dem Sitzungsplan, um nachzusehen, »Herr Breuer?«

»Jo«, bestätigte der Alte kurz.

Der Vorsitzende nahm den Zeugen ins Visier, reckte die Schultern, Schlüter hörte, wie es knackte, Vulgo wurde größer, und während er mit langen Fingern über der Tresenkante wedelte, sagte er: »Dann darf ich Sie bitten, etwas näher zu treten, ja bitte, weiter doch ...«

Der alte Schmied blieb störrisch auf halbem Wege stehen, während der Vorsitzende versuchte, ihn mit gespreizten Fingern an unsichtbaren Fäden bis zu dem kleinen Tischchen zu ziehen, hinter dem die Zeugen tief unterhalb des Richtertresens Platz nehmen mussten. Von dort sieht man nur die Haare in den Nasen, dachte Schlüter. Im Kino heißt das Rasiersitz.

»Nein, so geht das nicht, treten Sie doch bitte – dorthin.« Mit geknicktem Zeigefinger wies er abwärts. Die Zeugen mussten bei Vulgo immer genau hinter dem Zeugenstuhl stehen bei der Belehrung. Da war er penibel. Das war Bedingung einer ordnungsgemäßen Belehrung.

Es funkelte wieder hinter den Gläsern des Alten. Der hatte sich schon lange nichts mehr befehlen lassen müssen, merkte Schlüter, jedenfalls nicht in den letzten fünfzig, sechzig Jahren. Immerhin stellte sich der Alte hinter den Zeugenstuhl, verschränkte die Arme und fixierte den Vorsitzenden wie ein Pflugschar vorm Schärfen. Von Borstel war wieder in seine Lethargie versunken.

Vulgo räusperte sich, holte Luft wie vorm Tauchen und rappelte los: »Das Gesetz schreibt mir vor, dass ich Sie über Ihre Wahrheitspflicht belehren muss. Sie müssen wahrheitsgemäß aussagen, dürfen nichts weglassen, was der, ähh, Wahrheit entspricht und zur Sache gehört, und nichts hinzufügen, was der Wahrheit widerspricht, wenn Sie vorsätzlich der Wahrheit zuwider aussagen, können Sie mit einer – Frei-, ääh, -heitsstrafe von mindestens drei Mo...«, hier riss ihn ein orgiastisches Gähnen aus der Routine, »also wenn Sie vorsätzlich die Wahr-, ääh, -heit sagen, müssen Sie mit einer Freiheitsstrafe von drei Monaten rechnen, also mindestens, ähh, ja was ist denn?«

Dr. Hartmann, der Beisitzer auf der rechten Seite, bisher gänzlich unauffällig, hatte mit dem Ellbogen gestoßen und flüsterte hektisch auf den Vorsitzenden ein, die beiden Talare wuchsen konspirativ zusammen hinter dem Richtertisch.

»Ach so, natürlich, Herr ...«, wieder raschelte Vulgo mit den Papieren, »... Bau-, ähh, Herr Breuer, ich bitte um, ähh, Entschuldigung, ähh, also natürlich wenn Sie vorsätzlich die Unwahrheit sagen, müssen Sie mit einer Freiheitsstrafe von drei Monaten rechnen. Und wenn Sie vereidigt werden – Sie können wählen zwischen der weltlichen und der religiösen Eidesformel –, dann wäre die Strafe mindestens ein Jahr, aber auch wenn Sie nicht vorsätzlich die Unwahrheit sagen, nämlich fahrlässig, das heißt, Sie haben nicht genug nachgedacht oder sich nicht genug Mühe gegeben und Sie können erkennen, dass Sie etwas weglassen oder etwas Unwahres hinzufügen, also wenn Sie, mit anderen Worten, fahrlässig falsch aussagen, dann können Sie immerhin mit einer Freiheitsstrafe bis sechs Monate und mit einer Geldstrafe belegt werden. Das müssen Sie bei Ihrer Aussage berücksichtigen. Haben Sie das verstanden?«

»Jo. Nee«, kam die Antwort.

»Was heißt das? Ja oder nein?«, tönte es vom Richtertresen herunter, mit leichter Irritation in der Stimme.

Schlüter wachte aus seinen depressiven Gedanken auf. Das versprach, spannend zu werden.

»Jo, nee, Euer Hochwürden«, kam die Antwort.

Der Vorsitzende reckte wieder knackend die Schultern, wuchs abermals und schnarrte gallig, während er seine parodontösen Zähne entblößte: »Bitte sagen Sie nur Herr Vorsitzender oder Hohes Gericht, wenn Sie wollen, Herr Bau-, ähh, Breuer, das ist völlig ausreichend, ja? Also, haben Sie meine Belehrung verstanden, ja oder nein?«

»Dat is nich so eenfach, Herr Hohes Gericht«, antwortete der Alte, die Hände hinter dem schiefen Rücken, mit einem leichten Tänzeln seiner verschieden langen Beine.

»Herr Vorsitzender *oder* Hohes Gericht, bitte!!«

»Ick bitt jüm üm Nosicht, ober n beten wat kann'n jo licht vertüdeln, wenn'n dat eiaste Mol, wat mitn Kadi to don hett, niwohrni. So foken kummt dat bi mi nich vör.« Das Gesicht des Alten war ruhig und selbstgewiss.

Schlüter beobachtete, wie der Schmied Vulgo mit seinem Blick aufspießte, und freute sich, dass er seitwärts saß, auf dem besten Platz. Die Esse war heiß, die Kohlen glühten. Nun musste das Eisen geschmiedet werden.

»Sagen Sie mal, können Sie uns vielleicht –, können Sie so nett sein und auf Hochdeutsch antworten?«

»Verstot Se keen Platt?«

»Ich, ähh, also, wie bitte?«

»Ha' ick mi dacht«, spuckte der Alte missbilligend aus und wartete, bis sich Vulgo wieder gesammelt hatte.

»Wie bitte?«, schnarrte Vulgo noch einmal.

»Och, nix.« Der Schmied zuckte mit seinen verschieden hohen Schultern. »Ick meen blots, dat schickt sick nich, hiä anne Elv.«

Vulgo bedachte sich einen Augenblick. »Also, ich frage Sie – sind Sie bitte so freundlich, sich der hochdeutschen Sprache zu bedienen?«

»Jo, nee«, war die Antwort.

»Was soll das heißen, dies ›Jo – nee, jo – nee‹, Herr Breuer?!«, fuhr der Vorsitzende auf und sah verstohlen nach der Uhr. Eine steile Falte hatte sich über seiner Nasenwurzel gebildet.

»Tschä«, sagte der Alte langsam, »Houchdütsch kunn ick jo snakken, wenn't nich so upp an köm, ick schall jo de Wohrheit sengn un dor kummt dat jo up schedes Wurt an, up schede Nüangße sotosengn, dat mi keeneen vorkehrt vostoht, niwohrni.«

Vulgo hatte sich vorgebeugt, um besser hören zu können. Sein Gesicht verrenkte sich, weil er die fremden Laute unwillkürlich nachzubilden versuchte.

Der Alte fügte laut hinzu: »Unn datt kannick blauts upp Platt. Unn wenn't noch so läich för jüm is.«

Der Vorsitzende runzelte unschlüssig die Stirn, beugte sich weit nach rechts zu dem offenbar plattdeutschen Schöffen hinüber, Kartoffel-Schmidt bog sich elastisch zurück, es wurde geflüstert, die Stirn des Vorsitzenden glättete sich, ein falsches Lächeln erschien auf seinem Gesicht, das wiederum die gelben Zahnhälse im Oberkiefer freilegte, und mit süßlicher Stimme sagte er: »Ja, also, Herr Breuer, Hochdeutsch verstehen Sie doch, und dann antworten Sie bitte auf Hochdeutsch, Sie erleichtern uns damit ganz erheblich die Arbeit, soweit das also möglich ist, möchte ich Sie ganz herzlich ...«

»Nä, Herr Vörsitzendes Gericht, dat geiht nich, so eenfach is dat nich, Se hebbt dat toierst jo uck in'n Tüdel kregen, Se dröfft dat, obers ick dröff dat nich, bi mi mutt dat bi'n eiasten Mol richtich ween, niwohrni.«

Schlüter spürte Hoffnung auf eine Tasse Tee gemütlich in der Gerbergasse, vielleicht würde er sogar ein paar Seiten Wieland lesen können, während man hier das Problem der plattdeutschen Sprache beraten würde. Er dachte an Vulgos Frau, die im Krankenhaus lag, und der Richter tat ihm Leid. Heute würde Schlüter keinen Befangenheitsantrag zustande bringen. Distanz erleichtert die Kriegsführung, das weiß jeder General, nichts ist schädlicher für die Moral, als wenn der Feind ein menschliches Gesicht hat.

Flüstern am Tresen. Beratung mit dem plattdeutschen Schöffen, vor Schmidts Nase. Schließlich räusperte sich Vulgo. »Wie meinen Sie das, Herr Breuer, in den Tüttel?!«

Der Alte starrte dem Richter immer noch frank ins Gesicht. »Tüdel? Dörch'n'anner – dat will ick jüm sengn, Se hebbt secht, dat ick achter de schwedische Goardinen mutt, wenn ick de Woarheit sech. Se hebbt'n Kuddelmuddel mokt. Unn ick mok keen Kuddelmuddel. Heff ick mien Leefdach noch nich mokt! Unn' dor fang ick vondooch uck nich mit an!« Die Stimme des Alten war wie eine rostige Feile auf einem rostigen Eisen.

Die letzten Worte waren feucht, aber das Gericht blieb trocken; der erste vernünftige Grund dafür, dass die ihren Tresen so hoch machen, dachte Schlüter. Damit der Zeugenspeichel nicht bis ins Richtergesicht reichte.

Die Stimmung war explosiv. Die Lunte brannte.

Schlüter lehnte sich entspannt zurück. Kasulke lag mit dem Oberkörper auf seinem Pult und kniff die Augen zusammen, um der fremdsprachigen Diskussion folgen zu können. Die Sachverständigen lasen in ihren Aufzeichnungen, blätterten hin und her, zwischendurch die Finger befeuchtend, und taten nach Kräften, als ginge sie das alles nichts an.

Vulgo leckte sich die trockenen Lippen. Dann sagte er grimmig: »Das Gericht zieht sich zur Beratung zurück. Fünf Minuten Pause!«

Die Riege stand auf und vollführte das Ritual des Gerichtssaal-Verlassens in geordneter Reihenfolge, von belustigtem Blitzen hinter Breuers schmierigen Brillengläsern verfolgt.

Schlüter drehte sich gähnend zu von Borstel um. Der starrte immer noch auf den Staub zwischen seinen Füßen. Er hatte nichts mitbekommen. Er interessierte sich nicht, er schien abgeschlossen zu haben, aus Gründen, die er, Schlüter, nicht hatte ergründen können. Nun, eine Pause. Für eine Tasse Tee reichte das nicht. Aber was nicht ist, kann noch werden, dachte er.

Bluhm stand ungeduldig neben seinem Tischchen. Die Tür hatte er bereits geöffnet, damit Sachverständige, Zeugen und Verteidiger sich auf dem Flur die Beine vertreten konnten. Er war unzufrieden, dass diese unerhörte Störung des Ablaufs nicht durch den verursacht worden war, von dem er es der Rolle gemäß erwartet hatte: Schlüter, der Verteidiger, der abwesend auf und ab ging. Bis er ihm im Wege stand.

»Na, was meinen Sie?«, flüsterte Bluhm mit wichtiger Miene.

»Nichts. Was soll ich meinen?«

»Na, was er kriegt natürlich«, raunte Bluhm weiter, sichernde Blicke um sich werfend. »Also, wenn Sie mich fragen – sieben Jahre!«

»Sie meinen, dass die Kammer ...«

»Genau«, sagte Bluhm eifrig, allmählich zur Zimmerlautstärke hochdrehend, »wegen Totschlags. Mord macht der nicht. Bei dem nicht«, Blick zur Angeklagtenbank, die leer war, Olpe hatte den Delinquenten ins Nebenzimmer eskortiert, »aber sieben Jahre bestimmt.«

Es hupte durchdringend auf dem Flur. Das Zeichen zur Fortsetzung.

Fünfzehn Minuten hatten sie gebraucht. Als sie wieder saßen, murmelte Vulgo ergeben: »Die Verhandlung wird fortgesetzt ...« Er lächelte maliziös, räusperte sich und fuhr umständlich fort: »Also, Herr Breuer, ich möchte mich, ähm«, mit hochgereckten Schultern und eingezogenem Kopf warf er schnelle Blicke nach rechts und links zu seinen Beisitzern, »also ich möchte mich für mein Versehen bei der Zeugenbelehrung bei Ihnen – ähm, also – entschuldigen und versichere Ihnen, dass ich es nicht wieder, also, wenn ich Sie nun bitte, doch höflichst auf Hochdeutsch, wenn also ...«

»Wenn de Hund nich scheten har, har he'n Hosen

hatt!«, spuckte ihm der Schmied dazwischen, packte die Stuhllehne vor ihm, zog den Stuhl langsam unter dem Zeugentischchen heraus und nahm umständlich darauf Platz, den Blick auf den Richter geheftet. Er faltete seine Hände und legte sie auf den Tisch, zwei alte, rußige Fäuste, die schon mit ganz anderen Dingen fertig geworden waren als mit diesen eingebildeten jungen Klugscheißern, die kein Platt verstanden und glaubten, sie könnten die Wahrheit mit Hoch herausbekommen.

Der Vorsitzende schwieg. Blickte wieder kurz nach rechts und links. Stand mit einem Ruck auf. »Unterbrechung für eine Stunde!«

Alle standen auf. Das Gericht verließ den Gerichtssaal in der gewohnten Formation. Der Angeklagte blieb sitzen – genau wie Schlüter, aus Solidarität. Er tat, als läse er in seinen Akten. Für eine Tasse Tee in der Gerbergasse würde es reichen, für Wieland nicht. Wann würde er Zeit finden, diese zwanzigbändige Ausgabe zu lesen, für die er keinen Platz in seinem Regal hatte?

Auch der Alte war sitzen geblieben. Er hatte Zeit, wenn es sein musste, bis zum Jüngsten Tag. Er lächelte mit den Augen.

»Wenn se mi nich versteiht, worüm schall ick jüm verstohn?«, sagte er halblaut, erhob sich nun doch und ging linkisch und wie in sich versunken zur Tür, öffnete sie unter Bluhms misstrauischem Blick und war verschwunden.

Mit hängenden Schultern verließ Schlüter den Schwurgerichtssaal, machte einen großen Bogen um Bluhm, damit die kostbare Pause nicht einem Gespräch mit ihm zum Opfer fallen würde, ging langsam die gewendelte Treppe hinab und verließ das Gerichtsgebäude.

Sie hatten tatsächlich einen aufgetrieben. Und das in der kurzen Zeit! Vulgo ließ sich nicht austricksen. Schlüter hatte des Öfteren von seinem Organisationstalent gehört. Einen Dolmetscher für die plattdeutsche Sprache.

Oder vielmehr: eine Dolmetscherin. Die Frau des Schulrektors von der kleinen Dorfschule in Hollenfleth-Bassel. Sie schrieb plattdeutsche Kolumnen für das Hemmstedter Tageblatt und reiste auf Silberhochzeiten und Betriebsfesten herum, um sie auch noch zu erzählen. Wieso kam diese Sprache eigentlich nicht aus dem Döntjes-Loch heraus? Die Zeiten von Kinau waren endgültig vorbei, dachte Schlüter.

Immerhin war die Dolmetscherin nicht öffentlich vereidigt. Das ließ für die Revision hoffen. Öffentlich Vereidigte für Plattdeutsch gab es offensichtlich nicht. Nachdem der Vorsitzende die Dolmetscherin protokollarisch vorgestellt hatte, raffte sich Schlüter auf und rügte, dass sie keine ordentliche Übersetzerin sei, weil sie nicht öffentlich vereidigt war. Entrüstet kehrte sie ihm ihre ordentliche Silberfrisur zu und strafte ihn mit einem ehrlichen Beamtenblick. Seine Rüge wurde protokollarisch zurückgewiesen. Der Rest war Schlüter egal. Jetzt kam es darauf an, was der alte Schmied zu sagen hatte.

»Sie heißen Johann Breuer?«

Die Dometscherin übersetzte: »Se het Johann Breuer?«

»Jo!«

»Sie wohnen in Hollenfleth, Hollenflether Straße 29?«

Die Dometscherin übersetzte.

Der Schmied wandte sich ihr zu und sagte: »Jo!«

»Wenn Sie bitte so freundlich sein wollen und dem Gericht antworten, Herr Breuer«, schulmeisterte Vulgo sofort. Die Dometscherin übersetzte.

»Wenn se't wöt!«, sagte er zur Dolmetscherin.

»Wie alt sind Sie?«

»Negenundtwindigsten veerten fief.«

Die Dolmetscherin übersetzte: »Neunundzwanzigsten vierten fünf.«

»Sagen Sie uns bitte Ihr Alter in vollendeten Jahren.«

Die Dolmetscherin übersetzte.

»Wotau datt denn?«

Vulgo schwoll der Kamm: »Wenn Sie bitte die Freundlichkeit haben wollen, zu berücksichtigen, dass nicht Sie, sondern ich die Fragen stelle!«

»Könt Se nich reken?«

Der plattdeutsche Schöffe warf einen besorgten Seitenblick auf seinen Vorsitzenden.

Breuer holte Luft und sagte: »Tachentich!«

»Achtzig«, übersetzte die Dolmetscherin.

»Ihr Beruf?«

»Grovvsmed!«

»Grobschmied«, übersetzte die Dolmetscherin.

»Ich meine nicht den gelernten Beruf, sondern den ausgeübten«, sagte Hohlmeier.

»Ick sech – Grovvsmed!«

»Sie – üben Ihren Beruf noch aus?«

»Noch?« Die raue Stimme des Alten kratzte kehlig. »Wenn ick Grovvsmed sech, denn bünn ick Grovvsmed und sünns nix!«

Die Dolmetscherin übersetzte.

»Also«, sagte Hohlmeier, »soll das heißen, dass Sie Ihren Beruf ausüben, ja oder nein?«

Pause. Der Alte schwieg und vernichtete den Vorsitzenden mit seinem Blick.

»Herr Breuer, wollen Sie mir auf meine Frage antworten?«

Die Dolmetscherin übersetzte.

Der Schmied wandte sich ihr wieder zu und spuckte: »Wo foken schall ick denn Keil antern, un dat blots för't Passlatang, hä?«

Die Dolmetscherin übersetzte: »Wie oft soll ich – ähm – dem K..., dem Kerl antworten, und das bloß für ...?«

Vulgo wuchs hinter seinem Tisch und lehnte sich über die Kante. Bevor er loslegen konnte, zupfte ihn Kartoffel-Schmidt an der Kutte. Vulgo fiel in seinen Sessel zurück und sie flüsterten. Sie merkten nicht, wie der alte Schmied die Dolmetscherin angrinste, die rot geworden war.

»Mann, ick heff keen Tiet, ick mutt anne Arbeit!«

»Johann Breuer, achtzig Jahre alt, wohnhaft Hollenfleth, von Beruf Grobschmied«, diktierte Vulgo ergeben der Protokollantin. Dann begann er mit seiner Zeugenbelehrung, die Stück für Stück übersetzt wurde. Der Schmied nickte wohlwollend und legte seine rußigen Fäuste auf das Tischchen.

Vulgo hatte vergessen, ihn zu fragen, ob er mit dem Angeklagten verwandt oder verschwägert sei. Keiner hatte etwas gemerkt. Ob das was für die Revision war? Man konnte nie wissen! Revisionsrecht ist unberechenbar, dachte Schlüter. Du kannst ein Urteil knicken mit einem vergessenen Stempel. Aber ob es falsch ist, darauf kommt es nicht an.

Endlich erzählte der alte Schmied, wie der Angeklagte am Tattag in seine Schmiede gekommen war, um seine reparierte Schaufel zu holen. Und dann hatte er noch ein Messer gekauft, Marke Augur, zu DM 25,70.

»Hat er etwas dazu gesagt?« Hett he wat dorto seggt?

»Jowoll.«

Schlüter beugte sich gespannt vor.

Der Schmied ließ sich Zeit mit der Antwort. Seine Fäuste lagen unbeweglich auf dem Tischchen, ineinander verschränkt wie eine Skulptur. Es war still im Gerichtssaal. Eigentlich gab es immer irgendwelche Geräusche: Rascheln von Papier, Hüsteln, Füßescharren. Alle Geräusche waren wie in einem Brunnen versunken. Die Zeit hielt den Atem an.

Schließlich sagte der alte Mann: »He hett seggt, he wull sin Keu de Klatten vun'n Steert afsnien.«

Der Alte lehnte sich bequem in seinem Zeugenstuhl zurück. Die Lehne knarrte. Kasulke scharrte mit seinen Füßen unter dem Tisch. Der Dicke von der 800-Worte-Zeitung hüstelte. Die Zeit verstrich.

Den Dreck von den Kuhschwänzen abschneiden? Schlüter blätterte in seinem Aktenauszug. Das hatte der Alte bei der Vernehmung durch die Polizei nicht gesagt. Warum nicht? Hatte von Borstel sich das Messer nicht gekauft, um damit zu töten? Oder hatte er dem Schmied nur eine Erklärung geben wollen, weil er geplant hatte, damit zu töten? Oder wollte der alte Schalk dem Angeklagten helfen?

Ob der Angeklagte normal gewirkt habe, oder ob sein Verhalten irgendwie besonders gewesen sei? Nein. Alkohol? Bestimmt nicht, nä.

Vulgo fragte, ob noch jemand Fragen habe. Kasulke hatte eine Frage. Vulgos unwirscher Blick traf den Staatsanwalt. Fragen anderer störten den Ablauf des Prozesses: »Sagen Sie, Herr Breuer, ich halte Ihnen Ihre Aussage bei der Polizei am, äh, 3.11. vor – Blatt 95 der Akte, Herr Vorsitzender – da haben Sie davon aber nichts gesagt, dass der Angeklagte ...«

»De kunn'n jo keen Plattdütsch, unn denn hevvick woll nich allen's verstohn!«

Ende der Durchsage. Sie vergaßen, die Dolmetscherin übersetzen zu lassen, und sie fragten nicht, warum der Alte antwortete, ohne auf Plattdeutsch gefragt worden zu sein.

Noch Fragen? Allseitiges Kopfschütteln. Können wir den Zeugen entlassen? Allseitiges Kopfnicken. »Der Zeuge wird um 12 Uhr 20 gemäß § 63 Ziffer 5 StPO unvereidigt entlassen.«

Linkisch und mit leicht kreisendem Bein verließ der Alte den Saal, niemanden eines Blickes würdigend. Bluhm schloss die Tür hinter ihm und blieb erwartungsvoll stehen. Die Protokollführerin stempelte gleichgültig, setzte die Uhrzeit mit Kugelschreiber ein und nahm unter dem Tisch ihr Strickzeug wieder auf. Die hatte keine Sorgen.

Mittagspause. Schlüter schlenderte durch die Stadt, vorbei am Buchladen, in dem er den Wieland erstanden hatte, zur Gerbergasse. Eine Stunde allein, ein Geschenk. Ein Brot mit Spiegelei, zwei große Tassen Tee, ein bisschen Wieland, Aristipp, zu wenig, um hineinzukommen. Fortsetzung um 14 Uhr.

Als er fünf Minuten vor der Zeit die gewundene Treppe zum Schwurgerichtssaal hochstieg, waren die

Zeugen für den Nachmittag schon im Warteraum versammelt: der Arzt, der Rettungssanitäter und der Polizist. Wie hieß er noch? Ach ja, Schäfer. Mit der Frau, die sich scheiden lassen wollte.

Schlüter hatte den Scheidungsantrag neulich stellen müssen, obwohl das Trennungsjahr noch nicht abgelaufen war. Wegen der unmöglichen Türen, um die sich der Mann nicht gekümmert hatte. Die Frau hatte ihn so lange bedrängt, bis Schlüter nachgegeben hatte; egal: Das Gericht würde die Sache so lange unbearbeitet liegen lassen, bis das Trennungsjahr abgelaufen war. Schlüter sah sich den Zeugen an. Groß, breitschultrig, blaue Backen wegen starken Bartwuchses, ein richtiger Kerl, auch noch in Lederjacke und mit grimmigem Gesichtsausdruck. Um den Polizisten herum lief der Arzt, mit gewitterleuchtenden Gesichtszuckungen und in Selbstgespräche vertieft. Wie war das gewesen? Schlüter fiel wieder ein, was die Frau des Polizisten ihm an jenem Nachmittag erzählt hatte, als er keine Lust hatte, Scheidungsarien zu hören: Der Polizist hatte, einem angeblichen Bankräuber auf der Spur, seinen Dienstwagen in einem Fleet versenkt und sich dabei ein Bein gebrochen, und seitdem sei er nicht mehr derselbe gewesen; war aushäusig geworden, und wenn er denn kam, roch er nach Vanille und ... Katzenduft ... Katzengestank! Schlüter wurde unheimlich zumute. Vanille und Katzenduft, das war doch ...!

»Guten Tag!«, sagte er.

»Tach«, murmelte der Polizist schlecht gelaunt, sah kaum auf. Bleich war er unter den Bartstoppeln.

»Na, wie sieht's aus mit der Rechtspflege in Großenborstel?«, fragte Schlüter aufgeräumt.

Der Polizist schreckte aus seinen Gedanken hoch, versuchte zu lächeln. Der Arzt wirkte abwesend und wuselte aus dem Wartezimmer heraus, setzte seine planetenhafte Kreiserei im Flur fort, diesmal den Rettungssanitäter als Mittelpunkt nutzend, indem er eine Ellipse zog zwischen der Tür zum Schwurgerichtssaal, dem Treppenabsatz und dem Geländer. Anwalt und Polizist waren allein, für einen Augenblick. Sie standen beide vor dem Fenster. Draußen der neblige Innenhof, ummauert von Amtsgericht, Staatsanwaltschaft und Schwurgerichtstrakt.

»Schreibt Ihr Kollege immer noch so lustige Berichte?«, fragte Schlüter, so harmlos wie möglich. Der Polizist war irritiert und hatte ein Fragezeichen im Gesicht. »Den Nagel meine ich – in der Sache mit dem, na, Sie wissen schon – da hat er eine geniale Randbemerkung zum Geständnis des Täters gemacht, dass er die Geschädigte gepoppt habe, nämlich dass ›poppen‹ der umgangssprachliche Ausdruck für ›ficken‹ sei.« Schlüter musste lachen.

Aber der Polizist hatte keinen Humor und starrte unverwandt in den Innenhof. Na gut.

»Ich soll Sie schön von Frau Kalde grüßen ...«, fügte Schlüter wie beiläufig hinzu und öffnete eines der Fenster, um seine Spannung loszuwerden.

Es wirkte sofort. Der Mann warf seinen Kopf herum und sah ihn aus großen Augen an. Ein Schreck war drin, ein großer Schreck.

Es schnarrte im Flur, dreimal und durchdringend, das schnitt dem Polizisten jede Antwort ab.

»Bis gleich«, sagte Schlüter mit einer wohl dosierten Spur Schärfe in der Stimme, bevor er hinüberschlenderte, mit den Händen auf dem Rücken, Verspannung verbergend.

Stehen bleiben, setzen. Zeugenbelehrung, diesmal betont langsam. Unruhig fuhr die Zunge des Vorsitzenden umher.

Die Verhandlung wurde fortgesetzt mit der Vernehmung des Zeugen Dr. Dewald. Er schilderte den Vorfall, wie es in der Akte nachzulesen war von seiner Vernehmung vor der Polizei. Wie er die Tote gefunden hatte. Seine Feststellungen zur Festigkeit des Blutes und der Körperwärme.

»Haben Sie die Rektaltemperatur gemessen?«, fragte

der gerichtsmedizinische Sachverständige; sein Gesicht war von Lachfalten durchzogen.

Nein, er hatte die Rektaltemperatur nicht gemessen, aber sicher würde er es das nächste Mal tun, wenn er einen Toten finden würde, da – hier ergriff der Sachverständige wieder das Wort – diese Temperatur, »wenn ich mir diese Bemerkung gestatten darf, Herr Kollege, ist so außerordentlich wichtig für die Feststellung des Todeszeitpunktes.« Er sagte es sehr freundlich und nickte väterlich dem gesichtszuckenden Kollegen vom Lande zu. Und wie das Blut ausgesehen habe, das unter dem Hals der Toten war? War es hellrot, dunkelrot, etwa schon fest? Es war dunkelrot und schon fest. Die Tote habe sich kalt angefühlt, nicht ganz kalt, aber deutlich kühler. Dewald formulierte trocken und distanziert, er erwähnte, dass der Schnitt durch die Kehle scharf wie eine Operationswunde ausgesehen habe, er habe sich gewundert, mit welchem Werkzeug sie durchschnitten worden sei. Das Grölen aus der Melkkammer, der Angeklagte habe stark alkoholisiert gewirkt, sein rotes Gesicht, die eckigen Bewegungen. Der Sachverständige aus Göttingen und der onkelhafte Gerichtsmediziner aus Hamburg notierten eifrig. Die genaue Uhrzeit, als er den Angeklagten antraf? 16.45 Uhr auf dem Hof, vielleicht fünf Minuten später, möglich auch sieben oder acht. Die Grunddaten für die Berechnung des Trinkbeginns und des Todeszeitpunktes wurden gesammelt. Hatte der Angeklagte vor der Tat oder nach der Tat getrunken? Paragraph 21 stand auf dem Prüfstand, die eingeschränkte Schuldfähigkeit, die alkoholbedingte nicht auszuschließende Minderung der Steuerungsfähigkeit. Dafür war der Todeszeitpunkt von Bedeutung. Wenn sich der nicht genau festlegen ließ, würde man in dubio vom Trinkbeginn vor der Tat ausgehen. Damit wäre dann das Lebenslänglich vom Tisch. Diese Strafe, vor deren Verhängung sich jeder Richter sträubte. Aber zuvor war noch die ›actio libera in causa‹, die vorverlegte Verantwortlichkeit aus dem Weg zu räumen, das mögliche Mutantrinken für die Tat, das der Täter voll verantworten musste, auch wenn er die Tat selbst dann im Zustand verminderter Schuldfähigkeit begangen hatte. Die Juristen hatten schon ein feines Netz ausgelegt, damit keiner seiner gerechten Strafe entging. Die Konstruktion der vorverlegten Verantwortlichkeit war besonders geeignet, die Willkür unbemerkt von der blinden Justitia frech im Gerichtssaal umherspazieren zu lassen. Denn ob ein Angeklagter sich im Bewusstsein späterer möglicher Straftaten betrunken oder ob er beim Trinkbeginn einfach an nichts gedacht hatte außer an den nächsten Schluck – wer konnte das schon sagen außer dem allwissenden Richter?

Das Lebenslänglich war erst dann vom Tisch, wenn der Mord vom Tisch war – wenn der Polizist seine Aussage nicht aufrechterhielt, dass sich von Borstel bei der Festnahme über die Befreiung von Unterhaltsschulden gefreut habe. Mehr konnte Schlüter nicht tun.

Dr. Dewald wurde gebeten, auf einem der Zuschauerstühle Platz zu nehmen.

Der Polizist: Gesenkten Blickes betrat er den Gerichtssaal. Ewald Schäfer, 43 Jahre alt, wohnhaft in Großenborstel, von Beruf Polizeiobermeister, nicht verwandt und nicht verschwägert. Mit knarrender Lederjacke nahm er auf dem Zeugenstühlchen den Rasiersitz ein. Hohlmeier forderte ihn auf, seine Wahrnehmungen vom Tattag zu schildern.

Schäfer hielt sich streng an sein Protokoll. Wie er den Angeklagten im Melkstand antraf. Er sang. Wie er gesungen habe?

»Falsch«, antwortete Schäfer.

»Ich meine – wie? Bitte!«

»Falsch!«

»Nein doch! Ich meine: Wie hat er gesungen, also auf welche Art?«

»Ja eben. Er sang völlig falsch. Es gibt kein Bier auf Hawaii ...«

Raunen bei den Zuschauern. Dewald grinste gequält und schnippte rhythmisch mit den Fingern, die Schultern im imaginären Tanzschritt wiegend. Die Sachverständigen warfen missbilligende Blicke. Hohlmeier sah sich Hilfe suchend um.

»Paul Kuhn!«, rief Dewald von der Zuschauerreihe her. Hohlmeier wollte sich aufblasen, aber Kasulke rief plötzlich, wie gegen seinen Willen: »Stimmt!«, wurde rot und ließ seinen Kopf zwischen den Schultern versinken.

Irritiert forderte der Vorsitzende Schäfer auf fortzufahren. Ja, er habe sich nicht festnehmen lassen wollen, aber er habe ihn dann doch festgenommen, und der Angeklagte habe ihn getreten. »Draußen, meine ich.«

Schlüter legte sich provozierend gemütlich in seinem Stuhl zurecht und fixierte die linke Gesichtshälfte des Zeugen.

Ob er sich noch genau erinnern könne an die Festnahme im Stall?

Schlüter hustete laut. Schäfer warf ihm einen unsicheren Blick zu und antwortete: »Ja. Doch.«

Schlüter fixierte weiter die linke Gesichtshälfte des Polizisten, dessen Backenmuskeln mahlten.

Hohlmeier wühlte in seiner Akte. Dann räusperte er sich und hielt dem Zeugen seinen Bericht vor. Ob er sich erinnere? Hohlmeier formulierte, den Verteidiger vorsichtig mit dem Blick streifend. Jeder Strafrichter wusste, was er riskierte, wenn er einem Zeugen eine Aussage in den Mund legte: einen berechtigten Befangenheitsantrag. Jeder durchgegangene Befangenheitsantrag war ein Fleck an der Weste. Also musste man neutral formulieren: Ob sich der Zeuge an das, was er in seinem Bericht niedergelegt habe, erinnern könne, ob es der Wahrheit entspreche oder nicht?

Schlüter spürte, wie bei Kartoffel-Schmidt und Dr. Hartmann die Spannung stieg. Sie wussten genau, dass ihr Vorsitzender die Kernfrage gestellt hatte, und sie wussten, dass Schlüter es wusste, und sie wussten, dass er auch wusste, dass sie es wussten. Schlüter brannte ein Loch in die Backe des Polizisten und räusperte sich bedrohlich.

»Ich erinnere mich nicht.«

Unvermeidlich, dem Polizisten das Protokoll vorzuhalten, wie es in der Gerichtssprache hieß. Als würde man einen Spiegel vorhalten.

Vulgo las vor: »Er rief mir zu, jetzt sei die Frau endlich weg, jetzt könne sie den Hof nicht mehr ruinieren mit ihrer Geldgier. Jetzt habe er sich ihre Geldgier vom Halse geschafft.«

Unsicher flackerte der Blick des Polizisten an der Tresenwand umher. Er rieb sich die Stirn, betrachtete seine Handfläche.

»Mhh – irgendwie, also ... daran kann ich mich nicht erinnern ...«, sagte er.

»Hat er überhaupt was gesagt?«

»Oder hat er was gesungen?«, fragte Schlüter dazwischen.

Der Zeuge zuckte herum.

»Keine Zwischenfragen, bitte«, verfügte Vulgo, »Sie kommen gleich dran!«

Herrlich, wie es funktionierte. Der Polizist hatte Zeit gehabt, sich zu sammeln.

Jetzt wurde es brenzlig. Wenn Schäfer die Frage des Gerichts mit ja beantworten würde, könnte es seinen schriftlichen Bericht dem Urteil zugrunde legen, weil er sich so kurz nach dem Vorfall besser habe erinnern können. Ein alter Trick, Aussagen, die die Anklage nicht ausreichend stützten, verurteilungsgerecht aufzuwerten.

Schlüter lehnte schräg in seinem Stuhl und hatte die Augenlider halb geschlossen.

Als sich die Aufmerksamkeit wieder auf den Polizisten konzentrierte, sagte der: »Jedenfalls hat er gesungen, das weiß ich, auch nachher im Stall hat er noch gesungen, aber ob er noch was gesagt hat, nein, also ...« Der Zeuge holte tief Luft und setzte hinzu: »Das Ereignis liegt nun schon bald ein Jahr zurück, ich kann mich nicht erinnern, dass der Angeklagte diese Worte gesagt hat!«

Jetzt musste die berühmte Frage kommen, und sie kam: »Herr Schäfer, wenn Sie Berichte machen, schreiben Sie dann normalerweise auf, was Sie gesehen und gehört haben, oder nicht?«

»Ja, natürlich.« Das war immer noch eine halbe Bestätigung.

»Aber an die Worte, die der Angeklagte laut Ihrem Bericht gesagt hat und die ich Ihnen vorgehalten habe, an die können Sie sich nicht erinnern?«

»Nein.«

»Noch Fragen?« Hohlmeier blickte in die Runde, wobei er jeweils einen halben Augenaufschlag lang beim Staatsanwalt, bei den Sachverständigen und bei Schlüter anhielt.

Schlüter setzte sich kerzengerade hin und lehnte sich dann weit über seinen Tisch, um die mühselig errichtete Notbrücke des Gerichts zu zerstören: »Herr Schäfer, Sie erinnern sich sicher an den Stall, in dem Sie den Angeklagten festgenommen haben. War es dort nicht sehr laut?«

»Ja. Die Kühe haben gebrüllt wie wahnsinnig und sind herumgerast.«

»Herr Schäfer, können Sie unter diesen Umständen ausschließen, dass Sie – gehen wir einmal davon aus, Sie haben sich an diese Worte seinerzeit erinnert – sie falsch verstanden haben?«

Der Zeuge hatte sich zur Seite gedreht und sah dem Verteidiger jetzt ins Gesicht. »Nein. Das kann ich nicht«, sagte er.

Mit einem zuckenden Blick bat er um Zustimmung. Die sollte er kriegen.

Schlüter erhob sich, ohne zu fragen, und stellte den Antrag, die Aussage des Zeugen, er könne sich nicht erinnern, ob der Angeklagte etwas gerufen oder gesagt habe, und dass es nicht auszuschließen sei, dass er etwas falsch verstanden habe, wörtlich zu protokollieren. Vulgo strich mit seinen langen Fingern seine Papiere glatt, um dann zu verkünden, der Antrag des Verteidigers sei abgelehnt, er könne ihn auch allein ablehnen, da es kein die Entscheidung vorbereitender Beschluss sei. Schlüter lächelte verbindlich und beantragte die Unterbrechung der Verhandlung.

»Wozu das denn, Herr Verteidiger?«

»Ich möchte den Herrn Vorsitzenden wegen der Besorgnis der Befangenheit ablehnen.« Schlüter konnte plötzlich nicht mehr lächeln.

Er bekam seine Pause. Schlüter würde die Aussage des Zeugen wörtlich zum Bestandteil seines Befangenheitsantrages machen, der als Anlage zum Protokoll genommen werden würde. Es war die einzige Möglichkeit, sie doch ins Protokoll zu bekommen. Denn im Ablehnungsbeschluss würde das Gericht die Aussage indirekt bestätigen. Eine andere Interpretation war nicht mehr möglich. So umständlich war das.

Während Schlüter schrieb, wurde ihm klar, dass er seinen halben Beschluss, den Vorsitzenden zu schonen, vergessen hatte; unwillig schob er den Gedanken an die private Begegnung mit dem Richter vor dem Krankenhaus beiseite. Aber er schämte sich ein bisschen. Vielleicht war Hohlmeier ja ganz nett? Aber man musste sich auf Distanz halten. Sonst konnte man diese Art der Kriegsführung moralisch nicht verkraften. Und Krieg musste sein, das war Schlüter von Borstel und seiner Berufsehre schuldig. Und dem Richter ging es wahrscheinlich genauso, nur umgekehrt. Man macht sich gegenseitig das Leben schwer und nennt es Strafprozess, fluchte Schlüter still in sich hinein, während er unterschrieb. Es war eklig. Man musste damit aufhören.

Natürlich lehnten sie den Antrag ab. Aber das sollten sie ja auch. Schlüter war zufrieden und ärgerte sich gleichzeitig.

Und dann war der erste Prozesstag zu Ende.

Es lohnte sich nicht mehr, ins Büro zu gehen. Er würde gleich in die Gerbergasse wandern, sich einen Tee machen, sich Wieland vornehmen und auf Christa warten.

Während der Tee zog, fiel sein Blick auf die Tageszeitung, die Christa morgens auf dem Küchentisch hatte liegen lassen.

Landwirt schwer verletzt
Gestern ist der Landwirt Klaus-H. R. aus Hollenfleth-Engelsmoor bei einem Unfall schwer verletzt worden. Beim Mähen sackte sein Schlepper in ein Moorloch, überschlug sich und begrub seinen Fahrer unter sich. Das Moorloch soll von einem Flugzeugabsturz kurz vor Ende des Zweiten Weltkriegs stammen. Der Fahrer schwebt in Lebensgefahr.

Langsam ließ sich Schlüter auf den Küchenstuhl sinken.

»Ein heiliger Ort. Besondere Kraft«, murmelte er. Er begann zu frieren.

»Du fängst wohl auch schon an, meschugge zu werden«, lachte Christa nur, als er ihr die Sache später erzählte.

»Ich bin nicht meschugge«, widersprach Schlüter bissig. »Du hättest die Kalde sehen sollen, wie sie auf den Rathjens schimpfte, und diese Augen!«

»Ja, meinst du, sie hat ihn da reingelockt? Wie denn? Mit Hilfe böser Geister, oder wie?«

»Wer weiß?«, brummelte Schlüter. »Was verstehen wir schon davon?«

XVIII.

Schlüter stand vor der Tür zur U-Haft-Anstalt und klingelte. Wieder mal. Von Borstel hatte ihn angerufen. Ob er noch einmal kommen könne. Schlüter fühlte sich wie ein Lakai.

Sein Blick blieb in den tiefen Fugen der Sandsteinquader hängen, wanderte dann hoch an der vierstöckigen Fassade des Rundturmes zwischen Amts- und Landgericht zu den vergitterten Fenstern. Sie sahen so tot aus wie das Leben der Menschen, die dahinter eingeschlossen waren.

Hinten schepperte es. Seine Tasche hatte Schlüter nicht dabei. Er würde sie nicht brauchen. Er hatte nur diese merkwürdige Postkarte eingesteckt, die an ihn adressiert war, aber mit *Mein lieber August von Borstel!* anfing, in einer feinen, schmalen Handschrift. Es war eine französische Briefmarke drauf und ein verschmierter Stempel. Die Unterschrift konnte man nicht entziffern.

Panke sperrte die Tür auf.

»Morjen, Herr Rechtsanwalt, wen wolnn Se? Den von Borstel? Is doch fertich, die Sache, Mönsch.« Panke war zufrieden mit sich und der Welt.

Wie macht der das bloß, dachte Schlüter und fühlte Neid. Dass man sich in seinem Winkel wohl fühlt, wie macht man das? Dann fiel ihm auf, dass Panke an der Nase, in der Grube zur Backe, eine unförmige Warze hatte. Auf der Backe waren noch ein paar kleine Kinder. Na, irgendwo muss es dann ja wohl doch raus, dachte Schlüter.

»Wie geht's?«, fragte er unwillkürlich.

»Na ja, juut ehm, wa«, sagte Panke.

»Sagen Sie mal, Herr Panke, wie lange sind Sie hier eigentlich schon?«

»Dreinzwanzich Jahre, Herr Rechtsanwalt«, sagte Panke. Seine Warze scheuerte beim Sprechen an der Backe. Er hatte den Blick niedergeschlagen.

»Ganz schön lange Zeit. Länger als lebenslänglich.«

»Dat sahng Se ma«, sagte Panke. Er stieß den Schlüssel mit den zwei Bärten für die Außentür ins Lederfutteral an seinem Gürtel und drehte sich um, um von Borstel zu holen.

»Ich dachte, ich müsste doch noch mal mit Ihnen reden«, eröffnete von Borstel.

»Und ...?«

»Tja, also ...«

Sie schwiegen eine Weile, während von Borstel sein zerknautschtes Tabakpäckchen aus der Hemdtasche zog und zu drehen begann. Nachdem er den Tabak über den Tisch geschoben hatte, sagte er: »Ich hab da mal 'ne Frage ...«

Aber er wartete, bis Schlüter fertig gedreht hatte und beide ihre Stängel in Brand gesetzt hatten. Friedenspfeife, dachte Schlüter, wir rauchen die Friedenspfeife.

Zögernd fing von Borstel an: »Da ist einer, der hat mich was gefragt. Und der hat keinen Anwalt noch nicht. Und da hab ich ihm gesagt, ich würde Sie das fragen.«

»Fragen Sie!«

»Wir haben doch, Paul sagt das zumindest, also der Clever, Sie wissen schon –«, Schlüter nickte, »– dass wir ein Schuldstrafrecht haben, das stimmt doch?«

»Ja.«

»Die Strafe richtet sich also nach der Schuld. Je höher die Schuld, desto höher die Strafe.«

»Richtig.«

»Und wonach richtet sich die Höhe der Schuld?«, fragte von Borstel.

»Nach der Tat. Nach dem, was man gemacht hat. Hauptsächlich jedenfalls. Je größer das Verbrechen, desto größer die Schuld.«

»Das kann man dann also sehen, oder? Ist das was rein Äußerliches?«

»Nach den Grundsätzen des Strafrecht im Wesentlichen, ja.«

»Aber Schuld – das ist doch auch was Persönliches, also was nicht äußerlich ist!«, wandte von Borstel eifrig ein.

»Natürlich, das Motiv wird bestraft, die Beweggründe. Beim Mord ist das klar. Niedrige Beweggründe machen einen Totschlag zum Mord. Deswegen sind Sie ja auch nur wegen Totschlags verurteilt worden, und auch nur zu sieben Jahren.«

Von Borstel schwieg ein bisschen, dann wurde er wieder unruhig und sagte: »Ich meine noch etwas anderes. Es ist schwer auszudrücken. Aber ich hab's mir überlegt. Verdienst. Das ist doch das Gegenteil von Schuld. Bei Schuld hat man was Schlechtes getan, man wird dafür bestraft. Wenn man was Gutes tut, ist das ein Verdienst, man wird dafür belohnt, also nicht, dass man direkt was dafür kriegt, aber man wird vielleicht gelobt oder so. Sagen wir mal – es spendet jemand eine Million für die hungernden Kinder, wie groß ist sein Verdienst – eine Million groß, oder kommt es noch auf was anderes an?«, fragte er gespannt.

»Mhh.« Schlüter dachte nach und saugte an der halbkalten Selbstgedrehten. »Ja, doch. Also für mich kommt es darauf an: Ist dieser Mensch ein Multimillionär, der jeden Monat ein paar neue Millionen verdient, oder hat er sein ganzes Leben gerackert und spendet jetzt sein ganzes Leben? Der zweite hat ein viel größeres Verdienst. Obwohl es für die hungernden Kinder natürlich egal ist.«

Von Borstel nickte mehrmals: »Genau! Das Äußerliche, also das was passiert, ist genau gleich. Es werden soundso viele Kinder vorm Hungertod gerettet. Trotzdem ist das Verdienst bei dem, der für seine Spende wer weiß wie gerackert hat, viel größer!«

»Ja«, stimmte Schlüter zu und fragte sich, was das Gespräch sollte.

»So«, sagte von Borstel fest, als habe er einen Beschluss gefasst, und er sah Schlüter über den mit grünem Linoleum belegten Holztisch lange an. »Und nun nehmen wir mal an, der, der sein ganzes Leben gerackert hat und der die Million für die hungernden Kinder spenden will, dass der sein Geld in einem Koffer von der Bank holt, um es meinetwegen Brot für die Welt zu bringen, und es wird ihm unterwegs geklaut.

Das Geld ist weg. Für immer. Wie groß ist sein Verdienst dann?«

Die weich gewordenen Hände des Mannes fingerten mit dem Tabaksbeutel herum. Schlüter dachte nach. Was stellte der für Fragen?

»Was meinen Sie?«, fragte von Borstel ungeduldig.

»Jetzt wird's religiös«, antwortete Schlüter.

»Mag wohl, aber was meinen Sie?«

»Ja, wenn Sie mich fragen – das Verdienst dieses Mannes kann nicht schmaler sein, als wenn er das Geld wirklich gespendet hätte.«

»Aber warum – warum ist das so?« Von Borstel drehte den Tabak zwischen seinen Händen.

»Ich empfinde das so, ganz einfach.«

Von Borstels Augen brannten und er sagte leise: »Der Verdienst des Bestohlenen liegt in seinem Beschluss. Er hat sich was vorgenommen, das ist sein Verdienst, nichts anderes. Ob er es dann auch wirklich tut, ist egal, so lange er nichts dafür kann, dass er es nicht mehr ausführen kann. Nicht?«

»Ja«, sagte Schlüter nachdenklich, »so ist das.«

»Und mit der Schuld ist es genauso! Bevor ein Verbrecher eine Tat begeht, beschließt er sie doch, oder?«

»Sicher.«

»Worin liegt seine Schuld? In dem Beschluss, das Verbrechen zu begehen, oder in dem Verbrechen selbst?«

»Nach dem Strafrecht in dem Verbrechen selbst. Ohne Verbrechen keine Strafe. «

»Aber wenn wir es so verstehen wie mit dem Verdienst und der Million: Nehmen wir mal an, also rein theoretisch, es nimmt sich einer ein Verbrechen vor. Er ist fest entschlossen. Durch nichts mehr abzubringen. Aber – bevor er's tun kann, hat's ein anderer getan ...«

»... dann hat er sich nicht strafbar gemacht, sondern der andere.«

»Und seine Schuld?«

»Vor dem Gesetz hat er keine.«

»Aber ich frage Sie, was unterscheidet einen Menschen, der eine Tat nur deshalb nicht begeht, weil sie ein anderer vor ihm schon begangen hat, von einem, der sie wirklich begeht?«

Schlüter dachte nach.

»Strafrecht ist nicht alles«, sagte er dann langsam. »Es gibt eine Moral jenseits des Strafrechts. Und wenn Sie die meinen – moralisch betrachtet –, sind beide gleich. Der Millionär, der spendet, ist dem gleich, der nur deswegen nicht spendet, weil ihm das Geld zuvor gestohlen wurde. Und der, der ein Verbrechen beschließt ...«, Schlüter stockte, »... der hat die gleiche Schuld wie der, der's ausführt ...«, sagte er schließlich.

Von Borstel lehnte sich in seinem Stuhl zurück, lächelte seltsam fern und zündete sich die ausgegangene Zigarette wieder an. Einen kurzen Moment beleuchtete die Flamme seines Feuerzeugs ein altes Gesicht.

»Und wer, wenn ich fragen darf, stellt so komplizierte Fragen?«, fragte Schlüter.

Von Borstel kniff die Augen vor dem Rauch zusammen. »Ist egal, einer da ...«

»Oder – hat das was mit Ihnen zu tun?«

»Kann man das Urteil wieder aufheben?«, fragte von Borstel plötzlich, indem er sich vorbeugte und den Rauch vor seinem Gesicht wegwedelte.

»Aufheben? Wieso denn das? Die Revisionsfrist ist vorgestern abgelaufen. Rechtsmittel sind nicht mehr möglich. Theoretisch kann man ein Verfahren wieder aufnehmen, wenn neue Beweismittel auftauchen, die unberücksichtigt geblieben sind – wieso fragen Sie eigentlich?«

»Und so eine Wiederaufnahme, wie kommt die zustande?«, fragte von Borstel.

»Auf Antrag des Verurteilten in aller Regel. Allerdings kann das auch die Staatsanwaltschaft beantragen, zugunsten eines Verurteilten.«

»Kommt das vor?«

»Mein Gott, von Borstel, Sie nerven ja!«, murrte Schlüter, stand auf und begann, in dem schmalen Gang zwischen den drei Tischen und der Wand hin- und herzugehen. Seine Schritte hallten wie kleine Schüsse. »Wieso fragen Sie mich das alles?« Er blieb neben dem Bauern stehen.

Von Borstel kniff die wasserblauen Augen zusammen und der beißende Rauch strich gelb über sein bleiches Gesicht. »Weil ich will nicht, dass einer noch was ändert«, sagte er schließlich.

Schlüter nahm seine Wege an der Wand entlang wieder auf. »Soll das vielleicht bedeuten, diese ganze Philosophie, die Sie hier mit mir ausbreiten, soll das bedeuten, dass nicht Sie, sondern ...« Er war an der Tür angekommen, drehte sich langsam um und ging zu seinem Stuhl zurück, setzte sich schwerfällig hin und griff nach dem Feuerzeug, um seine kalte Zigarette wieder anzubrennen. Von Borstel beobachtete ihn dabei.

»Hören Sie«, sagte er. »Was ich Ihnen jetzt sage, das hab ich sonst nur Paul gesagt. Und wenn Sie hier rausgehen, dann vergessen Sie's ruhig wieder. Mein Vater – der kann nicht mehr reden und nicht mehr schreiben. Ich kann ihn nicht mehr fragen. Und Hinni –«, seine Stimme wurde weich und seine Augen sahen durch die Mauern durch in die Ferne. »Hinni hätte das nicht durchgestanden, außerdem hätten sie ihn nach ... Lüneburg, ich war da ja«, seine Stimme zitterte, »das wäre ...« Abrupt stand er auf und drehte sich weg. Jetzt ging von Borstel auf und ab.

Dann blieb er vor Schlüter stehen, ein hoch gewachsener, knochiger Mann mit wasserblauen Augen: »Jedenfalls ist es in Ordnung, und ich will nicht, dass einer noch was ändert.«

»Sie haben was gutzumachen, nicht?«, fragte Schlüter.

»Wie meinen Sie das?« Das Gesicht des Mannes war schon wieder abweisend.

»Wegen damals. Auf dem Eis. Mit Hinni.«

Von Borstel wandte sich ab und ging in die Ecke, neben der Tür in den Flur, zu den Haken an der Garderobe, an der das Schild hing, auf dem stand, was man als Besucher den U-Häftlingen mitbringen durfte und was nicht. Schlüter hörte ein Schluchzen. Er folgte von Borstel und stellte sich hinter ihn, legte ihm zögernd eine Hand auf die Schulter.

»Sie waren – schuld damals, ja? Ein siebenjähriger Junge, der Schuld hat?«, fragte Schlüter leise.

Von Borstel nickte.

»Und Ihr Junge?«

Von Borstel seufzte tief auf. »Ich weiß«, sagte er dann. »Das hab ich mit ihm in Ordnung gebracht. Deswegen musste ich raus. Das war die Hauptsache. Er ist doch bei meiner Cousine, nicht weit von hier. Ich hab ihm alles gesagt. Er hat geschlafen. Und er hat's verstanden, und gelächelt hat er. Ich weiß es. Besser, ein Vater büßt für seine Schuld, als dass er schuldig ist und frei rumläuft. Für ihn ist es besser, dass ich hier bin. Die beste von den schlechten Möglichkeiten. Ich glaube, er versteht mich, wenn nicht jetzt, so später, und er wird einen Rest – Achtung für mich haben. Ich bin da unwichtig, aber für ihn – mehr kann ich ihm nicht geben ...«

Seine Stimme brach und er kramte nach seinem Tabak. Als er sich endlich umdrehte, waren seine Augen nass. »Woher wissen Sie, dass Hinni ...?«

»Ich weiß es nicht.« Von Borstel zuckte mit den Schultern.

»Und Ihr Vater?«

Der Bauer rieb sich das Wasser mit dem Ärmel aus den Augen. Sein Gesicht war rot geworden. Sie setzten sich wieder an den Tisch am Fenster.

»Es ist egal«, sagte von Borstel schließlich. »Vollkommen egal. Vater hat seine Strafe. Hinni kann nichts dafür. Und ich sitze.« Seine Stimme war wieder fest.

Schlüter schüttelte den Kopf ein paar Mal. Es fiel ihm nichts ein. Ein Unschuldiger war verurteilt. Kasulke, Hohlmeier und die anderen waren überzeugt, das Rechte getan zu haben. Alle Beteiligten hatten ein gutes Gewissen. Bis auf Schlüter, der als unwissendes Werkzeug wunderbar funktioniert hatte. Die Strafsache von Borstel war abgeschlossen. Deckel zu.

»Wann gehen Sie auf Transport?«, fragte er müde.

»Übermorgen«, antwortete von Borstel. »Nach Celle Zwo. Schade. Wär gern hier geblieben. Aber das gehört auch dazu. Ich werd's überleben.«

Sie rauchten noch eine. Dann stand Schlüter langsam auf.

Als er schon an der Tür stand, fiel ihm die Postkarte ein, die er eingesteckt hatte, und zog sie aus der Hemdtasche.

»Hier – können Sie damit was anfangen? Aus Frankreich, nach der Briefmarke.«

Von Borstel hielt sich die Karte vor die Augen, drehte sie, las. Dann zerbrachen die Mauern in seinem Gesicht und es kam zutage das breite Grinsen eines kleinen ängstlichen Jungen, der das Leben noch vor sich hatte, mit allen Möglichkeiten. Die Augen, in denen noch die Tränen standen, leuchteten glücklich. Erst begann er leise zu kichern. Dann schlug er sich auf die Schenkel und brüllte: »Mönsch, er hat's geschafft!«

»Schreien Sie nicht so, Sie machen ja den ganzen Knast wild!«, zischte Schlüter und horchte an der Tür. »Wer hat's geschafft, was meinen Sie?«

»Er hat's geschafft, er hat's geschafft! Danke, vielen, vielen Dank, Herr Schlüter. Auf Wiedersehen. Und denken Sie an Ihre Schweigepflicht. Die Postkarte fällt drunter, klar?!«

»Und was war die – Nebensache?«, fragte Schlüter.

»Welche Nebensache?«

»Sie sagten, Sie hätten das mit Ihrem Sohn in Ordnung bringen wollen, das sei die Hauptsache gewesen.«

»Das sag ich Ihnen nicht«, antwortete von Borstel abweisend. Er war wieder ernst geworden.

Schlüter griff die Hand, die von Borstel ihm entgegenstreckte, und drückte sie. Sie war warm und trocken.

Krimis vom Lande 1

Jacques Berndorf
Eifel-Gold
2. Band der Eifel-Serie
261 Seiten, DM 16,80 ISBN 3-89425-035-6
Der größte Geldraub in der Geschichte der Republik:
18,6 Millionen sind weg.
»In seinen Eifelkrimis liefert Berndorf stimmige Porträts einer Landschaft und ihrer Bewohner – schlauer Bauern, Dickschädel, Eigenbrötler mit gelegentlich schweijkschen Zügen.«
(Frankfurter Rundschau)
»Daß die Eifel ein heißes Pflaster ist, kann man, bis auf wenige Ausnahmen, nicht gerade behaupten. Wenn man allerdings dem neuen Kriminalroman von Jacques Berndorf Glauben schenken darf, dann hat es die hiesige Bevölkerung knüppeldick hinter den Ohren …«
(Kölner Stadt-Anzeiger)

Andreas Izquierdo
Der Saumord
190 Seiten, DM 14,80 ISBN 3-89425-054-2
Hätte Jupp Schmitz gewusst, in was für einen Schlamassel er geraten würde, als er beschloss, den seltsamen Toden der Zuchtsau Elsa und der preisgekrönten Kuh Belinda nachzugehen, wäre er wohl an diesem Morgen im Bett liegen geblieben. Zumal er sich weder für fette, aufgeschlitzte Schweine noch für selbstmörderische Kühe interessiert. Schon eher für Dr. Mark Banning, einen zugereisten Veterinär, der mit Jupps Jugendliebe Christine Jungbluth verlobt ist.

Jürgen Kehrer
Und die Toten läßt man ruhen
166 Seiten, DM 14,80 ISBN 3-89425-006-2
Vom ZDF mit Joachim Król als Wilsberg verfilmt!
»Der Autor … versieht seine Geschichte mit allen wesentlichen Elementen der crime-story, die man aus der amerikanischen Tradition seit Hammett und Chandler kennt.«
(Westfälische Nachrichten)
»… eine Story vom Feinsten …: garantiert unmoralisch und zynisch, antibürgerlich und unsozial, aber nicht dumpf-gewalttätig, dafür jedoch dramaturgisch perfekt bis aufs I-Tüpfelchen.«
(Leo's Magazin)

grafit

kriland10100.cdr5

Krimis von Horst Bieber

Kaiserhof

260 Seiten, DM 16,80
ISBN 3-89425-068-2

»Im spannenden Spiel von Räuber und Gendarm beschreibt Bieber zunächst einmal einen präzis geplanten und exakt ausgeführten Coup, bei dem gleichzeitig ein Juweliergeschäft und eine Bank ausgeplündert werden, bei dem es jedoch auch unvorhergesehen eine Leiche gibt.«
(Stuttgarter Nachrichten)

»Ob aus dem Blickwinkel der Polizei oder der Knackis - die kühle Sicht des Autors sorgt dafür, daß alle in einem Boot sitzen. Die einen rudern, die anderen geben den Takt vor. Biebers Helden sind Allerweltsleute. Nicht unsympathisch.«
(WAZ, Kultur)

Eckhoffs Fall

255 Seiten, DM 16,80
ISBN 3-89425-229-4

Ein Mann unter Mordverdacht - Ingenieur Peter Eckhoff gerät in Panik und taucht unter. Mit Gelegenheitsjobs schlägt er sich durch, immer auf der Hut, nicht mit der Polizei in Berührung zu kommen. Dann findet seine Flucht ein überraschendes Ende ...